古典詩歌研究彙刊

第十七輯

龔鵬程 主編

第 9 冊

北宋詞閨閣書寫之研究——
以柳永、秦觀、李清照為觀察對象(下)

張 嘉 惠 著

國家圖書館出版品預行編目資料

北宋詞閨閣書寫之研究——以柳永、秦觀、李清照為觀察對
象（下）／張嘉惠 著— 初版— 新北市：花木蘭文化出版社，
2015〔民104〕

目 6+244 面：17×24 公分
（古典詩歌研究彙刊 第十七輯；第 9 冊）
ISBN 978-986-404-077-3（精裝）
1. 宋詞 2. 詞論
820.91   103027251

ISBN-978-986-404-077-3

9 789864 040773

古典詩歌研究彙刊
第十七輯 第 九 冊   ISBN：978-986-404-077-3

北宋詞閨閣書寫之研究
——以柳永、秦觀、李清照為觀察對象（下）

作　　者　張嘉惠
主　　編　龔鵬程
總 編 輯　杜潔祥
副總編輯　楊嘉樂
編　　輯　許郁翎
出　　版　花木蘭文化出版社
社　　長　高小娟
聯絡地址　235 新北市中和區中安街七二號十三樓
　　　　　電話：02-2923-1455／傳眞：02-2923-1452
網　　址　http://www.huamulan.tw 信箱 hml810518@gmail.com
印　　刷　普羅文化出版廣告事業
初　　版　2015 年 3 月
定　　價　第十七輯 14 冊（精裝）台幣 22,000 元

北宋詞閨閣書寫之研究——
以柳永、秦觀、李清照為觀察對象（下）

張嘉惠 著

目

次

第四章　北宋詞閨閣書寫之意蘊探析

　　本章擬探討北宋三家詞中閨閣書寫的意蘊分析，分爲書寫內容與書寫策略兩方面，由內容及體制上探析北宋三家詞在閨閣書寫上的表現。

第一節　書寫內容

　　在北宋詞的閨閣書寫中，數量最多者當屬情愛之作，其因有二：一是「宋代民族戰爭頻繁、城市經濟繁榮、科舉制度發展，男子離鄉外出從軍、求學、應試、爲宦、經商的機會多了，他們與妻子或戀人之間的離情別緒必然訴諸包括詞在內的文學作品之中，而詞又特別適宜於表現這種感情。」〔註1〕二是「愛情在女子身上特別顯得最美，因爲女子把全部精神生活和現實生活都集中在愛情裡和推廣成爲愛情。」〔註2〕本章節將有情愛之作分成兩部分，分別是思婦之怨與娼妓之情；再者，雖說情愛之作佔了閨閣書寫的大部分，但其實閨閣書寫之思想內容涵括度極大，尚有黍離之悲、身世之感、思鄉之懷以及

〔註1〕黎小瑤：《宋詞審美淺說》（廣州：中山大學出版社，1992 年），第 49 頁。

〔註2〕〔德〕黑格爾：《美學（第二卷）》（臺北：商務印書館，1981 年），第 327 頁。

傷春悲秋之愁等。

壹　思婦之怨

　　閨情，是中國詩歌中古老傳統的題材之一。愛情本應是人生最美好的生活內容，但北宋三家詞在寫到相思情愛時，除了少數作品中閃現過明亮歡快的色調之外，絕大多數作品卻都充滿了哀怨和抑鬱的色調。如易安早期作品〈點絳唇〉寫出了少女剛萌芽的愛情，真實而生動：

> 蹴罷秋千，起來慵整纖纖手。露濃花瘦，薄汗輕衣透。
> 　　見客入來，襪剗金釵溜。和羞走，倚門回首，卻把青
> 梅嗅。(李清照〈點絳唇〉)

詞之上片寫女子盪玩鞦韆的姿態舉動，妙處於靜中見動。易安選取「蹴罷鞦韆」後的景象，卻未寫到佳人盪鞦韆時的狀態；下片則寫乍見來客的情態，完全表現出女子情竇初開的天真模樣。

　　寫愛情歡愉之詞者少，思念良人的作品卻多不勝數，思念的苦澀常見於閨情篇章中，僅有少數的作品，在寄託閨情之餘，不見濃厚的哀傷，僅有淡淡的惆悵：

> 秋暮。亂洒衰荷，顆顆真珠雨。雨過月華生，冷徹鴛鴦浦。
> 　　池上憑闌愁無侶。奈此個情緒。卻傍金籠共鸚鵡。念
> 粉郎言語。(柳永〈甘草子〉)

暮秋時節，雨滴淅瀝瀝灑在殘荷上，顆顆雨滴像珍珠一般渾圓晶瑩。一陣雨後，月亮破雲而出，將鴛鴦棲宿的河岸照得一片清寒淒冷，鴛鴦雙雙對對顯得女子格外地形單影隻，立於池旁欄杆邊獨自發愁，難遣惆悵情緒，只得轉向金籠邊，教籠中鸚鵡叨念情郎平素說過的言語，聊以安慰。女子的天真閨情淡而有味，但看似簡單的情境，實道盡了女子渴望情郎相伴而不可得的淒清無奈。彭孫遹《金粟詞話》中言：「柳耆卿：『卻傍金籠教鸚鵡，念粉郎言語。』花間之麗句也。」〔註3〕少見的淡淡相思，和一般閨怨相思作品的深濃比起來，算是清

〔註3〕〔清〕彭孫遹：《金粟詞話》，收錄於唐圭璋編：《詞話叢編》，冊一，

麗之作。

　　深濃的相思之情，化成了一篇一篇閨怨之作。閨怨，主要是站在思婦或棄婦立場，一訴獨守空閨之淒清寂寞，望遠懷人之悲哀愁怨。這類作品，早在《詩經》中，已譜出淒哀悲涼的基調，經過漢魏樂府，及文人擬作，業已形成一種文學傳統。〔註4〕在宋詞中更是達到前所未見的發皇：

> 薄衾小枕涼天氣。乍覺別離滋味。展轉數寒更，起了還重睡。畢竟不成眠，一夜長如歲。　　也擬待，卻回征轡。又爭奈，已成行計。萬種思量，多方開解，只恁寂寞厭厭地。繫我一生心，負你千行淚。（柳永〈憶帝京〉）

> 日高花榭嬾梳頭。無語倚妝樓。修眉斂黛，遙山橫翠，相對結春愁。　　王孫走馬長楸陌，貪迷戀、少年遊。似恁疏狂，費人拘管。爭似不風流。（柳永〈少年遊其九〉）

> 昨宵裏、恁和衣睡。今宵裏、又恁和衣睡。小飲歸來，初更過、醺醺醉。中夜後、何事還驚起。霜天冷，風細細。觸疏窗、閃閃燈搖曳。　　空牀展轉重追想，雲雨夢、任欹枕難繼。寸心萬緒，咫尺千里。好景良天，彼此空有相憐意。未有相憐計。（柳永〈婆羅門令〉）

耆卿的〈憶帝京〉相思情深，「繫我一生心，負你千行淚」直是扣人心弦；〈少年遊其九〉寫出被拋棄後的心聲；〈婆羅門令〉寫出分離後雖近在咫尺，但因過於思念，反而有著遠在天涯之感，顯出想念之深刻。

一、獨守空閨的對象

　　此類作品中獨守空閨的對象為思婦，作品內容多寫出女子對男子的追懷想念。如少游的〈桃源憶故人〉：

> 玉樓深鎖多情種，清夜悠悠誰共，羞見枕衾鴛鳳，悶則和

頁722。
〔註4〕王國瓔：〈《詩經》中「棄婦詩」解讀紛歧試探〉，《臺大中文學報》，第10期（1998），頁181～206。

衣擁。　　無端畫角嚴城動，驚破一番新夢，窗外月華霜重，聽徹梅花弄。（秦觀〈桃源憶故人〉）

況周頤於《蕙風詞話》中言：「若以其（少游）詞論，直是初日芙蓉，曉風楊柳，倩麗之桃李，容猶當之有愧色焉。」〔註5〕深鎖閨閣中的多情女子，漫漫長夜只能獨擁衾被，剛入夢境又旋被城頭角聲驚醒，惟見窗外月華霜重，「梅花三弄」的曲子聽徹長夜。深鎖幽閨，深閨寂寞的苦悶與淒清，在寒冷的秋冬之際，備覺孤清。李攀龍《草堂詩餘雋・卷四》引：「形容多夜景色惱人，夢寐不成。其憶故人之情，亦輾轉反側矣。」

　　女子癡盼郎歸的作品幾乎佔了閨閣書寫的半數以上，跨越性別與時期，三家詞中俯拾盡是。以下再舉幾闋少游詞來說，〈望海潮其四〉中寫情人分離前的難分難捨，以「飛絮」和「流水」妙喻男女之間相沾相隨的繾綣，暮春時節柳絮紛飛，飄落水中，沾惹離去；〈搗練子〉則是在寒冷的秋夜裡，寂寞的女子獨對銀燈，傷心落淚。淒涼冷清，人兒憂心耿耿，珠淚雙雙，皎潔的月色下，清風透進窗內，也冷入伊人心扉，聽著宮中漫長的更漏聲，一任更漏滴到明，無語對銀燭蠟紅。

　　奴如飛絮，郎如流水，相沾便肯相隨。微月戶庭，殘燈簾幕，忽忽共惜佳期。縱話暫分攜。早抱人嬌咽，雙淚紅垂。畫舸難停，翠幰輕別兩依依。

　　別來怎表相思？有分香帕子，合數松兒。紅粉脆痕，青綾嫩約，丁寧莫遣人知。成病也因誰？更自言秋杪，親去無疑。但恐生時注著，合有分于飛。（秦觀〈望海潮其四〉）

　　心耿耿，淚雙雙，皎月清風冷透窗。人去秋來宮漏永，夜深無語對銀釭。（秦觀〈搗練子〉）

　　蟲聲泣露驚秋枕，羅幃淚濕鴛鴦錦。獨臥玉肌涼，殘更與恨長。　　陰風翻翠幔，雨澀燈花暗。畢竟不成眠，鴉啼

〔註5〕〔清〕況周頤：《蕙風詞話・卷二》，收錄於唐圭璋編：《詞話叢編》，冊五，頁4427。

　　金井寒。（秦觀〈菩薩蠻〉）

女性詞家中的閨怨之作，更是將寂寞無依的心情表露無遺：

　　髻子傷春慵更梳，晚風庭院落梅初，淡雲來往月疏疏。
　　　　玉鴨熏爐閒瑞腦，朱櫻斗帳掩流蘇，通犀還解辟寒
　　無。（李清照〈浣溪沙〉）

　　夜來沈醉卸妝遲，梅萼插殘枝。酒醒熏破春睡，夢遠不成
　　歸。　人悄悄，月依依，翠簾垂。更挼殘蕊，更撚餘香，
　　更得些時。（李清照〈訴衷情〉）

　　寂寞深閨、柔腸一寸愁千縷。惜春春去，幾點催花雨。　倚
　　遍闌干，祇是無情緒。人何處，連天芳草，望斷歸來路。（李
　　清照〈點絳唇〉）

或醉酒，或拈花，閨情無限。以前兩詞觀之，春情意懶，女子不梳
洗裝扮，因失去了「悅己者容」的動力。〈浣溪沙〉中略帶愁緒的多
情少女形象躍然紙上，看似女子傷春的心情，實則展現了懷春之心
緒，正處於待字閨中的年紀，女子一面對愛情充滿幻想，一面卻又
孤獨惆悵，而「淡雲」與「疏月」的意象也正給人孤獨寂寞的感受。
〈點絳唇〉中，夫婿不在身旁，只得一人孤守空房，回想起新婚時
的甜蜜，對照現在獨個生活，除了夢裡相思，只得對花枝又挼又撚，
以爲宣洩。綜觀易安之詞，由於身爲女性，又有豐富的人生經歷，
使得詞中女性形象鮮明多樣：多情爛漫的青春少艾、沉浸於相思之
苦的少婦，和飽經風霜的悲苦老嫗。易安從自己的生命體驗出發，
情感眞實深刻，故能刻畫出女性獨特而細膩的內心世界，這種細膩
性正是女性永恆而普遍的性格特點，亦容易獲得女性讀者共鳴。

二、獨守空閨的原因

　　處於閨閣中的女子，由於受到封建社會束縛已久，既限制了活
動範圍，生活閱歷也相當有限，生活的重心自然全在夫婿身上，即
便是易安這樣的知識份子亦不例外，因此對她們來說，只要夫婿不
在自己身旁，便覺得心裡頓失依靠，閨怨作品自應運而生。大多數

的作品均以負情、負笈、悼亡或是未言明其原因爲書寫背景。

（一）負情薄倖

耆卿的〈鬪百花其二〉乃標準的閨怨之詞，懷念遠去的情郎。清人先著、程洪《詞潔輯評・卷三》言其「勻穩工整」〔註6〕。〈少年遊其七〉則寫出對方音信全無，慘被拋棄的女子獨守空幃的悲哀；〈鳳棲梧其二〉中的女子春日憑欄無語，爲了意中人相思傷神，即使消瘦也無怨無悔：

> 煦色韶光明媚，輕靄低籠芳樹。池塘淺蘸煙蕪，簾幕閒垂風絮。春困厭厭，拋擲鬪草工夫，冷落踏青心緒。終日扃朱戶。　遠恨綿綿，淑景遲遲難度。年少傅粉，依前醉眠何處。深院無人，黃昏乍拆鞦韆，空鎖滿庭花雨。（柳永〈鬪百花其二〉）

> 簾垂深院冷蕭蕭。花外漏聲遙。青燈未滅，紅窗閒臥，魂夢去迢迢。　薄情漫有歸消息，鴛鴦被、半香消。試問伊家，阿誰心緒，禁得恁無憀。（柳永〈少年遊其七〉）

> 獨倚危樓風細細。望極春愁，黯黯生天際。草色煙光殘照裡。無言誰會凭闌意。　擬把疏狂圖一醉。對酒當歌，強樂還無味。衣帶漸寬終不悔。爲伊消得人憔悴。（柳永〈鳳棲梧其二〉）

「年少傅粉，依前醉眠何處」生動地寫出不知男子「今朝酒醒何處」，女子倚門極望，仍是等無良人歸。另外，有一些比較特別的篇章是男子回想往日情，回憶當初閨房之樂，如今人去樓空之憾：

> 夢覺透窗風一線，寒燈吹息。那堪酒醒，又聞空階，夜雨頻滴。嗟因循、久作天涯客。負佳人、幾許盟言，便忍把、從前歡會，陡頓翻成憂戚。　愁極。再三追思，洞庭深處，幾度飲散歌闌，香暖鴛鴦被，豈暫時疏散，費伊心力。殢雲尤雨，有萬般千種，相憐相惜。　恰到如今，天長

〔註6〕〔清〕先著、程洪：《詞潔輯評》，收錄於唐圭璋編：《詞話叢編》，冊二，頁1353。

　　漏永，無端自家疏隔。知何時、卻擁秦雲態，願低幃昵枕，

輕輕細說與，江鄉夜夜，數寒更思憶。(柳永〈浪淘沙〉)

　　夜雨滴空階，孤館夢回，情緒蕭索。一片閒愁，想丹青難

貌。秋漸老、蛩聲正苦，夜將闌、燈花旋落。最無端處，

總把良宵，祇恁孤眠卻。　　　佳人應怪我，別後寡信輕諾。

記得當初，翦香雲為約。甚時向、幽閨深處，按新詞、流

霞共酌。再同歡笑。肯把金玉珍珠博。(柳永〈尾犯〉)

〈浪淘沙〉中，瀟瀟雨夜，作客他鄉的詞人夢回酒醒，回憶起昔日與
意中人共度良宵的濃情蜜意，顯得此際倍感孤清；〈尾犯〉則流露出
濃濃的懷人情緒。這是以男子的角度追憶前情，責怪自己未信守承
諾，有負佳人之情，即便男子追悔不已，但是，說到底，獨守空閨盼
郎歸的，仍是閨中祇獨看的思婦。

（二）出外離家

　　男子離家未歸，女子除了倚門獨望，睡不安枕，只是日復一日地
過著相同的生活，魂魄似乎早已飛去良人身旁般，連滿庭芳草殘花亦
無心欣賞：

　　錦帳重重捲暮霞，屏風曲曲鬥紅牙，恨人何事苦離家。

　　　枕上夢魂飛不去，覺來紅日又西斜，滿庭芳草襯殘花。

　　(秦觀〈浣溪沙〉)

　　宋初集中兵權的政策，造成軍隊龐大而腐敗。兵將不相知，缺乏
訓練，兵力疲弱。真宗和仁宗在位時，位處北方的遼和西北的西夏對
宋展開多次攻擊，邊城屢屢告急。在連年征戰的情況下，募兵成了人
民憂慮的一大問題，也造成了獨守空閨的怨婦益增，離恨綿綿，不知
良人有否歸來之日，詞句中亦有「可憐無定河邊骨，猶是深閨夢裡人」
之慨。

　　秋盡。葉翦紅綃，砌菊遺金粉。雁字一行來，還有邊庭信。

　　　飄散露華清風緊。動翠幕、曉寒猶嫩。中酒殘妝整頓。

　　聚兩眉離恨。(柳永〈甘草子其二〉)

秋天轉瞬即逝，夫婿遠戍邊庭，鴻雁來時，卻未帶來返家音信，使閨

中婦人輾轉反側，徹夜難眠，不過因征戰未歸的作品較少。

　　另有一類是負笈求學。易安的〈一翦梅〉作於徽宗建中靖國元年辛已（1101），《瑯嬛記》卷中載：「易安結褵未久，明誠即負笈遠游，易安殊不忍別，覓錦帕，書〈一翦梅〉詞以送之。」《瑯嬛記》所云未必可信，《花庵詞選》將之題爲「別愁」，再加上觀詞之意即可窺知其內容當爲別後愁緒。全詞盡書忼儷情深，傾吐分隔兩地的相思之苦，感情眞摯深篤，後世論詞者，無不爲之懾服：

> 紅藕香殘玉簟秋，輕解羅裳，獨上蘭舟。雲中誰寄錦書來？
> 雁字回時，月滿西樓。　　花自飄零水自流，一種相思，
> 兩處閒愁。此情無計可消除，才下眉頭，卻上心頭。（李清
> 照〈一翦梅〉）

李廷機《草堂詩餘評林》以爲：「此詞（〈一翦梅〉）頗盡離別之情，語意超逸，令人醒目。」〔註7〕上半闋寫別時情景，以「紅藕香殘」作爲外景遠景，「玉簟秋」則爲內景近景，除了點出季節，更烘托出蕭條淒冷的別後心緒，融情入景；詞的下半闋寫別後相思難捱及無法排遣的愁緒。其中「花自飄零水自流」照應首句，並暗喻青春如流水般易逝，最後「此情無計可消除，才下眉頭，卻上心頭」之句，王世貞以爲：「憔悴支離矣。」〔註8〕（《弇州山人詞評》）反覆詠嘆難以排解的相思之苦。范仲淹的〈御街行〉也有類似的句子：「都來此事，眉間心上，無計相迴避。」所寫情緒雖然相似，但易安卻將它融化開來，層層推進，一氣呵成，更顯細膩動人。兩兩對照，個性何其鮮明，前者是一位士大夫的口吻，而後者儼然是一位新婚之後深閨少婦的神情意態。身處於女性遭壓制的時代，能如此大膽謳歌自己的愛情，絲毫不見扭捏，率眞大方，難得可貴。另一首作品〈醉花陰〉，則是易安早期和丈夫分開後所作，寫出她寂寞的女性情懷：

〔註7〕〔明〕李廷機語轉引自褚斌傑、孫崇恩、榮憲賓編：《李清照資料彙編》，頁50。
〔註8〕〔明〕王世貞語轉引自褚斌傑、孫崇恩、榮憲賓編：《李清照資料彙編》，頁41。

> 薄霧濃雲愁永晝，瑞腦消金獸。佳節又重陽，玉枕紗廚，
> 半夜涼初透。　　東籬把酒黃昏後，有暗香盈袖。莫道不
> 銷魂，簾捲西風，人比黃花瘦。(李清照〈醉花陰〉)

上片首二句點出詞人的心情和窗外一樣陰鬱，時間漫長得度日如
年；再接以點明節令引出透人肌膚的秋寒，來暗示少婦的心境的淒
清。古人在農曆九月九日這天，有賞菊飲酒的風習，唐朝詩人孟浩
然〈過故人莊〉中即有「待到重陽日，還來就菊花」之句。宋時，
此風不衰，因此下片寫到深秋時節，重九感懷，賞菊飲酒，菊花的
幽香盈滿衣袖；西風襲來，賞菊依舊，但人兒卻比菊花更消瘦憔悴。
另一首易安早期的作品〈鳳凰臺上憶吹簫〉，也是吟嘆離愁別緒的名
作，語言委婉含蓄，曲盡其妙，娓娓道出女子在情人（夫婿）去後，
愁思滿溢的哀傷：

> 香冷金猊，被翻紅浪，起來慵自梳頭。任寶奩塵滿，日上
> 簾鉤。生怕離懷別苦，多少事、欲說還休。新來瘦，非干
> 病酒，不是悲秋。　　休休！這回去也，千萬遍陽關，也
> 則難留。念武陵人遠，煙鎖秦樓。惟有樓前流水，應念我、
> 終日凝眸。凝眸處，從今又添，一段新愁。(李清照〈鳳凰臺
> 上憶吹簫〉)

此詞書寫別情，哀婉甚矣。「香冷金猊，被翻紅浪，起來慵自梳頭」
寫出朝起的慵懶，掀開紅被，連梳頭都顯得意興闌珊，而「任寶奩
塵滿，日上簾鉤」看出日已高昇，時間不早。接著直接言明，會如
此懶起的原因正是因爲「生怕離懷別苦」。元好問詞云：「歡樂趣，
離別苦，就中更有癡兒女。君應有語，渺萬里層雲。千山暮雪，隻
影向誰去。」只有癡兒女方能明白離別之苦，無怪乎「衣帶漸寬終
不悔，爲伊消得人憔悴」，形銷骨立與病酒何干？與悲秋何干？沈際
飛《草堂詩餘正集》云：「懶，說出妙。瘦爲甚地，尤妙。『千萬遍』，
痛甚。轉轉折折，恰合萬狀。清風朗月，陡化爲楚雨巫雲；阿閣洞
房，立變爲離亭別墅，至文也。」〔註9〕陳廷焯《雲韶集》中亦謂：

〔註9〕　〔清〕沈際飛語轉引自楮斌傑、孫崇恩、榮憲賓編：《李清照資料彙

「『新來瘦』三語，婉轉曲折，煞是妙絕。」爲何使人瘦損？離懷耳。
「凝眸處，從今又添，一段新愁。」如何又添新愁？別恨耳。意在
言外，言在意中，此烘雲托月法也。《古今詞論》引張祖望語，認爲
「惟有樓前流水，應念我、終日凝眸」一句乃「癡語也。如巧匠運
斤，毫無痕跡。」〔註10〕李攀龍《草堂詩餘雋》亦云：「寫其一腔臨
別心神，新瘦新愁，眞如秦女樓頭，聲聲有和鳴之奏。」〔註11〕另
再引數闋此類之詞以觀之：

> 暖雨晴風初破凍，柳眼梅腮，已覺春心動。酒意詩情誰與
> 共？淚融殘粉花鈿重。　　乍試夾衫金縷縫，山枕斜欹，
> 枕損釵頭鳳。獨抱濃愁無好夢，夜闌猶剪燈花弄。(李清照
> 〈蝶戀花〉)

> 蕭條庭院，又斜風細雨、重門須閉。寵柳嬌花寒食近，種
> 種惱人天氣。險韻詩成，扶頭酒醒，別是閒滋味。征鴻過
> 盡、萬千心事難寄。　　樓上幾日春寒，簾垂四面，玉闌
> 干慵倚。被冷香消新夢覺，不許愁人不起。清露晨流，新
> 桐初引，多少游春意。日高烟斂，更看今日晴未。(李清照
> 〈念奴嬌〉)

> 春到長門春草青，江梅些子破，未開勻。碧雲籠碾玉成塵，
> 留曉夢，驚破一甌春。　　花影壓重門，疏簾鋪淡月，好
> 黃昏。二年三度負東君，歸來也，著意過今春。(李清照〈小
> 重山〉)

易安的〈蝶戀花〉是描寫因思念丈夫，而懷抱濃愁無法入眠，連
與丈夫相聚夢中的機會也沒有，只能在深夜時剪弄燈花，打發寂寞無
聊的夜晚。而〈小重山〉中提及之長門是漢代冷宮之名，可見此詞應
寫於被丈夫冷落的時期，其中的「留曉夢」，即留住清曉時所作的美

編》，頁 48。
〔註10〕〔清〕王又華：《古今詞論》，收錄於〔清〕查培繼輯：《詞學全書》
　　　　（臺北：廣文書局，1971 年），頁 94。
〔註11〕〔明〕李攀龍語轉引自褚斌傑、孫崇恩、榮憲賓編：《李清照資料彙
　　　　編》，頁 39。

夢。女子全副心思寄託在丈夫身上，夫婿大如天，愛情是女人的全部，卻不是男子的整個世界，男子外出求學或任官時，處於寂寞空閨之中的女性，只能獨自神傷。再以〈念奴嬌〉來說，黃墨谷《重輯李清照集》認爲此詞當作於宣和二年（1121年），夫明誠知萊州時，易安從居住地青州寄給夫婿的﹝註12﹞。此詞寫雨後春景，抒深閨寂寞之情。上片寫「心事難寄」，從陰雨寒食，天氣惱人，引出以詩酒遣愁。下片說「新夢初覺」，從夢後曉晴引起遊春之意，通過春景，將獨居深閨的寂寞心緒盡現無遺，語淺情深，清麗婉妙。李攀龍於《草堂詩餘雋》曰：「心事有萬千，豈征鴻可寄？『新夢』不知夢何事？」又云：「心事託之新夢，言有寄而情無方。玩之自有意味。」﹝註13﹞下片中寫到以詩酒自遣時光，滿腔情意，卻心事難寄。末兩句宕開，語似興會，意仍傷極。春意雖盛，無如人心悲傷，欲遊終懶。黃昇《唐宋諸賢絕妙詞選·卷十》：「前輩嘗稱易安『綠肥紅瘦』爲佳句。余謂此篇『寵柳嬌花』之語，亦甚俊奇，前此未有能道之者。」﹝註14﹞王世貞《藝苑巵言》亦云：「『寵柳嬌花』，新麗之甚。」﹝註15﹞足見此詞乃書寫離情別緒的閨情佳作。

（三）夫婿死亡

　　人生最痛苦傷心之事，莫若生離與死別，尤其是死別，是再也回不去、見不著的情況，此類出現於悼亡之作中。別林斯基說：「感情是詩情天性的最主要的動力之一，沒有情感，就沒有詩人，也就沒有詩歌。」﹝註16﹞悼亡詩中的情感，比其他任何詩歌中的情感來得嚴峻

﹝註12﹞黃墨谷：《重輯李清照集》（山東：齊魯書社，1981年），頁7。

﹝註13﹞李攀龍語轉引自楮斌傑、孫崇恩、榮憲賓編：《李清照資料彙編》，頁38。

﹝註14﹞〔宋〕黃昇：《唐宋諸賢絕妙詞選·卷十》，收錄於《四部叢刊初編集部》，冊一一○，頁74。

﹝註15﹞〔清〕王世貞：《藝苑巵言》，收錄於唐圭璋編：《詞話叢編》，冊一，頁389。

﹝註16﹞〔俄〕別林斯基·愛都華：《古別爾詩集》，收錄於《外國理論家作家論形象思維》（北京：中國社會科學院出版社，1979年），頁74。

悲愴。

> 天上星河轉，人間簾幕垂。涼生枕簟淚痕滋。起解羅衣，
> 聊問夜何其？　　翠貼蓮蓬小，金銷藕葉稀。舊時天氣舊
> 時衣，只有情懷、不似舊家時！（李清照〈南歌子〉）

「星河轉」即銀河轉動，「轉」字說明了時間流動，是一個頗長的跨度；人能關注於此，其中夜無眠昭然可知。「簾幕垂」言閨房中密簾遮護，也顯出思婦的與外隔絕，簾幕既垂，此中人情勢如何，並未可知。「天上」之「星河轉」，到「人間」的「簾幕垂」，以「天上、人間」對舉，即有「天人遠隔」的含意，其中似有沉哀欲訴。曹丕〈燕歌行〉云：「明月皎皎照我床，星漢西流夜未央」，詞意與之相近。〈燕歌行〉是寫婦人秋夜思念在遠方作客的丈夫，而易安此詞卻是直述死別難捨的悲愴。

建炎初年，趙明誠起復，知江寧府（今江蘇南京），易安從青州來會。在局勢相對穩定的情況下，「每值大雪，即頂笠披蓑，循城遠覽以尋詩，得句必邀其夫賡和」（周煇《清波雜志・卷八》），如膠似漆的夫妻情分，在不久後明誠病逝，驟然劃上句號。易安孤身處在人地生疏的江南，心情異常淒苦，在建炎年間的春天，梅蕊初綻，睹物思人的她，寫下了這闋詞：

> 藤床紙帳朝眠起，說不盡無佳思。沈香煙斷玉爐寒，伴我
> 情懷如水。笛聲三弄，梅心驚破，多少春情意！　　小風
> 疏雨蕭蕭地，又催下千行淚。吹簫人去玉樓空，腸斷與誰
> 同倚。一枝折得，人間天上，沒個人堪寄。（李清照〈孤雁兒〉）

此詞原有「小序」言：「世人作梅詞，下筆便俗。予試作一篇，乃知前言不妄耳。」看似專爲詠梅而作，實卻充滿對丈夫的悼念之情。上半片營造出淒涼孤寂的環境，室中並無旁人，僅有一爐香煙時斷時續吞吐氤氳；再以〈梅花落〉之曲，催綻萬樹梅花，帶來春天的消息，並含蓄地寫出對明誠的悼念。下片又更深一層傾吐內心的痛苦，室外蕭蕭細雨，對照室內思婦垂淚千行，以雨襯淚，以淚作雨，具體可象

又感人甚深。再引「弄玉蕭史」之典，以吹簫人蕭史喻趙明誠，明誠既逝，人去樓空，縱有梅花好景，又有誰能與之共賞？不禁愁腸寸斷，愴然涕下。既折一枝梅花，可是上窮碧落下黃泉，兩處茫茫皆不見，竟無一人堪寄，表達對丈夫的深沉懷念。

悼亡之作的氛圍，通常會被濃得化不開的愁團團籠罩住，令人聞之斷腸。耆卿的〈離別難〉也是傷逝之作，乃耆卿以男子的角度，哀悼來往過的一位娼妓，情真意切，相當感人：

> 花謝水流倏忽，嗟年少光陰。有天然、蕙質蘭心。美韶容、何曾值千金。便因甚、翠弱紅衰，纏綿香體，都不勝任。算神仙、五色靈丹無驗，中路委瓶簪。　　人悄悄，夜沉沉。閉香閨、永棄鴛衾。想嬌魂媚魄非遠，縱洪都方士也難尋。最苦是、好景良天，尊前歌笑，空想遺音。望斷處，杳杳巫峰十二，千古暮雲深。（柳永〈離別難〉）

伊人已逝，縱是洪都方士也難尋魂魄。可惜的是，正當韶齡的人兒，就像落花般凋謝倏忽，再也無法與之共度良辰美景，香閨鴛被已空，只能在回憶中緬懷過往的歡樂。

（四）有所阻隔而不得見

在空閨獨守的日子裡，兩人天涯相隔，不得相見，有些作品只寫出阻隔之果，未寫出分離之因。如耆卿的〈佳人醉〉寫出相隔千里的相思懷念；〈西平樂〉因有所阻隔而不得見，頗有「蒹葭蒼蒼，白露為霜。所謂伊人，在水一方」的味道。正因「道阻且長」，阻礙了兩人相會，才會使得暮春的杜鵑聲聲催人，令人心困擾，離恨悠悠，韶華虛度；〈鷓鴣天〉則因距離相隔遙遠而不得見，只得對月懷人。另外，〈傾杯〉中斷了音訊的戀人、〈望漢月〉短暫相聚後分離的懷念、〈木蘭花慢其二〉懷念清明節的歡樂盛況，均可看出不得相見的悲哀：

> 暮景蕭蕭雨霽。雲淡天高風細。正月華如水。金波銀漢，激灩無際。冷浸書帷夢斷，卻披衣重起。臨軒砌。　　素

光遙指。因念翠娥，杳隔音塵何處，相望同千里。儘凝睇。厭厭無寐。漸曉雕闌獨倚。(柳永〈佳人醉〉)

盡日憑高目，脈脈春情緒。嘉景清明漸近，時節輕寒乍暖，天氣纔晴又雨。煙光淡蕩，妝點平蕪遠樹。黯凝佇。臺榭好、鶯燕語。正是和風麗日，幾許繁紅嫩綠，雅稱嬉遊去。奈阻隔、尋芳伴侶。秦樓鳳吹，楚館雲約，空悵望、在何處。寂寞韶華暗度。可堪向晚，村落聲聲杜宇。(柳永〈西平樂〉)

吹破殘煙入夜風。一軒明月上簾櫳。因驚路遠人還遠，縱得心同寢未同。　情脈脈，意忡忡。碧雲歸去認無蹤。只應曾向前生裡，愛把鴛鴦兩處籠。(柳永〈鷓鴣天〉)

金風淡蕩，漸秋光老、清宵永。小院新晴天氣，輕煙乍斂，皓月當軒練淨。對千里寒光，念幽期阻、當殘景。早是多情多病。那堪細把，舊約前歡重省。　最苦碧雲信斷，仙鄉路杳，歸鴻難倩。每高歌、強遣離懷，奈慘咽、翻成心耿耿。漏殘露冷。空贏得、悄悄無言，愁緒終難整。又是立盡，梧桐碎影。(柳永〈傾杯〉)

明月明月明月。爭奈乍圓還缺。恰如年少洞房人，暫歡會、依前離別。　小樓憑檻處，正是去年時節。千里清光又依舊，奈夜永、厭厭人絕。(柳永〈望漢月〉)

拆桐花爛漫，乍疏雨、洗清明。正艷杏燒林，緗桃繡野，芳景如屏。傾城。盡尋勝去，驟雕鞍紺幰出郊坰。風暖繁弦脆管，萬家競奏新聲。　盈盈。鬥草蹋青。人艷冶、遞逢迎。向路傍往往，遺簪墮珥，珠翠縱橫。歡情。對佳麗地，信金罍罄竭玉山傾。拚卻明朝永日，畫堂一枕春醒。

(柳永〈木蘭花慢其二〉)

書寫相隔兩地的懷人之作，除了上引之耆卿詞，少游此類之作亦復不少。如〈減字木蘭花〉一詞以「愁」字貫串全篇，清楚點出「天涯舊恨」乃「愁」之根源；再者，藉篆香喻愁腸百結，寫內心的痛苦與愁緒之深重；最後由對外物的主觀感受，點明愁的直接原因，以「過盡飛鴻」不見音訊，呼應篇首的「獨自淒涼人不問」，一意貫串：

天涯舊恨，獨自淒涼人不問。欲見回腸，斷盡金鑪小篆香。

　黛蛾長斂，任是春風吹不展。困倚危樓，過盡飛鴻字字愁。（秦觀〈減字木蘭花〉）

全詞基調雖偏於感傷，但並不顯得柔靡纖弱，字裡行間，流露出一種深沉怨憤的激楚之情。下再引數闋少游詞，以見懷人離愁的閨情之作：

倚危亭，恨如芳草，萋萋剗盡還生。念柳外青驄別後，水邊紅袂分時，愴然暗驚。　無端天與娉婷，夜月一簾幽夢，春風十里柔情。怎奈向、歡娛漸隨流水，素弦聲斷，翠綃香減；那堪片片飛花弄晚，濛濛殘雨籠晴。正銷凝，黃鸝又啼數聲。（秦觀〈八六子〉）

夜來酒醒清無夢，愁倚闌干。露滴輕寒，雨打芙蓉淚不乾。　佳人別後音塵悄，瘦盡難拚。明月無端，已過紅樓十二間。（秦觀〈醜奴兒〉）

枝上流鶯和淚聞，新啼痕間舊啼痕。一春魚鳥無消息，千里關山勞夢魂。　無一語，對芳尊，安排腸斷到黃昏。甫能炙得燈兒了，雨打梨花深閉門。（秦觀〈鷓鴣天〉）

東風吹碧草，年華換，行客老滄洲。見梅吐舊英，柳搖新綠，惱人春色，還上枝頭。寸心亂，北隨雲黯黯，東逐水悠悠。斜日半山，暝煙兩岸，數聲橫笛，一葉扁舟。　青門同攜手，前歡記、渾似夢裡揚州。誰念斷腸南陌，回首西樓。算天長地久，有時有盡，奈何綿綿，此恨難休。擬待倩人說與，生怕人愁。（秦觀〈風流子〉）

碧水驚秋，黃雲凝暮，敗葉零亂空堦。洞房人靜，斜月照徘徊。又是重陽近也！幾處處、砧杵聲催。西窗下，風搖翠竹，疑是故人來。　傷懷，增悵望，新懽易失，往事難猜。問籬邊黃菊，知為誰開？謾道愁須殢酒，酒未醒、愁已先回。憑欄久，金波漸轉，白露點蒼苔。（秦觀〈滿庭芳〉）

〈鷓鴣天〉思念情人殷切，甚至腸斷到黃昏；〈風流子〉思念往昔，夢裡似又回到揚州，那最懸心掛念之處，與「佳會阻，離情正亂，

頻夢揚州」（〈夢揚州〉）一句相應，足見少游對揚州縈念之深。〈八六子〉亦將懷人離愁寫得十分深刻，宋洪邁《容齋四筆・卷十三》載：「秦少游八六子詞云：『片片飛花弄晚，濛濛殘雨籠晴。正銷凝，黃鸝又啼數聲。』話句清峭，爲名流推激。」《詞源・卷下》：「離情當如此作，全在情景交鍊，得言外意。」《宋四家詞選》中亦讚：「發端神來之筆。」誠不誣也。

貳　青樓之情

　　這類型的作品內容較特別，僅存於男性詞人之作中，尤其以耆卿之作尤多。耆卿詞現存二百一十二首，其中約一半以上，可歸類於男女艷情詞，包括客觀敘寫青樓歌妓的生活和情思、文人對歌妓色貌才藝的稱美或品題，還有抒發自己對歌妓的相思、眷戀與歡愛，以及以娼妓之口寫其遭遇及情愛等。

　　劉廷楨《雙硯齋詞話》載：「樂章集中冶遊之作居其半，率皆輕浮猥媟。」〔註17〕陳廷焯《白雨齋詞話》言：「東坡之詞，純以情勝，情之至者，詞亦至。只是情得其正，不似耆卿之喁喁兒女私情耳。論古人詞，不辯是非，不別邪正，妄爲褒貶，吾不謂然。」〔註18〕胡仔《苕溪漁隱詞話》引《藝苑雌黃》語：「大概非羈旅窮愁之詞，則閨門淫媟之語。」〔註19〕其實耆卿之作並非全是「喁喁兒女私情」，現存柳詞之主題內涵，頗繁雜多樣，除艷情男女與宦情旅愁兩大主調，尚有懷古、詠史、詠物，以及頌美都市繁華、酬獻王室權貴之作〔註20〕。但在耆卿的集子中，冶遊縱樂、流連青樓，「且恁偎紅倚

〔註17〕〔清〕劉廷楨：《雙硯齋詞話》，收錄於唐圭璋編：《詞話叢編》，冊三，頁2528。

〔註18〕〔清〕陳廷焯：《白雨齋詞話》，收錄於唐圭璋編：《詞話叢編》，冊四，頁3784。

〔註19〕〔宋〕胡仔：《苕溪漁隱詞話・後集・卷三十九》，（臺北：世界書局，1976年），頁730～731。

〔註20〕林玫儀將柳詞分爲四類，包括登臨述懷、羈旅行役、描寫社會繁華太平、以及專爲樂工歌女所作之艷詞。參見林玫儀〈柳周詞比較研

翠，風流事，平生暢」之描寫確實佔了極大之比例。

　　《樂章集》中有許多洞房或閨閣之樂的書寫，這與耆卿狎妓生活有關，他簸弄風月，露骨地摹描「綺羅香澤之態」，展現「輕薄冶蕩」的意境，極盡軟玉香澤之描寫：

> 秀香家住桃花徑。算神仙、纔堪並。層波細翦明眸，膩玉圓搓素頸。愛把歌喉當筵逞。過天邊、亂雲愁凝。言語似嬌鶯，一聲聲堪聽。洞房飲散簾幃靜。擁香衾、歡心稱。金鑪麝裊青煙，鳳帳燭搖紅影。無限狂心乘酒興。這歡娛、漸入嘉景。猶自怨鄰雞，道秋宵不永。（柳永〈晝夜樂其二〉）

> 飛瓊伴侶，偶別珠宮，未返神仙行綴。取次梳妝，尋常言語，有得幾多姝麗。擬把名花比。恐旁人笑我，談何容易。細思算，奇葩豔卉，惟是深紅淺白而已。爭如這多情，占得人間，千嬌百媚。須信畫堂繡閣，皓月清風，忍把光陰輕棄。自古及今，佳人才子，少得當年雙美。且恁相偎倚。未消得，憐我多才多藝。願嬭嬭，蘭心蕙性，枕前言下，表余深意，為盟誓。今生斷不孤鴛被。（柳永〈玉女搖仙佩〉）

> 欲掩香幃論繾綣。先斂雙蛾愁夜短。催促少年郎，先去睡、鴛衾圖暖。　　須臾放了殘針線。脫羅裳、恣情無限。留取幃前燈，時時待、看伊嬌面。（柳永〈菊花新〉）

> 蜀錦地衣絲步障。屈曲回廊，靜夜閒尋訪。玉砌雕闌新月上。朱扉半掩人相望。　　旋暖熏爐溫斗帳。玉樹瓊枝，迤邐相偎傍。酒力漸濃春思蕩。（柳永〈鳳棲梧其三〉）

耆卿此類作品實多，如〈晝夜樂其二〉寫的是煙花巷弄中的春宵風光、尋歡作樂，是耆卿俚詞中較為庸俗氣的一篇。另外，〈玉女搖仙佩〉、〈菊花新〉、〈鳳棲梧其三〉等作都極盡表現洞房閨閣的纏綿，無怪乎王國維《人間詞話刪稿》載：「余謂：屯田輕薄子，只能遺『嬭嬭蘭心蕙性』耳」。〔註21〕尤其是〈菊花新〉一詞，李調元《雨

　　究〉，收錄於氏著：《詞學考詮》（臺北：聯經出版社，1987 年），頁206～213。
〔註21〕〔清〕王國維著、徐調孚校注：《校注人間詞話》（臺北：頂淵文化，

村詞話》載：「柳永淫詞莫逾於菊花新一闋。」〔註22〕其中「脫羅裳，恣情無限」句實屬低俗之作，至於「催促少年郎，先去睡、鴛衾圖暖」更是露骨得幾近粗鄙。漢代張衡的〈同聲歌〉雖曾對新婚之夜有太過直露的描寫，但耆卿卻是將宿娼之行大書特書，因此被後人認爲「薄於操行」、「詞語塵下」。

　　除了床第之事，文人與娼妓之間產生情愫，後又面臨到分離時，多會因憶及往日歡樂，而有相思悲怨之緒，如〈晝夜樂其一〉以娼妓的角度，寫出男子走後，依戀不捨，回憶起當時的歡樂，並道出如今的相思難耐；〈少年遊其八〉則是爲神女發聲，寫出娼妓們的心聲。就算曾經風光一時，被王孫公子們包圍追求，一旦厭倦後，一走了之的結果，多是女子獨噬寂寞：

> 洞房記得初相遇。便只合、長相聚。何期小會幽歡，變作離情別緒。況值闌珊春色暮。對滿目、亂花狂絮。直恐好風光，盡隨伊歸去。　　一場寂寞憑誰訴，算前言、總輕負。早知恁地難拼，悔不當時留住。其奈風流端正外，更別有、繫人心處。一日不思量，也攢眉千度。(柳永〈晝夜樂其一〉)

> 一生贏得是淒涼。追前事、暗心傷。好天良夜，深屏香被。爭忍便相忘。　　王孫動是經年去，貪迷戀、有何長。萬種千般，把伊情分。顛倒儘猜量。(柳永〈少年遊其八〉)

對士大夫之儔的文人而言，與娼妓之間儘管可以「雲雨未消歌伴」，纏綿繾綣至生死相許，但是當功名利祿與風花雪月間有所扞隔時，禁於傳統道德藩籬內的文人多是揮淚別紅袖的。以〈晝夜樂其一〉來看，詞中回憶起當年相聚的歡愉，只希望和對方常相廝守永不分離，豈料這短暫的歡樂會帶來日後無窮無盡的追思與回憶。眼前暮春殘景，更使人有所有美好的一切即將消失眼前之感。而這寂寞愁緒又該向誰傾

2001 年)。
〔註22〕〔清〕李調元：《雨村詞話・卷一》，收錄於唐圭璋編：《詞話叢編》，冊二，頁 1391。

－298－

訴呢？辜負了先前的海誓山盟，真是後悔沒將他給留住，而一想到他的風流俊俏，又不禁傾心不已，而他最懾人處當是滿腹才華，才會令人無一日不思量。「洞房」指妓女的住所，亦可是女子的居所或新婚夫婦的臥室，如朱慶餘詩有「洞房昨夜停紅燭」之語，指的便是新婚夫婦臥室，而在耆卿詞中，屢次出現的「洞房」二字，多指娼妓之房，因耆卿經常出入娼樓酒館間，但他並不只能寫和娼妓歡好之情，更能夠深刻寫出娼妓的痛苦和愁悶，且對女性的心情想法也多能感同身受，因此在女性閨怨的作品創作上投入甚深。

　　在耆卿詞中，以女性口吻寫出希望與男子長相廝守的作品頗多，如「早知恁的難拼，悔不當時留住」〈晝夜樂其一〉之語和〈定風波〉中「早知恁麼，悔當初、不把雕鞍鎖」之意雷同，皆有悔不當初，追悔無端之感。由〈定風波〉一詞觀之，耆卿以淺俗語言，寫出了女子追求愛情大方可愛的態度，獨居閨中，閒情難耐，欲與情郎長相廝守，情感濃烈，波瀾有折：

> 自春來、慘綠愁紅，芳心是事可可。日上花梢，鶯穿柳帶，猶壓香衾臥。暖酥消，膩雲嚲，終日厭厭倦梳裹。無那，恨薄情一去，音書無箇。　　早知恁麼，悔當初、不把雕鞍鎖。向雞窗、只與蠻箋象管，拘束教吟課。鎮相隨，莫拋躲。針線閒拈伴伊坐。和我，免使年少，光陰虛過。(柳永〈定風波〉)

〈定風波〉一詞以深切的同情，反映出娼妓的的情感思想，以及對幸福的嚮往與追求。上片描寫所愛的人走後，女子對事事提不起興趣的慵懶心情。而這懶起且起床之後也懶得梳洗打扮的原因，正是情人離去，杳無音信所致。「無那，恨薄情一去，音書無箇」全用第一人稱的口吻讓女子述說自己的心裡話，語言樸實無華，最能傳神。下片由寫現實的相思轉而寫設想，由實入虛，寫出女子的期盼。第一句承上，總結上片，第二句啓下，後悔當初沒把他留住，而「向雞窗、只與蠻箋象管，拘束教吟課。鎮相隨，莫拋躲。針線閒拈伴

伊坐」則是具體描寫她理想的美滿夫妻生活，描寫直露，不加掩飾。另一闋〈慢卷紬〉詞，則是以男子角度寫出悔不當初的遺憾，懷念已不在身旁的佳人：

> 閒窗燭暗，孤幃夜永，欹枕難成寐。細屈指尋思，舊事前歡，都來未盡，平生深意。到得如今，萬般追悔，空只添憔悴。對好景良辰，皺著眉兒，成甚滋味。　　紅茵翠被，當時事、一一堪垂淚。怎生得依前，似恁偎香倚暖，抱著日高猶睡。算得伊家，也應隨分，煩惱心兒裡。又爭似從前，淡淡相看，免恁牽繫。(柳永〈慢卷紬〉)

在傳統的封建階級觀念下，娼妓地位低賤，不過是供人取樂之玩物，耆卿不顧世俗偏見，視娼妓歌女爲知己，與她們之間不是娼妓與恩客的關係，而是充滿了同情與關愛。他不但寫出了娼妓美好的容貌姿態，吟詠了她們的聰慧與才能，更並感同身受地寫出娼妓的悲哀與無奈，對她們付出了眞摯的感情。耆卿寫出了對妓女的憐憫，對她們淪落風塵感到同情，甚至期待她們有一日也能有好的歸宿，如〈關百花其三〉中，一個楚楚可憐的青春少女，卻要開始她的神女生涯，詞中流露出同情意味；〈少年遊其四〉寫出女子的風姿綽約，嬌俏可人，心性溫柔，這樣的人品爲何會淪落風塵呢？詞作中處處流露出對娼妓的同情與惋惜，而〈迷神引〉則寫出娼妓對未來的美好想望：

> 滿搦宮腰纖細。年紀方當笄歲。剛被風流沾惹，與合垂楊雙髻。初學嚴妝，如描似削身材，怯雨羞雲情意。舉措多嬌媚。　　爭奈心性，未會先憐佳壻。長是夜深，不肯便入鴛被。與解羅裳，盈盈背立銀釭，卻道你先睡。(柳永〈關百花其三〉)

> 誤入平康小巷，畫檐深處，珠箔微褰。羅綺叢中，偶認舊識嬋娟。翠眉開、嬌橫遠岫，綠鬢嚲、濃染春煙。憶情牽。粉牆曾恁，窺宋三年。　　遷延。珊瑚筵上，親持犀管，旋疊香箋。要索新詞，殢人含笑立尊前。按新聲、珠喉漸穩，想舊意、波臉增妍。苦留連。鳳衾鴛枕，忍負良天。(柳永〈玉蝴蝶其四〉)

寵佳麗。算九衢紅粉皆難比。 天然嫩臉修蛾，不假施朱描翠。盈盈秋水。恣雅態、欲語先嬌媚。每相逢、月夕花朝，自有憐才深意。 綢繆鳳枕鴛被。深深處、瓊枝玉樹相倚。困極歡餘，芙蓉幬暖，別是惱人情味。風流事、難逢雙美。況已斷、香雲爲盟誓。且相將、共樂平生，未肯輕分連理。（柳永〈尉遲杯〉）

世間尤物意中人。輕細好腰身。香幬睡起，發妝酒釅，紅臉杏花春。 嬌多愛把齊紈扇，和笑掩朱脣。心性溫柔，品流詳雅，不稱在風塵。（柳永〈少年遊其四〉）

紅板橋頭秋光暮。淡月映煙方煦。寒溪蘸碧，繞垂楊路。重分飛，攜纖手，淚如雨。波急隋岸遠，片帆舉。倏忽年華改，向期阻。 時覺春殘，漸漸飄花絮。好夕良天，長孤負。洞房閒掩，小屏空、無心覷。指歸雲、仙鄉杳、在何處。遙夜香衾暖，算誰與。知他深深約，記得否。

（柳永〈迷神引〉）

以美貌爲資本的賣笑生活，在青春易逝的自然規律下，娼妓心中激起對青春的眷戀、對歲月流逝的感歎，以及對美好家庭生活的嚮往。娼妓始終處於卑下的地位，她們始終難以獲得渴望的眞摯愛情，因此，詞中充滿著凄涼寂寞，並同時表現出對幸福的嚮往和對命運的悲歎，反映出深沉濃烈的悲愁意識。

在娼妓歌女這類型的作品中，由贈與特定人物，或紀念、或歌頌某人的作品，更可看出文人與娼妓的交情非淺。以耆卿作品來看，〈鳳銜杯其一〉乃贈娼妓瑤卿之作，對瑤卿能揮毫作詩的文采，給予高度的讚美；另外一闋〈鳳銜杯其二〉則說出瑤卿點染丹青，畫功精湛，但兩人分別之後，只能常展畫作、取信閱讀，無法再相見的遺憾，就算再度流連煙花巷陌，也只是更加斷腸難過。〈征部樂〉是爲了贈舞妓蟲娘之作，在視功名利祿爲天的時代，似耆卿這般「不愛功名愛美人」心態者，恐怕不多，大概只有多情的晏幾道對蓮、鴻、蘋、雲等妓之情差可比擬。〈木蘭花〉寫蟲娘的聰敏體貼、善解

人意，是不少王孫公子追逐的對象；〈集賢賓〉則是與蟲娘的甜蜜與
山盟海誓，對未來充滿美好的期待，並寫出蟲娘的堅定，對耆卿之
死靡它的永誌不渝。可以發現的是蟲娘在不少作品中均有出現，足
見蟲娘在耆卿心中的地位實重。

> 有美瑤卿能染翰。千里寄、小詩長簡。想初裁苔牋，旋揮
> 翠管紅窗畔。漸玉箸、銀鉤滿。　　錦囊收，犀軸卷。常
> 珍重、小齋吟玩。更寶若珠璣，置之懷袖時時看。似頻見
> 千嬌面。（柳永〈鳳銜杯其一〉）

> 小樓深巷狂游遍，羅綺成叢。就中堪人屬意，最是蟲蟲。
> 有畫難描雅態，無花可比芳容。幾回飲散良宵永，鴛衾暖、
> 鳳枕香濃。算得人間天上，惟有兩心同。　　近來雲雨忽
> 西東。詆惱損情悰。縱然偷期暗會，長是恩恩。爭似和鳴
> 偕老，免教斂翠啼紅。眼前時、暫疏歡宴，盟言在、更莫
> 忡忡。待作真箇宅院，方信有初終。（柳永〈集賢賓〉）

> 心娘自小能歌舞。舉意動容皆濟楚。解教天上念奴羞，不
> 怕掌中飛燕妒。　　玲瓏繡扇花藏語。宛轉香茵雲襯步。
> 王孫若擬贈千金，只在畫樓東畔住。（柳永〈木蘭花〉）

少游詞中也有不少贈妓詞，如〈水龍吟〉一闋，《苕溪漁隱叢
話前集·卷五十》引《高齋詩話》云：「少游在蔡州，與營妓婁琬
字東玉者甚密，贈之詞云『小樓連苑橫空』，又云『玉佩丁東別後』
者是也，又贈陶心兒詞云：『天外一鉤橫月，帶三星。』謂心字也。」
〔註23〕足見少游的風流心性：

> 小樓連苑橫空，下窺繡轂雕鞍驟。朱簾半卷、單衣初試、
> 清明時候。破暖輕風、弄晴微雨、欲無還有。賣花聲過盡，
> 斜陽院落；紅成陣，飛鴛甃。　　玉珮丁東別後。悵佳期、
> 參差難又。名韁利鎖、天還知道、和天也瘦。花下重門、
> 柳邊深巷、不堪回首。念多情、但有當時皓月，向人依舊。
> （秦觀〈水龍吟〉）

〔註23〕〔宋〕胡仔：《苕溪漁隱叢話前集·卷五十》，頁337。

玉漏迢迢盡，銀潢淡淡橫。夢迴宿酒未全醒，已被鄰雞催
起怕天明。　　臂上粧猶在，襟間淚尚盈。水邊燈火漸人
行，天外一鉤殘月帶三星。（秦觀〈南歌子其一〉）

香墨彎彎畫，燕脂淡淡勻。揉藍衫子杏黃裙，獨倚玉闌無
語點檀唇。　　人去空流水，花飛半掩門。亂山何處覓行
雲？又是一鉤新月照黃昏。（秦觀〈南歌子其三〉）

宮腰裊裊翠鬟鬆，夜堂深處逢。無端銀燭殞秋風，靈犀得
暗通。　　身有恨，恨無窮，星河沈曉空。隴頭流水各西
東，佳期如夢中。（秦觀〈阮郎歸其二〉）

年時今夜見師師，雙頰酒紅滋。疏簾半捲微燈外，露華上、
烟裊涼颸。簪髻亂拋，偎人不起，彈淚唱新詞。　　佳期
誰料久參差？愁緒暗縈絲。想應妙舞清歌罷，又還對秋色
嗟咨。惟有畫樓，當時明月，兩處照相思。（秦觀〈一叢花〉）

另外，尚有〈一落索〉、〈虞美人〉等別妓、詠妓之作，這些前人認
為的「豔情之作」，卻可見少游對娼妓們的眞心。以〈阮郎歸其二〉
來看，雖屬豔詞，詞中抒寫戀人離合情事，雖極意形容，直認無諱，
而字面上卻顯得隱蔽有分寸，故《遠志齋詞衷》評其爲「樂而不淫」，
和《花間》詞人充滿情欲的描寫不同。再以〈一叢花〉觀之，此詞
作於元祐六年辛末（1091）八月中秋前後，詞之上片回憶和名妓師
師的相會，下片遙想師師於輕歌曼舞後的對月傷懷。地位卑賤的娼
妓，迫於生活，她們強顏歡笑，身不由己。少游雖不若耆卿寄跡青
樓的時間長久，但他憑著善感的詞心，因能體會娼妓的「對人歡笑
背人愁」，對娼妓們日逐笙歌的強作歡樂心存憐惜，爲她們寂寞凄
苦的生活和空耗韶華的悲苦命運感到悲痛，因此王國維說：「永叔、
少游雖作豔語，終有品格。」〔註24〕歌妓一般多是色藝俱佳，在長
期與文人交往中，容易產生愛情和友情，身爲文人如少游和耆卿
者，只能報以友善之文墨，以富於情感的筆觸寫她們的內心世界，

〔註24〕〔清〕王國維著、徐調孚校注：《校注人間詞話》，頁18。

反映出她們對眞摯愛情的盼望，以及嚮往自由美好生活的執著。

參　欲語還休之愁

從物候節序的視角觀察中國古代文學，傷春與悲秋同爲最突出的主題，其源遠流長，在古典詩歌中出現頻率相當高。在北宋詞人中，耆卿向來以擅寫悲秋之作名世，其秋作亦多；而少游和易安則擅寫傷春之作。於前章中，已探討過季節在閨閣書寫中的使用及其意義，此節所探討者不以因春秋之季引其之相思或家國之悲，而是專爲評述閨中引發之輕愁，或傷春悲秋，或難以名狀的閒愁，均因多愁善感所致。

詞人身處閨閣之中，除了思念情人而生之繾綣相思，另有許多篇章旨在抒發詞人傷春悲秋，難以言述的幽情。詞人之心善感多愁，春天風雨、秋季節氣，皆會在心靈蕩起難以平抑的漣漪。以秦觀來說，其詞中之秋季書寫十分淒黯，如〈菩薩蠻〉中之「蟲聲泣露驚秋枕」，乃因愁多恨長，眠爲不得，《古今詞統·卷五》謂其「寫盡一夜之輾轉」。《詞菁·卷二》則評曰爲「苦境」。而春秋兩季的書寫，實源於詞人纖細敏感的詞心，往往承載著豐盈的情感，於紙上筆端馳騁情思，而這份情思，除了傷春悲秋之嘆，更有著是難以言喻，無以名狀之輕愁。

少游詞中有情感純粹的傷春詞，如〈蝶戀花〉寫惜春、問春、尋春，最終設計留春，格調清新，極癡也極巧。又如〈如夢令〉起句即問「春歸何處」，答案無處尋覓，滿目落花飛絮，簾外風雨更添淒涼，卻也只能感歎「無緒，無緒」。再者，如〈阮郎歸其一〉既寫傷春復寫傷別，「怨春春怎知」一句傳達了對春天逝去的歡惋無奈之情；另如〈畫堂春〉寫出無名的幽思愁緒，「杏園憔悴杜鵑啼，無奈春歸」，不知春歸是恨之觸端，抑或本已有恨，才爲春歸動情：

> 曉日窺軒雙燕語。似與佳人，共惜春將暮。屈指艷陽都幾
> 許。可無時霎閑風雨。　　流水落花無問處。只有飛雲，

> 冉冉來還去。持酒勸雲雲且住。憑君礙斷春歸路。（秦觀〈蝶戀花〉）

> 池上春歸何處？滿目落花飛絮。孤館悄無人，夢斷月堤歸路。無緒，無緒，簾外五更風雨。（秦觀〈如夢令其五〉）

> 褪花新綠漸團枝，撲人風絮飛。鞦韆未拆水準堤，落紅成地衣。　　遊蝶困，乳鶯啼，怨春春怎知？日長早被酒禁持，那堪更別離。（秦觀〈阮郎歸其一〉）

> 落紅鋪徑水平池，弄晴小雨霏霏。杏園憔悴杜鵑啼，無奈春歸。　　柳外畫樓獨上，憑闌手撚花枝。放花無語對斜暉，此恨誰知？（秦觀〈畫堂春〉）

〈畫堂春〉一詞作於宋神宗元豐五年（1082），屬春歸傷懷之感，沒有呼天搶地的斷腸，只有纖柔婉約的淡淡哀傷。落紅鋪徑、水滿池塘、小雨霏霏，到杏園花殘、杜鵑啼叫，句句寫景寫實，充滿了傷春之情，畫面卻顯得平和沖淡。以「憔悴」二字寫「杏園」道出春光之遲暮，不直露而顯得含蓄。而杜鵑啼聲哀怨淒切，相傳周末蜀王杜宇，號望帝，失國而死，其魄化為杜鵑，日夜悲啼，淚盡繼以血，哀鳴而終，後以杜鵑啼血比喻哀傷至極，「杏園憔悴杜鵑啼」的杜鵑意象和〈踏莎行〉中的「可堪孤館閉春寒，杜鵑聲裏斜陽暮」相同，均表現出心境的哀淒。佳人獨撚花枝於柳外畫樓之上，輕歎若能留住美好春光，該是多麼歡欣之事，於是反復撚著手中花枝，不願輕易拋去，似乎是持住花兒，便能留住春天將逝的腳步。在「撚」這一舉措中所寄託的情感，將惜春之情寄於其中，可謂含蓄蘊藉。可惜的是，人類無法改變大自然的運行，既然留春不住，便放下手中花枝，任春歸去。而「無語對斜暉」更將傷感又無奈的情感，表現得愈益悠遠深長。

俞平伯《唐宋詞選釋》中云：「（〈蝶戀花〉）全篇悲涼，卻用委婉語寫出。」上闋寫春日之景，春日陽光透入小屋之中，雙燕低聲呢喃，好似和寂寞佳人一同嘆息，惋惜著春日將逝。再屈指數數，一春之中有多少個豔陽天呢？豈無一時半刻的風雨閑聲？春天天

氣多變化，雲時晴雲時雨是常見之景，豔陽高出之時可是相當珍貴的時刻。流水落花一去不返，莫可探詢，只好託雲暫停，因爲只有雲兒能遮斷春的歸途。看似簡單的發問之語，卻寄託了佳人的期盼，落花流水之不足問，更何況浮雲呢？此闋詞情韻相生，對於即將逝去的春光，佳人有除了無計留春住的感傷，更有滿滿的惜春之慨。以下兩闋亦屬此類：

香靨凝羞一笑開，柳腰如醉肯相挨，日長春困下樓臺。
　　照水有情聊整鬢，倚欄無緒更兜鞋，眼邊牽繫懶歸來。
（秦觀〈浣溪沙其二〉）

門外鴉啼楊柳，春色著人如酒。睡起熨沈香，玉腕不勝金斗。消瘦，消瘦，還是褪花時候。（秦觀〈如夢令〉）

另一首少游著名的〈浣溪沙〉，更是寫活了似花非花、似霧非霧，模糊難辨卻又清楚存在的春愁。那種只可意會，無法言傳如「來如春夢不多時，去似朝雲無覓處」般的幽微隱渺。此闋詞只寫出季節和景物，並無具體寫出人物，但主人翁的形象與動作卻栩栩如生地如現讀者眼前：

漠漠輕寒上小樓，曉陰無賴似窮秋，淡煙流水畫屏幽。
　　自在飛花輕似夢，無邊絲雨細如愁，寶簾閑掛小銀鉤。
（秦觀〈浣溪沙〉）

「寶簾閑掛小銀鉤」一語中之「寶簾」與「銀鉤」，增添了室內物品的華美度，而「閑」字除了有悠閒自適的意味，也有投閒置散之意，直是少游起居寫照；唐圭璋以爲：「此首〈浣溪沙〉，景中見情，輕靈異常。上片起言登樓，次怨曉陰，末述幽境。下片兩對句，寫花輕雨細，境更微妙。『寶簾』一句，喚醒全篇。蓋有此一句，則簾外之愁境及簾內之愁人，皆分明矣。」〔註25〕春晨微陰，頗有料峭之意，輕寒侵入小樓，身處小樓之內倒似有晚秋之感。此言之「小樓」，乃女子之住處，因此並非女子「登上」小樓，而是輕寒「襲上」小樓。通

────────────

〔註25〕唐圭璋：《唐宋詞簡釋》（臺北：木鐸出版社，1982年），頁105。

篇皆是景語，上下片均前兩句寫室外景，後一句寫室內景，將春寒中如夢如愁的飛花絲語與清幽閒靜的居室關聯在一起，又暗暗將人置於其間，於是，一切景語皆為情語，人的思緒情懷不言而喻，無愧為少游的壓卷之作。少游詞外觀看來雖然極為平淡，但平淡中卻帶著極為纖細銳敏的心靈感受，無怪乎有「古之傷心人」之稱。

易安的傷春詞數量亦多，均寫出她的善感多情。北宋滅亡前，易安詞之風格清俊曠逸，反映早年悠閒風雅的生活情調，〈如夢令〉即其中之一。此詞以寥寥數語的對話，曲折地表達出惜花的心情，書寫傳神，並蘊藉了對春光一瞬，好花不常的惋惜之情，體現出她的高雅情趣：

> 昨夜雨疏風驟，濃睡不消殘酒。試問捲簾人，卻道海棠依舊。知否？知否？應是綠肥紅瘦。（李清照〈如夢令〉）

沈際飛云：「『知否』兩字，疊得可味。『綠肥紅瘦』創獲自婦人，大奇。」〔註26〕足見此詞意境之美，造語之妙。暮春夜晚，狂風驟雨襲來，百花蒙受了一場大災難，自然觸動了易安對百花的憐惜之情。易安只言風雨，不言落花，由與捲簾人之對話，帶出海棠無恙、綠肥紅瘦的結果。與孟浩然詩云：「夜來風雨聲，花落知多少？」（〈春曉〉）相較，易安遣詞用字雖白話直顯，但卻另有一番委婉意境，更能啟人思緒揣想畫面。劉坡公《學詞百法》：「言情之詞，貴乎婉轉，最忌率直。」由「問」突顯易安對的百花的殷憂，捲簾人的平淡，更盪出易安心中的無盡憐惜。黃氏《蓼園詞評》即謂：「一問極有情，答以『依舊』，答得極澹，跌出『知否』二句來。而『綠肥紅瘦』，無限淒婉，卻又妙在含蓄，短幅中藏無數曲折，自是聖於詞者。」〔註27〕此詞除可看出易安惜花之心，亦可得見閨中閒情。另兩首〈浣溪沙〉也都是惜花傷春之作：

〔註26〕沈氏語參見〔清〕黃氏：《蓼園詞評》，收錄於唐圭璋編：《詞話叢編》，冊四，頁3024。
〔註27〕〔清〕黃氏：《蓼園詞評》，收錄於唐圭璋編：《詞話叢編》，冊四，頁3024。

　　小院閒窗春色深，重簾未捲影沈沈，倚樓無語理瑤琴。

　　　　遠岫出山催薄暮，細風吹雨弄輕陰，梨花欲謝恐難禁。

（李清照〈浣溪沙〉）

　　淡蕩春光寒食天，玉爐沈水裊殘煙，夢回山枕隱花鈿。

　　　　海燕未來人鬭草，江梅已過柳生綿，黃昏疏雨濕秋千。

（李清照〈浣溪沙〉）

以〈浣溪沙・淡蕩春光寒食天〉一詞來說，寫的是寒食節時戶內戶外的活動，鬭草的愉悅卻掩蓋不了女子惜春的淡淡哀愁，此應為易安未出嫁前之作，易安在「常記溪亭日暮」〈如夢令〉等作品中，亦有春遊的書寫。此詞上片寫寒食天室內室外的景象，女子在淡蕩春光中，幽閨獨處，百無聊賴，香爐裊煙，春夢初回，斜敧山枕，對著香爐裡縷縷殘煙出神。下片則是女子白天戶外的活動及黃昏的景象，江梅已謝，柳絮初生，燕子雖尚未從海上飛來，天真的女伴們已按捺不住思春情懷，出閨門行鬭百草的遊戲；女子自己卻足不出戶，看著疏落雨絲打濕空掛著的秋千。詞中的天氣由晴轉陰，女子的心情也由嬌慵轉入淒清，其中「黃昏疏雨濕千秋」一句極富詩意，「濕」者，詩也。庭院中的秋千在細雨中擺盪，正如同女子懷春的心思起伏不定。黃氏於《蓼園詞評》中言：「（其「濕」字）可與『絲雨濕流光』、『波底夕陽紅濕』『濕』字爭勝。」〔註28〕淡淡幾筆，勾勒出寒食節的初春景色與民間習俗，情韻全出。《譚評詞辨・卷一》讚曰：「易安居士獨此篇有唐調。」

　　除了傷春的情緒，秋氣的降臨亦能使深受傳統文化習染的文人興起難以名狀的憂思。秋是萬木黃落凋零之季節，也是天高雲淡、氣清爽人之時序，多情又多愁善感的文人逢秋而悲，在詩詞作品中形諸歌詠：

　　秋容老盡芙蓉院。草上霜花勻似翦。西樓促坐酒杯深，風壓繡簾香不捲。　　玉纖慵整銀箏雁，紅袖時籠金鴨暖。

─────────────

〔註28〕〔清〕黃氏：《蓼園詞評》，收錄於唐圭璋編：《詞話叢編》，冊四。

歲華一任委西風，獨有春紅留醉臉。（秦觀〈木蘭花〉）

天高氣爽，空闊的景物，在秋意詞中撩人情思。〈木蘭花〉詞中之女子雖雲鬢霜染，容顏衰敗，亦不免發出歲華西風之歎，頹豔中有及時行樂之感。

　　詞人以纖細敏感的詞心傷春悲秋，除了感傷春將逝、秋已盡，有時也會有著無以名狀之閒愁，頗有稼軒詞中的「如今識盡愁滋味，欲語還休，欲語還休，卻道天涼好個秋」的味道，心中滿滿的愁緒，卻又不知從何說起，那份難以形容的清愁，最是磨人。

東風吹柳日初長，雨餘芳草斜陽。杏花零落燕泥香，睡損紅粧。　　寶篆烟銷龍鳳，畫屏雲鎖瀟湘。夜寒微透薄羅裳，無限思量。（秦觀〈畫堂春〉）

楊湜《古今詞話》：「少游〈畫堂春〉『雨餘芳草斜陽，杏花零落燕泥香』之句，善於狀景物。至於『寶篆煙銷龍鳳，畫屏雲鎖瀟湘』二句，便含蓄無限思量意思，此其有感而作也。」〔註29〕美人在白晝春睡，夜晚卻因「無限思量」而輾轉反側，這樣的作息晝夜顛倒，必是心有所思，情有所感。這類詞的共同之處係出自善感纖敏的人格特質，不論是被春秋之天候引起，或是自憐自嘆難以成眠，均由於心中一點幽微情思，一經誘發，則氾濫心傷。

肆　身世之感

　　將觀花飲酒，吟詠風月之作，結合詞人自己的身世經歷，寄託情感、宣洩情緒。周濟《宋四家詞選》言少游之詞：「將身世之感，打并入豔情，又是一法。」〔註30〕詞的發展自五代至北宋，相應要求體制更宏觀，眼界更寬闊，其藝術性和發展性亦大爲向前推進。秦觀承繼花間以來的傳統而參以特有幽微深細之「詞心」，詞主情致、尚柔美，但他將身世之感打并入豔詞，即使爲閨閣之作，仍有個人身世經

〔註29〕〔宋〕楊湜：《古今詞話》，收錄於唐圭璋編：《詞話叢編》，冊一，頁33。

〔註30〕〔清〕周濟：《宋四家詞選》（北京：中華書局，1985年），頁29。

歷之慨，在柔婉綺麗中有沉著之致，以自我身世之感，深化閨閣詞的
意境。不僅少游如此，細察耆卿與易安之作，亦多有寄自身感慨於閨
閣書寫之中者，下分項述之。

一、仕途受挫

少游的〈滿庭芳〉以男子的角度，自悔薄倖，並引杜牧〈遣懷〉
詩「十年一覺揚州夢，贏得青樓薄倖名」之句，將身世之感打併入豔
情：

> 曉色雲開，春隨人意，驟雨才過還晴。古臺芳榭，飛燕蹴
> 紅英。舞困榆錢自落，鞦韆外、綠水橋平。東風裏，朱門
> 映柳，低按小秦箏。　　多情，行樂處，珠鈿翠蓋，玉轡
> 紅纓。漸酒空金榼，花困蓬瀛。豆蔻梢頭舊恨，十年夢、
> 屈指堪驚。憑闌久，疏烟淡日，寂寞下蕪城。(秦觀〈滿庭芳
> 其二〉)

此詞寫春遊勾想起當年揚州綺夢，上片寫景，下片抒情。其中三組景
物「古臺芳榭，飛燕蹴紅英」、「舞困榆錢自落，秋千外、綠水橋平」
與「東風裏，朱門映柳，低按小秦箏」，從不同角度，展現了宜人的
春色。下片抒情雖然真切，但與景物的描寫相比，相對遜色，陳廷焯
《白雨齋詞話》云：

> 少游滿庭芳諸闋，大半被放後作，戀戀故國，不勝熱中，
> 其用心不逮東坡之忠厚。而寄情之遠，措語之工，則各有
> 千古。〔註31〕

全篇黯然自傷，情味濃切。少游創作〈滿庭芳〉〔註32〕一詞時已三十
一歲，除了書寫離情，其中更寄託個人不遇之感。周濟在《宋四家詞

〔註31〕〔清〕陳廷焯：《白雨齋詞話・卷一》，收錄於唐圭璋編：《詞話叢編》
　　　　冊四，頁 3785。
〔註32〕〈滿庭芳〉：山抹微雲，天黏衰草，畫角聲斷譙門。暫停征棹，聊共
　　　　引離尊。多少蓬萊舊事，空回首、煙靄紛紛。斜陽外，寒鴉萬點，
　　　　流水繞孤村。銷魂。當此際，香囊暗解，羅帶輕分。漫贏得、青樓
　　　　薄倖名存。此去何時見也，襟袖上、空惹啼痕。傷情處，高城望斷，
　　　　燈火已黃昏。

選》中直指少游之作乃是「將身世之感，打并入豔情」。此一評價寫
得深刻眞確，少游之佳妙處正在於看似抒情，寫的是相思情愛之作，
實則寄寓了對人生的感懷喟嘆，著實扣人心絃，而〈滿庭芳〉一詞亦
爲他贏得「山抹微雲君」的美名。

少游一生挫折不斷，經歷三次科舉考試才躋身仕途，元豐八年中
舉之後，僅在元祐時期有過幾年短暫的愉悅生活，之後便一直處於流
放之中。《四庫全書總目・淮海詞提要》曾讚秦觀詞「情韻兼勝」。楊
海明於《唐宋詞史》中則認爲秦觀詞的「情勝」，主要是在傳統的風
格模式中，傾注了有關政治境遇與身世遭逢的新內容，這種在情感內
蘊方面相當程度的突破，又顯得比較隱晦而不易被人察覺；而秦詞的
「韻勝」，不但指小令風韻標緻，更指它能利用令詞的文雅與含蓄來
彌補柳永慢詞的俚俗與顯露〔註33〕。

少游的著名詞作〈踏莎行〉係坐黨籍連遭貶謫時所寫，表現出當
時的失意和對政治的不滿。紹聖初年，少游以舊黨被貶爲杭州通判，
再貶監處州酒稅，又削去官職，遠徙郴州，此詞即紹聖四年（1097）
在郴州所作。詞之上片寫客館淒涼情景，下片寫貶謫飄零之苦：

> 霧失樓台，月迷津渡，桃源望斷無尋處。可堪孤館閉春寒，
> 杜鵑聲裡斜陽暮。　　　驛寄梅花，魚傳尺素，砌成此恨無
> 重數。郴江幸自繞郴山，爲誰流下瀟湘去？（秦觀〈踏莎行〉）

夜霧罩著淒迷的世界，樓台消失在茫茫大霧中，渡口被矇矓的月色
隱沒，雲遮物障下，桃花源已無處可尋。起首四句，營造出一個似
霧若幻的世界。清人黃氏在《蓼園詞評》中言：「霧失月迷，總是被
讒寫照。」〔註34〕迷惘惆悵的心情混同著思鄉懷舊之悲，全詞彌漫
著傷感之味。汲古本中載：「坡翁絕愛此詞尾兩句，自書於扇云：『少
游已矣，雖萬人何贖。』」〔註35〕在《人間詞話》第二十九則中：「少

〔註33〕楊海明：《唐宋詞史》，頁388～398。
〔註34〕〔清〕黃氏：《蓼園詞評》，收錄於唐圭璋編：《詞話叢編》，冊四，
　　　　頁3048。
〔註35〕《冷齋夜話》中亦載此句，參見〔清〕黃氏：《蓼園詞評》，收錄於

游詞境最為淒婉。至『可堪孤館閉春寒，杜鵑聲裏斜陽暮』，則變而為淒厲矣。東坡賞其後二語，猶為皮相。」〔註36〕此言實可與呂本中於《呂氏童蒙詩訓》中所言：「少游過嶺後詩，嚴重高古，與舊作不同」〔註37〕相似。下引少游兩詞亦皆自傷身世之作：

> 水邊沙外，城郭春寒退。花影亂，鶯聲碎。飄零疏酒盞，離別寬衣帶。人不見，碧雲暮合空相對。　　憶昔西池會，鵷鷺同飛蓋。攜手處，今誰在？日邊清夢斷，鏡裏朱顏改。春去也，飛紅萬點愁如海。（秦觀〈千秋歲〉）

> 遙夜沈沈如水，風緊驛亭深閉。夢破鼠窺燈，霜送曉寒侵被。無寐，無寐，門外馬嘶人起。（秦觀〈如夢令〉）

〈千秋歲〉一詞為謫虔州日作，抒遷謫之恨。上片寫今，背景是初春「花影亂，鶯聲碎」的熱鬧景致，下片憶昔，發今昔之慨，沉痛之至，催人淚下。結句「春去也，飛紅萬點愁如海」，頗有子美〈曲江對酒〉詩中「一片花非減卻春，風飄萬點正愁人」之味，以海喻愁，言憂愁有如浩瀚的大海，亦言謫恨既深且廣，真可謂警句也。從時間上來看，上下片似乎相齟齬，但由心理層面觀之，須臾春來春歸正是韶華短暫，壯志未酬人先老之意。

　　而耆卿自視甚高，並自負「定然魁甲登高第」（〈長壽樂〉），但卻仕途多舛，詞作中常表現其志向，如「黃金榜上，偶失龍頭望。明代暫遺賢，如何向？未遂風雲便，爭不恣狂蕩」（〈鶴沖天〉），就是他科舉失意後的牢騷之作，語多激憤，抒發他落榜不第的不滿與憤懣。姚守梅認為「用世之志」對柳詞「詩化」傾向的影響：「柳永詞在向主體的內心世界掘進，抒情言『志』的同時，也將目光投向了外部的大千世界，表現了更為廣闊的社會生活。這就在一定程度上衝出了傳統

唐圭璋編：《詞話叢編》，冊四，頁3048。

〔註36〕〔清〕王國維著、徐調孚校注：《校注人間詞話》（臺北：頂淵文化，2001年），頁17。

〔註37〕〔宋〕魏慶之：《詩人玉屑·卷十八》（臺北：臺灣商務印書館，1968年），頁323。

的『詞爲豔科』的藩籬，使一向由詩來表現的題材、內容進入了詞的『勢力範圍』。」〔註38〕由內容上看，這類詞作的確都是境界開闊的作品，吐露詞人仕途不順的心聲。

二、羈旅行役

羈旅，乃指長久寄居異地，不得歸鄉；行役，則是指因爲服役或公務而奔波在外。羈旅行役之作，主要抒發遊子長期在外奔忙的辛苦勞碌，以及由此而生的懷鄉、懷人之思。《詩經·卷耳》中有「陟彼高岡，我馬玄黃。我姑酌彼兕觥，維以不永傷」的辛酸慨歎，也有「陟彼岵兮，瞻望父兮」（〈陟岵〉）的殷切思念，足見以「行役夙夜無已」（〈陟岵〉）反映對行役生活的厭倦之作，自古有之。

王國維在談到詩詞境界時說：「境界有二：有詩人之境界，有常人之境界。詩人之境界，惟詩人能感之而能寫之，故讀其詩者，亦高舉遠慕，有遺世之意。而亦有得有不得，且得之者亦各有深淺焉。若夫悲歡離合，羈旅行役之感，常人皆能感之，而惟詩人能寫之。」（《人間詞話·附錄十六》）〔註39〕真正動人心絃的字句，入於人者至深，行於世者尤廣，要能使人觀其詩文，有吟詠詩句、搖蕩心靈之感。如王氏於《人間詞話·三十》說：

> 「風雨如晦，雞鳴不已。」「山峻高以蔽日兮，下幽晦以多雨。霰雪紛其無垠兮，雲霏霏而承宇。」「樹樹皆秋色，山山盡落暉。」「可堪孤館閉春寒，杜鵑聲裏斜陽暮。」氣象皆相似。〔註40〕

古今逐臣怨婦的傷痛皆同，屈原投江明志令人心旌動搖，少游坐困郴州的悲苦，亦能由「可堪孤館閉春寒，杜鵑聲裏斜陽暮」的景象中令人掬淚。以耆卿觀之，其仕途多舛，早年熱衷功名，弱冠之年即參加進士考試，可惜「黃金榜上，偶失龍頭望」，其後多次應試皆未中，

〔註38〕顧之京、姚守梅、耿小博：《柳永詞新釋輯評》（北京：中國書店，2005年），頁2。
〔註39〕〔清〕王國維著、徐調孚校注：《校注人間詞話》，頁72。
〔註40〕〔清〕王國維著、徐調孚校注：《校注人間詞話》，頁17。

只得寄情於歌樓酒館中,「忍把浮名,換了淺斟低唱」。直至五十歲後始中進士,卻又長期屈居下僚,仕途的失意與漂泊行役的勞苦,滿溢詞作之中。陳振孫《直齋書錄解題・卷二十一》中載:「(耆卿)詞格固不高,而音律諧婉,語意妥帖,承平氣象,形容曲盡,尤工於覊旅行役。」〔註41〕

> 佇倚危樓風細細。望極春愁,黯黯生天際。草色煙光殘照里。無言誰會憑闌意。　擬把疏狂圖一醉。對酒當歌,強樂還無味。衣帶漸寬終不悔。爲伊消得人憔悴。(柳永〈蝶戀花〉)

將漂泊異鄉的落魄和懷戀意中人的纏綿情思縮合,上片寫春日登樓引起之愁思,下片言執著纏綿的春愁難遣,並點出春愁生成之因。唐圭璋《唐宋詞簡釋》:「此首上片寫境,下片抒情。『佇倚』三句,寫遠望愁生。『草色』兩句,實寫所見冷落景象與傷高念遠之意。換頭深婉。『擬把』具與『衣帶』兩句,更柔厚。與『不辭鏡裡朱顏瘦』語,同合風人之旨。」〔註42〕王國維的《人間詞話》更將「衣帶漸寬終不悔」一句視爲古今之成大事業、大學問者,所需經過的三種境界中的第二層境界,乃取其專精執著、至誠不渝的態度。

　　姚蓉、王兆鵬〈論柳永覊旅行役詞的抒情模式〉〔註43〕一文中曾統計過耆卿的覊旅行役之作,總計有七十首,大約占全部詞作的三分之一。根據抒情內容表達方式的不同,將這些作品分爲四種模式:浪萍風梗式、登高臨遠式、孤館夢回式以及臨歧傷別式,並透視了其中的「佳人情結」。在覊旅詞中懷想佳人,大量吟詠、反復體現情緒的詞人不多見,耆卿七十首覊旅之作中,只有四首無關風月,非以懷想佳人爲主旨,其覊旅詞作中皆描繪他與所愛佳人之間的離愁別緒

〔註41〕〔宋〕陳振孫:《直齋書錄解題・卷二十一》(北京:中華書局,1985年)頁583。

〔註42〕唐圭璋:《唐宋詞簡釋》(臺北:木鐸出版社,1982年),頁71。

〔註43〕姚蓉、王兆鵬:〈論柳永覊旅行役詞的抒情模式〉,《湖南大學學報(社會科學版》第22卷第1期,2008年01月,頁85~89。

外，也多表達他對所愛佳人的懷想。並追憶著往昔的美好情事：

> 對瀟瀟暮雨灑江天，一番洗清秋。漸霜風淒緊，關河冷落，
> 殘照當樓。是處紅衰翠減，苒苒物華休。唯有長江水，無
> 語東流。　　不忍登高臨遠，望故鄉渺邈，歸思難收。嘆
> 年來蹤跡，何事苦淹留？想佳人，妝樓顒望，誤幾回、天
> 際識歸舟。爭知我，倚闌干處，正恁凝愁。（柳永〈八聲甘州〉）

宦游在外，清秋的淒冷蕭穆引起漂泊之苦和思歸之情，尤其日暮時
分，蕭瑟之景更易撩人心絃。秋聲秋色與人生失意結合，表現出沈鬱
的悲秋情結，增添詞境的蒼涼意味，引發人們對生命意義的追尋，勾
起仕途坎坷者的身世之感。〈八聲甘州〉一詞語淺情深，以羈旅行役
之苦帶出思歸情緒。宋趙令畤《侯鯖錄‧卷七》載：

> 東坡云：「世言柳耆卿曲俗，非也。如八聲甘州云：『霜風
> 淒緊，關河冷落，殘照當樓。』此語於詩句不減唐人高處。」
> 〔註44〕

登高臨遠，暮雨瀟瀟，江上清秋的景致帶出生命的消逝、山河的冷
落；草木凋零，長江東流，故鄉渺遠，望而不見，正是耆卿羈旅生
涯悲劇人生的寫照。而下片中妝樓遠眺的癡情佳人，誤認他人的歸
舟為心上遊子，頗有溫庭筠「梳洗罷，獨倚望江樓。過盡千帆皆不
是，斜暉脈脈水悠悠。腸斷白蘋洲。」（〈夢江南〉）之味。劉體仁《七
頌堂詞繹》亦稱：「詞有與古詩同妙者。……『關河冷落，殘照當樓』
即勒勒之歌也。」〔註45〕

以耆卿〈戚氏〉一詞觀之，秋天的黃昏和夜晚為背景，以宋玉悲
秋筆調，抒發個人飄泊淪落的身世之感，格調淒怨動人，詞中極寫離
鄉背井，功名未遂的苦悶，是耆卿詞中最長的作品。另如〈傾杯〉的
羈旅懷人、〈夜半樂〉在閨情中雜入羈旅之愁等，均感人真切。清人
許昂霄《詞綜偶評》評〈夜半樂〉：「第一疊言道途所經，第二疊言目

〔註44〕〔宋〕趙令畤：《侯鯖錄‧卷七》，收錄於《全宋筆記　第二編　六》，
　　　　頁259。
〔註45〕〔清〕劉體仁：《七頌堂詞繹》，收錄於《續修四庫全書》，冊一七三
　　　　三，頁185。

中所見，第三疊乃言去國離鄉之感。到此因念繡閣輕拋二句。接上一片。」〔註46〕陳銳《褒碧齋詞話》載：「此種長調，不能不有此大開大闔之筆。」〔註47〕蔡嵩雲《柯亭詞論》亦云：「〈夜半樂〉『凍雲黯淡天氣』……諸闋，寫羈旅行役中秋景，均窮極工巧。」〔註48〕

　　晚秋天。一霎微雨灑庭軒。檻菊蕭疏，井梧零亂惹殘煙。淒然。望江關。飛雲黯淡夕陽間。當時宋玉悲感，向此臨水與登山。遠道迢遞，行人淒楚，倦聽隴水潺湲。正蟬吟敗葉，蛩響衰草，相應喧喧。　　孤館度日如年。風露漸變，悄悄至更闌。長天淨，絳河清淺，皓月嬋娟。思綿綿。夜永對景，那堪屈指，暗想從前。未名未祿，綺陌紅樓，往往經歲遷延。　　帝里風光好，當年少日，暮宴朝歡。況有狂朋怪侶，遇當歌、對酒競留連。別來迅景如梭，舊遊似夢，煙水程何限。念利名、憔悴長縈絆。追往事、空慘愁顏。漏箭移、稍覺輕寒。漸嗚咽、畫角數聲殘。對閑窗畔，停燈向曉，抱影無眠。(柳永〈戚氏〉)

　　鶩落霜洲，雁橫煙渚，分明畫出秋色。暮雨乍歇。小楫夜泊，宿葦村無山驛。何人月下臨風處，起一聲羌笛。離愁萬緒，聞岸草、切切蛩吟如織。　　為憶。芳容別後，水遙山遠，何計憑鱗翼。想繡閣深沈，爭知憔悴損、天涯行客。楚峽雲歸，高陽人散，寂寞狂蹤跡。望京國。空目斷、遠峰凝碧。(柳永〈傾杯〉)

　　凍雲黯淡天氣，扁舟一葉，乘興離江渚。渡萬壑千巖，越溪深處。怒濤漸息，樵風乍起，更聞商旅相呼。片帆高舉，泛畫鷁，翩翩過南浦。　　望中酒旆閃閃，一簇煙村，數行霜樹。殘日下，漁人鳴榔歸去。敗荷零落，衰楊掩映，

〔註46〕〔清〕許昂霄：《詞綜偶評》，收錄於唐圭璋編：《詞話叢編》，冊二，頁1552。

〔註47〕〔清〕陳銳：《褒碧齋詞話》，收錄於唐圭璋編：《詞話叢編》，冊五，頁4202。

〔註48〕〔清〕蔡嵩雲：《柯亭詞論》，收錄於唐圭璋編：《詞話叢編》，冊五，頁4911。

岸邊兩兩三三，浣紗遊女。避行客、含羞笑相語。　　到
此因念，繡閣輕拋，浪萍難駐。歎後約丁寧竟何據。慘離
懷，空恨歲晚歸期阻。凝淚眼，杳杳神京路。斷鴻聲遠長
天暮。（柳永〈夜半樂〉）

　　少游的羈旅之作，同樣呈現出宦遊者命運多舛之痛。不過，少游
詞不似耆卿滿溢濃厚沈重的悲痛，以其少游體一脈的淡淡惆悵、輕輕
哀傷，娓娓訴說失意無奈，營造出淒迷的氛圍：

遙夜沈沈如水，風緊驛亭深閉。夢破鼠窺燈，霜送曉寒侵
被。無寐，無寐，門外馬嘶人起。（秦觀〈如夢令〉）

池上春歸何處？滿目落花飛絮。孤館悄無人，夢斷月堤歸
路。無緒，無緒，簾外五更風雨。（秦觀〈如夢令〉）

〈如夢令〉兩詞，上詞通過驛亭一夜的所聞、所見、所感，抒寫謫官
羈旅的勞頓情狀；另一闋則是寫出孤館無人，僅有落花、月兒與風雨
相伴的春夜情懷。無論是無眠或無緒情狀，均令人感受到倦於宦遊之
意。

三、個人生命歷程之變遷

　　閨閣詞亦可反映出人生歷程之變遷，亦為「將身世之感，打并入
詞作」的另一種呈現。以易安來說，身為女性，一生之中處於閨閣的
時間佔了人生的大半時光，從青春少艾到垂垂老矣，年歲既有增長，
心境亦有所轉變，其詞作中所蘊含之思想內容也呈現多樣化，可說是
個人身世之感的呈現。

　　〈武陵春〉一詞題為「春晚」，一作「暮春」。紹興四年（1134）
易安卜居金華，次年春作此詞，除寫國破家亡之苦，亦抒發愁悶至極
的心情，可以說熔悼亡、悲年華老去、哀國破家亡種種之嘆於一爐：

風住塵香花已盡，日晚倦梳頭。物是人非事事休，欲語淚
先流。　　聞說雙溪春尚好，也擬泛輕舟。只恐雙溪舴艋
舟，載不動許多愁。（李清照〈武陵春〉）

此詞上片寫百花凋謝，對照出自己的意興闌珊、神情倦怠。康正果以

為：「懶得梳頭或無心畫眉幾乎成了思婦的標準姿態。這個母題之所以被後世的詩人廣泛採用，不只因為它形象化地傳達了思婦的一種普遍心態，也與男性中心文學對這種態度非常欣賞有關。」〔註49〕「欲語淚先流」一句，非痛徹心扉者不能解，易安寫淚，先以「欲語」作為鋪墊，再讓淚奪眶而出，短短五字，看似平易，用意卻十分深刻，將難以控制的滿腹憂愁陡地傾瀉而出。用心酸的淚水敘說自己的感情，委婉纏綿，意在言外。而易安的愁之所以如此深重，乃因國破家亡、身世漂泊、孀居寂寞、晚景淒涼等種種原因造成。

另外，易安的〈聲聲慢〉也是極為悲慟之作，因丈夫遽逝，居室內「尋尋覓覓」皆不見其蹤影，於是「冷冷清清」，又復「悽悽慘慘戚戚」。時值秋季，在這「乍暖還寒時候」，「最難將息」，其間的孤獨與淒涼感更顯深重：

> 尋尋覓覓，冷冷清清，悽悽慘慘戚戚。乍暖還寒時候，最難將息。三杯兩盞淡酒，怎敵他晚來風急。雁過也，正傷心，卻是舊時相識。　　滿地黃花堆積，憔悴損，如今有誰堪摘。守著窗兒，獨自怎生得黑。梧桐更兼細雨，到黃昏、點點滴滴。這次第，怎一個愁字了得。(李清照〈聲聲慢〉)

清照葬明誠畢，大病，金兵南下之勢日迫。易安獨留建康，撫今追昔，不勝身世之感，全詞九十七字，道盡了易安南渡之後的生活和心情。除了緬懷夫婿，詞中所提「雁過也，正傷心，卻是舊時相識」，本是舊時相識的雁從北國飛來，帶來了國家淪陷的的消息，實在令人失望又傷心。俯視窗前，只見遭受風吹雨打的菊花，凌亂地堆積一地，除了象徵自己的漂泊伶仃，也表示花兒憔悴，相思欲寄無從寄的感傷，更是家國河山在風雨飄搖之際，飽受摧殘的景況，其中除了自傷，亦蘊藏了深刻的愛國思想。

〈攤破浣溪沙〉一詞乃易安晚年之作，寫於晚年患病將癒之時，她擷取了家居生活中的事物描寫，家居氣息甚濃，抒發了對亡夫已

〔註49〕康正果：《風騷與豔情》(上海：上海文藝出版社，2001年)，頁46。

逝、個人和對山河破碎、國勢日危的憤慨：

> 病起蕭蕭兩鬢華，臥看殘月上窗紗。豆蔻連梢煎熟水，莫分茶。　枕上詩書閒處好，門前風景雨來佳。終日向人多醞藉，木犀花。（李清照〈攤破浣溪沙〉）

上闕中寫到大病初起，服藥休養的經過，臥著看月；既是爲了欣賞美麗的月光，也是爲了消磨長夜的時光；下片則寫病中所見的美好景象，自我寬慰，聊解病中之愁。全詞擷取了生活之中常見之物，易獲讀者共鳴，尤以篇末的「木犀花」（桂花）的醞藉，點出了自己沈著含蓄之審美意趣。此詞所做之時，國家正值風雨飄搖之際，夫婿又撒手人寰，個人及國家的未來都在不可知的渺茫之中，易安因而自我開解，聊以寬慰。

下引少游之詞，一窺他自抒懷抱之作：

> 喚起一聲人悄，衾冷夢寒窗曉。瘴雨過，海棠開，春色又添多少。　社甕釀成微笑，半缺椰瓢共舀。覺傾倒，急投牀，醉鄉廣大人間小。（秦觀〈醉鄉春〉）

少游春季之作甚多，他不但擅寫春景，對春季也有強烈的感受力和洞察力，可以看出秦觀對春實有特別的感情。〈醉鄉春〉一詞中言不如醉倒夢鄉，其夢鄉廣大人間狹小一語，眞箇發人深省，不禁令人聯想起他的另一首作品〈好事近〉，其中「春路雨添花，花動一山春色。行到小溪深處，有黃鸝千百。」寫出境地優美，令人忘卻塵世憂勞，在這滿目春色中人我俱忘，醉臥牀榻，不知南北，這種飄然塵外的超脫境界，正是詞人在官場紛爭中所嚮往的桃花源地。

伍　黍離之悲

> 彼黍離離，彼稷之苗。行邁靡靡，中心搖搖。知我者，謂我心憂；不知我者，謂我何求。悠悠蒼天，此何人哉？
> 彼黍離離，彼稷之穗。行邁靡靡，中心如醉。知我者，謂我心憂；不知我者，謂我何求。悠悠蒼天，此何人哉？
> 彼黍離離，彼稷之實。行邁靡靡，中心如噎。知我者，謂

我心憂；不知我者，謂我何求。悠悠蒼天，此何人哉？《詩經·王風·黍離》

平王東遷洛陽後，周室大夫行役經過鎬京，見到之前的宗廟宮室已經圮毀，禾黍縱橫，滿目瘡痍，不禁感慨萬千，於是賦詩悲嘆。《詩經·大序》：「亡國之音哀以思。」只有憂國憂民的仁人志士，經歷過國破家亡的痛，才能發如此沈痛之音。

值得注意的是，女子雖然常年困於深閨，幾乎沒有與社會接觸的機會，所見也大都不出樓臺庭帷，但在國破家亡的動盪時代，她們卻也能感同身受，發出對故國與故鄉的無限眷戀以及離亂之中自身的不幸遭際與悲痛心情，這也明顯帶有時代烙印的色彩。

一、家國之痛

愛國之情應不分男女，女子雖被囿於閨閣中，但與男子同樣具有愛國情操。清代李調元評論李清照：「不徒俯視巾幗，直欲壓倒鬚眉。」〔註50〕（《雨村詞話》）女子的情感表達在細膩之餘，更顯坦率果敢，易安即是以巾幗不讓鬚眉之姿來表達愛國之情。面對靖康之變帶來的災難，易安寫出了字字鏗鏘的愛國詩篇：「生當作人傑，死亦爲鬼雄。至今思項羽，不肯過江東。」人必須要有氣節，生應作人傑，即使死後，也要作鬼中的英雄，以項羽之典諷刺只圖苟安、毫無氣節之人。

南渡以後，易安有許多表現愛國情懷的詞作，「故鄉何處在，忘了除非醉」（〈菩薩蠻〉）或「傷心枕上三更雨，點滴霖霪，愁損北人，不慣起來聽」（〈添字采桑子〉）等作，均表達出南渡初期離鄉背井有志之士的共同感受，具有強烈的現實意義，也表現出女性的愛國情懷：

庭院深深深幾許，雲窗霧閣常扃。柳梢梅萼漸分明。春歸秣陵樹，人客建安城。　　感月吟風多少事，如今老去無

〔註50〕〔清〕李調元：《雨村詞話》，收錄於唐圭璋編：《詞話叢編》，冊二，頁1431。

　　成。誰憐憔悴更凋零。試燈無意思，踏雪沒心情。（李清照
　　〈臨江仙〉）

建炎之初，清照曾作不少悲憤的政治詩，希望朝廷能以社稷蒼生為重，豈料光復中原大業竟至蹉跎。開頭一連疊三個「深」字，暗喻當時權奸當道，其時主和、逃竄、投降，是高宗的三個步驟，愛國志士，只得忍氣吞聲，深藏不出，此乃此興之作。面對著南渡偏安的悲劇，既傷北宋之亡，又痛平生所業盡付東流，百感交集，即使在萬民同樂的元宵燈節，而試燈又是北宋官民燈節之民俗活動，現在卻「試燈無意思」；而殘雪之景，也因意興闌珊，使得「踏雪沒心情」。北望中原，相對金兵日熾，國家大勢已去，於是沉痛地寫出流離遷徙，復國無望的悲嘆史詩。

　　易安晚年居臨安（浙江杭州），當時南宋已較安定，元宵節日，臨安呈現一派熱鬧繁榮景象。飽經憂患之餘，易安撫今思昔，作此詞以抒發故國之思與流離之感，看似平淡卻飽含人生感慨：

　　落日熔金，暮雲合璧，人在何處。染柳煙濃，吹梅笛怨，
　　春意知幾許。元宵佳節，融和天氣，次第豈無風雨。來相
　　召，香車寶馬，謝他酒朋詩侶。　　中州盛日，閨門多暇，
　　記得偏重三五。鋪翠冠兒、撚金雪柳、簇帶爭濟楚。如今
　　憔悴，風鬟霜鬢，怕見夜間出去。不如向，簾兒底下，聽
　　人笑語。（李清照〈永遇樂〉）

初春之景在濃濃煙靄的熏染下，柳色似乎深了一些，笛子吹奏出哀怨的〈梅花落〉，眼前的春意尚淺，既符合正值初春的元宵佳節，也反映出易安當時的心情。

二、懷鄉之愁

　　中國以農耕為主，人們和土地相與為親，有著根深蒂固的鄉土情結，背井離鄉的遊子登高望遠，思鄉情懷油然而生。

　　南渡以後，政局動盪，金兵不斷進逼，憂國傷時的激越情緒，使易安原先雋永含蓄的風格，一變而為沉鬱蒼涼。〈蝶戀花〉即寫於南

渡之後，易安帶著十五車文物南下與丈夫會合，一路上兵荒馬亂，南渡後國家偏安苟且，看來北望中原無望，只能藉著美夢回到故鄉，重溫美好靜謐的生活，只是再怎麼美好，也都只能成爲回憶。

> 永夜懨懨歡意少，空夢長安，認取長安道。爲報今年春色好，花光月影宜相照。　　隨意杯盤雖草草，酒美梅酸，恰稱人懷抱。醉莫插花花莫笑，可憐春似人將老。（李清照〈蝶戀花〉）

首句說自己永夜懨懨，鬱鬱寡歡，因飽經喪亂，亡國之痛縈繞心頭，只能在午夜夢回之際「認取長安道」，夢中看到汴京的宮闕城池，因實不可到，故云「空」也，表現汴京遭占領的哀思，和屈原在〈哀郢〉中驚呼：「曾不知夏之爲丘兮，孰兩東門之可蕪」、「曼余目以流觀兮，冀壹返之何時」同樣沉痛。易安以長安代故鄉，希望在夢中能夠回到故鄉，無奈的是「夢裡不知身是客」，醒覺之後依然身在異鄉，徒添惆悵。「爲報今年春色好，花光月影宜相照」句，和劉禹錫的〈金陵五題・石頭城〉詩：「淮水東邊舊時月，夜深還過女牆來」一樣沈重淒涼。今年的春色和往昔相同，只是國事已非，如易安另一闕作品「春歸秣陵樹，人客建安城」（〈臨江仙〉）所言，毫無春意的建康城，雖是朝花夜月如故，卻等同於無。在兵荒馬亂的時代，宴集親族也只能一切從簡，不過「酒美梅酸」也算聊以安慰，而酸梅釀成的酒，正恰辛酸的懷抱，「醉莫插花花莫笑，可憐春似人將老」，以春季將過寫傷時感事之懷，以「春」暗喻「國家」，「春將老」則暗指國將淪亡，重現懷念故鄉的主題。下引數詞皆屬思鄉之作：

> 風柔日薄春猶早，夾衫乍著心情好。睡起覺微寒，梅花鬢上殘。　　故鄉何處是？忘了除非醉。沈水臥時燒，香消酒未消。（李清照〈菩薩蠻〉）
>
> 寒日蕭蕭上鎖窗，梧桐應恨夜來霜。酒闌更喜團茶苦，夢斷偏宜瑞腦香。　　秋已盡，日猶長，仲宣懷遠更淒涼。不如隨分尊前醉，莫負東籬菊蕊黃。（李清照〈鷓鴣天〉）
>
> 湘天風雨破寒初。深沈庭院虛。麗譙吹罷小單于，迢迢清

夜徂。 鄉夢斷，旅魂孤，崢嶸歲又除。衡陽猶有雁傳
書，郴陽和雁無。(秦觀〈阮郎歸其四〉)

水鄉天氣，灑蒹葭、露結寒生早。客館更堪秋杪。空階下、
木葉飄零，颯颯聲乾，狂風亂掃。當無緒、人靜酒初醒，
天外征鴻，知送誰家歸信，穿雲悲叫。 蛩響幽窗，鼠
窺寒硯，一點銀釭閒照。夢枕頻驚，愁衾半擁，萬里歸心
悄悄。往事追思多少。贏得空使方寸撓。斷不成眠，此夜
厭厭，就中難曉。(柳永〈傾杯〉)

少游的〈阮郎歸其四〉寫出身在異鄉，魂夢追憶故鄉的孤單；易安的
〈鷓鴣天〉秋天思鄉之作，而〈菩薩蠻〉則是晚年思鄉之作。可以發
現這些思鄉之作，大多營造在夜晚因思鄉情切而失眠，或在夢中得見
故鄉之場景。

以易安的〈菩薩蠻〉一詞觀之，其夫趙明誠逝世於宋室南渡之
初，易安孤身流寓浙江紹興、金華等處，形單影隻，東西漂泊，鄉
關之思日益深濃。春風送暖，人們本應盡情地享受大好春光，然而
氣候的轉變，反而令人動了思鄉懷人之情，想到山河破碎，有家難
歸，美好的春色竟成了生愁釀恨之物。「故鄉何處是？忘了除非醉。」
這兩句「亦宕開，亦束住，何等蘊藉」(清況周頤《漱玉詞箋》引俞
仲茅語) 〔註51〕。「故鄉何處是」不僅說出故鄉的邈遠難歸，其中含
括著「望鄉」的動作，不知有多少次易安引領北向，遙望故鄉，卻
只能徒增惆悵；而「忘了除非醉」，語極深刻沉痛。藉酒澆愁，只有
在醉鄉中才能把故鄉忘掉，清醒時無時無刻都在思念故鄉的痛苦中
度過。若直說不能忘，便顯得率直無味，這裡採用反說，以「忘」
表明不能忘的無奈。

另外，寫思鄉之懷者，亦多同時一抒念親思友之情，此類詩主要
是寫與友人離散之後，想念友人，緬懷以前交遊的往事：

雨晴氣爽，竚立江樓望處。澄明遠水生光，重疊暮山聳翠。

〔註51〕〔清〕況周頤語轉引自褚斌傑、孫崇恩、榮憲賓編：《李清照資料彙
編》，頁180～181。

遙認斷橋幽徑，隱隱漁村，向晚孤煙起。　　殘陽裡。脈脈朱闌靜倚。黯然情緒，未飲先如醉。愁無際。暮雲過了，秋光老盡，故人千里。竟日空凝睇。(柳永〈訴衷情近〉)

一聲畫角日西曛。催促掩朱門。不堪更倚危闌，腸斷已消魂。　　年漸晚，鴈空頻。問無因。思心欲碎，愁淚難收，又是黃昏。(柳永〈訴衷情〉)

碧水驚秋，黃雲凝暮，敗葉零亂空堦。洞房人靜，斜月照徘徊。又是重陽近也！幾處處、砧杵聲催。西窗下，風搖翠竹，疑是故人來。　　傷懷，增悵望，新懽易失，往事難猜。問籬邊黃菊，知爲誰開？謾道愁須殢酒，酒未醒、愁已先回。憑欄久，金波漸轉，白露點蒼苔。(秦觀〈滿庭芳其三〉)

以末例觀之，「西窗下，風搖翠竹，疑是故人來」以景透出懷人情思，而「新懽易失，往事難猜」更寫出少游遭貶後傷離懷舊的情緒。不僅如此，梅大經在〈秦觀《阮郎歸四首》詞旨述略〉一文中指出，少游多首作品，均不是只有詞面所呈現的情愛之作而已，以〈阮郎歸四首〉來說，梅氏認爲其意旨並非純粹思念情人，而是借寫夜中男女巧會而悵恨，後會難期，以表達自己貶謫羇旅之苦，以及與朋友的深情密意〔註52〕。少游不少作品多懷念往昔，故友於其回憶中應佔有一席之位。

第二節　書寫表現

在前一小節分述三家詞的寫作內容後，本節旨在探討三家詞閨閣書寫之表現特點。

王易於《中國詞曲史》中嘗言：「韻與文情關係至切：平韻和暢，上去韻纏綿，入韻迫切，此四聲之別也。」〔註53〕清楚點出韻

〔註52〕梅大經：〈秦觀《阮郎歸四首》詞旨述略〉，《鄂州大學學報》第 14 卷第 4 期，2007 年 7 月，頁 40～42。
〔註53〕王易：《中國詞曲史》(臺北：洪氏出版社，1981 年)，頁 283。

與文情之關係。試舉耆卿〈鬪百花其二〉〔註54〕一詞來說，「樹」、
「絮」、「緒」、「戶」、「度」、「處」、「雨」為其押韻字，押上去韻，
與全詞配合觀之，確有其纏綿意。事實上，綜觀耆卿之作，的確多
押上去韻，與閨閣書寫多相思煎熬、纏綿悱惻的特點相呼應。

　　少游詞的押韻分佈較平均，不似耆卿幾為上去韻之作，如〈水龍
吟〉〔註55〕一闋，押的是「驟」、「候」、「有」、「盤」、「後」、「又」、「瘦」、
「首」、「舊」的上去韻，露出濃濃的離愁；而〈八六子〉〔註56〕則押
了「亭」、「生」、「驚」、「婷」、「情」、「晴」、「凝」、「聲」的平聲韻，
顯出淡淡的悵惘。易安的押韻情況與少游相仿，平聲韻與上去韻的分
佈情況尚稱平均，以〈清平樂〉〔註57〕一詞來說，易安以上片「裏」、
「醉」、「意」、「淚」的四仄韻，配搭「涯」、「華」、「花」等四平韻，
清楚呈現上下片情感濃烈度的轉折，上片的濃重，到了下片卻以淡筆
作結，層次分明。

　　詞作中的聲韻的確影響了詞作的風格與內容，不過此節主要的敘
述重點仍放在三詞家之風格及筆法等形式上的表現。

〔註54〕柳永〈鬪百花其二〉一詞錄後：「煦色韶光明媚，輕靄低籠芳樹。池
塘淺蘸煙蕪，簾幕閒垂風絮。春困厭厭，拋擲鬪草工夫，冷落踏青
心緒。終日扃朱戶。　　遠恨綿綿，淑景遲遲難度。年少傅粉，依
前醉眠何處。深院無人，黃昏乍拆鞦韆，空鎖滿庭花雨。」

〔註55〕秦觀〈水龍吟〉一詞錄後：「小樓連苑橫空，下窺繡轂雕鞍驟，朱簾
半捲，單衣初試，清明時候。破暖輕風，弄晴微雨，欲無還有。賣
花聲過盡、斜陽院落，紅成陣，飛鴛鴦。　　玉佩丁東別後，悵佳
期、參差難又。名韁利鎖，天還知道，和天也瘦。花下重門，柳邊
深巷，不堪回首。念多情但有，當時皓月，向人依舊。」

〔註56〕秦觀〈水龍吟〉一詞錄後：「倚危亭，恨如芳草，萋萋剗盡還生。念
柳外青驄別後，水邊紅袂分時，愴然暗驚。　　無端天與婷婷，夜
月一簾幽夢，春風十里柔情。怎奈向、歡娛漸隨流水，素弦聲斷，
翠綃香減；那堪片片飛花弄晚，濛濛殘雨籠晴。正銷凝，黃鸝又啼
數聲。」

〔註57〕李清照〈清平樂〉一詞錄後：「年年雪裏，常插梅花醉。挼盡梅花無
好意，贏得滿衣清淚。　　今年海角天涯，蕭蕭兩鬢生華。看取晚
來風勢，故應難看梅花。」

壹　要眇宜修

　　宋人王炎《雙溪詩餘自序》中曰：「予於詩文本不能工，而長短句不工尤甚，蓋長短句宜歌不宜誦，非朱唇皓齒無以發要眇之音。」又曰：「今為長短句者，字字言閨闈事，故語懦而意卑。」〔註58〕長短句宜歌不宜誦，且言閨闈事，語懦而意卑，道出了閨閣書寫在詞中的表現性。詞，言閨闈事本為分際之事，因其之體制使然，使得要眇之音成為就中體制之表現。王國維《人間詞話・刪稿十二》亦言：

> 詞之為體，要眇宜修。能言詩之所不能言，而不能盡言詩
> 之所能言。詩之境闊，詞之言長。〔註59〕

「要眇宜修」一語出自屈原〈九歌・湘君〉中的：「君不行兮夷猶。蹇誰留兮中洲？美要眇兮宜修，沛吾乘兮桂舟。」〔註60〕王逸在《楚辭章句》中說「要眇」為「好貌」，又說：「修，飾也」〔註61〕。「要眇宜修」即形容女子窈窕優美而妝扮得恰到好處，「宜」者，乃「淡妝濃抹總相宜」之「宜」意也。洪興祖在《楚辭補註》中以為「要眇宜修」是形容娥皇「容德之美」〔註62〕，亦由內而外、內外統一的美。《楚辭・遠遊》中另有「神要眇以淫放」句，洪興祖註「要眇」為「要妙」〔註63〕。今人蘇珊玉則以為是「女性內在資質，與外在形貌統一之美」。〔註64〕

　　而「能言詩之所不能言，而不能盡言詩之所能言。詩之境闊，詞之言長。」其「不能盡言詩之所能言」句，是指相對於詩境之「闊」，詞境顯得細狹；而「能言詩之所不能言」句，則是指相對詩境而言，

〔註58〕王氏之語轉引自施蟄存：《詞籍序跋萃編》（北京：中國社會科學出版社，1994年），頁302。

〔註59〕〔清〕王國維著、徐調孚校注：《校注人間詞話》（臺北：頂淵文化，2001年），頁43。

〔註60〕〔周〕屈原：〈九歌・湘君〉，收錄於〔漢〕劉向編集，〔漢〕王逸章句：《楚辭》（北京：中華書局，1985年），頁26～27。

〔註61〕〔漢〕王逸：《楚辭章句》（臺北：藝文印書館，1974年），頁86。

〔註62〕〔宋〕洪興祖：《楚辭補註》（北京：中華書局，1985年），頁47。

〔註63〕〔宋〕洪興祖：《楚辭補註》（北京：中華書局，1985年），頁47。

〔註64〕蘇珊玉：《人間詞話之審美觀》（臺北：里仁書局，2009年），頁98。

詞境顯得悠深有味。清人田同之《西圃詞說》引魏塘曹學士之言道：「詞之爲體如美人，而詩則壯士也。」〔註65〕和詩相比，詞可說是抒情程度更純粹、更狹深、更細膩的文體，亦爲長於書寫深微細膩、幽約怨悱之作。兩者無優劣之別，卻迥然而異。

　　王國維言「詞之爲體，要眇宜修」，即謂詞之美，與詩不同也。詞，原爲專寫美女及愛情，傳唱於宴席上的歌詞，但它卻別有一種美感及作用，能給讀者豐富的聯想。自晚唐以來，詞原本多以書寫艷情閨怨爲主，以《花間集》觀之，其所錄者，即以豔情爲大宗；宋初文人倚聲填詞，本質上雖未完全突破「詞爲艷科」的格局，但整體來說較典雅優美，寫情抒懷並不單刀直入，意境也更爲幽怨深婉、含蓄雋永，留給讀者更大的想像空間，甚至許多作品其中更另有寄託。

　　王氏以爲詞既要婉麗幽約，又要恰到好處，既要能表達詩無法表達的意思，又不能完全表達詩的言辭情感。葉嘉瑩立足《人間詞話》文本，通過考察「要眇宜修」的出處，指出其義蓋爲精微細緻富於女性修飾之美的特質〔註66〕。

　　同爲敘寫美女與愛情的作品，爲什麼卻只有「詞」這種文類中的一些作品，才特別富於一種引人生言外之想的要眇宜修之特質？早自《詩經》開始，就已經有了關於美女與愛情的敘寫，但事實上各種不同時代不同體式的文學作品中，其所敘寫女性形象之身分性質，以及所用之敘寫之口吻方式，實有著極大的差別。葉氏以爲詞具有詩所不能言的深情與遠韻，此特質之形成，取決以下幾點原因：

> 其一是由於詞在形式方面本來就有一種伴隨音樂節奏而變化的長短錯綜的特美，因此遂特別宜於表達一種深隱幽微的情思；其二則是由於詞在內容方面既以敘寫美女及愛情爲主，因此遂自然形成了一種婉約纖柔的女性化的品質；其三則是由於在中國文學中本來就有一種以美女及愛情爲

〔註65〕〔清〕田同之：《西圃詞話》，收錄於唐圭璋編：《詞話叢編》，冊二，頁1450。
〔註66〕葉嘉瑩：《詞學新銓》（臺北：桂冠出版社，2000年），頁26。

> 託喻的悠久的傳統，因此凡是敘寫美女及愛情的辭語，遂
> 往往易於引起讀者一種意蘊深微的託喻的聯想；其四則是
> 由於詞之寫作既已落入了士大夫的手中，因此他們在以遊
> 戲筆墨填寫歌詞時，當其遣辭用字之際，遂於無意中也流
> 露了自己的性情學養所融聚的一種心靈之本質。〔註67〕

葉氏之說確實點出了詞體要眇宜修之特質和形成。自《詩經》、《楚辭》始，無論是吳歌、西曲、古體詩、樂府詩或是近體詩中，有含蓄蘊藉者、低迴婉轉者，亦有言簡意深、一唱三歎者。即使由詞體觀之，豪放之詞也有包容闊大、意境深遠者。可以說無論詩或詞，是表現社會性的情感還是私人性的情感，其佳者都各自有一種言有盡而意無窮的境界，然而最能表現「要眇宜修」之美者，當屬婉約詞體也。

詞之所以特別富於「要眇宜修」之美，應可分別由形式與內容兩方面來看，先就形式言之，詞多為長短句不整齊之形式，具參差錯落之音韻及節奏，句法錯落有致，音節流轉蕩漾，極盡抑揚，適宜於表達「幽約怨悱不能自言之情」〔註68〕；與詞相較之下，詩則句法整齊，合乎格律，鏗鏘可誦，多從闊處著眼、大處落筆，適宜於表達疏廣闊大、典雅莊重的景象意境。由詞與詩在語言形式上的明顯差別，可以看出詞富於長短參差之變化的特性，自多了一種要眇曲折的姿態。

再從敘寫內容來看，早期之詞專以描摹閨閣兒女傷春離別之情為主，自然具有「要眇宜修」之美；而且作者在作詞時，不必嚴肅地以「言志」為主，自然在詞作中，流露出詩文之外的別種蘊藉幽隱情懷。這類本無「言志」用心的作品，常因作者輕鬆的寫作心態，而於無意中流露出潛意識中的某種深微幽隱心靈之本質，因此形成詞中一種要眇深微的特美。

其後這類歌辭之詞即逐漸「詩化」和「賦化」，作者逐不僅在作詞時有了抒情言志的用心，而且還逐漸有了安排和勾勒的反思。葉嘉

〔註67〕葉嘉瑩：《中國詞學的現代觀》（臺北：大安出版社，1999年），頁7。
〔註68〕〔清〕張惠言：《詞選·序》，收錄於唐圭璋編：《詞話叢編》，冊二，頁1617。

瑩在論析詞的「要眇」之美時，葉嘉瑩將詞分爲「歌辭之詞」、「詩化之詞」以及「賦化之詞」。〔註69〕，並認爲「要眇」之美體現在「歌辭之詞」上。葉氏認爲「歌辭之詞」是以音樂爲主體多寫情意，「詩化之詞」則是感物言志，具詩的意境，此類的代表詞家爲東坡；「賦化之詞」則是體物寫志，代表詞人乃是周邦彥。可以說葉嘉瑩的「歌辭之詞」說的是「抒情」系統的講法，「詩化之詞」則是「言志」系統。

　　葉氏認爲，歌辭之詞的「要眇宜修」之美最難領悟，其下者固不免有淺俗柔靡之病，而其佳者則往往能在寫閨閣兒女之詞中表現深情遠韻，且時時能引起讀者豐富之感發與聯想。詩化之詞，其下者固不免有浮率叫囂之病，而其佳者則往往能在天風海濤之曲中，蘊含有幽咽怨斷之音，且能於豪邁中見沉鬱，是以雖屬豪放之詞，而仍能具有曲折含蘊之美。賦化之詞，則其下者固在不免有堆砌晦澀而內容空乏之病，而其佳者則往往能於勾勒中見渾厚，隱曲中見深思，另有幽微耐人尋味之意致。由葉氏之說可見詞之特質中「要眇宜修」的審美意涵。

　　詞是很微妙的，可以引起讀者的興發感動，而且詞原本就是歌辭之詞，乃配合流行的曲子所唱的歌謠之詞。這些歌辭之詞流入到士人文士的手中，成爲歌女在歌筵酒席之間所唱的曲子，因此多寫美女和愛情。發揮到極致的時候，產生了一種微妙的作用：這種寫男女愛情的歌詞就可以敍述、可以傳達士人君子最幽約深隱的、哀怨悱惻的，而且是他自己潛意識裡不能夠自己說出的一種感情，寫出這樣低徊要眇、婉轉幽微的姿態，傳達出來一種意致。

　　對於這種含蓄雋永，富有想像空間的特質，和「詩六義」中所言之「比興」筆法相當，蔡英俊以爲：

　　　所謂「比興」，原有兩層不同的含義：一是諷喻寄託，反映

〔註69〕有關此一說法，參閱葉嘉瑩：《照花前後鏡——詞之美感特質的形成與演進》（臺北：清華大學，2007年）。

> 詩人對現實政治、社會倫常的批評意見：一是興會之趣，
> 借助於自然物象（或事象）而傳達、喚起一種微妙超絕的
> 意趣……前者強調詩人意志、懷抱（而不只是情感）的重
> 要性，後者則偏重在詩人情感與自然物象融洽交會所產生
> 的趣味、韻致，而兩者又同時肯定一種間接宛轉的語言藝
> 術的創意，也就是一種含蓄委婉之美。〔註70〕

接受美學家伊塞爾（Walfgong Iser）說文本有一種潛存的作用及能
力（potential effect），與清詞評家譚獻所說「作者未必然，讀者何必
不然」的作用之意相同。若以諷喻寄託的角度來看，正如張惠言所
言「興於微言，以相感動」〔註71〕，詞有不同於表面的解讀意義，
但是這樣的比興寄託不免流於牽強。周濟在《介存齋論詞雜著》提
出：

> 感慨所寄，不過盛衰：或綢繆未雨，或太息厝薪，或己溺
> 己饑，或獨清獨醒，隨其人之性情學問境地，莫不有由衷
> 之言。見事多，識理透，可爲後人論世之資。詩有史，詞
> 亦有史，庶乎自樹一幟矣。若乃離別懷思，感士不遇，陳
> 陳相因，唾瀋互拾，便思高揖溫、韋，不亦恥乎？〔註72〕

周濟認爲詞像詩一般具有證史存史的功能，即白居易「新樂府運動」
中所倡言之「文章合爲時而著，歌詩合爲事而作」，詩歌是爲大道和
社會而服務。雖然從廣義上來說，詞也屬詩的一個支派，但是兩者之
間，畢竟仍有所差異。詩所載負的情感與表現方式，是較爲寬廣渾厚
的，而詞相對顯得輕微細狹。而兩者盛行之時代、發展向度有別，自
不可等同齊觀。周濟的「詞史」說認爲詞有所感慨，好作品必須能心
懷家國政治，而詩詞的作用在於引起人們對萬事萬物關懷的感情，關
懷愈大，作品的格調和境界亦愈高廣。

〔註70〕蔡英俊：〈「情景交融」理論探源〉，收錄於氏著：《比興物色與情景
　　　　交融》，頁 61。
〔註71〕〔清〕張惠言：《詞選・序》，收錄於唐圭璋編：《詞話叢編》，冊二，
　　　　頁 1617。
〔註72〕〔清〕周濟：《介存齋論詞雜著》，收錄於唐圭璋編：《詞話叢編》，
　　　　冊二，頁 1630。

　　周氏之說雖有可觀之處，但卻失之偏頗，並非所有詩歌都要打著社會國家的旗幟為號召，以載道明義為主題才能裨益人心，方為有意義有境界的作品；洩導人情，書一己之情感憤懣，也是文學的一種妙用。因此以下要討論在閨閣書寫中呈現出的精神，一種要眇宜修的風格，即是含蓄表達出的興會之趣，是借助於物象而傳達出微妙超絕的意趣，正源於詞體性質與文學美感的敏銳，使得閨閣書寫充滿了隱晦幽微，即李之儀所謂的「語盡而意不盡」（〈跋吳思道小詞〉）。清代張惠言在《詞選‧序》中更進一步說明：

> 傳曰：「意內而言外為之詞。其緣情造端，興於微言，以相感動。極命風謠里巷男女哀樂，以道賢人君子幽約怨悱不能自言之情。低徊要眇以喻其致。蓋詩知比興，變風之義，騷人之歌，則近之矣。」〔註73〕

由於詞的韻律感及格律的限制，詞體寫作以抒情為主，並且常常用微小簡短的語言引起人的感發。張惠言提出要從詞的幽微隱晦美感中了解詞家的深意，甚至將溫庭筠的〈菩薩蠻〉解釋為士不遇的寫照。張氏雖說明了詞體性質，但是有時「微言大意」會過度解釋詞家的意思。

　　這種「要眇宜修」的特質，在三家詞中得到發皇。所謂婉約，就是以委婉曲折的手法來抒發含蓄微妙的情感，曲徑能通幽，自能散發含蓄悠遠之情。耆卿、少游與易安雖均屬婉約派詞家，但不同詞家自有不同表現；耆卿市民意識強烈、好發俚語；少游纖細婉麗，卻失之於弱；易安則柔中帶剛，在閨閣語中見男子氣；但三人詞作中均可見「要眇宜修」之處。

　　柳詞雖以俚俗著稱，但是仍有其婉曲的一面，賀裳《皺水軒詞筌》云：

> 小詞以含蓄為佳，亦有作決絕語而妙者。……柳耆卿「衣帶漸寬終不悔，為伊消得人憔悴」，亦即韋意，而氣加婉矣。

〔註73〕〔清〕張惠言：《詞選‧序》，收錄於唐圭璋編：《詞話叢編》，冊二，頁1617。

〔註74〕

對於「衣帶漸寬終不悔，爲伊消得人憔悴」（〈蝶戀花〉）之句，耆卿語婉含蓄地寫出爲了伊人甘心消瘦亦無怨無悔的心意。對於此詞，歷來也有不同的解讀，王國維認爲可以視之爲「人生三境界」中的第二境，將「衣帶漸寬終不悔」認爲是經歷過長時間消磨後的艱苦執著，而「爲伊消得人憔悴」更顯出儘管經過煎熬催折，卻無損其卓絕之心志〔註75〕。足見對詞之詮釋，可有不同的領略。

蔡嵩雲於《柯亭詞論》言：「柳詞勝處，在骨氣，不在字面。其寫景處，遠勝其抒情處。而章法大開大闔，爲後起清眞、夢窗諸家所取法，信爲創調名家。」〔註76〕如〈過澗歇近〉〔註77〕一詞，清人黃氏《蓼園詞評》評爲：「語氣含蓄，筆勢奇矯絕倫。」〔註78〕可見得耆卿並非每首作品皆「詞語塵下」，其中亦有含蓄內蘊之作。再以〈雨霖鈴〉一詞觀之，清人賀裳《皺水軒詞荃》以爲：「柳屯田『今宵酒醒何處，楊柳岸、曉風殘月』，自是古今俊句。或譏爲梢公登溷詩，此輕薄兒語，不足聽也。」〔註79〕清人田同之《西圃詞說》亦載：「耆卿詞以『關河冷落，殘照當樓』與『楊柳岸、曉風殘月』爲佳，非是則淫以褻矣。此不可不辨。」〔註80〕黃氏《蓼

〔註74〕〔清〕賀裳：《皺水軒詞荃》，收錄於唐圭璋編：《詞話叢編》，冊一，頁697。

〔註75〕〔清〕王國維著，徐調孚校注：《人間詞話校注·二十六》，頁15。

〔註76〕〔清〕蔡嵩雲：《柯亭詞論》，收錄於唐圭璋編：《詞話叢編》，冊五，頁4911。

〔註77〕全詞錄後：「酒醒。夢繞覺，小閣香炭成煤，洞戶銀蟾移影。人寂靜。夜永清寒，翠瓦霜凝。疏簾風動，漏聲隱隱，飄來轉愁聽。　　怎向心緒，近日厭厭長似病。鳳樓咫尺，佳期杳無定。展轉無眠，槃枕冰冷。香蚪煙斷，是誰與把重衾整。」（柳永〈過澗歇近〉）

〔註78〕〔清〕黃氏：《蓼園詞評》，收錄於唐圭璋編：《詞話叢編》，冊四，頁3061。

〔註79〕〔清〕賀裳：《皺水軒詞荃》，收錄於唐圭璋編：《詞話叢編》，冊一，頁703。

〔註80〕〔清〕田同之：《西圃詞話》，收錄於唐圭璋編：《詞話叢編》，冊二，頁1453。

園詞評》曰：「送別詞，清和朗唱，語不求奇，而意致綿密，自爾隱惻。」〔註81〕均說出柳詞之優美，雖然並非每闋柳詞都能有如此高的評價，但實可見在柳詞中亦能有「要眇宜修」的表現。

耆卿以創作為其畢生志業，擅寫個人的羈旅行役之愁，並以同情的態度表現市井下層妓女的生活和感情，宋翔鳳《樂府餘論》載：

> 柳詞曲折委婉，而中具渾淪之氣，雖多俚語，而高處足冠群流，倚聲家當屍而祝之。如竹垞（《詞綜》）所錄，皆精金粹玉。以屯田一生精力在是，不似東坡輩以餘事為之也。
> 〔註82〕

柳詞不僅表現出他個人的感情，也融入了市人的生活面相，體現鮮明的時代特徵，把詞的領域從士大夫文人的小庭深院、酒宴歌席，引向「暮靄沈沈楚天闊」的旅途，大幅拓展了詞的表現領域，飽蘸情感及生命力。

少游之作十分符合要眇宜修的要件，大抵《淮海詞》中寫戀情之作，曲折委婉，每近耆卿，而情意真足之處似猶過之，確如清人沈雄《古今詞話》引蔡伯世言：「子瞻辭勝乎情，耆卿情勝乎辭；辭情相稱者，唯少游一人而已。」〔註83〕清人胡薇元《歲寒居詞話》亦載：「淮海詞一卷，宋秦觀少游作，詞家正音也。故北宋惟少游樂府語工而入律，詞中作家，允在蘇、黃之上。」〔註84〕由少游的作品觀之，的確處處流露出浪漫的旖旎情懷。由晚唐開始，文人詞趨向書寫細膩的相思離情，諸如溫韋之作，飛卿詞有金碧輝煌的富貴氣象和香澤穠烈的脂粉氣息，端己詞則較疏淡明朗，但兩者抒情味極濃，多寫離別

〔註81〕〔清〕黃氏：《蓼園詞評》，收錄於唐圭璋編：《詞話叢編》，冊四，頁3086。

〔註82〕〔清〕宋翔鳳：《樂府餘論》，收錄於唐圭璋編：《詞話叢編》，冊三，頁2499。

〔註83〕〔清〕沈雄：《古今詞話》，收錄於唐圭璋編：《詞話叢編》冊一，頁766。

〔註84〕〔清〕胡薇元：《歲寒居詞話》，收錄於唐圭璋編：《詞話叢編》冊五，頁4029。

時的淒涼冷落和對戀情的不捨。之後的牛希濟、顧敻、馮延巳、南唐二主等人,亦承續此婉約詞風,即使至宋朝,大小晏與歐陽脩之詞仍以相思愁情爲多。其中,後主貴能以詞寫一己的生活經驗,善以文學技巧具體書寫抽象的內心情感,最爲難得。少游學習並繼承了《花間集》中的柔婉深情,以及李後主的「經驗書寫」,而特別著重心中眞摯情意的感發,其筆下的戀情對象多爲歌樓酒女,少游多書寫與女子之情,卻絕少描繪女子外貌,是他對美好戀情的思念與感懷,因此,少游的情詞多了撼人至深的感動,張炎於《詞源》讚美少游:「體製淡雅,氣骨不衰,清麗中不斷意脈,咀嚼無滓,久而知味。」〔註85〕能讓讀者咀嚼品味的同時,深深爲其中的動人情愫所吸引。

　　以〈畫堂春〉〔註86〕一詞來說,「落紅鋪徑水準池」,落紅無數,水面初平,寧靜而狼藉的春殘景象,是一種結果;其中雨橫風狂,致使花飛香消的過程,卻留待讀者去想像。這種寫法的特點和優勢,即在於含蓄蘊藉,能讓讀者留下想像空間。展現過程與呈現結果,不僅是景物描寫的方式不同,更重要的是情感表現特點的不同。在書寫過程時,是觸機而發、不可遏制的強烈情緒;而面對結果時,情緒已經經過積澱,是深厚含蓄的綿遠悠長。「落紅鋪徑水準池」一語是結果,「弄晴小雨霏霏」則爲「原因」,其中的「弄」字靈活全詞。不寫狂風大雨的暴烈情況,僅以極爲清淡的筆觸,含蓄寫出落紅滿池的景象。

　　再者,「杏園憔悴杜鵑啼」一句,由聽覺點出杜鵑啼鳴之時,正是春殘之際。但是僅以「憔悴」寫出雨過後的杏園景象,而且只寫一「啼」字,不仔細道出杜鵑的啼聲如何哀怨;而「無奈春歸」則以所見所聞提醒自己春天就要過去,雖是直接抒發情感,但只是無可奈何

〔註85〕〔清〕張炎:《詞源・卷下》,見唐圭璋編:《詞話叢編》,冊一,頁267。

〔註86〕全詞錄後:「落紅鋪徑水平池,弄晴小雨霏霏。杏園憔悴杜鵑啼,無奈春歸。　　柳外畫樓獨上,憑闌手撚花枝。放花無語對斜暉,此恨誰知?」

的輕輕歎息，一發即收。周濟《宋四家詞選・序論》：「少游最和婉醇正。」又云：「少游意在含蓄，如花初胎，故少重筆。」〔註87〕確實如此。

　　王灼認爲少游詞「俊逸精妙」〔註88〕，夏敬觀亦云：「少游詞清麗婉約，辭情相稱，誦之回腸蕩氣，自是詞中上品。」〔註89〕以下再引詞觀之：

　　　　漠漠輕寒上小樓，曉陰無賴似窮秋，淡煙流水畫屏幽。
　　　　　　自在飛花輕似夢，無邊絲雨細如愁，寶簾閒掛小銀鈎。
　　（秦觀〈浣溪沙〉）

　　　　小樓連苑橫空，下窺繡轂雕鞍驟，朱簾半捲，單衣初試，
　　　　清明時候。破暖輕風，弄晴微雨，欲無還有。賣花聲過盡、
　　　　斜陽院落，紅成陣，飛鴛鴦。（秦觀〈水龍吟〉）

〈浣溪沙〉一詞充滿了含蓄輕柔的情調，寫女子在春晨時獨居一室所生的寂寞之情，以淺近文字，清清淡淡的，寫出細細的、輕輕的，霧濛濛般的春愁。輕寒襲上小樓，明明是春天，曉陰卻似窮秋般蕭瑟，淡煙流水更顯畫屏幽深，獨居於室的女子，更顯孤幽。下片韻味清新，更見巧思，片片落花在風中輕飄飛揚，一派迷離渺渺，如置身夢中奇幻；無邊的絲絲春雨更猶如女子心中的愁思。「花」、「雨」、「愁」與「夢」，被「飛」、「絲」、「輕」和「細」等詞給形容得鮮活了起來，這些細微的景物與幽緲的情感巧妙結合，使「花」和「雨」具有情感，而看似抽象的「夢」與「愁」，更成爲具體可象之物，即「通感」也。最後再以一個「閒」字，點出女子春意闌珊的心境，既能抒發閒愁，婉轉哀淒，更能給讀者留下想像空間，餘韻無窮。全詞以輕柔起，以閒雅結，飄渺有味。

　　另一首〈水龍吟〉全詞完全未著一「愁」字，而愁味盡出。清明

〔註87〕〔清〕周濟：《宋四家詞選》（北京：中華書局，1985年），頁3。
〔註88〕〔宋〕王灼：《碧雞漫志・卷二》，收入於《全宋筆記　第四編　二》（鄭州：大象出版社，2008年），頁179。
〔註89〕夏敬觀：〈映庵手校淮海詞跋〉。

時分黃昏院落，輕風微雨，落紅成陣賣花聲遠遠隱去，細細刻畫在女
子舉動背後的身邊場景，渾似電影手法般，由近鏡頭（佳人舉動），
推遠至背後場景，用以襯托樓上佳人的愁思，蘊藉含蓄，帶有悠悠不
盡的情味。楊海明以為：

> 秦觀慢詞仍以鋪敘為主，展開詞情，然而在關鍵的地方，
> 卻插入以含蓄優美的景語，使那原本欲一瀉無餘的感情，
> 有所收斂、有所頓挫——然後再讓他在比之『直說』遠為
> 蘊藉的境界中透將出來。〔註90〕

此種講求韻味的寫法，遠較「直說」就更有著「神而化之」的效果，
更有著蘊藉含蓄之美。對此，劉熙載認為：

> 少游詞有小晏之妍，其幽趣則過之。秦少游詞，得花間、
> 尊前遺韻，卻能自出清新。〔註91〕

以「有小晏之妍，其幽趣則過之」之讚美，可見少游之詞中的情感也
是極微細膩幽微的。

　　相較於易安詞作「更挼殘蕊，更撚餘香」（〈訴衷情〉）及「挼盡
梅花無好意」（〈清平樂〉）中對花的舉動，少游的「憑欄手撚花枝」
更顯珍惜之意，葉嘉瑩在《論秦觀詞》中這樣評價：

> 如果就一般《花間》詞風的作者而言，則「柳外畫樓獨上」
> 的精微美麗的句子，他們也容或寫得出來，但「憑欄手撚
> 花枝」的幽微深婉的情意，就不是一般作者可以寫得出來
> 的了。〔註92〕

少游的惜春之意，全然展現在惜花之舉措中，不以「花開堪折直須
折」去佔有花朵，而是以與「拈」同音同義的「撚」，讓食指與拇
指輕輕地移動撫摸花朵。一說「憑欄獨撚花枝」之句意，脫胎於「閑
引鴛鴦香徑裏，手挼紅杏蕊」（馮延巳〈謁金門〉）。徐培均以為，
這是誤解了兩個動作的不同，以及兩個動作所體現出來的心理狀態

〔註90〕楊海明：《唐宋詞史》（高雄：麗文文化公司，1996年），頁395。
〔註91〕〔清〕劉熙載：《藝概·卷四》，收錄於唐圭璋編：《詞話叢編》，冊
　　　四，頁3691。
〔註92〕葉嘉瑩：《唐宋名家詞論稿》（臺北：正中書局，1990年）。

的不同。「撚」是指尖的輕移，「挼」則是掌心的揉搓〔註93〕。王學初更進一步指出，「撚」的對象是花枝，「挼」的對象是則是「花朵」；「撚」的動作輕，「挼」的動作重。更為重要的是，二者所體現出來的主人公的情緒狀態、對待生命的態度是完全不同的〔註94〕。可以說「撚」字體現了少游對生命的態度，他以獨特的「詞心」感受事物，化為一篇篇細膩幽婉又唯美縹緲的詞作。

易安的作品，向來也是以委婉清新著稱。王灼《碧雞漫志‧卷二》載：「易安居士作長短句，能曲折盡人意，輕巧尖新，姿態百出。」〔註95〕在我國漫長的封建社會中，女子一直處於從屬地位，她們身受封建禮教的壓迫和束縛，愛情的要求總不能如願，往往也逃脫不了悲劇的命運，這種情況在理學盛行的宋代尤為突出，易安的作品常出現以委婉語輕輕訴說心事的詞句：

　　　　寂寞深閨、柔腸一寸愁千縷。惜春春去，幾點催花雨。　　倚
　　　　遍闌干，祇是無情緒。人何處，連天芳草，望斷歸來路。(李
　　　清照〈點絳唇〉)

此詞雖看出女子對愛情的堅貞執著，但其創作手法卻十分含蓄委婉。一開始「寂寞深閨」，直寫離別的相思之苦，「柔腸一寸愁千縷」承上句，不僅點出女子所處的深閨環境，更將這幅深閨寂寞圖活現眼前。「惜春春去，幾點催花雨」由情寫景，暮春時節，令人念及青春的消逝，心上人的離去，引起了思緒的惋惜與愁悶。女子倚欄癡望，卻不見情人歸來，重重的心事層層堆積，增添煩惱和惆悵。久盼而不見人歸，女子不禁發出「人何處，連天芳草，望斷歸來路」的痛苦呼喚，也是對愛情堅貞，之死靡它的執著。全詞以暗喻含蓄的手法來寫，無限深情卻無語問蒼天，表現出對愛情的執著和渴望。

　　　薄霧濃雲愁永晝，瑞腦消金獸。佳節又重陽，玉枕紗廚，

〔註93〕徐培均：《淮海居士長短句》，頁62。
〔註94〕王學初：《李清照集校注》，頁40。
〔註95〕〔宋〕王灼：《碧雞漫志‧卷二》，收錄於《全宋筆記　第四編　二》，頁183。

半夜涼初透。　　東籬把酒黃昏後，有暗香盈袖。莫道不
消魂，簾卷西風，人比黃花瘦。(〈醉花陰〉)

全詞以含蓄委婉的筆調塑造出日夜思念遠方丈夫的女性形象。「人比
黃花瘦」一詞既新穎且極富創造性，比喻人兒因情消瘦，抒發獨處閨
房寂寞無聊的心情，不直寫瘦到何種地步，而是在重陽佳節的美景
下，以菊花來作一巧妙的比喻，更顯細膩委婉，含蓄深厚。無愧況周
頤在《蕙風詞話》中：「易安筆情近濃至，意境較沈博，下開南宋風
氣。」〔註96〕的讚美之詞。

　　易安曾倡詞「別是一家」之說，認爲詞乃言情之作。在詞中，以
景傳情、以花傳情，不求盡詞所能言，卻能達詞所不能至，因此其詞
作可說是字字句句總關情，但字字句句不提情，詞中藏著無數曲折，
用語極具含蓄美。而詞「含蓄無窮」是爲要訣，意不淺露，詞不窮盡，
句中有餘韻，篇中有餘意，其妙不外乎是寄言而已。南瑛在〈孤秀奇
芬自成玉璧——論李清照詞作的藝術特質〉一文中提到：

　　李清照詞作的藝術特質，還充分體現了以下幾方面的完美
　　契合，即：女性深摯柔婉的天性與「要眇宜修」的詞體，
　　淪落天涯的命途與時代心音；「別是一家」的主張與「精
　　金粹玉之作」，齊魯文化的滋養與「高起之境界」的創造。
　　〔註97〕

鍊字遣詞，造句謀篇，並非塡詞之能事；意境高雅，避格調之淺俗，
方爲詞中佳品。《古今詞論》引張祖望語：

　　詞雖小道，第一要辨雅俗，結構天成，而中有艷語、雋語、
　　奇語、豪語、苦語、癡語、沒要緊語，如巧匠運斤，毫無
　　痕跡，方爲妙手。〔註98〕

〔註96〕〔清〕況周頤：《蕙風詞話》，收錄於唐圭璋編：《詞話叢編》，冊五，
　　　　頁4497。
〔註97〕南瑛：〈孤秀奇芬自成玉璧——論李清照詞作的藝術特質〉，《甘肅高
　　　　師學報》第13卷第3期，2008年，頁29。
〔註98〕張祖望語參見〔清〕王又華：《古今詞論》，收錄於〔清〕查培繼輯：
　　　　《詞學全書》(臺北：廣文書局，1971年)，頁93。

所謂詞之意境，亦可名為詞境，亦即《白雨齋詞話》所謂：「詩有詩境，詞有詞境」〔註99〕之說。易安南渡後的作品多抒發孤寂淒涼的身世之感，並寄寓對中原故土的懷念之情，風格曲折深隱、哀婉淒清。黃氏在《蓼園詞評》中說易安〈如夢令〉：「短幅中藏數曲折，自是聖於詞者。」〔註100〕曲折，層次也。說是如圖如畫，而神情口吻，又畫所難到，頗有杜牧「借問酒家何處有？牧童遙指杏花村」之味，此即易安詞曲深要眇之妙。

　　易安另闋〈菩薩蠻〉中「忘了除非醉」句，語極深刻沉痛，藉酒澆愁，「醉」本身就是鄉愁的表現，只有在醉鄉中才能把故鄉忘掉，可見清醒時無時無刻不在思念故鄉。「忘」實則表明不能忘，但若直說不能忘，便顯得率直無味，此採用反說，加一層轉折。不僅如此，同詞之句亦頗受好評，況周頤《漱玉詞箋》引俞仲茅語：「（沈水臥時燒？香消酒未消）亦宕開，亦束住，何等蘊藉。」〔註101〕亦點出了易安曲折蘊藉之美。

　　文人所寫的許多異乎絕句的小令，仍持有與絕句相通的美學原則。傳統詩話家即認為絕句最重要者應屬收梢處的對句，最好要寫得深富言外微旨，最好是用因景生情，以景觸思的寫法。〔註102〕絕句之所以感人至深，則是因為經過詩句凝煉，不乏隱喻聯想有以致之因此，常人慣用「言簡意長」去描寫絕句的美學價值。〔註103〕而詞評家同樣以此標準看待詞作，南宋張炎便曾說過王維的絕句〈渭城曲〉值得寫小令的詞家竭力傚效。由於小令與絕句頗見類似結構，張炎甚至以為兩者可以相提並論：

〔註99〕　〔清〕陳廷焯：《白雨齋詞話》，收錄於唐圭璋編：《詞話叢編》，冊四，頁 3977。

〔註100〕　〔清〕黃氏：《蓼園詞選》，收錄於唐圭璋編：《詞話叢編》，冊四，頁 3024。

〔註101〕　〔清〕況周頤語轉引自楮斌傑、孫崇恩、榮憲賓編：《李清照資料彙編》，頁 180～181。

〔註102〕　黃劭吾：《詩詞曲叢談》（香港：上海書店，1969 年），頁 66。

〔註103〕　陳鐘凡：《中國韻文通論》（臺北：台灣中華書局，1959 年），頁 194。

> 詞之難於令曲，如詩之難於絕句。不過十數句，一句一字
> 閒不得，末句最當留意，有有餘不盡之意始佳。〔註104〕

就小令的填法而言，張炎的說法非常精闢，傳統詞話家無不奉爲圭
臬。自宋時沈義父迄清代李漁等詞話家一致主張〔註105〕，小令的創
作應重言外微旨，即使清末民初的詞學學者，也抱持類似觀點。

詞末收梢處的美學既經長時間的注意，則歷來詞人自然注意尾
字的音效〔註106〕，咸認爲尾聲最爲重要。以歷來詞評對少游的評
論來說，認爲少游具清麗俊逸之風，作品含蓄有「雅」味，即所謂
「曲終奏雅」，以少游的〈桃源憶故人〉一詞爲例，李漁認爲：

> 此種結法，用之憂怨處居多，如懷人送客，寫憂寄慨之詞，
> 自首至終皆所淒怨，其結局獨不言情……。此等結法最難，
> 非負雄才、具大力者不能。〔註107〕

夏敬觀曰：「少游則純乎詞人之詞也。」（《映庵手校淮海詞跋》）正說
明了「有餘不盡之意」之佳處。沈雄《古今詞話》載：「緊要處前結，
如奔馬收韁，須勒得住，又似往而未往。後結如眾流歸海，要收得盡，
又似盡而不盡者。」〔註108〕即爲此意。

雖然同樣是敘寫美女與愛情的作品，但爲什麼卻只有「詞」這種
文類中的一些作品，才特別富於一種引人生言外之想的要眇宜修之特
質？早自《詩經》開始，就已經有了關於美女與愛情的敘寫，但事實
上各種不同時代不同體式的文學作品中，其所敘寫女性形象之身分性
質，以及所用之敘寫之口吻方式，實有著極大的差別。葉嘉瑩以爲：

> 其一是由於詞在形式方面本來就有一種伴隨音樂節奏而變

〔註104〕 〔宋〕張炎：《詞源》，收錄於唐圭璋編：《詞話叢編》，冊一，頁265。
〔註105〕 參見〔宋〕沈義父：《樂府指迷》，收錄於唐圭璋編：《詞話叢編》，
冊一，頁273～286。參見〔明〕李漁：《窺詞管見》，收錄於唐圭璋
編：《詞話叢編》，冊一，頁545～560。
〔註106〕 夏承燾、吳熊和：《讀詞常識》（北京：中華書局，1962年），頁55。
〔註107〕 〔明〕李漁：《窺詞管見》，收錄於唐圭璋編：《詞話叢編》，冊一，
頁556。
〔註108〕 〔清〕沈雄：《古今詞話·詞品上卷》，收錄於唐圭璋編：《詞話叢
編》，冊一，頁839。

化的長短錯綜的特美，因此遂特別宜於表達一種深隱幽微
的情思；其二則是由於詞在內容方面既以敘寫美女及愛情
為主，因此遂自然形成了一種婉約纖柔的女性化的品質；
其三則是由於在中國文學中本來就有一種以美女及愛情為
託喻的悠久的傳統，因此凡是敘寫美女及愛情的辭語，遂
往往易於引起讀者一種意蘊深微的託喻的聯想；其四則是
由於詞之寫作既已落入了士大夫的手中，因此他們在以遊
戲筆墨填寫歌詞時，當其遣辭用字之際，遂於無意中也流
露了自己的性情學養所融聚的一種心靈之本質。〔註109〕

葉氏之說確實點出了詞體要眇宜修之特質和形成。自《詩經》、《楚
辭》始，無論是吳歌、西曲、古體詩、樂府詩或是近體詩中，有含
蓄蘊藉者、低迴婉轉者，亦有言簡意深、一唱三歎者。即使由詞體
觀之，豪放之詞也有包容闊大、意境深遠者。可以說無論詩或詞，
是表現社會性的情感還是私人性的情感，其佳者都各自有一種言有
盡而意無窮的境界，然而最能表現「要眇宜修」之美者，當屬婉約
詞體也。

　　以語言形式方面來說，詞與詩的明顯差別，乃在於詩之句式整
齊，而詞則富於長短參差之變化。劉熙載以為：

　　　說文解字詞字曰：「意內而言外也。」徐鍇通論曰：「音內
　　　而言外，在音之內，在言之外也。」故知詞也者，言有盡
　　　而音意無窮也。〔註110〕

清人筆記就曾載有一則故事，說清代的學者紀昀博學而好滑稽，一
日偶然扇面上題寫了唐代詩人王之渙的一首七言絕句，原詩是：「黃
河遠上白雲間，一片孤城萬仞山，羌笛何須怨楊柳？春風不度玉門
關。」而紀氏卻漏寫了首句最後的「間」字。當有人指出其失誤時，
紀氏乃戲謂其所寫者原非七言之絕句，而為長短之詞，於是乃對之

〔註109〕　葉嘉瑩：《中國詞學的現代觀》（臺北：大安出版社，1999 年），頁
　　　　　　7。
〔註110〕　〔清〕劉熙載：《詞概》，收錄於唐圭璋編：《詞話叢編》，冊四，頁
　　　　　　3687。

重加點讀爲：「黃河遠上，白雲一片。孤城萬仞山。羌笛何須怨楊柳？楊柳春風，不度玉門關。」如果從內容所寫的景物情事來看，則二者本來原可以說是完全相同，可是卻因其句式之不同，後者遂顯得比前者更多了一種要眇曲折的姿態。

貳　運用「飛白」

　　在談話或寫作時，故意引用一般人都能意會的詞句或俗話來代替本來的名稱，以表示另有含義或展現趣味效果，這種有點譬喻意味的修辭技巧叫做「飛白」。黃慶萱在《修辭學》一書將之定義爲：

> 把語言中的方言、俗語、吃澀、錯別，故意加以記錄或援
> 用的，叫做「飛白」。〔註111〕

所謂的「白」，就是白字，亦即錯字，因此飛白在內容方面，以方言、俗語、吃澀、錯別爲其基礎。以文學性來說，文學作品中的「對話部分」，爲了存眞記實，「飛白」的使用自然難免，而「飛白」的效果，除了增進可讀性，人們對於這些作品，會有更值得注意的記憶點。

　　在文學作品中若使用方言得宜，對於懂得此種方言者，會增添親切感，對未諳此方言者，則會有新奇感；如劉禹錫〈竹枝〉詞云「花紅易衰似郎意，水流無限似儂愁」。而詞爲流行於宋朝的文學，尤其是在北宋，上自天子諸侯，下至歌樓酒館，還有公卿大臣們，眾人都對詞的欣賞和創作感到興趣，因此一闋詞作要能同時被天子庶民接受，固然不能太低俗，卻也不能太咬文嚼字，因此宋人好用俚俗白話，形成當時文壇的一種現象。一代文宗歐陽脩，即使以古典詩文名重一時，卻也寫過七十三首通俗詩詞，這些作品在歐陽脩作品之中爲數比例不算多，無損其雅，但他仍受到不少抨擊；可見得時人雖明知淺白爲作詞之時勢所趨，但仍不肯放下身段全然接受此一現象。

　　以三家詞的文字特色觀之，其實都有「語音飛白」〔註112〕的特

〔註111〕　黃慶萱：《修辭學》（臺北：三民書局，1983 年），頁 137。
〔註112〕　語音飛白，即記錄或援用說話者咬舌、口吃、方言等語音上的不規
　　　　　範現象所構成的飛白。

點，以耆卿來說，其詞援用了大量方言俚語，造成「有井水處皆能歌柳詞」的現象。整地說來，雖然三位詞家在閨閣書寫的文字表達上，多有淺白直露的飛白特質，然其經營文字的風格有別，所呈現出來的效果亦異，以下將針對三詞家之語言特色，分項述之。

一、柳　永

（一）言多近俗，俗子易悅

在淺白風行的氛圍下，耆卿的確有如人飲水冷暖自知的感受，雖在當時流行甚廣，卻受到許多人的輕視。宋仁宗不喜歡柳詞綺靡俗豔，因而有意冷落。胡仔《苕溪漁隱詞話·後集·卷三十九》引嚴有翼《藝苑雌黃》所述：

> 柳三變喜作小詞，然薄於操行。當時有薦其才者，上曰：「得非填詞柳三變乎？」曰：「然。」上曰：「且填詞去。」由是不得志，日與儇子縱遊娼館酒樓間，無復檢約，自稱云：「奉聖旨填詞柳三變」。……柳之樂章，人多稱之。然大概非羈旅窮愁之詞，則閨門淫媟之語。若以歐陽永叔、晏叔原、蘇子瞻、黃魯直、張子野、秦少遊較之，萬萬相遠。其所以傳名者，直以言多近俗，俗子易悅故也。〔註113〕

由耆卿與宋仁宗的這段對話，可看出耆卿「奉旨填詞」的無奈。後耆卿謁見晏殊，以為晏殊亦作詞，該當惺惺相惜，沒想到又受到晏殊的奚落。張舜民《畫墁錄》載：

> 柳三變既以詞忤仁廟，吏部不放改官，三變不能堪，詣政府。晏公曰：「賢俊作曲子麼？」三變曰：「只如相公亦作曲子。」公曰：「殊雖作曲子，不曾道『彩線慵拈伴伊坐』。」柳遂退。〔註114〕

其實晏殊這樣的反應其實說明了大多數士大夫的心態，他們看不起耆

〔註113〕　〔宋〕胡仔：《苕溪漁隱詞話·後集·卷三十九》（臺北：世界書局，1976 年），頁 730～731。

〔註114〕　〔宋〕張舜民：《畫墁錄》，收錄於《全宋筆記　第二編　一》，頁 218。

卿填寫的俚俗歌詞。而晏殊之所以譏柳，是他保守思想的具體反映，
這與他所居政治高位及文壇領袖有關。另外，李清照於〈詞論〉中言：

> 逮至本朝，禮樂文武大備，又涵養百餘年，始有柳屯田永
> 者，變舊聲作新聲，出《樂章集》，大得聲稱於世。雖協音
> 律，而詞語塵下。〔註115〕

主張詞「別是一家」的易安，認爲詞必須具有合律可歌的音樂性，並
且她也重視詞在意境韻味方面可讀之文學性〔註116〕。因此易安對耆
卿「變舊聲作新聲」，詞作「協音律」而易於歌唱方面，表示讚許，
惟對其「詞語塵下」，內容低俗、格調卑下，未能奏出「禮樂文武大
備」的雅正之音，不感認同。而王灼《碧雞漫志・卷二》也對耆卿用
語「不雅」語多批評：

> 晏元獻公、歐陽文忠公，風流蘊藉，一時莫及，而溫潤秀
> 潔，亦無其比。……柳耆卿《樂章集》，世多愛賞該洽。敘
> 事閒暇，有首有尾，亦間出佳語，又能擇聲律諧美者用之。
> 惟是淺近卑俗，自成一體，不知書者尤好之。予嘗以比都
> 下富兒，雖脫村野，而聲態可憎。〔註117〕

王灼認爲柳詞之優點雖不少，卻有「淺近卑俗」這項致命傷，和易安
批評耆卿「詞語塵下」的意思類似，柳詞與晏殊、歐陽脩等「風流蘊
藉」，「溫潤秀潔」之雅正詞風，截然不同；而「不知書者尤好之」一
句則點出，柳詞雖流行於坊曲，深受世俗喜愛，但並不符合「知書者」
的品味，甚至比之以「都下富兒」，以其「雖脫村野，而聲態可憎」，
可知大多文人對柳詞的觀感相當雷同。由上文可見，在宋人眼中，耆
卿仕途失意，似乎與他「薄於操行」、「日與儇子縱遊娼館酒樓」有關；
而耆卿詞名遠傳，乃是「以言多近俗，俗子易悅」之故。

　　雖然無法獲得多數文人的共鳴，但是，由另一方面看來，耆卿的
作品卻迎合了多數人民的胃口。曾大興以爲這種口語的運用產生極大

〔註115〕　〔宋〕李清照：〈詞論〉，收錄於王學初：《李清照集校註》，頁194。
〔註116〕　詳見林玫儀，〈李清照《詞論》評析〉，《詞學考詮》，頁317～335。
〔註117〕　〔宋〕王灼：《碧雞漫志・卷二》，收錄於《全宋筆記　第四編　二》，
　　　　　頁178～180。

的影響：

> 提高了它（指詞）的表現能力，爲它贏得更廣泛得讀者和
> 聽眾，……在於一個極其重要的方面，昭示了中國文學由
> 雅而俗，由貴族化而平民化的新的發展方向。〔註118〕

耆卿突破了過去小令語言的典雅，從現實生活的市民口語中去提煉他的創作語彙，既生動活潑，又親切有味，不但擴大並豐富了詞的語言，更能獲得更多的生活感與現實感，真正契合了作爲俗樂慢詞的通俗風格。耆卿懂得善用俗字的功能，這不僅能使詞作更加靈活，這些村言巷語更能引起大眾共鳴，據梁麗芳統計柳氏最喜歡用的副詞「恁」（如且恁、正恁），共出現 58 次，還有「爭」出現 36 次，「處」出現 20 多次，「怎」10 多次。語尾「得」共出現 49 次，「成」出現 20 多次，「了」10 多次〔註119〕。對於耆卿造詞用字的通俗性，以下列舉其詞之例梳理以觀之。

1、「伊」

> 直恐好風光，盡隨伊歸去。（〈晝夜樂其一〉）
>
> 向道我別來，爲伊牽繫，度歲經年，偷眼覷、也不忍覷花柳。（〈傾杯樂〉）
>
> 算得伊家，也應隨分，煩惱心兒裡。（〈慢卷紬〉）
>
> 那人人，昨夜分明，許伊偕老。（〈兩同心其一〉）
>
> 衣帶漸寬終不悔。爲伊消得人憔悴。（〈鳳棲梧其二〉）
>
> 以此縈牽，等伊來、自家向道。（〈法曲第二〉）
>
> 香暖鴛鴦被，豈暫時疏散，費伊心力。（〈浪淘沙〉）
>
> 待伊要、尤雲殢雨，纏繡衾，不與同歡。儘更深、款款問伊，今後敢更無端。（〈錦堂春〉）
>
> 鎮相隨，莫拋躲。針線閒拈伴伊坐。（〈定風波〉）
>
> 恁煩惱。除非共伊知道。（〈隔簾聽〉）

〔註118〕 曾大興：《柳永和他的詞》（廣東：中山大學出版社，1990 年），頁100。

〔註119〕 梁麗芳：《柳永及其詞之研究》（香港：三聯書店，1985 年），頁 65。

試問伊家，阿誰心緒，禁得恁無憀。(〈少年遊其七〉)

萬種千般，把伊情分。顛倒儘猜量。(〈少年遊其八〉)

奈何伊。恣性靈、忒煞些兒。(〈駐馬聽〉)

待伊遊冶歸來，故故解放翠羽，輕裙重繫。(〈望遠行〉)

算得伊、鴛衾鳳枕，夜永爭不思量。(〈彩雲歸〉)

留取帳前燈，時時待、看伊嬌面。(〈菊花新〉)

斷腸最是金閨客，空憐愛、奈伊何。(〈西施其二〉)

恐伊不信芳容改，將憔悴、寫霜綃。(〈西施其三〉)

算伊還共誰人，爭知此冤苦。(〈祭天神〉)

2、「你」

與解羅裳，盈盈背立銀釭，卻道你先睡。(〈鬭百花其三〉)

問甚時與你，深憐痛惜還依舊。(〈傾杯樂〉)

我前生、負你愁煩債。(〈迎春樂〉)

無分得、與你恣情濃睡。(〈殢人嬌〉)

繫我一生心，負你千行淚。(〈憶帝京〉)

3、「我」

恐旁人笑我，談何容易。(〈玉女搖仙佩〉)

未消得、憐我多才多藝。(〈玉女搖仙佩〉)

枕前言下，表余深意。(〈玉女搖仙佩〉)

佳人應怪我，別後寡信輕諾。(〈尾犯〉)

向道我別來，為伊牽繫。(〈傾杯樂〉)

算孟光、爭得知我，繼日添憔悴。(〈定風波〉)

甚當初賺我，偷剪雲鬟。(〈錦堂春〉)

和我。免使年少，光陰虛過。(〈定風波〉)

我前生、負你愁煩債。(〈迎春樂〉)

好生地，贐與我兒利市。(〈長壽樂〉)

似笑我、獨自向長途，離魂亂。(〈滿江紅其四〉)

　　爭知我，倚闌干處，正恁凝愁。(《八聲甘州》)

　　4、「恁」，形聲。從心，任聲。本義爲思、念。班固《典引》:「宜亦勤憑旅力，以充厥道。」後作這樣或那樣，故恁般、恁麼或恁的(地)，就是這樣、如此，恁時就是那時候。

　　且恁相偎倚。未消得、憐我多才多藝。(《玉女搖仙佩》)

　　總把良宵，祇恁孤眠卻。(《尾犯》)

　　早知恁地難拼，悔不當時留住。(《晝夜樂其一》)

　　朝思暮想，自家空恁添清瘦。(《傾杯樂》)

　　可惜恁、好景良宵，未曾略展雙眉暫開口。(《傾杯樂》)

　　迢迢良夜，自家只恁摧挫。(《鶴沖天》)

　　對月臨風，空恁無眠耿耿，暗想舊日牽情處。(《女冠子》)

　　怎生得依前，似恁偎香倚暖，抱著日高猶睡。(《慢卷紬》)

　　又爭似從前，淡淡相看，免恁牽繫。(《慢卷紬》)

　　遇佳景、臨風對月，事須時恁相憶。(《法曲獻仙音》)

　　昨宵裏、恁和衣睡。今宵裏、又恁和衣睡。(《婆羅門令》)

　　佳人方恁繾綣，便忍分鴛侶。(《鵲橋仙》)

　　王孫空恁腸斷。(《荔枝香》)

　　追念少年時，正恁鳳幃，倚香偎暖。(《陽臺路》)

　　這歡娛、甚時重恁。(《宣清》)

　　把芳容整頓，恁地輕孤，爭忍心安。(《錦堂春》)

　　早知恁麼。悔當初、不把雕鞍鎖。(《定風波》)

　　我前生、負你愁煩債。便苦恁難開解。(《迎春樂》)

　　恁煩惱。除非共伊知道。(《隔簾聽》)

　　牆頭馬上初相見，不準擬、恁多情。(《少年遊其三》)

　　試問伊家，阿誰心緒，禁得恁無憀。(《少年遊其七》)

　　似恁疏狂，費人拘管。(《少年遊其九》)

　　待恁時、等著回來賀喜。(《長壽月》)

粉牆曾恁，窺宋三年。(〈玉蝴蝶其四〉)

爭知我，倚闌干處，正恁凝愁。(〈八聲甘州〉)

起來貪顒耍，只恁殘卻黛眉，不整花鈿。(〈促拍滿路花〉)

有意憐才，每遇行雲處，幸時恁相過。(〈西施其二〉)

這些兒、寂寞情懷，何事新來常恁地。(〈郭郎兒近〉)

念對酒當歌，低幃竝枕，翻恁輕孤。(〈木蘭花慢其一〉)

萬種思量，多方開解，只恁寂寞厭厭地。(〈憶帝京〉)

免鴛衾、兩恁虛設。(〈塞孤〉)

似覺些子輕孤，早恁背人沾灑。(〈洞仙歌〉)

似恁地、深情密意如何拼。(〈安公子其二〉)

5、「箇」，「個」的異體字，箇中，即其中、此中、這裡面。

　　奈此箇、單棲情緒。(〈甘草子其一〉)

好天好景，未省展眉則箇。(〈鶴沖天〉)

恨薄情一去，音書無箇。(〈定風波〉)

待作眞箇宅院，方信有初終。(〈集賢賓〉)

獨自箇、千山萬水，指天涯去。(〈引駕行〉)

羅綺叢中，笙歌筵上，有箇人人可意。(〈長壽樂〉)

意中有箇人，芳顏二八。(〈小鎮西〉)

及至厭厭獨自箇，卻眼穿腸斷。(〈安公子其二〉)

6、「人人」：對於所暱者之稱，多指彼美而言。

　　那人人，昨夜分明，許伊偕老。(〈兩同心其一〉)

綺羅叢裡，有人人、那回飲散，略曾諧鴛侶。(〈女冠子〉)

走舟車向此，人人奔名競利，念蕩子、終日驅驅，覺鄉關
轉迢遞。(〈定風波〉)

羅綺叢中，笙歌筵上，有箇人人可意。(〈長壽樂〉)

7、「拚」：亦可作判，割捨之辭，亦甘願之辭，自宋以後多用「拚」
字，而唐人則多用「判」字。

浮名利，擬拚休。(〈如魚水其二〉)

拚卻明朝永日，畫堂一枕春醒。(〈木蘭花慢其二〉)

早知恁地難拚，悔不當時留住。(〈如魚水其二〉)

8、「箇」：估量某種光景之辭，等於價或家。

奈此箇、單棲情緒。卻傍金籠共鸚鵡。念粉郎言語。(〈甘草子其一〉)

意中有箇人，芳顏二八。(〈小鎮西〉)

羅綺叢中，笙歌筵上，有箇人人可意。(〈長壽樂〉)

獨自箇、千山萬水，指天涯去。(〈引駕行〉)

待作眞箇宅院，方信有初終。(〈集賢賓〉)

恨薄情一去，音書無箇。(〈定風波〉)

好天好景，未省展眉則箇。(〈鶴沖天〉)

及至厭厭獨自箇，卻眼穿腸斷。(〈安公子其二〉)

9、「消」：猶抵也；值也、配也。

未消得、憐我多才多藝。(〈玉女搖仙佩〉)

爲伊消得人憔悴。(〈鳳棲梧其二〉)

10、「忒煞」：過甚也，太過。

恁性靈、忒煞些兒。(〈駐馬聽〉)

　　耆卿詞通俗的特點，正在於他能善用「代言體」和「領字」。以「代言體」來說，耆卿用了「你」、「我」、「伊」等字詞出現於敘述語態中，徐照華以爲：

> 直陳情勢的敘事手法「代言」體的運用也是特色之一。代言體的直陳情事，可以避免由第三者旁觀敘述時產生的間接、隔閡與板滯，它使得抒情主體得以第一人稱觀點，直接向聽眾、讀者剖出自己的情感意向，在情事敘述的效果中，它更是生動、活潑而眞切的一種語態。這種敘事觀點去除了作者與聽眾讀者間的隔閡，使彼此容易直接產生情境的共鳴，柳詞中便大量使用這種手法。〔註120〕

────────────

〔註120〕徐照華：〈論柳永詞的通俗與雅正〉，收錄於：《通俗文學與雅正文

在詩詞情境的表達上，雖然具有直露、顯豁的藝術效果，但在傳統文人詞中是不被肯定的。沈義父《樂府指迷》即言：

> 又有直爲情賦曲者，尤宜宛轉回互可也。如「怎」字、「奈」字、「這」字、「你」字之類，雖是詞家語，亦不可多用。故宜斟酌。不得已而用之。〔註121〕

「代言」體因直陳情事，過於直露、俚俗、缺乏含蓄蘊藉，故沈義父以之爲戒。一般文人雅詞極少用之，但耆卿卻大膽嘗試，且運用成功，這主要還是因爲他詞中搏揉通俗的內容題材，而使用的音樂牌調，也是通俗的慢詞，所以更加上作者本身多富於創新曲變之才華也是重要的因素。而柳詞力求詳盡周密，平續展衍爲目的，趙仁珪認爲其所選擇的結構必然是「最顯豁醒目、妥溜明確的結構方式」，因而提出「直線爲主的線型結構」一說。這種「直線形的結構」對於前人的小令而言，是「由片段的感受和簡單的場景，變爲複雜的感受和多重的場景」〔註122〕。

柳詞一般採取宣告式的方式抒情，這種方式清晰的顯示出詞人情感的透明狀態，明白地揭示出詞人的情感發展在時空中的關係。趙仁珪說：

> 柳永採取這種直線型結構，不僅因爲他處於探索詞的結構的初級階段，難於逾越這最簡易的結構形式，還因爲他沒能擺脫歌者之詞的地位，沒能擺脫填詞的目的是爲應歌這一時的局限。……他的很多詞都是直接寫給教坊樂工和青樓歌妓……，需知這些歌妓都是世俗趣味，文化水平低，爲了使她們聽的懂、唱的出，必須把內容節奏放慢，把各方面鋪展周全，備足無餘。……因此，他必然拋棄隱約含

學全國學術研討會論文集》（臺中：國立中興大學中國文學系發行，新文豐出版社，2001年），頁65。

〔註121〕 〔宋〕沈義父：《樂府指迷》，收錄於唐圭璋編：《詞話叢編》冊一，頁281。

〔註122〕 趙仁珪：〈宋詞結構的發展〉，《北京師範大學學報》（社科版），1996年3月，頁75。

蓄的抒情方法，而採取詳盡直露的描寫方式，而與這種手
法相適應的結構必然是直線型的。〔註123〕

爲了符合歌妓的知識背景，耆卿很自然選擇這種平易近人、明白曉暢
的結構方式，臺靜農認爲：

他（柳永）那個時代，一般歐陽脩之流，還拚命的復古，
他是完全不在乎的；我想今日提倡文學革命的先生們，膽
量也未見得超過柳氏。〔註124〕

耆卿因長期生活於市井之間，加以慢詞的通俗音樂，能夠容納更多、
更廣的內容，適合曉暢流利的口語表達，於是他以實驗及反叛的精
神，大膽吸收民間的語言，融入詞中。

　　耆卿的特別之處，尚有在「領字」的使用方面。張炎《詞源》載：
「詞與詩不同……，若堆疊實字，讀且不通，況付諸雪兒乎？合用虛
字呼喚。」〔註125〕徐照華以爲這裡的虛詞並非語法學上的虛字，它
是指關合著上下文，具承上啓下等呼喚作用的詞，在功能上有別於表
達明確意象的實字，所以被稱爲虛字，這種虛詞就是詞學上所謂的「領
字」〔註126〕。領字起源於詞樂聲腔的需要，它是放在句子的開頭以
帶領起一連串的句子，通常有著轉接過渡，提挈下文的作用，使整個
句子具有「前動性」。因此它包括了多種詞類──動詞、形容詞、副
詞、介詞、連詞等，且多半是仄聲，尤以去聲爲多。單字的領字有：
漸、奈、正、想、嘆、念、繼、但、甚、任、有等。雙字領字有：幸
有、須信、遙想、立望、又是、莫是、遙認等。三字領有：更可惜、
便縱有、常只恐、最無端等。據說唱慢詞須「重起輕殺」〔註127〕，

〔註123〕　趙仁珪：〈宋詞結構的發展〉，《北京師範大學學報》（社科版），1996
　　　　　年3月，頁75。
〔註124〕　臺靜農：〈宋初詞人〉，收錄於鄭振鐸編：《中國文學研究》（香港：
　　　　　中國文學研究所，1963年），頁221。
〔註125〕　蔡楨：《詞源疏證》（北京：中國書店，1987年），頁25。
〔註126〕　徐照華：〈論柳永詞的通俗與雅正〉，收錄於：《通俗文學與雅正文
　　　　　學全國學術研討會論文集》（臺中：國立中興大學中國文學系發行，
　　　　　新文豐出版社，2001年），頁75。
〔註127〕　〔宋〕耐得翁：《都城紀勝》，輯入《東京夢華錄》外四種，（上海：

所以領字多爲重拍，所領之句則爲輕拍。孫康宜說：

> 據我進一步的觀察，發現歷來的批判家，對柳永的「高雅」
> 詞作都讚不絕口，而所謂「高雅」的詞作其實就是那些「領
> 字」用的最巧妙的詞。〔註128〕

孫康宜特別提到「領字」可使句構富於彈性，它可以做感情的推衍私
以爲領字的最高藝術效果是扮演靈動、活化的聯接磁作用。徐照華認
爲可以細分成兩點：一則是促成句構流暢，使情感跌宕，情態轉變，
或敘述角度轉換；二則可以使顛覆傳統閱讀的窠臼，增加語法的活潑
性。〔註129〕

除此之外，耆卿也擅長以疊字的方式，反覆複誦，以加重語氣：

> 留取帳前燈，時時待、看伊嬌面。（〈菊花新〉）
>
> 寒燈畔。夜厭厭、憑何消遣。（〈陽臺路〉）
>
> 夜來慇慇飲散，敧枕背燈睡。（〈夢還京〉）
>
> 悄悄下簾幕，殘燈火。（〈鶴沖天〉）
>
> 觸疏窗、閃閃燈搖曳。（〈婆羅門令〉）
>
> 草草主人燈下別。（〈塞孤〉）
>
> 青燈未滅，紅窗閒臥，魂夢去迢迢。（〈少年遊其七〉）
>
> 與解羅裳，盈盈背立銀釭，卻道你先睡。（〈鬥百花其三〉）
>
> 飲散玉鑪煙裊。洞房悄悄。（〈兩同心其一〉）
>
> 願低幃昵枕，輕輕細說與，江鄉夜夜，數寒更思憶。（〈浪
> 淘沙〉）
>
> 綢繆鳳枕鴛被。深深處、瓊枝玉樹相倚。（〈尉遲杯〉）
>
> 人人奔名競利，念蕩子、終日驅驅，覺鄉關轉迢遞。（〈定

古典文學出版社，1956年），頁1096。

〔註128〕 孫康宜著，李奭學譯：〈柳永與慢詞的形成〉，收錄於氏著：《晚唐迄
北宋詞體演進與詞人風格》（臺北：聯經出版社，2001年），頁151。

〔註129〕 徐照華：〈論柳永詞的通俗與雅正〉，收錄於：《通俗文學與雅正文
學全國學術研討會論文集》（臺中：國立中興大學中國文學系發行，
新文豐出版社，2001年），頁76。

風波〉)

與解羅裳，盈盈背立銀釭，卻道你先睡。(〈鬬百花其三〉)

願嬭嬭，蘭心蕙性，枕前言下，表余深意。(〈玉女搖仙佩〉)

那人人，昨夜分明，許伊偕老。(〈兩同心其一〉)

疊字是「同一個字、詞、語、句，或連接、或隔離，重複地使用著，以加強語氣，使講話行文具有節奏感的修辭法。」〔註 130〕其效果即是由相同或相近的聲音規則性反覆出現所形成，可使詩歌更添音樂性的美感，並兼具語意加強豐富和聲音反覆重唱的節律效果，向來是詩人文學語言常見的手法之一，重疊的精神就是「反複」，藉著安排韻律節奏，有意識地重複使用某些詞語、句子，形成反複美〔註 131〕。《文心雕龍．物色》中載：

詩人感物，聯類不窮。流連萬象之際，沉吟視聽之區；寫氣圖貌，既隨物以宛轉；屬采附聲，亦與心徘徊。故灼灼狀桃花之鮮，依依盡楊柳之貌，杲杲爲日出之容，瀌瀌擬雨雪之狀，喈喈逐黃鳥之聲，喓喓學草蟲之韻。〔註 132〕

遠自《詩經》始，已可常見疊字的使用，「呦呦鹿鳴，食野之苹」(〈小雅．鹿鳴〉)、「桃之夭夭，灼灼其華」(〈周南．桃夭〉)、「昔我往矣，楊柳依依。今我來思，雨雪霏霏」〈小雅．采薇〉之例，皆是疊字的運用。由這些例子可見疊字的使用，不僅可擬聲，也可寫其狀態，兼及言情表意，從語言形式上來看，不僅能形成音韻反覆出現的效果，在意義上也能有加強力度的表現。柳詞中常出現白話口語，如「厭厭」、「嬭嬭」、「人人」等詞重複兩次，即有加重語氣之意。除了俚俗之字，柳詞也常有白話平常的字句，活脫脫如口中而出：

爲盟誓。今生斷不孤鴛被。(〈玉女搖仙佩〉)

長是夜深，不肯便入鴛被。(〈鬬百花其三〉)

〔註 130〕黃慶萱：《修辭學》(臺北：三民書局，2002 年)，頁 531。

〔註 131〕王宜早、孫芳錄、楊子嬰合編：《文學和語文裡的修辭》(香港：麥克米倫，1987 年)，頁 93。

〔註 132〕〔南朝〕劉勰撰，周振甫注：《文心雕龍．物色》，頁 845。

每登山臨水，惹起平生心事，一場消黯，永日無言，卻下層樓。(〈曲玉管〉)

追悔當初，繡閣話別太容易。(〈夢還京〉)

再三追往事，離魂亂，愁腸鎖。無語沈吟坐。(〈鶴沖天〉)

錦帳裡、低語偏濃，銀燭下、細看俱好。(〈兩同心其一〉)

想別來，好景良時，也應相憶。(〈兩同心其二〉)

相思不得長相聚。好天良夜，無端惹起，千愁萬緒。(〈女冠子〉)

「不肯」、「也應」或「太容易」等詞語，尋常到與口語無異，有些甚至如我輩今日使用的語氣詞，如「又是」或「了」之類的語氣詞：

不成雨暮與雲朝。又是韶光過了。(〈西江月〉)

喜歡存問，又還忘了。(〈法曲第二〉)

依前過了舊約。(〈錦堂春〉)

暮雲過了，秋光老盡。(〈訴衷情近〉)

須臾放了殘針線。(〈菊花新〉)

惟有枕前相思淚，背燈彈了依前滿。(〈滿江紅其四〉)

最是嬌癡處，尤殢檀郎，未教拆了鞦韆。(〈促拍滿路花〉)

展轉數寒更，起了還重睡。(〈憶帝京〉)

相見了、執柔荑，幽會處、偎香雪。(〈塞孤〉)

愛揾了雙眉，索人重畫。(〈洞仙歌〉)

足見柳詞的確有白話化的現象。認爲柳詞的特色即一「俗」字，幾乎是詞論家們的「公論」。彭孫遹《金粟詞話》云：「柳七亦自有唐人妙境。今人但從淺俚處求之，遂使金荃、蘭畹之音，流入掛枝、黃鶯之調，此學柳之過也。」〔註133〕

　　事實上，柳詞並非一「俗」字概括耳，遣詞用字上或許通俗，卻也能有逸興之作。吳曾《能改齋漫錄·卷十六》載晁无咎言：「世

〔註133〕　〔清〕彭孫遹：《金粟詞話》，收錄於唐圭璋編：《詞話叢編》，冊一，頁723。

言柳耆卿之曲俗，非也。如〈八聲甘州〉云：『漸霜風淒緊，關河冷落，殘照當樓。』此唐人語不減高處矣。」〔註 134〕在北宋當時的文學氛圍與政治環境之中，晁補之不以人廢詞，舉耆卿〈八聲甘州〉給予一個就詞論詞的持平觀點，認為「漸霜風淒緊，關河冷落，殘照當樓。」與李白的「簫聲咽，秦娥夢斷秦樓月。秦樓月，年年柳色，灞陵傷別。樂遊原上清秋節，咸陽古道音塵絕，音塵絕，西風殘照，漢家陵闕。」（〈憶秦娥〉）氣韻相當。王國維《人間詞話·刪稿十五》也認為：「若屯田之〈八聲甘州〉，東坡之〈水調歌頭〉，則貯興之作，格高千古，不能以常調論也。」〔註 135〕

　　《四庫全書提要》指出：「蓋詞本管弦冶蕩之音，而永所作旖旎近情，使人易入，雖頗以俗為病，然好之者終不絕也。」耆卿以通俗的語言、慢詞的形式大量創作歌詞，開啟中國詞史的新篇章，在歷史上有不可磨滅的功蹟，雖見遺於達官貴人，卻在民間大受歡迎，可以說「凡有井水處，皆能歌柳詞」。而柳詞能如此受到歡迎，亦在一「俗」字。陳師道《後山詩話》載：「柳三變遊東都南、北二巷，作新樂府，骫骳從俗，天下詠之，遂傳禁中。」〔註 136〕宋翔鳳《樂府餘論》亦載：

> 詞自南唐以後，但有小令。其慢詞蓋起宋仁宗朝。中原息兵，汴京繁庶，歌臺舞席，競賭新聲。耆卿失意無俚，流連坊曲。遂盡收俚俗語言，編入詞中，以便伎人傳習。一時動聽，散播四方。〔註 137〕

從「骫骳從俗」及「遂盡收俚俗語言」所言，正說明了柳詞受到廣大

<hr />

〔註 134〕　〔宋〕吳曾：《能改齋漫錄·卷十六》，收錄於唐圭璋編：《詞話叢編》，冊一，頁 125。
〔註 135〕　〔清〕王國維著、徐調孚校注：《校注人間詞話》（臺北：頂淵文化，2001 年），頁 45。
〔註 136〕　〔宋〕陳師道：《後山詩話》，收錄於〔清〕何文煥訂：《歷代詩話》，頁 185。
〔註 137〕　〔清〕宋翔鳳：《樂府餘論》，收錄於唐圭璋編：《詞話叢編》，冊三，頁 2499。

歡迎之因，但他透過通俗白話的描寫，別作新意，並不落前人窠臼。

劉熙載云：「耆卿詞，細密而妥溜，明白而家常，善於敘事，有過前人。」〔註138〕這「明白而家常」句，確是柳詞的語言特色，而所謂的「善於敘事」，正是說出柳詞的善於鋪陳。王灼《碧雞漫志》載：

> 柳耆卿〈樂章集〉，世多愛賞該洽，序事閒暇，有首有尾，亦間出佳語，又能擇聲律諧美者用之。惟是淺近卑俗，自成一體，不知書者尤好之。予嘗以比都下富兒，雖脫村野，而聲態可憎。前輩云：〈離騷〉寂寞千年後，〈戚氏〉淒涼一曲終。〈戚氏〉，柳所作也，柳何敢知世間有《離騷》？惟賀方回、周美成時時得之。賀〈六州歌頭〉、〈望湘人〉、〈吳音子〉諸曲，周〈大酺〉、〈蘭陵王〉諸曲最奇崛。或謂深勁乏韻，此遭柳氏野狐涎吐不出者也。歌曲自唐虞三代以前，秦漢以後皆有，造語險易，則無定法。今必以「斜陽芳草」、「淡煙細雨」繩墨後來作者，愚甚矣。故曰：不知書者，尤好耆卿。〔註139〕

王氏之述清楚說出了時人對耆卿詞作又愛又恨的心態，既賞其「序事閒暇，有首有尾，亦間出佳語，又能擇聲律諧美者用之」，卻又嫌其鄙陋，因「以比都下富兒，雖脫村野，而聲態可憎。」

幾乎詞評家均能點出，耆卿之用字淺俗卻擅鋪陳的優點。陳廷焯《白雨齋詞話》載：「耆卿詞，善於鋪敘，羈旅行役，尤屬擅長。然意境不高，思路微左，全失溫、韋忠厚之意。」〔註140〕雖言柳詞「忠厚之意」全失、「意境不高」，但說出了柳詞善於鋪敘的優點。馮煦的《蒿庵論詞》更直言其鋪敘之妙：

〔註138〕 〔清〕劉熙載：《詞概》，收錄於唐圭璋編：《詞話叢編》，冊四，頁3689。

〔註139〕 〔宋〕王灼：《碧雞漫志·卷二》，收入於《全宋筆記 第四編 二》，頁180～181。

〔註140〕 〔清〕陳廷焯：《白雨齋詞話》，收錄於唐圭璋編：《詞話叢編》，冊四，頁3783。

> 耆卿詞，曲處能直，密處能疏，奡處能平，狀難狀之景，
> 達難達之情，而出之以自然，自是北宋巨手。〔註141〕

雖然馮氏仍認爲柳詞「好爲俳體，詞多媟黷」且「以俗爲病」，但高
度讚美耆卿描摹的功力凌駕於同期詞人之上，無論敘事、抒情或寫景
等表現，實「有過前人」之處，讚其爲宋代詞壇巨手，確不爲過。周
濟也有類似的看法：

> 耆卿爲世訾謷久矣！然其鋪敘委婉，言近意遠，森秀幽淡
> 之趣在骨。耆卿樂府多，故惡濫可笑者多。使能珍重下筆，
> 則北宋高手也。〔註142〕

以著名的〈雨霖鈴〉一詞中「多情自古傷離別，更那堪，冷落清秋節」
來看，「清秋」兩字點出了季節，「更那堪」更是以極白話的字句直接
抒情。在詞之上片寫話別情景後，下片寫別後生活的淒清孤苦，雖未
有艱澀或典雅之文字，卻令人感受到字字深刻，句句銘心；而全詞鋪
陳分離之情景，更是循序漸進，錯落有致。宋李之儀《姑溪詞跋》載：
「耆卿詞鋪敘展衍，備足無餘。」層層鋪敘的手法抒情寫景以白描見
長，不加雕飾，以簡鍊筆墨畫出鮮明的形象，語言淺近自然，不避俚
俗，故周濟《宋四家詞選》云：「柳詞總以平敘見長，或發端，或結
尾，或換頭，以一二語鉤勒提掇，有千鈞之力。」〔註143〕市民通俗
文學的直接淺白，寫情敘事，言盡意盡，直接而盡情的抒發流露，描
寫深湛，刻劃逼眞。這就是「賦」的寫法，曾大興認爲：

> 事實上，比興也好，寄託也好，都只是一部份文詞的技倆，
> 市民的詞和接近於市民的文人詞，實在沒有這麼多的講
> 究。儘管也用比興，但多數作品還是以「賦」爲主。即事
> 言情，直抒胸臆，雖然不乏寫景文字，然而多爲白描，不

〔註141〕　〔清〕馮煦：《蒿庵論詞》，收錄於唐圭璋編：《詞話叢編》，冊四，
　　　　　頁3585。
〔註142〕　〔清〕周濟：《介存齋論詞雜著》，收錄於唐圭璋編：《詞話叢編》，
　　　　　冊二，頁1631。
〔註143〕　〔清〕周濟：《宋四家詞選》，收錄於唐圭璋編：《詞話叢編》，冊二，
　　　　　頁1651。

　　　用替代最少緣飾。〔註144〕

曾大興因此認爲柳詞表情方式主要是「直陳」，並將他分爲「即事言情」、「直抒胸臆」、「白描式的寫景狀物」三個特點。而且柳詞的寫景也並非全爲白描，尤其他的雅詞，多是情景交融的寫景，興象高遠。

　　劉若愚曾謂「柳詞不斷翻新」，尤能「以如實之筆細寫感情。柳氏又不避俗字、俗語，與昔人自是不同。」〔註145〕孫康宜對〈定風波〉一詞中所顯示出的「新寫實」主義，認爲是語言眞切自然的表現，雖遭時人非議粗鄙，但孫康宜卻認爲這是一種「寫實的力量」：

　　　這種「新寫實」就可在詞中女性發話人身上看得眞確無比。
　　　她悔恨難當，也不諱言對「情人」的愛戀，所用語言和所
　　　處地位確實匹配無間。俚俗之語如「無那」、「無箇」、「恁
　　　麼」在在加強了寫實的力量。〔註146〕

其實批評越多攻擊越猛烈的詞，正是耆卿廣受大眾歡迎及讚譽的作品。以晏殊不以爲然的〈定風波〉一詞觀之，雖受到衛道人士的大加抨擊，卻是後世文學典範之作。元戲曲家關漢卿的〈錢大尹智寵謝天香〉幾乎以前引柳詞爲架構之基礎。柳詞的影響發酵於羅燁的《醉翁談錄》〔註147〕、洪楩《清平山堂話本》〔註148〕及馮夢龍《喻世名言》等作中，均見有筆記和小說等脫胎於此之跡。不僅如此，張子良也曾說：「元人曲中嘗有『懷揣十大曲，袖褪樂章集』之語，所以與其說

〔註144〕　曾大興：《柳永和他的詞》（廣州：中山大學出版社，1990 年），頁 80。

〔註145〕　劉若愚著，王貴苓譯：《北宋六大詞家研究》（臺北：幼獅文化事業公司，1986 年），頁 53。

〔註146〕　孫康宜著，李奭學譯：〈柳永與慢詞的形成〉，收錄於氏著：《晚唐迄北宋詞體演進與詞人風格》（臺北：聯經出版社，2001 年），頁 141。

〔註147〕　〔宋〕羅燁：〈花衢實錄〉，收錄於氏著：《醉翁談錄》（上海：古典文學出版社，1957 年），頁 31～55。

〔註148〕　〔明〕洪楩：〈柳耆卿詩酒翫江樓記〉，《清平山堂話本》（上海：古典文學出版社，1957 年），頁 1～5。

詞衰於元，不如說元曲是柳詞的化身。」〔註149〕足見柳詞對於後來金元曲子的影響甚鉅。

周濟在《宋四家詞選》中曾指出：「清眞詞多從耆卿奪胎，思力沉摯處往往出藍。然耆卿秀淡幽豔，是不可及。後人摭其《樂章》，訾爲俗筆，眞瞽說也。」〔註150〕周濟對柳詞投以友善欣賞的眼光，現今學界已更能欣賞柳詞之「俗」，認可其「以俗爲美」的特色〔註151〕，但是柳詞中這些令評論者不滿之「俗」，到底涵蓋些何種現象，更值得我輩深思。

（二）尋常典中見佳妙之處

除了用語淺顯明白、善於鋪陳佈局，用典恰到好處亦是一大優點。王輝斌在〈柳永《樂章集》用典說略〉一文中，曾對柳詞用典的情況進行了統計〔註152〕，除了指出各典故的出處，並分析柳詞用典在文學史上的意義，王氏以爲：「宋詞用典始於柳永，而不是傳統說法上的始於蘇軾。」也許多數評論家們不見得同意這個說法，但這卻也點出耆卿的用典技巧，在其詞創作上佔了很重要的位置。

《文心雕龍・事類》中認爲「引乎成辭」的爲「語典」，「舉乎人事」者即爲「事典」〔註153〕。詩歌中的用典，除能表達含蓄表達蘊涵不盡之情意，更可一展文才，增添書卷味。陳登平以爲：

> 《樂章集》所運用之典故，從數量上說共有六百多處，平
> 均每首詞作幾乎達到 3 處，數量多僅是用典豐富的一個方
> 面，更重要的是這些典故所涉及的內容包括了歷史故事、

〔註149〕張子良：《柳永與宋詞》，《中華文化復興月刊》，第 10 卷，第 4 卷，頁 33。

〔註150〕〔清〕周濟：《宋四家詞選》，收錄於唐圭璋編：《詞話叢編》，冊二，頁 1651。

〔註151〕楊海明在《唐宋詞史》中特闢專節論「以俗爲美的柳詞」。參見楊海明：《唐宋詞史》（高雄：麗文文化，1996 年），頁 244～287。

〔註152〕王輝斌：〈柳永《樂章集》用典說略〉，《山東師範大學學報》，2003 年，頁 8～12。

〔註153〕〔南朝〕劉勰撰，周振甫注：《文心雕龍・事類》，頁 705。

　　神話傳說、古代民風民俗、古代名人語句等等，非常豐富，
　　涵蓋面廣。〔註154〕

陳氏將全部柳詞按題材大約分爲妓情詞、羈旅行役、都市、詠物（包
括詠史與詠懷）四類，並對用典在柳詞各題材中的分布情況作了詳盡
的統計，得出柳詞用典豐贍，涵蓋面廣的特點。且從柳詞所用典故之
涉及度來看，遠始《詩經》、《楚辭》，到《國語》、《尚書》、《史記》、
《漢書》、《世說新語》、《舊唐書》，近至唐詩中事，可說取材甚廣，
以典故內容及涵括度來看，耆卿確實博學多才。而柳詞中最常出現的
人物當屬宋玉，如「當時宋玉悲感，向此臨水與登山」（〈戚氏〉）、「粉
牆曾恁，窺宋三年」（〈玉蝴蝶其四〉）等等，另外如屈原、夫差、范
蠡、漢武帝等亦涉其中；若以神話人物來看，如西王母出現於「飛瓊
伴侶」（〈玉女搖仙佩〉）、蕭史弄玉之典常出現於妓情詞中……等。

　　不僅是歷史事蹟或人物上的典故，連古代民風習俗都可巧妙地
安排其中：以女子成年上笄之習俗來說，笄，髮簪。古代女子年滿
十五歲而束髮加笄，表示成年，後世遂稱女子適婚年齡爲「及笄」，
如「年紀方當笄歲」（〈鬭百花〉）、「才過笄年」（〈迷仙引〉）、「楚腰
纖細正笄年」（〈促拍滿路花〉）等，多用以表示歌妓的年齡。另如
離別時女方剪髮相贈的風俗，出現在「剪香雲爲約」（〈尾犯〉）等
處，由此可見柳詞用典所反映民風的豐富性。

　　柳詞即以淺俗爲其特色，因此用典也以片言隻字的典故來比
喻、象徵、暗示以達到抒情達意的目的。葉慕蘭以爲：

　　用典是中國詩歌的特質之一，因爲詩詞如精約的文字，表
　　達深刻、豐富的情景，也就是寄直敘於蘊蓄之中、化千言
　　於片詞之內，而典故本身就是在片言隻字的背後蘊含豐富
　　的思想和意義，因此用典適足助成婉麗典雅的風貌，而用
　　典可以避免直接的表現，便於比喻、暗示、象徵，以達到
　　抒情情感的目的與效果。至於用典技巧貴在自然，就是把

〔註154〕陳登平：〈柳永詞的用典及其詩化傾向〉，《西南科技大學學報（哲
　　　　學社會科學版）》第 26 卷第 6 期，2009 年 12 月，頁 77。

　　　典故如入詩詞之中能夠切情達意，不露斧鑿之跡、不犯堆
　　砌之病。〔註155〕

耆卿特別之處在於引用典故的技巧上，雖有所本，卻不落前人窠臼，實已達到張炎《詞源》所云：「詞用事最難，要體認著題，融化不澀。」〔註156〕的要求。舉例來看：

　　　對佳麗，信金罍罄竭玉山傾。（〈木蘭花慢〉）

　　　酩酊誰家年少，信玉山倒。（〈小鎮西犯〉）

　　　坐上少年聽不慣。玉山未倒腸先斷。（〈鳳棲梧〉）

　　此三處之「玉山」都用嵇叔夜之事。《世說新語・容止篇》云：「山公曰：『嵇叔夜之為人也，巖之若孤松之獨立，其醉也，傀俄，若玉山之將崩』，此處以玉山喻醉倒。」〔註157〕耆卿用字雖通俗直顯，但卻能時有佳句妙語，因其善於融化前人之句於其中。下舉數例以觀。

　　1、「每登山臨水，惹起平生心事」（〈曲玉管〉）來自楚辭的〈九辯〉的「登山臨水兮送將歸。」

　　2、「人面桃花，未知何處，但掩朱扉悄悄」（〈滿朝歡〉），是從唐代崔護的「人面不知何處去，桃花依舊笑春風」，即〈題都城南莊〉詩中化出。

　　3、「淚流瓊臉，梨花一枝春帶雨」（〈傾杯〉）和「願人間天上，暮雲朝雨長相見」（〈洞仙歌〉）前者直接用〈長恨歌〉中詩句，後者則是從同詩「但教心似金鈿堅，天上人間會相見」句中化出。

　　4、「羅襪生塵」（〈荔枝香〉）脫胎自曹植〈洛神賦〉中「凌波微步，羅襪生塵」句。

　　5、「漸亭皋葉下，隴首雲飛」（〈醉蓬萊〉）化用柳惲的〈擣衣〉詩中「亭皋木葉下，隴首秋雲飛。」

〔註155〕　葉慕蘭：《柳永詞研究》（臺北：文史哲出版社，1983 年），頁 114。

〔註156〕　〔宋〕張炎：《詞源》，收錄於唐圭璋編：《詞話叢編》，冊一，頁 261。

〔註157〕　徐震堮著：《世說新語校箋》（臺北：文史哲出版社，1989 年），頁 335。

6、「連雲複道凌飛觀」（〈傾杯樂〉）用的就是杜牧〈阿房宮賦〉中的句子「複道行空，不霽何虹。」

7、「巧笑依然」（〈長相思〉）中「巧笑」二字取《詩經·衛風·碩人》「巧笑倩兮，美目盼兮」中的頭二字。

8、「片帆高舉，泛畫鷁，翩翩過南浦」（〈夜半樂〉）中之「南浦」，直接用屈原、江淹的詩句，屈原《九歌·河伯》：「子交手兮東行，送美人兮南浦。」江淹〈別賦〉亦云：「送君南浦，傷如之何。」

另有言及漢武帝之典的「花隔銅壺，露晞金掌」（〈滿朝歡〉）、涉及趙飛燕的「舞燕歌雲」（〈兩同心其一〉）以及韓翃之典的「章臺柳」（〈柳腰輕〉）……等等，用典之多，不勝枚舉。但是耆卿所用之典故多所重複，變化度不足，如耆卿寫「朝雲暮雨」一詞，於「怯雨羞雲」（〈鬪百花〉）、「不成雨暮與雲朝」（〈西江月〉）、「翻成雨恨雲愁」（〈曲玉管〉）等多處皆可見之，雖稍有變化，但出現次數確實過於頻繁。

柳詞用典的成功之處在於運用得宜，並非生搬硬套，而且所運用之典故多是較通俗和容易理解的，不是早在民間廣泛流傳、家喻戶曉的事典，便是化用屈原、江淹、白居易、曹植等人聞名於世的佳句。耆卿不寫太過艱深的字句，也不套用冷僻的典故，典故的運用自然佳妙，如此白話詞的創作，自出機杼，反而有一新耳目之感，且語言通俗容易朗朗上口，做到「有井水處，皆能歌柳詞」地蔚爲風潮。

二、秦　觀

（一）至麗而自然

明白如話的語言之所以動人，在於「事核理富」。少游詞的語言真率淺顯，溫柔敦厚，不假雕琢，而意味深長，所謂「淡語皆有味，淺語皆有致」乃將深情以淺語出之，用語真切自然，讀之平實如話。而淮海詞中如此類之作，不勝枚舉。除了某些作品過於俚俗外，大都讀來明暢通透，情深語淡。如〈滿園花〉一詞：

> 一向沈吟久。淚珠盈襟袖。我當初不合苦擁就。慣縱得軟
> 頑，見底心先有。行待癡心守，甚捻著脈子，倒把人來僝
> 僽。　　近日來非常羅皂醜，佛也須眉皺。怎掩得眾人口？
> 待收了孛羅，罷了從來斗。從今後，休道共我，夢見也、
> 不能得勾。(〈一叢花〉)

全詞中充滿了不少俚俗字詞，淺白到幾如曲的味道。另如「簾兒下、時把鞋兒踢，語低低、笑咭咭」(〈品令其二〉)、「怎奈向、歡娛漸隨流水」(〈八六子〉)、「客程常是可銷魂，怎向心頭橫著箇人人」(〈南歌子其二〉)……等作的口語性極強，均是淺俗如話的表現。另外，少游亦擅用平淡的文字，來表達他的幽微要眇的情感，俗字用得其妙：

> 玉樓深鎖多情種，清夜悠悠誰共？羞見枕衾鴛鳳，悶則和
> 衣擁。　　無端畫角嚴城動，驚破一番新夢。窗外月華霜
> 重，聽徹梅花弄。(〈桃源憶故人〉)

〈桃源憶故人〉特出之處，不僅是通篇佈局佳妙，以下里巴人的直白突顯出陽春白雪調性的高雅，同出現於一詞中，不僅不顯突兀，更可見其巧思。除通篇構思之外，俗字用語的妙處也是一大特色，彭孫遹《金粟詞話》載：「詞人用語助入詞者甚多，入豔詞者絕少，惟秦少游『悶則和衣擁』新奇之甚。用『則』字亦僅見此詞。」〔註158〕以「則」字寫豔詞，以少游此闋之用法最為新奇獨特，因不見意中人而心頭煩悶，只得和衣擁衾而臥。像「則」這樣的口頭語言，少游竟能別出心裁將它寫進詞中，甚至是豔詞裡，實在是匠心獨運。

　　詞以小令為主，而小令的特點就是短小明快且精煉，故煉字對於小令來說十分重要。少游將小令的作法引入到長調的創作中來，顯得更含蓄優雅，和婉醇正。少游詞之語言雖然淺白，但卻能擅用奇字、精鍊詞眼。所謂的「詞眼」，劉熙載於《藝概》云：

> 詞眼二字，見陸輔之《詞旨》。其實輔之所謂「詞眼」者，

〔註158〕　〔清〕彭孫遹：《金粟詞話》，收錄於唐圭璋編：《詞話叢編》，冊一，
　　　　　頁722。

仍不過某字工，某句警耳。余謂眼乃神光所聚，故有通體
之眼，有數句之眼，前前後後，無不待眼光照映。若捨章
法而專求字句，縱爭奇巧，豈能開闔變化，一動萬隨耶。
〔註159〕

由此可見，「詞眼」於詞中具「開闔變化，一動萬隨」的作用，乃詞
中「神光所聚」之處。少游於詞中，精其詞眼，以一字著畫龍點睛之
妙者，俯拾皆是，以下試舉數例觀之。

1、山「抹」微雲，天「黏」衰草（〈滿庭芳〉）

「抹」，即用另一種顏色，掩去了原來的底色之謂。唐德宗在貞
元時批閱考卷，遇有詞理不通便「濃筆抹之至尾」；杜甫詩云：「曉妝
隨手抹」皆是此用法。秦觀自己之詩亦云：「林梢一抹青如畫，知是
淮流轉處山。」可知「抹」字，掩也，乃山掩微雲。而第二句的「黏」
字亦用得極工，若作「連」天，則成小兒之語。周汝昌以爲：

（秦觀）他是有意地運用繪畫的筆法，而將它寫入了詩詞，
人說他「通畫理」，可增一層印證。他善用「抹」字，一寫
林外之山痕，一寫山間之雲跡，手法俱是詩中之畫，畫中
之詩，其致一也。只單看此詞開頭四個字，宛然一幅「橫
雲斷嶺」圖。〔註160〕

秦觀運用繪畫的筆法寫詞，有人讚他通畫理，其善用「抹」字寫林
外之山痕，一寫山間之雲跡，宛然有「詩中之畫，畫中之詩」之致
也。

葉夢得《避暑錄話・卷三》載：

秦觀少游亦善爲樂府，語工而入律，知樂者謂之作家歌。
元豐間，盛行於淮、楚。「寒鴉千萬點，流水繞孤村」，本
隋煬帝詩也。少游取以爲滿庭芳詞，而首言「山抹微雲，
天粘衰草」，尤爲當時所傳。蘇子瞻於四學士中最善少游，
故他文未嘗不極口稱善，豈特樂府。然猶以氣格爲病，故

〔註159〕 〔清〕劉熙載：《藝概》，收錄於唐圭璋編：《詞話叢編》，冊四，頁
3701。
〔註160〕 周汝昌之語，參見唐圭璋編：《唐宋詞鑑賞集成》，頁964。

常戲云：「山抹微雲秦學士，露花倒影柳屯田」。〔註161〕

《鐵圍山叢談‧卷四》亦載：

> 范內翰祖禹，作唐鑑，名重天下，坐黨錮事久之。其幼子
> 溫，字元實，與吾善。溫嘗預貴人家會，貴人有侍兒，善
> 歌秦少游長短句，坐間略不顧溫，溫亦謹不敢吐一語。及
> 酒酣懽洽，侍兒者始問：「此郎何人耶？」溫遽起，又手而
> 對曰：「某乃山抹微雲女婿也。」聞者多絕倒。

可見此句膾炙人口的程度。而這一聯八字之妙，不僅好在這一兩個字
眼上，八字能起籠罩全局的作用。「山抹微雲」非寫其高其遠，它與
「天連衰草」皆有極目天涯之意，含有惜別傷懷之意旨。山被雲所遮
掩，勾勒出一片暮靄蒼茫又衰草連天的景象，便點出了滿地秋容的蕭
肅氣象。

2、名韁利鎖，天還知道，和天也「瘦」。（〈水龍吟〉）

王世貞以為：「『人瘦也，比梅花、瘦幾分』，又『天還知道，』，
又『莫道不銷魂，簾捲西風，人比黃花瘦』，三瘦字俱妙。」（《弇州
山人詞評》）「人瘦也，比梅花、瘦幾分？」語出宋朝程垓的〈攤破江
城子〉，其句和少游、易安兩人的名句，同為用「瘦」字用之極妙者。

**3、倚危亭，「恨」如芳草，萋萋剗盡還生。念柳外青驄別後，
水邊紅袂分時，愴然暗驚。（〈八六子〉）**

獨倚危亭，忽見芳草，而想到芳草剗盡還生，「恨如芳草」二句，
語本李煜〈清平樂〉：「離恨恰如春草，更行更遠還生。」由於他在上
一句中刪去「離」、「恰」二字，又將「春」字易為「芳」字，便使感
情更為濃縮凝鍊；又由於在下一句中將前四字改為「萋萋剗盡」，增
強了形象化，亦加重了力度感，與白居易「野火燒不盡，春風吹又生」
之詩，各極其妙，以草喻鬱結難解之離情，一「恨」字更顯靈活，清
人周濟《宋四家詞選》譽之為：「神來之作。」〔註162〕回憶起與佳人

〔註161〕　〔宋〕葉夢得：《避暑錄話‧卷下》，收入於《全宋筆記　第二編　十》
　　　　　（鄭州：大象出版社，2008 年），頁 286。
〔註162〕　〔清〕周濟：《宋四家詞選》（北京：中華書局，1985 年），頁 31。

分手時的地點和景物柳外及水邊，作者直接抒發情感，以「暗」字道出了自己愁之深、恨之切，且無從排遣，韻味深遠幽長。

4、「羞」見枕衾鴛鳳，悶則和衣擁。(〈桃源憶故人〉)

以既俗且雅的手法，寫出閨中少婦的寂寞孤清。上半闋俚俗白話，前兩句寫出悠悠長夜，無人與共的淒涼。女子獨守空閨，見一床繡有鴛鴦的錦被，不禁對比出自己的形單影隻，而倍感諷刺。此一「羞」字，雖通俗卻又恰到好處地寫出，怕見雙雙對對的孤單心情。下半闋清幽典雅，以夢醒時分，乍聽得城樓畫角聲，整晚失眠聽著「梅花弄」之曲，

5、花影「亂」，鶯聲「碎」。飄零疏酒盞，離別寬衣帶。(〈千秋歲〉)

「花影亂，鶯聲碎」句，似丘遲〈與陳伯之書〉云「暮春三月，江南草長，雜花生樹，群鶯亂飛」，正是如此時節。這兩句詞從字面上看，如出自唐人杜荀鶴〈春宮怨〉詩「風暖鳥聲碎，日高花影重」，然而詞人把它濃縮爲兩個三字句，便覺高度凝煉。其中「碎」字與「亂」字，用得尤工。鶯聲嚦嚦，以一「碎」字概括，已可盈耳；花影搖曳，以一「亂」字形容，幾堪迷目。昔人有詩云：「亂花漸欲迷人眼，淺草才能沒馬蹄。」俱以亂字狀花枝紛繁，可謂各極其妙。

大抵說來，少游的文字仍受到多數評論家的讚美，人所稱道者，即在於自然平實。張德瀛《詞徵》云：「至麗而自然者，少游也。」〔註163〕李清照《詞論》中則認爲秦觀詞「專主情致，而少故實，譬如貧家美女，雖極妍麗豐逸，而終乏富貴態。」〔註164〕周濟《介存齋論詞雜著》載：「晉卿云：『少游正以平易近人，故用力者終不能到。』良卿云：『少游詞如花含苞故，故不甚見其力量。

〔註163〕 〔清〕張德瀛：《詞徵》，收錄於唐圭璋編：《詞話叢編》冊五，頁4153。

〔註164〕 〔宋〕李清照：〈詞論〉，收錄於王學初：《李清照集校註》（臺北：里仁書局，1982年），頁195。

其實後來作手，無不胚胎於此。』」〔註165〕足見在許多詞論家眼中，少游詞作確有語言自然之優點。張耒曾贊曰：「秦子我所愛，詞若秋風清。蕭蕭吹毛髮，肅肅爽我情。精工造奧妙，實鐵鏤瑤瓊。」〔註166〕的確道出秦詞的清雅舒爽。秦觀有〈送僧歸保寧〉詩言：「白玉芙蓉出清沼，天然不受緇塵擾。」化用了李白「清水出芙蓉，天然去雕飾」詩句，筆者以爲可以此句說明秦觀的文藝思想。少游發揚李白精神，傳承南北朝謝靈運和謝朓的傳統，追求「清水芙蓉」那樣清雅的境界，不僅辭藻要清麗自然，而且要達到內容和形式的審美統一，情感眞摯，不矯飾也不無病呻吟，即將眞實的情感誠摯地吐露出來。在語言上，力求高度凝煉純淨、清新曉暢，此即少游文藝思想的審美實踐。

（二）辭餘於意

　　沈義父在《樂府指迷》中標舉「論詞四標準」，其中「用字不可太露，露則直突而無深長之味」，並指出「語句須用代字」〔註167〕，對於鍊字下語方面有以下之解：

> 鍊字下語，最是緊要，如說「桃」，不可直說破桃，須用「紅雨」、「劉郎」等字。如詠柳，不可直說破柳，須用「章臺」、「灞岸」等字。又用事，如曰「銀鉤空滿」，便是書字了，不必更說「書」字。「玉著雙垂」，便是淚了，不必更說「淚」。如「綠雲繚繞」，隱然鬢髮，「因便湘竹」，分明是簞。〔註168〕

代詞使用的目的在於造成詞意的含蓄曲折、意在言外的藝術效果。對

〔註165〕　〔清〕周濟：《介存齋論詞雜著》，收錄於唐圭璋編：《詞話叢編》，冊二，頁 1631～1632。

〔註166〕　〔宋〕張耒：〈寄答參寥五首之三〉，收錄於張耒著，李逸安等點校：《張耒集》（臺北：中華書局，1990 年）。

〔註167〕　〔清〕沈義父：《樂府指迷》，收錄於唐圭璋編：《詞話叢編》冊一，頁 277。

〔註168〕　〔清〕沈義父：《樂府指迷》，收錄於唐圭璋編：《詞話叢編》冊一，頁 280

沈義父之說，後人也有不同的看法，如《四庫全書總目提要·樂府指迷》條目下曰：

> 其意欲避鄙俗，而不之轉成塗飾，非確論也。即指出避淺俗而刻意塗飾，非確認也。

指出爲避淺俗而刻意塗飾，難免會有矯揉造作、不夠自然的生硬之嘆。王國維於《人間詞話》中亦予以批評：

> 若惟恐人不用代字者，果以是爲工，則古今類書具在，又安用詞爲耶？

即謂若一味追求「替代字」，則不如到類書中「對號入座」，機械套用即可。沈義父之說如《四庫全書》、王國維之說是兩個相左的審美傾向，故蔡嵩雲折衷以爲：

> 鍊句下語，以婉曲蘊藉爲貴。作慢詞更須留意及此。説某物，有時直説破，便了無餘味，倘用一二典故印證，反覺別增境界。但斟酌題情，揣摩辭氣，亦有時以直説破爲顯豁者。謂詞必須用替代字，固失之拘；謂詞必不可用替代詞，亦未免失之迂矣。〔註169〕

縱列上述幾項說法，蔡嵩雲之評語較肯綮。對於少游之詞來說，其正以擅典故，代字傳情達意，高雅而含蓄。然王國維在《人間詞話》中，卻批評少游之作有使用替代字之嫌，而王氏認爲認爲詩詞作品替代字使用過多者，傷其自然眞美：

> 詞忌用替代字。美成〈解語花〉之「桂華流瓦」，境界極妙，惜以「桂華」二字代「月」耳。夢窗以下，則用代字更多。其所以然者，非意不足，則語不妙也。蓋意足則不暇代，語妙則不必代。此少游之「小樓連苑」、「繡轂雕鞍」，所以爲東坡所譏也。〔註170〕

王氏所言少游詞中替代字使用不妥之處出於〈水龍吟〉〔註171〕一闋，

〔註169〕 蔡嵩雲：《樂府指迷箋釋》（北京：人民出版社，1998 年），頁 62。
〔註170〕 〔清〕王國維著、徐調孚校注：《校注人間詞話》（臺北：頂淵文化，2001 年），頁 19。
〔註171〕 錄〈水龍吟〉一詞：「小樓連苑橫空，下窺繡轂雕鞍驟。朱簾半卷、

王氏認為替代字是在「意不足」或「語不妙」的情況下使用的，雖不
致影響詩詞的境界之妙，但對於替代字的使用仍要忌之再三，因為替
代字的使用，違背了「能寫真景物真感情謂之有境界」之概念，文字
表現的形式和內容息息相關，使用替代字不僅使詩詞與讀者「有隔」，
更會造成失真的後果。因此，王氏主張如果作品本身「意足語妙」，
有真實的內容，有高超的語言表達能力，根本不需用替代字。可見其
「詞忌用替代字」非等同於「禁用」，而其立論也具有明確的針砭目
的，是基於「境界」的創造與對「真」的要求而發之論。

　　而王氏言〈水龍吟〉被東坡所譏處，係出自宋俞文豹《吹劍三
錄》：

> 東坡問少游別後有何作？少遊舉「小樓連苑橫空，下窺繡
> 轂雕鞍驟。」坡曰：「十三個字只說得一個人騎馬樓前過。」

此事另見《花庵詞選》和《歷代詩餘・卷五》引曾慥《高齋詩話》。
清沈祥龍《論詞隨筆》亦曰：

> 詞當意餘於辭，不可辭餘於意。東坡謂少游「小樓連苑橫
> 空，下窺繡轂雕鞍驟」二句只說得車馬樓下過耳，以其辭
> 餘於意也。若意餘於辭，如東坡「燕子樓空，佳人何在？
> 空鎖樓中燕。」用張建封事，白石「猶記深宮舊事，那人
> 正睡裏，飛近蛾綠。」用壽陽事，皆為玉田所稱，蓋辭簡
> 而餘意悠然不盡也。〔註172〕

以東坡名句「燕子樓空，佳人何在？空鎖樓中燕」深幽意韻，對比少
游「小樓連苑橫空，下窺繡轂雕鞍驟」的冗贅，認為此乃「辭餘於意」
之弊，用字不夠精確簡潔，的確是少游受人攻擊之處。不過，若真要
深究詞意，句中不但寫出馬，還寫出車，還寫出小樓的裝飾建構，並
不如東坡所言僅僅只是一人騎馬樓前過耳。

單衣初試、清明時候。破暖輕風、弄晴微雨、欲無還有。賣花聲過
盡，斜陽院落；紅成陣，飛鴛鴦。玉珮丁東別後。悵佳期、參差難
又。名韁利鎖、天還知道、和天也瘦。花下重門、柳邊深巷、不堪
回首。念多情、但有當時皓月，向人依舊。」

〔註172〕　〔清〕沈祥龍：《論詞隨筆》，收錄於唐圭璋編：《詞話叢編》，頁4048。

另外，《苕溪漁隱叢話前集‧卷五十》載：

> 後誦淮海小詞云：「杜鵑聲裏斜陽暮。」公（山谷）曰：「此
> 詞高絕。但既云『斜陽』，又云『暮』，則重出也。」欲改
> 「斜陽」作「簾櫳」。余曰：「既言『孤館閉春寒』，似無簾
> 櫳。」公曰：「亭傳雖未必有簾櫳，有亦無害。」余曰：「此
> 詞本模寫牢落之狀，若曰簾櫳，恐損初意。」先生曰：「極
> 難得好字，當徐思之。」然余因此曉句法不當重疊。〔註173〕

可見在少游的作品中，用字重出的問題不僅出現一次，少游確實
有用語重出之弊，但是若以全詞完整度觀之，仍無礙其真美。

3、脫胎他人詩句，實有出藍之妙

就詞來說，只要意真情富，即豐蘊的情意，發之於如詞這般抒情
文體，不必以典故堆砌，即能有味而妙；若一味典故來說胸中之事，
則終隔一層，故易安以「專主情致，而少故實」讚美少游。

實際上，少游以平實文字，卻能營造出高妙之意境，並非全然摒
除典故，乃因其善於用典有關。少游詞句中用典之處不少，但他化用
自然清麗，實與其擅於協調雅俗，將前人詩句典故運用得宜，便成幾
近口語般的字句，令人琅琅上口，且前後字句串聯度佳，絲毫不露扞
隔之弊，以〈滿庭芳〉為例，其中的「斜陽外，寒鴉數點，流水遶孤
村」，原本自隋煬帝的「寒鴉千萬點，流水遶孤村」，與原詩幾近相同
的字句，被少游翻作得饒有意趣。雖然引經據典，少游卻未落掉書袋
之迂。

況周頤以為：「兩宋人填詞往往用唐人詩句。」秦觀在幾首詞中
便曾化用唐代詩人杜牧「十年一覺揚州夢，贏得青樓薄倖名」（〈遣
懷〉）的詩句，如「青門同攜手，前歡記，渾似夢裏揚州。」（〈風流
子〉）、「謾贏得青樓，薄倖名存。」（〈滿庭芳〉）、「豆蔻梢頭舊恨，
十年夢、屈指堪驚。」（〈滿庭芳其二〉）等作。而「豆蔻梢頭舊恨，
十年夢、屈指堪驚。」不僅化用「十年一覺揚州夢」，也脫胎於杜牧

〔註173〕 〔宋〕胡仔：《苕溪漁隱叢話前集‧卷五十》。

的詩歌「娉娉嫋嫋十三餘，豆蔻梢頭二月初。」（〈贈別〉），顯然是寫詞人鍾情的少女。而少游在元豐三年（1080）到過揚州，推測當時在揚州應有過一段雷同於杜牧的韻事，使他無法忘懷，與〈夢揚州〉中的「佳會阻，離情正亂，頻夢揚州」可相呼應。不過，沈祖棻在《宋詞賞析》中則認為此詞是寫「汴京舊識，而非揚州新知。」作者此時身在揚州，回思汴京前事，故用本地風光來作比喻。不管地點是確指揚州還是代指某地，此詞所描寫的內容應是詞人情感生活的一段經歷，並無政治寓意。

　　清杜文瀾《憩園詞話》載：「詩之幽瘦者，宋人均以入詞，如『曲終人不見，江上數峰青』一聯，秦少游直錄其語。若是者不少，是在填詞家善於引用，亦須融會其意，不宜全錄其文。總之，詞以纖秀為佳，凡使氣、使才，矜僻，皆不可一犯筆端。」用前人的詞句，首重「融會其意」。許達玲之《淮海詞之聲律與修辭研究》一文，對少游融化前人語句的部分，作過歸納分析，將之分為「點化成句」與「翻意成句」，並統計出點化成句者有四十七處，翻意成句者有三十一處，而將其手法方面歸為五類，即「減字而成者」、「增字而成者」、「稍易而成者」、「全用前人詩句而成者」、「套取前人詩句為創作材料者」〔註 174〕。可見少游在鎔鑄前人詩句和引用暗合適點兩項上有很成功的表現。

　　鄭騫曾說：「文人運思造語相近似者，有暗合亦有明用；秦詞未必出於唐人，亦未必不出於唐人。」並舉出「飛紅萬點愁如海」和李賀「桃花亂落如紅雨」、杜甫的「一片花飛減卻春，風飄萬點正愁人」、李頎「請量東海水，看取淺深愁」相近似等例子。〔註 175〕足見少游在鎔鑄字句事典上確有其工。

　　對少游鎔鑄詩句卻有出乎前人格局的佳妙處，王國維在《人間

〔註174〕許達玲：《淮海詞之聲律與修辭研究》（珠海大學中國文學研究所碩士論文，1991 年）。
〔註175〕鄭騫：《景午叢編》（臺北：臺灣中華書局，1972 年），頁 36。

詞話‧附錄》中言：

> 溫飛卿〈菩薩蠻〉「雨後卻斜陽，杏花零落香」，少游之「雨
> 餘芳草斜陽，杏花零落燕泥香」，雖自此脫胎，而實有出藍
> 之妙。〔註176〕

言明少游之詞雖脫胎自飛卿之語，但卻能有出藍之妙。何以少游之詞
能超越飛卿一向爲人稱道的語句？下引全詞觀之：

> 東風吹柳日初長，雨餘芳草斜陽。杏花零落燕泥香，睡損
> 紅妝。寶篆煙銷龍鳳，畫屏雲鎖瀟湘。夜寒微透薄羅裳，
> 無限思量。〈畫堂春〉

全詞寫出美人春睡，白晝裡紅窗睡穩，夜晚間枕畔難安。白晝春睡，
有損紅妝，夜裡卻羅裳濡濕，心中正有無限思量，作息大亂，夜裡難
眠，無須多所置喙，春情愁思，早已躍然紙上。楊湜《古今詞話》中
亦云：「少游〈畫堂春〉「雨餘芳草斜陽，杏花零落燕泥香」之句，善
於狀景物。至於「香篆暗消鸞鳳，畫屏縈繞瀟湘」二句，便含蓄無限
思量意思，此其有感而作也。」〔註177〕春雨初霽，春日漸長，東風
拂柳，斜陽映照芳草，如此醺人欲醉的情境爲女子春睡作出鋪排效
果。而二、三句中的杏花點出了春季，雨後零落，墜地沾泥，泥沾落
花，帶有香氣，僅只一句，卻寫出了一連串的動作，兼具撩人綺思，
眞箇有「落紅不是無情物，化作春泥更護花」的意味。

　　適當援引事典語句，一方面可顯其文采，另一方面實可收突顯原
意之效，並增添詞句之美。筆者以爲秦觀詞大多用語自然，用典恰到
好處，適切地具畫龍點睛之效，僅只一些詞作中有替代字使用太過的
情況，大致說來，少游語致自然並未落斧鑿太過之跡。

三、李清照

（一）曲盡人意，輕巧尖新，姿態百出

〔註176〕　〔清〕王國維著、徐調孚校注：《校注人間詞話》（臺北：頂淵文化，
　　　　　2001年），頁81。

〔註177〕　〔宋〕楊湜：《古今詞話》，收錄於唐圭璋編：《詞話叢編》冊一，
　　　　　頁33。

　　易安詞擅長白描手法，用字淺顯如話，崇尚自然；加之音節和諧、詞意婉轉，在尋常詞語中激盪出新意，其風格在詞壇中可謂獨樹一幟。龍潔虹於〈論李清照詞的藝術特色〉一文中言：

> 文學寫作上，白描是指不加雕琢修飾，自然流露眞情實感
> 的手法，在詞的創作上，李清照堪稱白描裡手，她常以深
> 入淺出的筆調，抒寫她內心的情感。〔註178〕

在詞的創作上，易安以女性特有的細膩詞心，將婉約詞派推向新的高峰，創造出自成一格的易安體。

　　任映紅在〈試論李清照詞的語言特色〉中言：「李詞語言最顯功力，有平易清新的自然美、委婉深沉的含蓄美、和諧流轉的音樂美、濃淡相宜的繪畫美。」〔註179〕指出易安詞雖然自然清新，但是兼具了數種美感，爲詞似畫更堪聽，比之摩詰之「詩中有畫，畫中有詩」，似更高一籌。薛精兵、郭芳在〈論李清照詞的抒情藝術〉一文中說到：

> 李清照詞抒情的眞實性、深刻性，在當時的詞人中，是很少
> 有人能和她媲美的，其詞淒婉纏綿，哀豔動人。在藝術上，
> 雖然吸取了前人的某些藝術創作經驗，但絕不因襲前人，而
> 是從自己切身的生活感受出發，進行艱苦的藝術構思。她用
> 千錘百鍊而又不見痕跡的語言、樸實自然的白描手法、抑揚
> 頓挫的音韻節奏，抒發了自己的眞情實感。〔註180〕

以〈武陵春〉一詞來看，在下半闋中，一連用了「聞說」、「也擬」、「只恐」等看似平凡簡單的字詞，作爲起伏轉折的契機，一波三折，感人至深：

> 風住塵香花已盡，日晚倦梳頭。物是人非事事休，欲語淚

〔註178〕　龍潔虹：〈論李清照詞的藝術特色〉，《長治學院學報》第 24 卷，
　　　　　　2007.04，頁 8。

〔註179〕　任映紅：〈試論李清照詞的語言特色〉，《上饒師專學報》第 1 期，
　　　　　　1994，頁 42。

〔註180〕　薛精兵、郭芳：〈論李清照詞的抒情藝術〉，《陝西廣播電視大學學
　　　　　　報》第 8 卷第 3 期，2006.09，頁 56。

先流。　　聞說雙溪春尚好，也擬泛輕舟。只恐雙溪舴艋
舟，載不動、許多愁。(李清照〈武陵春〉)

下片首句「聞說雙溪春尚好」是陡然一揚，上片中的「欲語淚先流」，
詞人之淚尚未流完，可是一聽說金華郊外的雙溪正是春光明媚、遊
人如織的時刻，詞人出遊之興頓起，「也擬泛輕舟」去了。「春尚好」、
「泛輕舟」之句節奏明快，恰到好處地表現了詞人剎那間的喜悅心
情。而在「泛輕舟」之前著「也擬」二字，卻顯得婉曲低迴，一方
面點出出遊之興並不甚強烈，一方面也頗有好生爲難的躊躇之貌。
「輕舟」鋪墊烘托出下文的愁重，至「只恐」以下二句，則形成跌
宕的效果，使情感顯得深沉悠遠，有餘不盡的藝術效果。劉熙載於
《藝概·詞曲概》中論述：「一轉一深，一深一妙，此騷人之三昧。
倚聲家得之，便自超出常境。」

對於李清照詞作表現出的淺顯直白，下舉數個以白話字句入詞之
例：

1、「我」

沈香斷續玉爐寒，伴我情懷如水。(〈孤雁兒〉)

應念我、終日凝眸。(〈鳳凰臺上憶吹簫〉)

2、「了」

忘了除非醉。沈水臥時燒，香消酒未消。(〈菩薩蠻〉)

這次第，怎一個、愁字了得！(〈聲聲慢〉)

金尊倒，拚了盡燭，不管黃昏。(〈慶清朝慢〉)

3、「不怕」、「不成」、「不是」、「不如」、「不許」、「不耐」、「不盡」

不怕風狂雨驟。(〈轉調滿庭芳〉)

如今也，不成懷抱，得似舊時那？(〈轉調滿庭芳〉)

酒醒熏破春睡，夢遠不成歸。(〈訴衷情〉)

新來瘦，非干病酒，不是悲秋。(〈鳳凰臺上憶吹簫〉)

不如隨分尊前醉，莫負東籬菊蕊黃。(〈鷓鴣天〉)

被冷香消新夢覺，不許愁人不起。(〈念奴嬌〉)

難堪雨藉，不耐風揉。(〈滿庭芳〉)

藤牀紙帳朝眠起，說不盡無佳思。(〈孤雁兒〉)

4、「恰」

恰才稱、煮酒殘花。(〈轉調滿庭芳〉)

酒美梅酸，恰稱人懷抱。(〈蝶戀花〉)

5、「更」

日高烟斂，「更」看今日晴未。(〈念奴嬌〉)

手種江梅「更」好，又何必、臨水登樓。(〈滿庭芳〉)

何須更憶，澤畔東籬。(〈多麗〉)

另如「『莫道』不銷魂，簾捲西風，人比黃花瘦。」(〈醉花陰〉)、「魂夢『不堪』幽怨，更一聲啼鴂。」(〈好事近〉)、「『纔下』眉頭，『卻上』心頭。」(〈一剪梅〉)、「舊時天氣舊時衣，『只有』情懷、不似舊家時！」(〈南歌子〉)、「『要來』小酌『便來休』，『未必』明朝風不起。」(〈玉樓春〉)、「看取晚來風勢，『故應難看』梅花。」(〈清平樂〉)、「手種江梅更好，又『何必』、臨水登樓。」(〈滿庭芳〉)「試燈『無意思』，踏雪『沒心情』。」(〈臨江仙〉)、「『休休』！這回去也，千萬遍陽關也則難留。」(〈鳳凰臺上憶吹簫〉)、「一枝折得，人間天上，『沒個人堪寄』。」(〈孤雁兒〉) 等作，於其中均可見平白如話的字句。

除了字句淺白，易安詞中還有不少重複字句，極富音樂之美。重複字係運用到類疊中之「疊字」，如：「物是人非事事休，欲語淚先流」(〈武陵春〉)、「淡雲來往月疏疏」(〈浣溪沙〉)、「寵柳嬌花寒食近，種種惱人天氣」(〈念奴嬌〉) 等例。而「庭院深深深幾許，雲窗霧閣常扃。」(〈臨江仙〉) 一連以三個「深」字，深深疊出庭院之幽深；著名的〈聲聲慢〉更是連用七個疊字，準確自然、深刻細緻地表現出國破家亡後孤寂淒苦的情懷。羅大經《鶴林玉露・卷十二》載：

近時李易安詞云：「尋尋覓覓，冷冷清清，淒淒慘慘戚戚。」

起頭連疊七字，以一婦人乃能創意出奇如此！〔註181〕

易安在音律方面的造詣很高，懂得使用語言本身的自然音響和節奏來表達特定的情感，特別擅長運用雙聲疊韻來增強作品表達情感的效果，周濟以爲：

> 雙聲疊韻字要著意布置。有宜雙不宜疊，宜疊不宜雙處，重字則既雙且疊，尤宜斟酌。如李易安之凄凄慘慘戚戚，三疊韻六雙聲，是鍛鍊出來，非偶然拈得也。〔註182〕

〈聲聲慢〉中雙聲疊韻的使用不少，不僅「凄凄」、「慘慘」、「戚戚」，另如「黃花」、「黃昏」、「點滴」等等都是雙聲，而「冷清」則是疊韻。這些雙聲疊韻字的運用，增強了抒情的效果，將詞之爲音樂文學的特點，發揮無遺。開拍連用十四個疊字，除了「覓覓」、「冷冷」之外，全是齒聲字，讀來齒牙敲擊，短促輕細，造成一種凄清的效果，用來表現詞人孤寂凄苦的心理狀態，再合適不過。而最後幾句舌音和齒音交加重疊，生動地表現了憂心凄苦的情緒。這些雙聲疊韻字在音節、情調及氣象營造方面，與內容緊密配合，讀來樸素自然，不露痕跡，雖有些後世論者對多數學者的高度讚美不以爲然〔註183〕，但確實頗獲歷代詞評家好評。易安「用字奇橫而不妨音律」，守詞律之餘又能揮灑自如，足見語言功力運用之嫻熟精深。楊升庵在《詞苑叢談》中，除了〈聲聲慢〉尚舉他例，以見疊字在易安詞中運用之妙：

> 一句中連三字者，如「夜夜夜深聞子規」，又「日日日斜空醉歸」，又「更更更漏月明中」，又「樹樹樹梢啼啼曉鶯」。皆善用疊字。

〔註181〕 〔宋〕羅大經：《鶴林玉露·卷十二》（北京：中華書局，1985年）頁130。

〔註182〕 〔清〕周濟：《宋四家詞選》（北京：中華書局，1985年），頁7。

〔註183〕 陳廷焯以爲：「易安聲聲慢一闋，連下十四疊字，張正夫歎爲公孫大娘舞劍手。且謂本朝非無能詞之士，未曾有一下十四疊字者。然此不過奇筆耳，並非高調。張氏賞之，所見亦淺。又寵柳嬌花之句，黃叔暘歎爲前此未有能道之者。此語殊病纖巧，黃氏賞之，亦謬。宋人論詞，且多左道，何怪後世紛紛哉。」參見〔清〕陳廷焯：《白雨齋詞話·卷二》，收錄於唐圭璋編：《詞話叢編》，冊四，頁3819。

實可見易安對疊字運用之妙。而重複字的出現除了「疊字」，尚有今
日我輩所言之「類字」、「類句」和「頂眞」之法：

類字：「聞說雙溪春尚好，也擬泛輕舟。只恐雙溪舴艋舟，載不
　　　動、許多愁。」（〈武陵春〉）

類句：「又還秋色，又還寂寞。」（〈憶秦娥〉）

頂眞：「終日凝眸。凝眸處，從今又添，一段新愁。」（〈鳳凰臺
　　　上憶吹簫〉）、「酒美梅酸，恰稱人懷抱。醉莫插花花莫笑。
　　　可憐春似人將老。」（〈蝶戀花〉）

　　再引〈添字醜奴兒〉一詞來說，此詞更是字詞重疊中之集大成
者：

窗前誰種芭蕉樹，陰滿中庭，陰滿中庭，葉葉心心、舒展
有餘清。　　　傷心枕上三更雨，點滴霖霪，點滴霖霪，愁
損北人、不慣起來聽。（〈添字醜奴兒〉）

詞中之「陰滿中庭，陰滿中庭」和「點滴霖霪，點滴霖霪」爲疊句，
「葉葉心心」乃疊字。一般來說，詩詞中之字句並不適宜重出，重
出易有江郎才盡的貧乏感，但易安詞卻不避此道，而著眼於全篇之
和諧度。薛精兵、郭芳在〈論李清照詞的抒情藝術〉一文中亦有相
同看法：

李清照詞中極善於運用重言疊句來抒情。疊字連用是賦詩
填詞之大忌，因爲花費錘煉工夫最多，也最易露出人工痕
跡。而她則不受束縛敢于實踐，充分利用疊字的音樂特點
來抒發憂憤，造成咄咄逼人的氣勢。詞中疊字非但無斧鑿
之跡，而且自然妥貼。〔註184〕

再引〈清平樂〉和〈小重山〉爲例：

年年雪裏，常插梅花醉。接盡梅花無好意，贏得滿衣清淚。
　　　今年海角天涯，蕭蕭兩鬢生華。看取晚來風勢，故應
難看梅花。（〈清平樂〉）

〔註184〕薛精兵、郭芳：〈論李清照詞的抒情藝術〉，《陝西廣播電視大學學
　　　報》第 8 卷第 3 期，2006.09，頁 56。

　　春到長門春草青，江梅些子破，未開勻。碧雲籠碾玉成塵，
　　留曉夢，驚破一甌春。　　　花影壓重門，疏簾鋪淡月，好
　　黃昏。二年三度負東君，歸來也，著意過今春。(〈小重山〉)

「年年」、「蕭蕭」均爲疊字，在〈清平樂〉一詞短短四十六個字中，
「梅花」卻出現了三次；而五十八個字的〈小重山〉中，「春」字甚
至出現了四次。趙曉潔在〈李清照的語言藝術探微〉一文中說：

　　李清照作爲中國文學史上，獨樹一幟的女詞人，其作品的
　　語言風格自出機杼，在運用疊字、口語入詞和善用典故等
　　方面，表現出與眾不同的鮮明個性，和極高的造詣，創造
　　出了以自然率眞爲主要特色的文學語言。〔註185〕

可見易安並不以重出爲弊，反而以一再使用某字句去加強語意，渲
染情緒，加重力度。

　　對易安字句運用的自然清新，並非所有詞評家都能抱持著讚美
稱許的態度。南宋的張炎在《詞源》中批評易安的〈永遇樂〉〔註186〕
一詞：

　　「不如向、簾兒底下，聽人笑語」此詞亦自不惡，而以俚
　　詞歌於坐花醉月之際，似乎擊缶韶外，良可歎也。

張炎稱「此詞亦自不惡」，但他卻不認同「不如向，簾兒底下，聽人
笑語」句。因爲他認爲此詞上片「坐花醉月之際」，遭詞尾的「聽人
笑語」等俚俗句給破壞了原有的美感。上片「坐花醉月」之雅，到了
下片，卻「似乎擊缶韶外，良可歎也」。

　　清周之琦所輯《晚香室詞錄・卷七》則論李清照〈醉花陰〉一詞：
「〈醉花陰〉『簾捲西風』，爲易安傳作，其實尋常語耳。」〔註187〕認

〔註185〕　趙曉潔：〈李清照的語言藝術探微〉，《常熟理工學院學報》第 3 期，
　　　　　2006.05，頁 102。
〔註186〕　全詞錄後：「落日鎔金，暮雲合璧，人在何處。染柳煙濃，吹梅笛
　　　　　怨，春意知幾許。元宵佳節，融和天氣，次第豈無風雨。來相召，
　　　　　香車寶馬，謝他酒朋詩侶。　　　中州盛日，閨門多暇，記得偏重三
　　　　　五。鋪翠冠兒，撚金雪柳，簇帶爭濟楚。如今憔悴，風鬟霜鬢，怕
　　　　　見夜間出去。不如向，簾兒底下，聽人笑語。」
〔註187〕　〔清〕周之琦：《晚香室詞錄・卷七》，轉引自王學初：《李清照集

爲〈醉花陰〉中的名句「簾捲西風」不過是隨口可道之語。另有南宋王灼《碧雞漫志》言：

> （李清照）自少年便有詩名，才力華贍，逼近前輩，在士大夫中已不多得，若本朝婦人，當推詞采第一。……作長短句，能曲盡人意，輕巧尖新，姿態百出，閭巷荒淫之語，肆意落筆。自古縉紳之家能文婦女，未見如此無顧忌也。
> 〔註188〕

王灼認爲易安雖有文采，可是卻有「閭巷荒淫之語，肆意落筆」、「無顧忌」的毛病。《太平清話・卷三》則直接說易安詞語低俗：

> 孟淑卿……嘗論朱淑眞詩曰：「作詩貴脫胎化質，僧詩無香火氣乃佳，朱生固有俗病，李易安可與語耳。」

這些詞評家都認爲詞作中的「自然」是「肆意」、「無顧忌」與「俗」。事實上，這都是極爲偏頗的評論，在語言清新自然的基礎上，易安非常講究創造新穎的詞語，王灼在《碧雞漫志・卷二》說她的詞「輕巧尖新」即指此也。趙曉潔在〈李清照的語言藝術探微〉一文中道：

> 李清照以口語入詞，奇妙而諧律，出神入化。她既善於運用通俗的語言，又能以俗爲雅，鋪成極其工巧細膩的畫面，委婉深細而又意境高遠，如巧匠運斤，不著痕跡，讀來明白如話，看似尋常，實際頗具功力，大巧若拙。〔註189〕

易安將家常語熔煉在詞中，不著痕跡，並善於運用通俗的語言，鋪陳成極精巧而又意境高遠的詞篇，猶如巧匠運斤，毫無痕跡。

張保宇在〈試論李清照詞的白描手法〉一文中說：

> 白描手法是李清照詞作中最常用、最嫻熟的藝術手法。李清照的詞不僅用白描手法來抒發內在的情感，而且她的詞的外在形式也是白描化的，這與她主張詞要用典、鋪敘等並不矛盾。李清照大量運用白描手法：善用動詞白描，化

校註》。
〔註188〕　〔宋〕王灼：《碧雞漫志・卷二》，收入於《全宋筆記　第四編　二》，頁183。
〔註189〕　趙曉潔：〈李清照的語言藝術探微〉，《常熟理工學院學報》第3期，2006.05，頁103。

> 靜爲動；善用疊字、疊句白描，情意纏綿；善用問字白描，
> 語意深長；善用對話白描，形象逼眞，善用本色語白描，
> 親切自然，填寫出許多情眞意切、哀惋動人的詞作。她以
> 自己的創作實踐豐富了其填詞主張。〔註190〕

易安於〈詞論〉一文中言明詞之本質，乃偏向「鄭衛之聲」及「流靡」的音樂文學。以反面來說，一要沒有「哀以思」的情調，二要詞語不低俗，三要妙語流出自然無礙；正面來說，一要造語新奇，二要協音律，三要時有妙語。易安自己的創作的確能做到在平易中時有新語，因此，雖用字普通淺顯，卻能有新奇妙語。

（二）用淺俗之語，發清新之思

古之詞人十分講究煉字煉句，不但要做到「句中無餘字，篇中無長語」，而且要做到「句中有餘味，篇中有餘意」（姜夔《白石道人詩說》）。易安「以尋常話度入音律」，推陳出新，化俗爲雅，用淺俗之語，發清新之思，如「被冷香銷新夢覺，不許愁人不起」（〈念奴嬌〉）與「守著窗兒，獨自怎生得黑」（〈聲聲慢〉）被認爲是「皆用淺俗之語，發清新之思，詞意並工，閨情絕調。」〔註191〕以口語寫詞，似信手拈來，全無雕飾斧鑿之痕跡。但細細品來，卻又詞蘊意深，言外有情。以下舉數例以觀易安「鍊字」之功力。

1、「莫道不銷魂，簾捲西風，人比黃花瘦。」（〈醉花陰〉）

王世貞以爲：「『人瘦也，比梅花、瘦幾分』，又『天還知道，』，又『莫道不銷魂，簾捲西風，人比黃花瘦』，三瘦字俱妙。」（《弇州山人詞評》）胡仔《苕溪漁隱叢話》載：「『簾捲西風，人比黃花瘦』。此語亦婦人所難到也。」〔註192〕柴虎臣《古今詞論》稱：「語情則紅

〔註190〕 張保宇：〈試論李清照詞的白描手法〉，《唐都學刊》第 22 卷第 2 期，2006.03，頁 64。

〔註191〕 彭孫遹《金粟詞話》載：「李易安『被冷香銷新夢覺，不許愁人不起』，『守著窗兒，獨自怎生得黑』，皆用淺俗之語，發清新之思，詞意並工，閨情絕調。」〔清〕彭孫遹：《金粟詞話》，收錄於唐圭璋編：《詞話叢編》，冊一，頁 721。

〔註192〕 〔宋〕胡仔：《苕溪漁隱詞話‧前集‧卷六十》，（臺北：世界書局，

雨飛愁，黃花比瘦，可謂雅暢。」

　　2、「知否、知否？應是綠肥紅瘦。」（〈如夢令〉）

　　詞中以常見的「肥」、「瘦」兩字，形象化地寫出風雨過後，葉茂花殘的景象，並顯園中少婦惜春憐花惆悵寂寞的細膩情感，既貼切又深刻。胡仔對此詞大讚：「此語甚新。」〔註193〕（《苕溪漁隱叢話》）此詞向來廣受詞評家的喜愛，尤以「綠肥紅瘦」用語簡練，又很形象化，獲得不少詞評家「綠肥紅瘦」的讚賞。陳郁云：「李易安工造語，〈如夢令〉『綠肥紅瘦』之句，天下稱之。」（《藏一話腴》）瞿佑讚：「『應是綠肥紅瘦』語甚新。」（《香台集》）〔註194〕楊慎則認爲：「此詞較周詞更婉媚。」（《草堂詩餘》）〔註195〕蔣一葵以爲：「當時文士莫不擊節稱賞，未有能道之者。」（《堯山堂外紀‧卷五十四》）〔註196〕此詞不僅只有「綠肥紅瘦」一語，沈際飛以爲：「『知否』兩字，疊得可味。『綠肥紅瘦』創獲自婦人，大奇。」黃氏更進一步引述：「按一問極有情，答以『依舊』答得極澹，跌出『知否』二句來。而『綠肥紅瘦』，無限淒婉，卻又妙在含蓄。短幅中藏無數曲折，自是聖於詞者。」〔註197〕

　　3、「風住塵香花已盡，日晚倦梳頭。」（〈武陵春〉）

　　「風住」二字，既通俗又凝煉，極富暗示性，顯示出曾是風吹雨打、落紅成陣的日子。詞人被無情的風雨鎖在家中，心情之苦悶可想

　　　　　　　1976 年），頁 413。

〔註193〕　〔宋〕胡仔：《苕溪漁隱詞話‧前集‧卷六十》，（臺北：世界書局，1976 年），頁 413。

〔註194〕　瞿佑語：「『應是綠肥紅瘦』語甚新。」參見〔明〕瞿佑：《香台集》（臺北：偉文圖書出版社，1977 年），頁 93。

〔註195〕　〔明〕楊慎語轉引自褚斌傑、孫崇恩、榮憲賓編：《李清照資料彙編》，頁 33。

〔註196〕　〔明〕蔣一葵語轉引自褚斌傑、孫崇恩、榮憲賓編：《李清照資料彙編》，頁 44。

〔註197〕　〔清〕黃氏：《蓼園詞評》，收錄於唐圭璋編：《詞話叢編》，冊四，頁 3024。

而知。「塵香」即後來陸游〈卜算子〉詞中的「零落成泥輾作塵」，不僅說出明天已晴朗多時，落花已化爲塵土，而且寓有對美好事物遭受摧殘的惋惜之情和對自身「流盪無依」的深沉感慨。張端義《貴耳集·卷上》載：「易安居士李氏，趙明誠之妻。金石錄亦筆削其間。南渡以來，常懷京、洛舊事，晚年賦元宵〈永遇樂〉詞云：『落日熔金，暮雲合璧。』已自工致。至於『染柳煙濃，吹梅笛怨，春意知幾許。』氣象更好。後段云『如今憔悴，風鬟霜鬢，怕見夜間出去。』皆以尋常語度入音律。鍊句精巧則易，平淡入調者難。」〔註 198〕道出易安在尋常中難得的精巧鍊字之工。

（三）以故爲新，善於用典

易安善於熔鑄典故和前人詩詞。〈詞論〉論詞有一個重要標準是「故實」，「尚故實」就是要用典，講究語言文字有出處，藉此提升詞的品格，增加詞的雅味，因此易安曾批少游「少故實」，可看出她對典故的重視，故實的運用在易安詞作中是很重要的一種技巧，但易安既不似山谷「尚故實而多疵病」，也沒有幼安賣弄文采來掉書袋的習氣，她講究用典自然，要「羚羊挂角，無跡可求」〔註 199〕。爲避生僻晦澀之弊，大多採用人們熟悉之典，以提高讀者閱讀的流暢性，是易安的特別之處；再者，以通俗口語表現典故，在靈動自然之餘，可加深作品意涵；最後兼又文典相融，更添美感。

1、「春到長門春草青，江梅些子破」（〈小重山〉）

長門，爲漢代長安離宮名，漢武帝陳皇后失寵，曾居於此。〈小重山〉爲清照早年在汴京所作，寫初春之景和作者的閒適恬靜生活，表現了她喜愛和珍惜春天的心情。首句「春到長門春草青，江梅些子破」寫晨起所見。此闋正是仿傚五代薛昭蘊的〈小重山〉而作，薛詞如下：

〔註 198〕　〔宋〕張端義：《貴耳集》（北京：中華書局，1985 年），頁 13。
〔註 199〕　〔宋〕嚴羽著、郭紹虞校釋：《滄浪詩話校釋》（臺北：里仁書局，1987 年），頁 26。

春到長門春草青，玉墀華露滴。月朧明，東風吹斷玉簫聲，
宮漏促，簾外曉啼鶯。　　　愁起夢難成，紅妝流宿淚，不
勝情，手挼裙帶遶花行，思君切，羅幌暗塵生。

易安之詞即用薛之成句，不過薛詞是藉史事寫宮怨，易安卻是自
抒懷抱。以漢武帝的皇后陳阿嬌失寵後居住長門宮，來隱喻自己獨守
空閨，巧妙地將愁思哀怨之情融入春景的描繪中。雖一字不換襲用薛
詞，卻正巧妙爲自己的詞做開端。

2、〈孤雁兒〉一詞提及之典——蕭史弄玉、陸凱贈梅與范曄

藤牀紙帳朝眠起，說不盡無佳思。沈香斷續玉爐寒，伴我
情懷如水。笛聲三弄，梅心驚破，多少春情意。　　　小風
疏雨蕭蕭地，又催下千行淚。吹簫人去玉樓空，腸斷與誰
同倚。一枝折得，人間天上，沒個人堪寄。(〈孤雁兒〉)

〈孤雁兒〉中的「吹簫人去玉樓空，腸斷與誰同倚」，點出易安
懷念夫婿之情。「吹簫人去」用的是《列仙傳》中秦穆公女弄玉與其
夫蕭史的典故。吹簫人指的是蕭史，喻趙明誠。明誠既逝，人去樓空，
縱有梅花好景，又有誰能與之倚闌共賞？回想當年踏雪尋梅的情景，
不禁愴然傷感。結尾三句「一枝折得，人間天上，沒個人堪寄」則化
用陸凱贈梅與范曄的故事，表達了深重的哀思。陸凱當年思念遠在長
安的友人范曄，曾折下梅花賦詩以贈。可是今日易安折下梅花，找遍
人間天上，四處茫茫，竟無一人可以寄贈。「人間天上」一語，寫出
了尋覓之苦，「沒個人堪寄」，道盡了悵然若失之傷；全詞至此，戛然
而止，而一曲哀音，卻繚繞不絕。這首詞妙在化用典故，婉若己出；
詠梅悼亡，渾然一體；口語入詞，以俗寫雅，獨樹一幟。

全詞活用典故，以故爲新，將「笛聲三弄」、「吹簫人去」以及
「折梅贈遠」等句渾化無跡，猶如己出；再將詠梅與悼亡共冶一爐，
道出悼念亡夫的哀思，妙哉。

3、〈滿庭芳〉一詞提及之典——何遜之典、林逋之句

小閣藏春，閒窗鎖晝，畫堂無限深幽。篆香燒盡，日影下

簾鉤。手種江梅更好，又何必、臨水登樓。無人到，寂寥
渾似，何遜在揚州。(〈滿庭芳〉)

由賞梅聯想到南朝詩人何遜迷戀梅花之事，使詞意的發展開始向
借物抒情方面過渡。梁代天監間，何遜曾爲建安王蕭偉的水曹行參軍
兼記室，有詠梅佳篇〈揚州法曹梅花盛開〉一詩（亦作《詠早梅》）。
清人江昉刻本《何水部集》於此詩下有注云：「遜爲建安王水曹，王
刺揚州，遜廨舍有梅花一株，日吟詠其下，賦詩云云。後居洛思之，
再請其任，抵揚州，花方盛開，遜對花徬徨，終日不能去。」可知何
遜對梅花的癡迷源於其苦悶寂寞的心情。杜詩有「東閣官梅動詩興，
還如何遜在揚州」(〈和裴笛登蜀州東亭送客逢早梅香憶見寄〉)。易安
用何遜之事兼用杜詩句意，對著梅花與遙遙的揚州何遜，互通共感，
並寄託深幽的情思。

宋初詩人林逋有「疏影橫斜水清淺，暗香浮動月黃昏」(〈山園小
梅〉)的名句，刻畫梅花的形象得其神態。梅花的暗香消失、落花似
雪，說明其飄謝凋零，風韻無蹤。梅花之凋使人徒惹春恨，難免遷怒
於春日風雨的無情，但易安卻以「莫恨」一句，雲淡風清地帶過，「須
信道、掃跡情留」更寫出蹤跡掃盡，難以尋覓之慨。結尾的「難言處，
良宵淡月，疏影尚風流」補足蹤跡難尋之憾，因情意長留，別有一番
韻味。

4、〈多麗〉一詞，更是連用了許多典故。

以「也不似、貴妃醉臉，也不似、孫壽愁眉。韓令偷香，徐娘
傅粉，莫將比擬未新奇」句，說出白菊不假雕飾的自然美麗；以「屈
平陶令」言其風韻，最後再用「似愁凝、漢皋解佩。似淚灑、紈扇
題詩」句，以仙女和班婕妤頌揚白菊作結讚頌白菊的美好姿態「雪
清玉瘦」，如漢皋臺下不食人間煙火的仙女；也像懿德清芬卻失寵
於漢宮的班婕妤，既是書寫白菊，亦是以菊喻己；雖爲稱揚，實帶
有自傷的意味。

據王仲聞《李清照集校注》一書，仔細將各個典故詳錄如下，

共計有「貴妃醉臉」〔註200〕、「孫壽愁眉」〔註201〕、「徐娘傅粉」
〔註202〕、「漢皋解佩」〔註203〕、「紈扇題詩」〔註204〕、「韓令偷香」
〔註205〕數個，從中亦可得見易安文史涉獵之深。

　　下再引數例觀之，如「朗月清風」一語見《世說新語‧卷上‧言
語》：「劉君云：『清風朗月，輒思玄度。』」而「澤畔」「東籬」典由
屈平、陶令而來，分別見於屈原〈漁父‧第七〉：「屈原既放，游於江
潭，行吟澤畔，顏色憔悴。」及陶潛〈飲酒〉詩：「採菊東籬下，悠
然見南山。」又「仲宣懷遠更淒涼」〔註206〕出自王粲之典。

〔註200〕「貴妃醉臉」見《松窗雜錄》：「大和、開成中，有程修己者，……
　　　　會春暮，內殿賞牡丹花。上頗好詩，因問修己曰：『今京邑傳唱牡
　　　　丹花詩，誰為首出？』修己對曰：『臣嘗聞公卿問多吟賞中書舍人
　　　　李正封詩曰：國色朝酣酒，天香夜染衣。』上聞之，嗟賞移時。楊
　　　　妃方恃恩寵，上笑謂賢妃曰：『粧鏡臺前，宜飲以一紫金盞酒，則
　　　　正封之詩見矣。』」
〔註201〕「孫壽愁眉」見《後漢書‧梁冀傳》：「冀妻孫壽，色美而善為妖態，
　　　　作愁眉、啼妝、墮馬髻、折腰步、齲齒笑，以為媚惑。」章懷太子
　　　　李賢注引《風俗通》曰：「愁眉者，細而曲折。」參見楊家駱主編：
　　　　《後漢書‧梁冀傳》（台北：鼎文書局，1978），頁1180。
〔註202〕「徐娘傅粉」見《南史‧梁元帝徐妃傳》：「諱昭佩，……季江每歎
　　　　曰：柏直狗雖老，猶能獵，蕭溧陽馬雖老，猶駿，徐娘雖老，猶尚
　　　　多情。」參見楊家駱主編：《南史‧梁元帝徐妃傳》（臺北：鼎文書
　　　　局，1979），頁342。
〔註203〕「漢皋解佩」見《太平御覽》卷八百零三引《列仙傳》：「鄭交甫將
　　　　往楚，道之漢皋臺下，見二女，佩兩珠，大如荊雞卵。交甫與之言，
　　　　曰：『欲子之佩。』二女解與之。既行返顧，二女不見，佩亦失矣。」
　　　　參見〔宋〕李昉等奉敕：《太平御覽》（台北：新興出版社，1959
　　　　年），頁3501。
〔註204〕「紈扇題詩」參見班婕妤〈怨歌行〉：「新裂齊紈素，皎潔如霜雪。
　　　　裁為合歡扇，團團似明月。出入君懷袖，動搖微風發。常恐秋節至，
　　　　涼風奪炎熱。棄捐篋笥中，恩情中道絕。」參見郭茂倩編：《樂府
　　　　詩集》（台北：里仁書局，1984年），頁616。
〔註205〕「韓令偷香」的典故見楊家駱主編：《晉書‧賈充傳》（台北：鼎文
　　　　書局，1979），頁1172。
〔註206〕〔梁〕蕭統選編、李善等注：《六臣注文選‧卷十一》，劉良注曰：
　　　　「《魏志》云：『王粲山陽高平人，少而聰慧有大才，仕為郎中，時
　　　　董卓作亂，仲宣（王粲字）避難荊州，依劉表遂登江寧城樓，因懷

　　除了單句之例，有些詞作更揉和前人詩詞於其中，以〈永遇樂〉一詞觀之，不直說梅花已謝，而道「吹梅笛怨」，顯然是暗用李白「一爲遷客去長沙，西望長安不見家。黃鶴樓中吹玉笛，江城五月落梅花」詩意，藉以抒寫自己懷念舊都的哀思。再者，易安自言「庭院深深深幾許」（〈臨江仙〉）乃脫胎自歐陽文忠公〈蝶戀花〉詞首韻全句〔註 207〕，而「清露晨流，新桐初引，多少游春意。」（〈念奴嬌〉）語本《世說新語・賞譽》：「王恭始與王建武（王忱）甚有情，後遇袁悅之間，遂致疑隙。然每至興會，故有相思時。恭嘗行散至京口射堂，于時清露晨流，新桐初引，恭目之，曰：『王大（王忱）故自濯濯。』」易安此處用其成句。初引，初生、初長也。引，長也。清人王又華《古今詞論》引毛稚黃曰：「李易安春情『清露晨流，新桐初引。』用世說全句，渾妙。嘗論詞貴開宕，不欲沾滯，忽悲忽喜，乍遠乍近，斯爲妙耳。如遊樂詞，須微著愁思，方不癡肥。李春情詞本閨怨，結云：『多少遊春意』，『更看今日晴未？』忽爾拓開，不但不爲題束，并不爲本意所苦，直如行雲舒卷自如，人不覺耳。」〔註 208〕楊愼《詞品》亦讚：「李易安詞『清露晨流，新桐初引』，乃全用《世說》語，女流有此，在男子亦秦周之流也。」〔註 209〕

　　趙曉潔在〈李清照的語言藝術探微〉一文中說到：「李清照語言的獨創性，還表現在用典上。她的詞中有不少語言，是從前人的詩、詞和散文的句子中熔鑄而來，她用典自然妥帖，始終保持著自己特有

　　　　　歸而有此，述其進退危懼之情』。（杭州：浙江古籍出版社，1999），
　　　　　頁 189。
〔註 207〕　易安自言：「歐陽公作〈蝶戀花〉，有『深深深幾許』之語，予酷愛
　　　　　之。用其語作『庭院深深』數闋。其聲即舊臨江仙也。」歐陽脩〈蝶
　　　　　戀花〉全闋錄後：「庭院深深深幾許，楊柳堆煙，簾幕無重數。玉勒雕
　　　　　鞍遊冶處。樓高不見章臺路。雨橫風狂三月暮。門掩黃昏，無計留春
　　　　　住。淚眼問花花不語，亂紅飛過鞦韆去。」
〔註 208〕　〔清〕王又華：《古今詞論》，收錄於唐圭璋編：《詞話叢編》，冊一，
　　　　　頁 607。
〔註 209〕　〔清〕楊愼：《詞品》，收錄於唐圭璋編：《詞話叢編》，冊一，頁 438。

的明白曉暢的語言風格。」〔註 210〕易安詞中雖有不少語言是從前人之句而來，但是她用典自然妥貼，明白如話又獨樹一幟的語言風格，故能脫胎換骨，屢創新意，這種於平淡入調而不露雕琢痕跡之工，即爲「極煉如不煉」〔註211〕。

小　結

　　對於北宋詞閨閣書寫的意蘊內容，可概分爲幾個部分來談。雖然書寫範圍多不出閨閣內外，但是卻能發出數種不同情感之音，既可以由相思一抒對配偶或情人的相思之情，也能站在娼妓的立場追懷往日的歡愛，更能寄羈旅行役身世感慨於其中，而身處於閨閣之中也不僅只著眼於自己本身，更有放眼家國的胸懷，爲國家飄搖動盪的景況不安擔憂，以內容面向上來看，實在豐富多元。

　　詞之特質在於「能言詩之所不能言，而不能盡言詩之所能言」，且「詩之境闊，詞之言長」，詞之書寫深微細膩、幽約怨悱，即王國維所言之「要眇宜修」。

　　而在藝術技巧上，三家有其共通之處，於用詞遣句上，多用清新淺顯之語，並擅於融化典故，以他人之典書自我之胸臆，實有出藍之妙。

〔註210〕　趙曉潔：〈李清照的語言藝術探微〉，《常熟理工學院學報》第 3 期，2006.05，頁 103。

〔註211〕　〔清〕劉熙載：《詞概》，收錄於唐圭璋編：《詞話叢編》，冊四，頁3708。

第五章　北宋三家詞閨閣書寫之美感觀照

　　本章擬探討北宋三家詞之閨閣書寫中，所呈現出的美感觀照，分爲情景交融、時空美學以及以悲爲美等三種美感觀照。

第一節　「一切景語，皆情語也」──閨閣書寫中情景交融之美

　　入唐後，隨著佛教傳入，「境」之術語被運用，提倡情景合一，創造詩歌「意境」者，王昌齡於《詩格》載：

> 詩思有三。搜求於象，心入於境，神會於物，因心而得，曰取思。久用精思，未契意象，力疲智竭，安放神思，心偶照境，率然而生，曰生思。尋味前言，吟諷古制，感而生思，曰感思。〔註1〕

唐德宗時，居中國多年之日僧空海所著之《文鏡祕府論・南卷・論文意》云：

> 夫置意作詩，即須凝心，目擊其物，便以心擊之，深穿其境。如登高山絕頂，下臨萬象，如在掌中。……然後書其

─────────────
〔註1〕〔明〕胡震亨：《唐音癸籤》（臺北：木鐸出版社，1982年），頁7。

於紙，會其題目。山林、日月、風景爲眞，以歌詠之。〔註 2〕

見眞景物，凝於心，歌詠而書之，必需經過直觀的審美活動，透過語言意象，才能產生審美感發。司空圖〈與極浦書〉中云：

> 戴容州云：「詩家之景如藍田日暖，良玉生煙，可望而不可置於眉睫之前也。」象外之象，景外之景，豈容易可譚哉？〔註3〕

要產生「情景交融」的審美境界，需經過審美主觀情感的投射，與審美對象的人格化與客觀化，方能表現出王廷相所言：「詩貴意象晶瑩，不喜事實黏著，古謂水中之月，鏡中之影，難以實求是也。」（〈與郭價夫學士論詩書〉）的審美意境。而王世貞《藝苑卮言》云：

> 神與境會，忽然而來，渾然而就。〔註4〕

王夫之《薑齋詩話》亦云：「『池塘生春草』，『胡蝶飛南園』，『明月照積雪』，皆心中、目中互相融浹。」又：「情景名爲二，而實不可離。神於詩者，妙合無垠。」〔註 5〕當主觀之情意與客觀之景物，渾然交融而成時，情景相契合而意象生，因此主觀審美心理能「隨物宛轉，與心而徘徊」（〈文心雕龍・物色〉），甚或「神與物遊」（〈文心雕龍・神思〉），在心物交融的審美觀照中，意境油然而生，對此，王國維以爲：

> 能寫眞景物，眞感情者，謂之有境界，否則謂之無境界。〔註6〕

〔註 2〕 〔唐〕空海撰，王利器校箋：《文鏡祕府論校箋》（臺北：貫雅出版社，1991 年），頁 335～336。

〔註 3〕 〔唐〕司空圖：《司空表聖文集》/四部叢刊正編，（臺北：臺灣商務印書館，1979 年），頁 15。

〔註 4〕 以上雖無提及意「境」之字，但「心中、目中互相融浹」、「情景妙合無垠」，實爲司空圖所云之「思與境偕」與王世貞所云之「神與境會」。〔明〕王世貞：《藝苑卮言》，收錄於丁福保：《歷代詩話續編》（北京：中華書局，2006 年），頁 960。

〔註 5〕 〔清〕王夫之撰，戴鴻森點校：《薑齋詩話》，（臺北：木鐸出版社，1982 年），頁 50、72。

〔註 6〕 〔清〕王國維：《人間詞話》（臺北：頂淵文化事業有限公司，2001

境界乃是極高層次之意境；以西方所謂「image」來說，「心」在「物」先的意象創作中，意象群的組合依然可以構成一幅詩人的心靈圖畫空間，但和中國古代詩論裡所提倡之創作主體與「眞實」情景交融後，所創造的「意境」有所不同；而中國歷代詩論家所提倡之「意境」，「境」指的詩人於自然界所見之「眞實景象」乃「物」在「心」先，再融化自己情意，而得「境界」。

　　朱光潛於《詩論》中論述情景關係爲：「情景相生而且契合無間，情恰能撐景，景也恰能傳情，這便是詩的境界。」〔註7〕朱氏所說的「情」係指「情趣」，而「景」指的是「意象」。李澤厚在〈「意境」雜談〉中否定此二分法：「『境』是『形』與『神』的統一，『意』是『情』與『理』的統一」，因而，「藝術的意境是形神情理的統一。」〔註8〕以四分法取代了二分法，而且把「境」劃分爲「形」與「神」兩個方面。蘇珊玉以爲從這一審美意義而言，李澤厚的詩歌意境說，有了橫向廣泛的聯繫。不過，把「形」、「神」、「情」、「理」並列起來，對詩歌境界而言，仍是一種靜態、平面化的審美內涵。〔註9〕

　　劉勰云：「詩人感物，聯類不窮；流連萬象之際，沉吟視聽之區。寫氣圖貌，既隨物以宛轉，屬采附聲，亦與心而徘徊。」〔註10〕王元化認爲：「『物』可解釋作客體，指自然對象而言。『心』可解釋做主體，指作家的思想活動而言。『隨物宛轉』是以物爲主，以心服從於物。換言之，亦即以作爲客體的自然對象爲主，而以作爲主題的作家的思想活動服從於客體。相反，『與心徘徊』卻是以心爲主，用心去駕馭物。換言之，意即以作爲主體的作家思想活動爲主，而用主體去

年），頁3。
〔註7〕　朱光潛：《朱光潛美學文集》（上海：上海文藝社出版 1989 年），卷二，頁54。
〔註8〕　李澤厚：《美學論集》（臺北：三民書局，1996 年），頁 324。
〔註9〕　蘇珊玉：《盛唐邊塞詩的審美特質研究》（臺北：文津出版社，2000 年），頁 449。
〔註10〕　〔南朝〕劉勰撰，周振甫注：《文心雕龍注釋‧物色》（臺北：里仁書局，1998 年），頁 845。

鍛鍊，去改造，去征服作爲客體的自然對象。……劉勰認爲，作家的
創作活動就在於把這兩方面的矛盾統一起來，以物我對峙爲起點，以
物我交融爲結束。」〔註11〕

　　物理世界是對象的客觀的原本的存在，而心理世界則是人對物
理世界的體驗。劉勰所謂的「隨物以宛轉」，強調詩人對客觀世界的
追隨與順從，亦即認爲作爲物理境是創作的起點與基礎。物，就是
客觀的世界，此言「物理境」即是生活周遭的景物，王國維以爲：

　　　境非謂獨景物也。喜怒哀樂，亦人心中之一境界。故能寫
　　真景物、真感情者，謂之有境界。否則謂之無境界。〔註12〕

故「隨物以宛轉」，是要用心地在「物理境」中體察。《禮記・樂記》
寫道：「凡音之起，由人心生也。人心之動，物使之然。感物而動，
故形於聲。」劉勰在《文心雕龍・明詩》篇中說：「人稟七情，應物
斯感，感物吟志，莫非自然。」〔註13〕鍾嶸《詩品序》中亦言：「氣
之動物，物之感人，故搖盪性情，形諸舞詠。」〔註14〕許多詩人都沿
著這一唯物主義思路，反覆強調創作之前的「身歷目到」，如楊萬里
云：「我初無意於作是詩，而是物、是事適然觸乎我，我之意亦適然
感乎是物、是事，觸先焉，感先焉，而後詩出焉。」（《答建康府大軍
庫監門徐達書》）這就是「隨物以宛轉」的意思。王氏認爲「有境界」
正在於要寫「真感情」，即是詩人「物理境」中應有的虔誠體悟的態
度。「宛轉」者，曲折隨順也，詩人之「心」需完全服從「物」的支
配，要以物原來的形貌如實去體察和了解。

　　而「與心而徘徊」更爲重要，詩人從物理境轉入心理場，要能
以心去感受外物，方能心物交融。劉勰在《詮賦》篇曾說「睹物興

〔註11〕王元化之說，轉引自童慶炳：《中國古代詩學與美學》（臺北：萬卷
　　　　樓出版社，1994 年），頁 3～4。
〔註12〕〔清〕王國維著，徐調孚校注：《校注人間詞話》（臺北：頂淵文化，
　　　　2001 年），頁 3。
〔註13〕〔南朝〕劉勰撰，周振甫注：《文心雕龍注釋・明詩》，頁 83。
〔註14〕〔南朝梁〕鍾嶸：《詩品・序》，收錄於〔清〕何文煥訂：《歷代詩話》
　　　　（北京：中華書局出版，1981 年），頁 7。

情」、「物以情觀」，《神思》篇也有「神與物遊」之說，《物色》篇中的「贊」詞裡又強調「目既往還，心亦吐納」、「情往似贈，興來如答」，可見以心體萬物之重要。

壹　情景順序之佈局

吳衡照云：「言情之詞，必藉景色映襯，迺具深婉流美之致。」〔註15〕一闋好的詞作，必須要景色映襯，方能將言情之作表現得具深婉流美之姿。不少花間詞作都有共通的問題，即有情無景也，如溫飛卿〈夢江南〉一詞所寫：「千萬恨，恨極在天涯。山月不知心裡事，水風空落眼前花，搖曳碧雲斜。」黃雅莉以爲：「全詞隱去了具體的內容，只表達一種恨的抽象情緒，以具體可感的景物提煉爲觀念性的感受。」〔註16〕日人村上哲見由此而指出：

> 同耆卿的這類詞進行對照，人們可以發現包括溫飛卿在內的以前的「閨情」詩詞都具有某種觀念性的東西。那些詩詞儘管有美妙而優雅的意境，但都是作爲觀念性的象徵而構成的。〔註17〕

村上哲見此語乃是將耆卿之作與飛卿之前的作品相較之下的結論。黃雅莉以爲：

> 在北宋相對安定的時代中，平靜的心境自然使得詞人關注生活周遭的眞切感受，關注客體眞實，是以北宋詞家其情感之波蕩多來自外在環境、自然景物的觸動感染。〔註18〕

北宋詞家心靈受外在環境和自然景物觸動，而發之以情，下筆爲詞。一般說來，情景交融的範式可略分爲二，一是「先寫景，後抒情」，另一則是「先抒情，後寫景」。

〔註15〕〔清〕吳衡照：《蓮子居詞話・卷二》，收錄於唐圭璋編：《詞話叢編》，冊三，頁2433。

〔註16〕黃雅莉：《宋詞雅化的發展與嬗變——以柳、周、姜、吳爲探究中心》（臺北：文津出版社，2002年），頁143。

〔註17〕〔日〕村上哲見：〈柳耆卿綜論〉，載《詞學》第五輯，頁6。

〔註18〕黃雅莉：《宋詞雅化的發展與嬗變——以柳、周、姜、吳爲探究中心》（臺北：文津出版社，2002年），頁283。

李漁《窺詞管見》說:「大約前段佈景,後半說情居多,即《毛詩》之興、比兩體。若首尾皆述情事,則賦體也。」李漁提出「上景下情」的模式是在詞中引進了詩的比興方法,施議對說:「這種模式是詩歌中的賦、比、興傳統表現手法的運用。」〔註19〕「先寫景,後抒情」幾乎是詞作創作中結構方法公式化的一種體現,也是宋詞的基本結構模式,施議對在〈論屯田家法〉一文中,在「就詞論詞」的基礎下推論,直指「上片寫景,下片抒情」乃所謂的「宋初體」〔註20〕。施議對以爲:

> 柳永的特別構造──屯田家法與屯田體,是在宋初體的基
> 礎上變化而成的。兩者的關係是一般和個別關係,而其共
> 同之處就在一個「賦」字上,即鋪敘。〔註21〕

上片寫景,下片說情,其「寫」與「說」之意,即「賦」之「敷陳其事而直言之」之法。

而綜觀耆卿之作,實多採用前段寫景,後段抒情的配置方式;尤其柳詞後期雅詞代表的登臨之作上片寫登臨所見之景,下片追憶舊歡,寫男女相思。清末周曾錦《臥盧詞話》所說:「柳耆卿詞,大率前遍鋪敘景物,或寫羈旅行役,後遍則追憶舊歡,傷離惜別。」〔註22〕此種結構在柳詞中歷歷可見,下引〈迷神引〉以見:

〔註19〕 施議對:〈論屯田家法〉,收錄於:《第一屆詞學國際研討會論文集》（中央研究院文哲研究所,1994 年 11 月）,頁 198。

〔註20〕 「宋初體」是劉熙載所提出的一個命題,《藝概・詞曲概》:「宋子京詞是宋初體。張子野始創瘦硬之體,雖以佳句互相稱美,其實趣尚不同。」劉熙載雖然說的很肯定,即「宋子京詞是宋初體」,但對其具體含意仍未有明確闡發,就字面上看,其所謂的「宋初體」,指的當是與張先（子野）始創的「瘦硬之體」趣尚不同的另一體。施先生聯繫宋祁及宋代有關的詞家詞作的創作實際,以宋祁的〈玉樓春〉（東城漸覺風光好）爲典型的「宋初體」的詞例,施先生認爲這首詞在體式及作法上有一定的規限。即上片佈景,下片說情。參見施議對:〈論屯田家法〉,收錄於:《第一屆詞學國際研討會論文集》（中央研究院文哲研究所,1994 年 11 月）,頁 183～201。

〔註21〕 施議對:〈論屯田家法〉,收錄於:《第一屆詞學國際研討會論文集》（中央研究院文哲研究所,1994 年 11 月）,頁 198。

〔註22〕 〔清〕周曾錦:《臥盧詞話》,收錄於唐圭璋編:《詞話叢編》,頁 84。

紅板橋頭秋光暮。淡月映煙方煦。寒溪蘸碧，繞垂楊路。
重分飛，攜纖手，淚如雨。波急隋岸遠，片帆舉。倏忽年
華改，向期阻。　　時覺春殘，漸漸飄花絮。好夕良天，
長孤負。洞房閒掩，小屏空、無心覷。指歸雲、仙鄉杳、
在何處。遙夜香衾暖，算誰與。知他深深約，記得否。(〈迷
神引〉)

上片「紅板橋頭秋光暮。淡月映煙方煦。寒溪蘸碧，繞垂楊路」具體
寫出暮秋時分之景物，下片以「遙夜香衾暖，算誰與。知他深深約，
記得否」作結，懷念起閨中情愛，對方是否仍記著這段海誓山盟呢？
如此癡情不知是否也能同樣換得真心。再以耆卿〈訴衷情近〉一詞來
看，這也是標準的上片寫景，下片抒情之作：

雨晴氣爽，竚立江樓望處。澄明遠水生光，重疊暮山聳翠。
遙認斷橋幽徑，隱隱漁村，向晚孤煙起。　　殘陽裡。脈
脈朱闌靜倚。黯然情緒，未飲先如醉。愁無際。暮雲過了，
秋光老盡，故人千里。竟日空凝睇。

上景下情的結構，可謂耆卿書寫的常態，貶之者如周曾錦認為「幾
於千篇一律，絕少變換，不能自脫窠臼」〔註23〕，褒之者則認為柳
詞上景下情，情景交融，注重詞之憶境，如夏靜觀說：「(柳永) 雅
詞用六朝小品文賦做法，善為鋪敘，情景交融，一筆到底，始終不
懈。」〔註24〕對此，孫維城之語較為懇切：

其實柳永登臨詞的寫法不僅學習六朝小品文賦，其最早源
頭還在〈高唐〉、〈神女〉兩賦。他正是採用宋玉兩賦的寫
法開創了宋代慢詞上景下情的結構，把賦的手法與意境創
造結合起來，使得詞中意境成熟固定，對慢詞發展起到開
拓作用。也許這種寫法確有千篇一律的弊端，但在一種形
式的開創時期又是必要的。〔註25〕

〔註23〕〔清〕周曾錦：《臥盧詞話》，收錄於唐圭璋編：《詞話叢編》，頁84。
〔註24〕夏敬觀：《映庵詞評‧手批樂章集》，收錄於：《詞學》第五輯，頁198。
〔註25〕孫維城：〈論宋玉《高唐》、《神女》賦對柳永登臨詞及宋詞的影響〉，
　　　　《文學遺產》1996年第五期，頁65。

自耆卿建立詞之段落配置模式，即在賦法外開拓比、興二端，使得後代詞論家漸多以比、興爲詞情雅化求深隱的寄託。趙沛霖在《興的起源・比興古今概說》分析「比興」的作用時，認爲若「興」的創作技巧使用得宜，將能「情景交融，創造意境」：

> 情景交融，創造意境。在這類興中，興句常常用以寫景，「所詠之詞」爲情。詩人的內心情懷完全滲入外物，情與物達到了有機統一，共同組成眞切動人的富於感性特徵的形象畫面，詩人的內心感情通過畫面自然流露出來。〔註26〕

在賦之外，援加比、興二端，確能使情與景融合統一，更臻化境。不過，蔡嵩雲以爲：「詩尚空靈，妙在不離不即，故賦少而比興多。今引近然，慢詞亦然。曰比曰興，多從反面側面著筆。」〔註27〕詩中比、興的使用頻繁，較詞體爲多，不過詞體運用比、興之頻率也頗高，實因比、興之運用更能引出低迴要眇之情思，沈祥龍《論詞隨筆》曰：「詩有賦比興，詞則比興多於賦，或借景以引其情，興也。或借物以寓其意，比也。蓋心中幽約怨悱，不能直言，必低迴要眇以出之，而後可感動人。」〔註28〕

　　而易安著名的〈臨江仙〉一詞，也是由景物著筆，再寫到百無聊賴的心緒：

> 庭院深深深幾許，雲窗霧閣常扃。柳梢梅萼漸分明。春歸秣陵樹，人客建安城。　　感月吟風多少事，如今老去無成。誰憐憔悴更凋零。試燈無意思，踏雪沒心情。

上片寫早春庭院和建康城之景及其感慨，側重於寫景；下片則著重於抒情。全篇情景交融，渾然一體。劉熙載《藝概》云：「詞或前景後情，或前情後景，或情景齊到，相間相隔，各得其妙。」以早春景象的書寫，表現易安南渡後痛失家國的複雜情緒。

　　另一種寫作範式是「先抒情，後寫景」，尤其喜愛以景結情，此

〔註26〕趙沛霖：《興的源起》（臺北：谷風出版社，1989 年），頁 266。
〔註27〕〔清〕蔡嵩雲：《柯亭詞論》，收錄於唐圭璋編：《詞話叢編》，頁 4905。
〔註28〕〔清〕沈祥龍：《論詞隨筆》，收錄於唐圭璋編：《詞話叢編》，頁 4048。

類作品多含蓄有味，別具雅韻。王文言以爲：

> 宋代最能體人內心細微情感和主體精神的詞出現了兩個具
> 體指向。重社會功利的與愛情人生的形成了豪放與婉約的風
> 格分野，但它們還都程度不同地帶有「篇末言悲」的遺傳因
> 子，只不過已變成了「以景凝愁」、「描述顯悲」。〔註29〕

並舉耆卿〈八聲甘州〉與沈義父的「結句須要放開，含有餘不盡之意，
以景結情最好」名句相呼應，認爲以景作結，內蘊情感無窮，方是上
乘之作。以柳永〈夜半樂〉一詞觀之，其「杳杳神京路。斷鴻聲遠長
天暮」，是在「約丁寧竟何據」之嘆後，「慘離懷」與「凝淚眼」之中，
回頭北望，京師之路杳如天際，只得雁聲在黃昏中繚繞不絕，淒然慘
矣。

　　再以歷來備受推崇的少游〈臨江仙〉之結句觀之：

> 千里瀟湘接藍浦，蘭橈昔日曾經。月高風定露華清，微波
> 澄不動，冷浸一天星。　　獨倚危檣情悄悄，遙聞妃瑟泠
> 泠。新聲含盡古今情。曲終人不見，江上數峰青。

此詞結尾乃錄自唐代錢起之詩句，少游一字不改地化入詞中，但卻能
見其別出心裁之處，因其詞意緊扣著〈臨江仙〉之詞牌，詞中「瀟湘」、
「露華清」、「微波」、「妃瑟」以及星月的描寫，別有婉約淒清的一貫
美感，最後再以「曲終人不見，江上數峰青」二語作結，雖則景語，
實情語也。末兩句中迴蕩著景物與聲音，僅剩江峰獨對，更顯淒涼。
張珮娟曾爲秦詞中「以景凝愁」及「以聲凝愁」例證做出整理〔註30〕，
「以景凝愁」作結者有：

> 傷情處，高城望斷，燈火已黃昏。（〈滿庭芳〉）
>
> 憑欄久，金波漸轉，白露點蒼苔。（〈滿庭芳〉）
>
> 無奈歸心，暗隨流水到天涯。（〈望海潮〉）

〔註29〕 王文：〈篇末言悲，曲終奏雅〉，《延安大學學報：社科版》（1987 年
　　　　3 月），頁 76。

〔註30〕 參見張珮娟：《秦觀詞的回流與拓展》（國立臺灣師範大學碩士論文，
　　　　2002 年）。

　　　　寶簾閒掛小銀鉤。(〈浣溪沙〉)

　　　　窗外月華霜重，聽徹梅花弄。(〈桃源憶故人〉)

在以聲結情方面，則喜以禽鳥或馬鳴聲爲結：

　　　　春去也，飛紅萬點愁如海。(〈千秋歲〉)

　　　　數年睽恨今復遇，笑指襄江歸去。(〈調笑令〉)

　　　　念多情但有，當時皓月，向人依舊。(〈水龍吟〉)

　　　　明月無端，已過紅樓十二間。(〈一叢花〉)

　　　　歲華一任委西風，獨有春紅留醉臉。(〈木蘭花〉)

　　　　夢覺春風庭戶。(〈調笑令〉)

　　　　傷情處，高城望斷，燈火已黃昏。(〈滿庭芳〉)

　　　　正銷凝，黃鸝又啼數聲。(〈八六子〉)

　　　　鴉啼金井寒。(〈菩薩蠻〉)

　　　　門外馬嘶人起。(〈如夢令〉)

張氏以爲以上結句，情意含蓄蘊藉，此中況味，盡在不言中。的確，正如同作畫留白的藝術技巧，像這樣以景或以聲結情的創作方式，確能帶給讀者無限的想像空間，言有盡而意無窮，完成「篇末含悲」的抒情結構。

貳　情景交融之寫作範式

　　前一小節分析「景先情後」及「情先景後」的寫作方式，但是多數詞作是融合爲一，情中有景，景中見情，誠如王國維所言：「一切景語，皆情語也。」(《人間詞話》) 以下將針對情景交融在三家詞中的呈現，略分爲三敘述之，分別是「感物而動，藉景抒情」、「移情入景，以景代情」以及「緣情佈景，爲情造景」三種。

一、感物而動，觸景生情

　　李漁在《閒情偶記》中曾指出：「作詞之料，不過情景二字，非對眼前寫景，即據心上說情，說得情出，寫得景明，便是好詞。」

〔註31〕對於情景交融的第一要件，自然是景明情眞，而周濟更直指：「北宋詞多就景敍情，故珠圓玉潤、四照玲瓏。」〔註32〕點出了北宋詞就景敍情之作繁多的現象。

以耆卿來說，他處理「觸景生情」的範式，是一種由表顯裡的表現模式。在自然景物的觸動之下而感懷身世，把主觀的情感與客觀景物結合起來，創造出一種令人如游居其間的眞境實感。大抵說來，趨向寫實型的作品多有此「觸景生情」的寫法，著力描寫人物、情節、場面等表面的生活細節以構成形象，在每一個細節的描寫中都能表現出一種內在的生氣、精神。以〈傾杯〉一詞觀之：

> 水鄉天氣，灑蒹葭、露結寒生早。客館更堪秋杪。空階下、木葉飄零，颯颯生乾，狂風亂掃。當無緒、人靜酒初醒，天外征鴻，知送誰家歸信，穿雲悲叫。　　蛩響幽窗，鼠窺寒硯，一點銀釭閑照。夢枕頻驚，愁衾半擁，萬里歸心悄悄。往事追思多少。贏得空使方寸撓。斷不成眠，此夜厭厭，就中難曉。

全詞依上下片的劃分自然形成兩個抒情層次。上片以寫景爲主，再對秋景的描述中自然地流露情懷。下片也寫了景物，確只是略加點染，重在抒情，具體表現秋夜失眠的痛苦心情。兩片在情與景的處理上各有側重，而爲其借景生情則一。作者在上片的寫景狀物並不泛設，而是帶有主觀情感的典型環境。例如起首的「水鄉天氣，灑蒹葭、露結寒生早」，即以淒冷的筆調，渲染出衰颯的水鄉秋色。接下來則點出作者居所的境景，「木葉飄零，颯颯生乾，狂風亂掃」，不但使人如聞自然界風掃夜飛的噪動，也暗示出作者心靈的不寧與悸動。「人靜酒初醒，天外征鴻，知送誰家歸信，穿雲悲叫」，征鴻悲啼，而自己又歸家無日，哀鴻之鳴，只徒增懷鄉之情。下片專寫深夜斗室之內的情

〔註31〕〔明〕李漁：《閒情偶記》，收錄於唐圭璋編：《詞話叢編》冊一，頁554。

〔註32〕〔清〕周濟：《介存齋論詞雜著》，收錄於唐圭璋編：《詞話叢編》冊二，頁1630。

景，傾訴作者去國懷鄉之悲。全篇由白露茫茫的水鄉外景，到黃葉飄零的庭園近景，再到黃昏寂靜的室內小景，景物可感性愈來愈清晰。「蛩響幽窗，鼠窺寒硯」，世界的靜極與作者極不平的方寸對比更加鮮明。「一點銀釭閑照」，燈光日「一點」，則可之光線之微落與居室之空寂，燈之「閑照」，則可映現出作者的孤單。「夢枕」以下至篇末則直抒愁悶，酣暢淋漓。詞以抒情爲主，前段寫景，是位後段抒情先作襯染和鋪墊；後段的抒情，則是在前段的襯染、鋪墊的基礎上進一步的加深。兩段之間，互相映襯，前後遞進，既顯出區別，又有相互依存的聯繫。柳永慣用前半寫景，後半寫情的基本格式，讀來並不呆板阻滯，因爲他力求以景寫情，景中帶情，情景相生的高妙境地。

再以耆卿的〈迷神引〉「一葉扁舟輕帆卷」一詞觀之，景闊情曲，由景生情，由上片的「暫泊」與下片之「游宦」交相輝映，提綱總領，層層鋪敘展衍，意象平淡而情蘊深婉：

> 一葉扁舟輕帆卷。暫泊楚江南岸。孤城暮角，引胡笳怨。水茫茫，平沙雁、旋驚散。煙斂寒林簇，畫屏展。天際遙山小，黛眉淺。　舊賞輕拋，到此成遊宦。覺客程勞，年光晚。異鄉風物，忍蕭索、當愁眼。帝城賒，秦樓阻，旅魂亂。芳草連空闊，殘照滿。佳人無消息，斷雲遠。

「芳草連空闊，殘照滿」，回到寫景上來，以景寫情。寫相思閒愁綿綿不絕，且被一片悽惋之情所籠罩。「佳人無消息，斷雲遠」，明說情事，又以景語作指代：「斷雲」即「佳人」，與「彌雲」、「秦雲」之用法相似，往昔歡樂已距離遙遠。雖是寫景，情在其中，景情相融也。

耆卿寫景多半具有鮮明逼眞的眞實感，凡身之所歷，行之所遍，皆隨著內在情思活動而轉化爲富於畫面感的意象世界。韓經太認爲：

> 柳詞鋪敘之長，便在於能創造出一種令人如遊居其賢的實境眞實。由此而體現出來的寫實精神，使出自《花間》格調的含蓄隱蔚境界如從珠簾紗幕後走出亮相，於是，凡人情物態無不鮮明逼眞。〔註33〕

〔註33〕韓經太：〈宋詞：意境創造的兩種範式〉，收錄於：《宋代文學研究期

可以說耆卿在實境方面的敘寫模式，多是觸景生情或情因景生，大抵
不脫離眼前當下的實境感受，少有以主觀情感來構建物象，耆卿詞中
之景多具實境之美，細節真實，鋪敘展衍，詳明切近。再以〈夜半樂〉
一詞觀之：

> 凍雲黯淡天氣，扁舟一葉，乘興離江渚。渡萬壑千巖，越
> 溪深處。怒濤漸息，樵風乍起，更聞商旅相呼。片帆高舉，
> 泛畫鷁，翩翩過南浦。
>
> 望中酒旆閃閃，一簇煙村，數行霜樹。殘日下，漁人鳴榔
> 歸去。敗荷零落，衰楊掩映，岸邊兩兩三三，浣紗遊女。
> 避行客、含羞笑相語。　　到此因念，繡閣輕拋，浪萍難
> 駐。歎後約丁寧竟何據。慘離懷，空恨歲晚歸期阻。凝淚
> 眼，杳杳神京路。斷鴻聲遠長天暮。

詞之一疊記旅途所經；二疊寫所見景物；三疊抒去國離鄉之感。以結
構上來說，頗似一篇遊記散文。

　　一疊寫的是浙江之遊，二疊則呈現出一幅秋江風景的寫生圖。
二者不同之處，作畫通常總是從江岸某一固定的角度向江上取景，
此詞卻是從視點移動的船上觀看江岸；畫雖有色而無聲，畫面是靜
止的，此詞卻有聲有色，是動態的呈現。從天邊「殘日」，到水面「敗
荷」，有遠近層次，江上有歸去漁舟，岸邊見浣紗游女，連活動的人
也成為風景的組成部份。「酒旆旆」色青，「霜樹」葉紅；枯荷漸由
綠轉褐，衰柳已半青帶黃；又有「曖曖遠人邨，依依墟里煙」、「盈
盈江上女，輕輕紅粉妝」的景象，色彩豐富繽紛。再加上榔板的敲
擊聲漸漸遠去，姑娘的語笑聲時時傳來，若只是圖畫又如何能表現
此種風情？後來提及的「游女」是這一疊寫景的重點。今紹興市南
有若耶溪，相傳是第一美人西施浣紗處，故又叫浣紗溪。此處之游
女有「浣紗」之舉，再配合上歷史的相關聯想，羞怯嬌媚的江村姑
娘，實讓人感到妍媚姣好。王昌齡〈閨怨〉詩云：「忽見陌頭楊柳色，

刊》第二期（高雄：麗文文化公司，1996 年），頁 396。

悔教夫婿覓封侯。」而今，獨身在外的羈旅之人，見到一群活潑可愛的少女們，又如何不興起懷鄉之嘆呢？

於是，三疊由「到此因念」四字領起，抒發自己羈旅漂泊之嘆，與二疊緊接，「此」指的就是游女嬉笑情景。想起過去，不禁埋怨當初「繡閣輕拋」，執意遠行，考慮不周；「萍跡難駐」，更是說明自己像浮萍一般，身不由己。那些過去的叮嚀與盟約，全都徒然白費了。最後的「慘離懷」，寫心情之憂悶；「凝淚眼」，寫淚眼迷濛；「歲晚歸期阻」，則從時間之久寫起；而「杳杳神京路」，則闊寫空間，就在這斷鴻聲遠中，日漸西沈，借景寫自己孤身漂泊偏遠、徒有相思遙情而彼此信息杳然的情懷。

對此，朱祖謀做出極佳之解：「柳詞深妙深美處，全在景中人，人中意，而往返回應，又能寄託清遠。達之眼前，不嫌凌雜。誠如化入城郭，非煙非霧光景。殆一片神行，虛靈四蕩，不可以跡象求之也。」〔註34〕實點出耆卿的精妙深美處。

歷代評論家也十分讚賞少游對景物的處理，如楊湜言「善於狀景物」、賀裳言「寫景極淒婉動人」、陳廷焯言「寫山川之景俱臻絕頂，有不可以言語形容者」等，均可見其在景物的描摹上用力極深，而於其中寓之以情，方得使詞作瀰盪出一片迷離幽怨之美。引〈如夢令〉一詞以見少游對情景的處理：

> 遙夜沉沉如水，風緊驛亭深閉。夢破鼠窺燈，霜送曉寒侵被。無寐、無寐，門外馬嘶人起。

通過驛亭一夜的所聞、所見、所感，抒寫謫官羈旅的情懷。人物的心境全透過環境的描寫來表現，極富情致。漫漫幽長的遙夜，以沉沉二字點出了夜涼如水的情境，也點出了黑夜深沉如水的感覺。因為風緊，因此驛亭門戶深閉，「夢破鼠窺燈」一語寫出了投身的行館殘破不堪，睡夢之際仍有鼠輩夜出覓食，雖然真實卻美感全消，夜

〔註34〕朱祖謀：《手書柳永詞》，引自孫克強編：《唐宋人詞話》（鄭州：河南文藝出版社，1999年），頁145。

闌之際的一個好夢就這樣被老鼠給破壞了，先前寫沉如水、風緊、霜送、曉寒等字句形塑出的美感，就在鼠窺燈這一畫面裡戛然而止。既然寤寐之意全消，少游便起身而行，行役的愁懷又見於言外，全詞自始至終未直寫人物之情感，僅集中書無眠之狀，只有在最後以「無寐、無寐」的呼告，道出心緒。但是除了旅途實況之逼真，全詞還被一股倦於宦遊的情緒深深捆裹住，令人讀後似也難以成眠，更可見少游熔情景於一爐之能。另篇〈滿庭芳其二〉也是觸景生情之妙作：

> 曉色雲開，春隨人意，驟雨才過還晴。古臺芳榭，飛燕蹴紅英。舞困榆錢自落，鞦韆外、綠水橋平。東風裏，朱門映柳，低按小秦箏。　　多情，行樂處，珠鈿翠蓋，玉轡紅纓。漸酒空金榼，花困蓬瀛。豆蔻梢頭舊恨，十年夢、屈指堪驚。憑闌久，疏烟淡日，寂寞下蕪城。

詞以三分之二篇幅寫昔日，到下片的後半，才逐漸轉到眼前的情景。物因心現，景隨情移，為表現當年樂事，所寫景物也處處被染上一層明朗歡快的色彩。如頭三句寫曉來雨霽，晴空澄淨，以「春隨人意」道出其寫歡樂的意圖。燕蹴飛花，杜詩本用以表現權貴春天遊樂的靡麗環境，正好取用；榆錢飄墮，乃晚春之景，今以舞困自落作比，只有欣賞而絕不傷感。綠水平橋，東風拂柳，牆外見鞦韆，門內有箏聲，春景如畫，令人心曠神怡。接著，「漸酒空金榼」之「漸」字使用極妙，寫出了從昔至今的變化過程，以杜牧「十年一覺揚州夢，贏得青樓薄倖名」之名句，表現出其追念者乃「荳蔻梢頭」的佳人。末三句以暮煙落日的蕭條寂寞之景，跟開頭相互映照，也由此方知上片所寫種種風光景色，非即目所見，乃「憑欄久」，在追憶往昔中浮現出來的心景，篇末以「蕪城」指代揚州作結，也反映出自己現在心境的寂寞與荒蕪。

　　易安之詞亦有觸景生情之作，下舉〈浣溪沙〉一詞以觀之：

> 小院閒窗春色深，重簾未捲影沈沈，倚樓無語理瑤琴。
> 　遠岫出山催薄暮，細風吹雨弄輕陰，梨花欲謝恐難禁。

此詞上片先寫近景，下片述遠眺之景，詞人從暮春景色中寄託春光將逝的感慨惋惜。王學初以爲：「少婦深情，卻被周君淺淺勘破。」〔註35〕再由〈孤雁兒〉一詞觀之：

> 藤牀紙帳朝眠起，說不盡無佳思。沈香斷續玉爐寒，伴我情懷如水。笛聲三弄，梅心驚破，多少春情意。　　小風疏雨蕭蕭地，又催下千行淚。吹簫人去玉樓空，腸斷與誰同倚。一枝折得，人間天上，沒個人堪寄。

下片詞境由晴而雨，跌宕之中意脈相連。「小風疏雨蕭蕭地」之句，將外境與內境融爲一體。門外細雨瀟瀟，滴答不停；門內伊人枯坐，淚下千行。以續雨催淚，以雨襯淚，寫感情的變化，層次鮮明，步步開掘，愈益深刻；但卻未言明「無佳思」之原因，而「情懷如水」卻淚下千行之說明，亦付之闕如。直至「吹簫人去玉樓空，腸斷與誰同倚」，方點明懷念丈夫的主旨。全詞由「無佳思」到「情懷如水」，再至「春情意」、「千行淚」，最終到「腸斷與誰同倚」。隨著景物的轉移，情感愈益濃烈，情景交織相融，更顯情濃意厚。

二、移情入景，以景代情

另一種情景交融的模式，是「移情入景」，在景物中可見情懷湧現，是一種「以景代情」的方式。詞中借景抒情的方式，自是藉景物寄託感情，夕陽、落花、霧柳、飛絮、煙草、殘月、微風、細雨、寒蟬、孤雁……等意象，均易營造出濃烈又朦朧的哀婉氣氛，也是詞家最常運用的意象。

《樂章集》中大部分作品，都以情景相生，物我渾融之法，使得情借景發，景中含情，委婉而流美，包含著深情遠韻，而融情入景也是耆卿善用的表現手法之一。以〈曲玉管〉一詞來說：

> 隴首雲飛，江邊日晚，煙波滿目憑闌久。立望關河蕭索，千里清秋。忍凝眸。杳杳神京，盈盈仙子，別來錦字終難偶。斷雁無憑，冉冉飛下汀洲。思悠悠。　　暗想當初，

〔註35〕〔宋〕李清照著，王學初校注：《李清照集校注》，頁18。

> 有多少、幽歡佳會，豈知聚散難期，翻成雨恨雲愁。阻追
> 游。每登山臨水，惹起平生心事，一場消黯，永日無言，
> 卻下層樓。

詞人登樓眺望，懷念著遠方的佳人。秋景蕭條，雁兒失群，引起無限
的愁思。聚散無常的定數，往日宴會時的歡笑，如今只剩滿滿的離愁，
連捎封信息也無，不禁黯然神傷，無言步下層樓。馮煦評耆卿：「狀
難狀之景，達難達之情，而出之以自然。」另首〈西平樂〉則以春景
起興，全篇情景交融，寫景鮮明，人物心理活動躍然紙上：

> 盡日憑高目，脈脈春情緒。嘉景清明漸近，時節輕寒乍暖，
> 天氣纔晴又雨。煙光淡蕩，妝點平蕪遠樹。黯凝佇。臺榭
> 好、鶯燕語。　　正是和風麗日，幾許繁紅嫩綠，雅稱嬉
> 遊去。奈阻隔、尋芳伴侶。秦樓鳳吹，楚館雲約，空悵望、
> 在何處。寂寞韶華暗度。可堪向晚，村落聲聲杜宇。

由「空悵望、在何處。寂寞韶華暗度」句，可看出對於青春虛度的悵
惘與無奈，而最後兩句「可堪向晚，村落聲聲杜宇」，全詞在杜宇聲
中作結，看似平淡，其中卻蘊藏無盡哀思，杜宇本就有思歸的象徵意
義，且其聲「不如歸去」更是淒絕斷腸，聞者傷心，以杜宇聲作結，
雖不直說自己之愁，但隱藏的愁情力度卻更爲強大。夏敬觀《手評樂
章集》載：「耆卿詞，當分雅、俚二類。雅詞用六朝小品文賦作法，
層層鋪敘，情景兼融，一筆到底，始終不懈。」又「耆卿寫景無不工，
造句不事雕琢。……耆卿多平鋪直敘。清眞特變其法，一篇之中，迴
環往復，一唱三嘆。」可見耆卿在描景上的功力，以及情融其中的寫
作範式，而周濟以爲：「耆卿鎔情入景，故淡遠。」〔註36〕在書寫情
景的同時，耆卿的「鎔情入景」（亦即筆者所言「移情入景」）的方式，
顯得淡遠，淡遠不似穠麗般炫人耳目，但卻有雋永流長的韻味。

　　移情入景，還能形成自然生動的藝術效果。劉若愚認爲「像這
樣對擬人法的嗜愛，同時也是由於秦觀的以人類感情平等看待自然

〔註36〕〔清〕周濟：《宋四家詞選》（北京：中華書局，1985 年），頁 3。

界的傾向：因爲他想像自然界分享著人類的感情，於是也就不可避免的把自然界的萬物人格化了。」〔註37〕以少游詞來說，其特色在於善用景色來渲染氛圍，景物與詞情相融無間，增添畫意。其〈水龍吟〉一詞載：

> 小樓連苑橫空，下窺繡轂雕鞍驟，朱簾半捲，單衣初試，清明時候。破暖輕風，弄晴微雨，欲無還有。賣花聲過盡、斜陽院落，紅成陣，飛鴛鴦。　　玉佩丁東別後，悵佳期、參差難又。名韁利鎖，天還知道，和天也瘦。花下重門，柳邊深巷，不堪回首。念多情但有，當時皓月，向人依舊。

其詞實寫相思，時間是「清明時候」。寫了輕風、微雨，成陣的落紅，筆力輕婉，意境哀傷，與「天還知道，和天也瘦」的纏綿情思渾然一體，且爲情感營造了同樣美麗哀傷的背景。末句的「當時皓月，向人依舊」，以明月作結寄託無盡的情意，正是融情入景的書寫範式。

　　另如〈八六子〉一詞，張炎於《詞源》中推賞有加：「離情當如此作，全在情景交煉，得言外意，有如『勸君更盡一杯酒，西出陽關無故人』，乃爲絕唱。」〔註38〕

> 倚危亭，恨如芳草，萋萋剗盡還生。念柳外青驄別後，水邊紅袂分時，愴然暗驚。　　無端天與娉婷，夜月一簾幽夢，春風十里柔情。怎奈向、歡娛漸隨流水，素弦聲斷，翠綃香減；那堪片片飛花弄晚，濛濛殘雨籠晴。正銷凝，黃鸝又啼數聲。

此詞纏綿悱惻的相思之情，實託付於哀感頑豔的春天風物來表達的，「夜月一簾幽夢，春風十里柔情」，「片片飛花弄晚，濛濛殘雨籠晴」，風花雨月無不脈脈含情。因爲對春細緻傳神的把握，詞境也愈發朦朧深邃。依依離情，融情於景，再以景襯情，將景物融入於情感中，使景物鮮明並具生命力，情感託付於景物之上，情感更爲含蓄深遠。無

〔註37〕劉若愚、王貴苓譯：《北宋六大詞家》（臺北：幼獅文化事業公司，1986 年），頁 112。

〔註38〕〔清〕張炎：《詞源·卷下》，見唐圭璋編：《詞話叢編》，冊一，頁264。

怪乎張炎認爲：「秦少游詞，體制淡雅，氣骨不衰，清麗中不斷意脈，咀嚼無滓，久而知味。」〔註39〕再以〈搗練子〉一詞觀之：

心耿耿，淚雙雙。皎月清風冷透窗。人去秋來宮漏永，夜深無語對銀紅。

寒冷的秋夜裡，寂寞的女子獨對銀燈，傷心落淚。淒涼冷清，人兒憂心耿耿，珠淚雙雙，皎潔的月色下，清風透進窗內，也冷入伊人心扉，聽著宮中漫長的更漏聲，一任更漏滴到明，無語對銀燭蠟紅。全詞僅二十七字，卻瀰漫著化不開的惆悵。他的表達方式幾乎都不是直接寫情感的大起大落，而是藉由大量的外在景物氛圍烘托情感，流轉的情懷被包裹在一個個相應的畫面之中，如繆鉞所言：「寫離情並不直說，而是融情於景，以景襯情。……這使人彷彿看到一幅圖畫。」〔註40〕王同書亦謂：「這以景襯情、以視覺形象表達內心激情的方式正是現代影視藝術『蒙太奇』的手法。」〔註41〕

情景配合得宜，往往更能增添詞作的美感，讓情感如餘音繞樑，久而不斷。楊海明評論少游詞曰：

秦觀終於在慢詞的寫作方面找到了一條寶貴的經驗，那就是：仍以鋪敘爲主，展開詞情；然而在關鍵的地方，卻插入以含蓄優美的景語，使那本欲一瀉無餘的感情有所收斂、有所頓挫——然後再讓它在比之「直說」遠爲蘊藉的境界中「透將出來」。〔註42〕

如果作者只是一味抒情，難免會過於顯露，缺乏韻味；適當地運用一些相稱的景物作爲意象，反而能使讀者從中得到感發，如此則意在言外，有餘不盡〔註43〕。少游在情感的書寫上不採直說，反能將情託付

〔註39〕張炎：《詞源》，卷下。
〔註40〕繆鉞：《靈谿詞說》（臺北：國文天地出版社，1989年），頁36。
〔註41〕王同書：〈秦觀詞散論〉，收錄於《江蘇教育學院學報》（1995年第一期），頁42。
〔註42〕楊海明：《唐宋詞史》（南京：江蘇古籍出版社，1987年），頁333。
〔註43〕黃文吉：《北宋十大詞家研究》（臺北：文史哲出版社，1996年），頁254。

於景上，藉著自然景況與情感的配合，交織出動人心弦的名山之作。

沈義父《樂府指迷》云：「有餘不盡之意，以景結尾最好。」〔註44〕正說明了移情入景，以景語作最後情感發散的導體，更能將美感表達於極致。以易安〈小重山〉一詞觀之：

> 春到長門春草青，江梅些子破，未開勻。碧雲籠碾玉成塵，留曉夢，驚破一甌春。　　花影壓重門，疏簾鋪淡月，好黃昏。二年三度負東君，歸來也，著意過今春。

首句「春到長門春草青」，不僅援引了陳皇后之典，更重複以兩個「春」字，在春季青草漫開的時節，卻更溢起詞人的思念。詞首雖以景起，然眼前所見爲草，實則是思念如草般蔓延之意，與詞末「歸來也，著意過今春」相呼應，再以一「春」字收束全篇，全詞雖看是春意爛漫，實際上卻也是思念氾濫。

開頭是靜景的呈現，正是所謂的「詞有穆之境，靜而兼厚、重、大也。淡而穆不易，濃而穆更難。」〔註45〕易安詞之高明處正見於此，其善用濃而穆之景入詞。況周頤以爲「詞境以深靜爲至」，而易安詞中的「小院閑窗春色深，重簾未捲影沈沈，倚樓無語理瑤琴」（〈浣溪沙〉）、「蕭條庭院，又斜風細雨、重門須閉。籠柳嬌花寒食近，種種惱人天氣」（〈念奴嬌〉）以及「小閣藏春，閒窗鎖晝，畫堂無限深幽。篆香燒盡，日影下簾鉤」（〈滿庭芳〉）等作品，均帶有深靜之感。

三、緣情布景，為情造景

所謂的「緣情布景」，乃是緣於「情」而布下心中已設想好的「景」，故著眼點不在於客觀景物，而在於主觀意識的呈現，主要表現主觀情感而非客觀物的「再現」，故景物多具有虛構或假想的特色，亦都有「物皆著我之色彩」的表現。在「緣情布景」手法的運用中，這種再現，並非所見之景的忠實、刻板的完整呈現，而是帶著強烈情感、

〔註44〕〔宋〕沈義父：《樂府指迷》，收錄於唐圭璋編：《詞話叢編》，冊一，頁 279。

〔註45〕〔清〕況周頤：《蕙風詞話·卷二》，收錄於唐圭璋編：《詞話叢編》，冊五，頁 4423。

主觀意念的客觀形象。「緣情布景」的景物不如「觸景生情」的景那般明麗如畫，如在目前，而是錯綜交織，見意象未必知情之所在，詞情可覺可感卻難以指實，迷離惝怳，難見真義。在「緣情布景」的創作過程中，意象成為內在情感的投影，從而突出了主觀情感對客觀景物的強烈控制。以耆卿著名的〈雨霖鈴〉一詞觀之：

> 寒蟬淒切，對長亭晚，驟雨初歇，都門帳飲無緒，方留戀處，蘭舟催發，執手相看淚眼，竟無語凝噎，念去去，千里煙波，暮靄沉沉楚天闊。　　多情自古傷離別，更那堪，冷落清秋節，今宵酒醒何處，楊柳岸，曉風殘月，此去經年，應是好景良辰虛設，便縱有，千種風情，更與何人說。

下片承「念去去，千里煙波，暮靄沉沉楚天闊」生發聯想，預擬別後相思之苦。這皆出自多情詞人的想像世界中，不知自己「今宵酒醒何處」，醒來見曉風吹拂岸邊楊柳，殘月斜墜於柳梢，以「殘月」之意象作為人月皆殘缺不圓滿的象徵，而「楊柳」之意象，本就為惜別之象徵物，觸目傷懷，更憎感傷，在這樣淒冷蕭瑟的環境中，更顯自己心境的孤寂。李攀龍以為：「『千里煙波』，惜別之情已騁『千種風情』，相期之願又賒。真所謂善傳神者。」(《草堂詩餘雋》)全詞鋪敘自然，場面生動，如臨眼前，緣情布景之工，餘韻無窮。

這種緣情布景的寫法，正營造出虛實相生的情景移轉，少游名篇〈踏莎行〉即屬於此：

> 霧失樓台，月迷津渡，桃源望斷無尋處。可堪孤館閉春寒，杜鵑聲裡斜陽暮。　　驛寄梅花，魚傳尺素，砌成此恨無重數。郴江幸自繞郴山，為誰流下瀟湘去？

以空間上來說，詞人閉居孤館，如何得見「津渡」？再從時間上來看，上句寫霧濛濛的月夜，但是到了下句，時間卻倒退回「斜陽暮」的黃昏時分，顯然，這兩句應是實寫詩人不堪客館寂寞的實景，而對照起來，頭三句則是虛構之景了。這運用緣情布景的手法，景為情而設，意味頗為深長。首句中之「樓臺」，巍峨美好，卻被漫天的霧所吞噬；次句中之「津渡」，有指引道路、走出困境之意涵，卻在

朦朧夜色中迷失無蹤;「桃源」,不禁令人聯想起〈桃花源記〉中「黃髮垂髫,並怡然自樂」的一片樂土,如今再也遍尋不著。

　　從現實的景物正面抒寫其貶謫之情的,只有「可堪孤館閉春寒,杜鵑聲裏斜陽暮」這兩句,王國維在《人間詞話》中特別讚賞:「少游詞境最為淒婉,至『可堪孤館閉春寒,杜鵑聲裏斜陽暮』,則變而為淒厲矣。」〔註46〕,因為這兩句完全符合他主張的「以自然之眼觀物,以自然之舌言情」的鑑賞標準,且「郴江幸自繞郴山,為誰流下瀟湘去」之句,寫得較為隱晦曲折。

　　緣情布景既非真景如實描摹,詞人在建構詞中世界的同時,也可考慮以美化詞境的角度著手,以模糊之美經營詞境。

　　模糊美的構成基因是主體的模糊體驗。審美體驗是主體的,情感、情緒體驗,而情感、情緒,用黑格爾《美學》中的話來說「是心靈中的不確定的模糊隱約部分」。在沒有知性、理性參與和干擾的情況下,沒有加以嚴格序列話,就具備了相當任意度和自由性。其活潑性能,就可能具有寬泛的指義性質,似可確定而實確確定。變動不居的飄忽,隨機而不可專指,遂「思致微緲」。同時,情感、情緒又殊難以知性、理性加以分解、坐實。作家、詩人體驗對象的行為方式和過程,萬慮畢至,有的可以指實,有的則不可名狀,出現葉燮《原詩》中所說的「意中之言,而口不能言;口能言之,而意又不可解」的模糊心理狀態。模糊體驗是審美體驗中的一個分支和組合因素,當它以主導形式出現時,就可能出現滿目虛境、一片幻景。如詞中的霧氣漫失了嵯峨的樓台,月色迷住了河邊的渡口,何等朦朧。這是由「隔」所導致的直接性形象的隱蔽和消蝕。吳功正以為:「模糊美不是缺少直接形象,而是因為別的形象和形象群「磁場」干擾,改變原有狀態,出現變態。它既非本相自身,又非它體之物,而是交互作用所形成的新的美的型態。」〔註47〕所謂「霧裡看花,終隔一層」,其實,模糊

〔註46〕〔清〕王國維著、徐調孚校注:《校注人間詞話・二十九》,頁17。
〔註47〕吳功正:〈審美型態論〉,收錄於林師文欽編:《文學美學研究資料選

美正是一種因干擾而變態、變幻所產生出的美感。而少游此詞點染春日黃昏淒迷朦朧景致，與孤館寂寞的幽愁暗恨相映而生，全詞充滿淒涼的美感，也可見此詞「緣情布景」感染力之強。

　　張珮娟在《秦觀詞的回流與拓展》中，認為少游詞作在寫景方面，保有一貫的淒迷特色；而從抒情方面來說，常有對往日美好的追思，以及對美好逝去的感慨。為了表達這種情感，常以「衰敗」、「迷茫」之景來傳達〔註48〕，如：「『飛絮落花』時候一登樓」（〈江城子〉）、「流水『落花』無問處」（〈蝶戀花〉）、「滿目『落花飛絮』」（〈如夢令〉）、「『斜陽』院落」（〈水龍吟〉）、「『夕陽』流水」（〈臨江仙〉）、「『煙靄』紛紛」。（〈滿庭芳〉）等句。飛絮、落花、斜陽、煙、霧、雲靄、細雨等這些意象，皆具有衰敗殘落之意，也帶有迷濛朦朧的效果，在詞境的營造上更具美感。

　　另一闋緣情布景之佳作為〈浣溪沙〉。〈浣溪沙〉一詞沒有具體地描繪人物的思想活動過程，而是借助於氣氛的渲染和環境的烘托，讓人們通過環境與心靈的結合、情與景的交融，感到其人宛在，感到一種輕輕的寂寞和淡淡的哀愁。少游詞之所以能成為婉約派之正聲，因其擅於創造深美的「詞境」，使讀者恍若置身其中，心蕩神馳，感其所感：

　　　漠漠輕寒上小樓，曉陰無賴似窮秋，澹煙流水畫屏幽。
　　　　　自在飛花輕似夢，無邊絲雨細如愁，寶簾閒掛小銀
　　鉤。（〈浣溪沙〉）

梁啟超稱其中的「漠漠輕寒上小樓」一句為「奇語」〔註49〕。「漠漠」是形容清晨時煙霧絲雨與柳絮飛織的畫面，有著瀰天漫地迷濛難辨。迷濛的煙雨襲上小樓，透著微微清寒，詞人經營了一個煙雨淒迷的景象。

　　　集》（高雄：春暉出版社，2003年），頁115。
〔註48〕張珮娟：《秦觀詞的回流與拓展》（國立臺灣師範大學碩士論文，2002年），頁89。
〔註49〕梁啟超：《飲冰室評詞》，收錄於唐圭璋編：《詞話叢編》冊五，頁4306。

「曉陰無賴似窮秋」與韓偓詩「節過清明卻似秋」（〈惜春〉）之意相仿，濛濛的淡淡白霧，潺潺流淌的碧水像一幅清幽、淡逸的畫境。這寫法類似李白詩「青冥倚天開，彩錯疑畫出」（〈登峨眉山〉）及「江祖一片石，青天掃畫屏」（〈秋浦歌〉）。詞人以「畫屏幽」形容「淡煙流水」之彩錯，描畫出一幅自然畫屏之景。因此少游選取「飛花」和「絲雨」等富有動態性的細節意象，藉由描繪畫境之清幽，來表達樓中人似夢如怨的情懷。韓翃〈寒食〉詩「春城無處不飛花，寒食東風御柳斜」中，可見其迷離之美，飛花自在輕盈地飄然而落，倏忽而逝，有如縹緲的春夢般輕柔空靈。「無邊絲雨」既是暮春煙雨之現景，也是對眼前柳絮飛花迷濛景象的比喻，而煙雨與柳絮多有著渲染或象徵愁緒的意象。因而，「輕似夢」、「細如愁」的巧妙比喻，極貼切地從「飛花」和「絲雨」意象中生發出來，巧妙地傳達出樓中人獨居的孤寂與離愁。睹「飛花」似見自己的青春與願望如夢消逝，見「絲雨」則感自己滿腹愁緒之無際。這正是「自在飛花」一聯語奇象妙，意蘊幽眇之處。最後以「閑掛」二字透出樓中人的空虛、閑寂的神情與心緒，與前面之景物描寫融成一片。

此詞只寫季節、景色，無一字一語提及具體的人物，但樓中人深情幽婉的形象卻能躍然紙上，正是因為少游細緻而準確地建構出特定的環境與氣氛，全詞六句，前五句一句一景，最後方拈出景中人，魏慶之以為：「少游小詞奇麗，詠歌之，想見其神情，在絳闕道山之間。」〔註50〕王國維於《人間詞話》嘗中言：「詞家多以景寓情。」少游詞表面含蓄沉靜，其中卻蘊含著無窮的生命力，其力量正在於「情」的貯蓄積累，言情的面向繞著哀愁苦痛來敘寫，寫景情幽，意蘊空靈婉妙，顯見其緣情布景之功。

在易安的作品中，閨閣場景便是她主要的活動範圍，因此為表現出百無聊賴的閒情，抑或傷心悲苦的愁情，易安皆可以閨閣中的

〔註50〕〔宋〕魏慶之：《魏慶之詞話》，收錄於唐圭璋編：《詞話叢編》，冊一，頁206。

景物適切表達，自然因此建構出足以達情之背景。以〈鳳凰臺上憶
吹簫〉觀之，此詞抒寫深閨怨婦的離愁別恨，上片寫臨別時的心情，
下片想像別後情景。爲了表現人去難留，愛而不見，無人領會的滿
腔愁思，易安營造了「閨中只獨看」的冷清氣氛：

> 香冷金猊，被翻紅浪，起來慵自梳頭。任寶奩塵滿，日上
> 簾鉤。生怕離懷別苦，多少事，欲說還休。新來瘦。非干
> 病酒，不是悲秋。　　休休！這回去也，千萬遍陽關，也
> 則難留。念武陵人遠，煙鎖秦樓。惟有樓前流水，應念我、
> 終日凝眸。凝眸處，從今又添，一段新愁。

猊猊形的銅香爐已經變冷，香味也漸散去，整個寢室的氣味顯得蕭
瑟冷清；再由「被翻紅浪」看出錦被胡亂地攤在床上，在晨曦的映
照下，波紋起伏，恍似卷起層層紅色的波浪，顯見詞人無心折疊，
接著的「起來慵自梳頭」，詞人至此方緩緩整裝，但是「任寶奩塵滿，
日上簾鉤」，已日上三竿，詞人卻仍無心起身迎接這新的一日，甚至
連奩鏡都生滿了塵灰。這些意象的堆疊可看出詞人心底應有所思，
才會盡顯如此嬌慵之態。爐中香消煙冷，無心再焚，一慵也；床上
錦被亂陳，無心折疊，二慵也；髻鬟蓬鬆，無心梳理，三慵也；寶
鏡塵滿，無心拂拭，四慵也；而日上三竿，猶然未覺光陰催人，五
慵也。慵而一「任」，則其慵態已達極點；而易安之所以極力書寫「慵」
意，實爲展現愁情所在。爲了展現愁怨，易安設置了特定場景，以
這些靜態物象來展現心中的情感。而易安正是「生怕離懷別苦」，方
嬌慵而懶梳妝，但是「多少事，欲說還休」，千絲萬縷的愁情哀思，
卻又欲語還休，說不出口，自然「新來瘦」而「容顏憔悴」了。沈
際飛《草堂詩餘正集》：「懶說出妙。瘦爲甚的？千萬遍痛甚？」又
云：「清風朗月，陡化爲楚雨巫雲；阿閣洞房，立變爲離亭別墅，至
文也。」〔註51〕即謂易安緣情布景之妙。再引〈醉花陰〉一詞來看：

> 薄霧濃雲愁永晝。瑞腦消金獸。佳節又重陽，玉枕紗廚，

〔註51〕〔清〕沈際飛語轉引自楮斌傑、孫崇恩、榮憲賓編：《李清照資料彙
編》，頁48。

半夜涼初透。　　　東籬把酒黃昏後。有暗香盈袖。莫道不
消魂，簾卷西風，人比黃花瘦。

陳廷焯《雲韶集》：「深情苦調，元人詞曲往往宗之。」〔註52〕此闋重
陽詞，易安在自然景物的描寫中，加入濃重的感情色彩，使客觀環境
和人物內心的情緒融和交織。用黃花比喻人的憔悴；以瘦暗示相思之
深。上片詠節令，「半夜涼初透」句，尖新在一「透」字。下片「簾
卷西風」兩句，千古豔傳；不惟句意秀穎，且以「東籬」、「暗香」，
爲「黃花」預作照應，如柴虎臣《古今詞論》云：「語情則紅雨飛愁，
黃花比瘦，可謂雅暢。」〔註53〕唐圭璋《唐宋詞簡釋》：「此首情深詞
苦，古今共賞。起言永晝無聊之情景，次言重陽佳節之感人。換頭，
言向晚把酒。著末，因花瘦而觸及己瘦，傷感之至。尤妙在『莫道』
二字喚起，與方回之『試問閒愁知幾許』句，正同妙也。」點出易安
詞之佳妙處。

第二節　「思接千載，視通萬里」——閨閣書寫中的時空美學

　　李元洛在談論到文學作品中時空意識的審美觀照時曾說：「藝
術時空是經過藝術家審美觀照和審美處理之後的時空，是客觀再現
與主觀表現對立統一的審美時空，簡而言之就是一種美學的時空。」
〔註54〕文學作品自然是在創造者審美心理結構的運作下產生，「這
種心理時空，雖然必須要受到客觀時空規律的制約，但它卻更是一
種藝術想像的產物，它表面上不大符合生活中如實存在的時空真
實，但它卻創造了一個忠實於審美感情的時空情境，比生活真實更
富於美的色彩。」〔註55〕劉勰於《文心雕龍·神思》中有云：

〔註52〕唐圭璋：《唐宋詞簡釋》（臺北：木鐸出版社，1982年），頁160。
〔註53〕〔清〕柴虎臣語轉引自楮斌傑、孫崇恩、榮憲賓編：《李清照資料彙
　　　　編》，頁36。
〔註54〕李元洛：《詩美學》，頁373。
〔註55〕李元洛：《詩美學》，頁373。

> 古人云:「形在江海之上,心存魏闕之下。」神思之謂也。
> 文之思也,其神遠矣。故寂然凝慮,思接千載,悄焉動容,
> 視通萬里;吟詠之間,吐納珠玉之聲,眉睫之前,卷舒風
> 雲之色。〔註56〕

文學的廣度正在於能打破既有的物理性時間空間的限制,而使人們思接千載、視通萬里。

宋代詞家對時間的琢磨、研討亦頗為精細,這不僅是因為他們意識到時間能使萬物發生變化,構成不同的景色,而且更為重要的是他們往往隨著時辰、節序的流變而激發出各種不同的情感;可以說沒有一個朝代的文人創作有宋詞那樣表現出對時間的敏感、關注,描寫得如此生動〔註57〕。只是,時間遞嬗的同時,空間也相對的在變化,實在難以截然劃分,陸機〈文賦〉即云:「其始也,皆收視反聽,耽思傍訊,精騖八極,心遊萬仞。」又云:「觀古今於須臾,撫四海於一瞬。」此謂形象構思(創造想像)不受時間與空間限制,千載以上和萬里之外的事物,都可以藉由想像而得到。

壹 時間美學

抽象和枯燥的時間觀念之所以能審美化,是因為情感化的緣故,時間遂成為審美表象。

中國傳統的惜時觀念被詩人們賦予審美色彩,融化了具有理性意味的個體人格和情感,詩人們從時間觀念中體驗意緒,發為傷春悲秋之情,繼而延展成審美化的歷程。人們愈是清醒地感受著時間,則愈是表現出內心的壓迫,情調就愈是顯得感傷,於此,屈原在〈離騷〉中以「日月忽其不淹兮」而「恐美人之遲暮。」、「汨余若將不及兮,恐年歲之不吾與」以及「朝發軔于蒼梧兮,夕余至乎縣圃。

〔註56〕〔南朝〕劉勰著,周振甫注:《文心雕龍注釋・神思》(臺北:里仁書局,1998年),頁515。

〔註57〕孫立:《詞的審美特性》(臺北:文津出版社,1995年),第六章「宋詞的時空藝術」,頁109~110。

欲少留此靈瑣兮，日忽忽其將暮」等話語，反覆嘆息，感傷自己的美政理想無法實現。然而，俟感傷情緒抒發後，「吾令羲和弭節兮，望崦嵫而勿迫」是一種對流逝時間的征服感。儘管流水湯湯，「逝者如斯」，時不我追，但是詩人的主體意識卻在尋找對外部世界的征服，張揚著「吾將上下而求索」的執著深沉，使個人力量得以煥發絢麗華美的光芒；可以說對時間觀念的感受性，加強了中國詩人內在的意識。

中國作家對時間的審美，導發於生命意識。人的生命在宇宙中不過是不足記憶的一瞬，《莊子‧知北遊》曰：「人生天地之間，若白駒之過隙，忽然而已。」從先秦開始所形成的生命意識是一種清醒的理性意識或曰經驗理性意識，由此導發出對生死這一基本問題的沉思。詩人們清醒地意識到時間的流逝性質，所謂的「黃鶴一去不復返」，其人生態度便從這種時間意識中萌發出來。中國人的節令性觀念極強，季節題材在古典詩歌中具有永恆性特徵。據日本學者松浦友久的《中國古典詩的春秋與冬夏》（中釋文載《詩探索》總第 11 期）所作的定量進而所作的定性分析，中國古詩詠春、詠秋詩遠遠多於詠夏、詠冬的詩。這是一個重要發現，從中可看出中國詩人的時間審美意識。而詠春、詠秋中尤以惜春、傷春爲多，感傷主義情懷顯得更爲醒目。應該說，這是由時間意識所導致的審美意識。它積澱在中國詩人的審美心理結構深層次中，化爲潛意識。當後代的詩人通過文化傳導，接受了這種心理結構時，他們就會與春、秋的對象外物產生對應關係，從而使「時間」成爲不衰的審美主題。

最常見的時間安排方式大致上有三種，分別爲順敘法、倒敘法以及插敘法。

一、順　敘

經過的時間是不再返回的，時間是往前前進的一維向度，不可能再回到過去的時刻。而順敘法，就是按照事情發生、發展過程進行敘述，由昔日景況敘述到現今情景，從時間方向性來說是「順敘」

的寫法，也就是沒有違反時間往前運行的方向，仇小屏認爲：「很有
秩序地依照事件的歷時性關係來處理時間，使時間先後承續的關係
成爲作品中的最主要架構，就是我們常說的『順敘』法。」〔註58〕
這是一種最基本、最常見的結構手法。人在時空關係之中，具有一
種心理趨向，對於特定時空關係的不同角度觀照心理，會使人生出
不同的感受與意識。

　　「當詞的內容與時間進程有關時，按自然時間順序結構全詞就
成爲柳詞的主要形式」〔註59〕，這種時間的順序結構，依曾大興之
說是爲「縱向鋪敘」：

> 這種方法按照人們習以爲常的時間觀念，順著由昔而今、
> 由先而後的自然時序組合意象，對客觀事物發展過程和抒
> 情主人公的心理活動作縱向的展示與披露，作品的外觀圖
> 像呈歷時性，內觀心靈呈現延續性，給人以一線貫穿、一
> 氣呵成之感。〔註60〕

曾大興所言的「縱向鋪敘」即謂外在景物與內在心靈按照時間推進
的軌跡，呈現一種明晰的歷時性與延續性，以耆卿的〈引駕行〉爲
例：

> 虹收殘雨，蟬嘶敗柳長隄暮。背都門、動消黯，西風片帆
> 輕舉。愁覷。泛畫鷁翩翩，靈䰽隱隱下前浦。忍回首、佳
> 人漸遠，想高城、隔煙樹。　　幾許，秦樓永晝，謝閣連
> 宵奇遇。算贈笑千金，酬歌百琲，盡成輕負。南顧。念吳
> 邦越國，風煙蕭索在何處。獨自箇、千山萬水，指天涯去。

柳詞結構平鋪直敘，一以貫之，首尾完整，把有關情節、場景、心態
都鋪敘出來，不留下空白與跳躍。基於柳詞力求詳盡周密，平續展衍
爲目的，趙仁珪認爲其所選擇的結構必然是「最顯豁醒目、妥溜明確
的結構方式」，因而提出「直線爲主的線型結構」。而這種「直線形的

〔註58〕仇小屏：《古典詩詞時空設計美學》，頁170。
〔註59〕趙仁珪：〈柳永與周邦彥〉，收錄於氏著：《論宋六家詞》（北京：北
　　　京師範大學出版社，1999年），頁37。
〔註60〕曾大興：〈柳永以賦爲詞論〉，《江漢論壇》，1990年第六期，頁58。

結構」對於前人的小令而言，是「由片段的感受和簡單的場景，變爲複雜的感受和多重的場景」〔註61〕。柳詞一般採取宣告式的方式抒情，這種方式清晰的顯示出詞人情感的透明狀態，明白地揭示出詞人的情感發展在時空中的關係。誠如趙仁珪所言：

> 這種結構方式是按人們最習慣、最熟悉、最易被接受的思維方向流動的。如前半寫景，後半抒情；「前半泛寫，後半專敘」（《詞苑叢談》）；前邊寫因：後邊寫果。從時間角度上看，他應按照時間的自然順序——過去、現在、將來發展；從空間角度上看，他應按照明晰的自然空間位置來轉換，如遠至近，由內至外，從高至低，從東至西，或者反過來，但最好不忽此忽彼，以免破壞有規則的方向。〔註62〕

人們最習慣的敘述方式自非順敘法莫屬，照時間的自然順序，由過去、現在而至將來發展，少游的〈滿庭芳〉也採順敘法進行：

> 山抹微雲，天黏衰草，畫角聲斷譙門。暫停征棹，聊共引離尊。多少蓬萊舊事，空回首、煙靄紛紛。斜陽外，寒鴉萬點，流水繞孤村。　　銷魂。當此際，香囊暗解，羅帶輕分。漫贏得青樓，薄倖名存。此去何時見也？襟袖上、空惹啼痕。傷情處，高城望斷，燈火已黃昏。

全詞按時間順序分爲四段：餞別、話別、贈別、離別。這樣的順序法似乎也構成四幅鮮明的圖畫，正是賀裳《皺水軒詞筌》所謂的「觸景生情，緣情布景，節節轉換」，結構層次的安排極爲分明。

易安的〈浣溪沙〉一詞描寫寒食節的春事景象，並以許多空間景物來傳現感春情懷，表現時間的流逝，這也是一種順敘的寫法：

> 淡蕩春光寒食天，玉爐沉水裊殘煙，夢回山枕隱花鈿。
> 　海燕未來人鬥草，江梅已過柳生綿。黃昏疏雨濕秋千。

第一句「淡蕩春光寒食天」是春睡醒覺所見，屋外正是春光融和宜人天氣，玉爐薰香已殘，代表著時間流逝，入睡已久。而下片則在

〔註61〕趙仁珪：〈宋詞結構的發展〉，《北京師範大學學報》（社科版），1996年3月，頁75。
〔註62〕趙仁珪：〈柳永與周邦彥〉，《論宋六家詞》，頁36。

空間景象的刻畫中，暗寫時間：古人稱春末夏初，渡海飛來之燕爲「海燕」，「鬪草」習俗在宋代爲春天，所以透露現時已是春末時分；江梅花期已過，柳絮正在紛飛，此都透露出春事過半、春閨寂寥的意緒。末句「黃昏疏雨」看出時間已渡過至傍晚，雨濕秋千靜態的物象，傳現潛藏的愁寞春思和時間靜靜流逝的狀態。

　　另外，就作品呈現上來說，若先呈現過去時空和回憶畫面，然後再出現現在情景；作者思緒從往昔再回到今刻，顯出情感留戀沉浸在過往回憶的狀態，而在腦海反覆思繞的回憶必是十分美好或深刻的，而此種手法也可以完整地交代完一椿事件，更令人有深諳來龍去脈之感。以「過去——現在」的例子來說，易安的〈如夢令〉即爲此種寫作模式，短短一篇小令不過六句，卻似一幅圖畫，一個故事，中間的對話更是生動有味：

> 昨夜雨疏風驟。濃睡不消殘酒。試問捲簾人，卻道海棠依舊。知否、知否？應是綠肥紅瘦。

昨兒個晚上風強雨大，在風雨逼迫下，花兒不耐摧折而枯萎了，詞人心緒如潮，無法入睡，只得藉酒消憂，排遣愁緒。酒喝得多，自然睡得濃，睡醒後，天已亮。喚來捲簾侍兒，才驚覺花兒早已遭摧折。這是順筆寫來，兼交代前因後果的寫法。

二、插　敘

　　吳世昌曾提出以「西窗剪燭型」的空間敘寫模式的理論：「這種結構模式的構成包括兩個方面，即：時間的推移及空間的變換。其具體結構方法是：『從現在設想將來談到現在』或『推想將來回憶到此時情景』」〔註63〕，這是時間的推移。而在空間的變換上，「指的就是由我方設想對方的一種表現方式」〔註64〕。

〔註63〕吳世昌：〈論詞的章法〉，收錄於吳世昌著、吳令華編：《詩詞論叢》（北京：北京出版社，2000 年），頁 94。

〔註64〕施議對：〈詞體結構論簡說〉，收錄於氏著：《施議對詞學論文集：宋詞正體》（澳門：澳門大學出版社，1996 年），頁 81。

　　吳世昌所謂的「剪燭西窗型」指的就是一種時、空交錯的格局，最典型的例子就是李商隱的〈夜雨寄北〉一詩：

　　　君問歸期未有期，巴山夜雨漲秋池。何當共剪西窗燭？卻
　　　話巴山夜雨時。

前兩句是自然時間的現在式，在秋夜雨聲中讀妻之家書，信中問遊子歸期何時，後兩句又寫到遙想日後與妻子相逢後的快樂時光，是未來尚未發生之事。以時間上來看是「現在——未來——現在」，以空間上來看則是「巴山——西窗——巴山」。這就是時間空間錯落交雜的寫法。

　　三家詞中時間錯落的配置模式多爲「現在——過去——現在」，即爲「今——昔——今」。

　　先舉耆卿〈浪淘沙〉來說明，此詞共分三疊，訴說對戀人的思念，即用「今——昔——今」的結構，即前後寫今天的相思愁緒；中間是對往日歡情的回憶。一、三疊都寫今，但重點不同：一疊重點在嘆久別佳人，辜負前盟；三疊則主要表達將來重溫舊夢的願望：

　　　夢覺透窗風一線，寒燈吹息。那堪酒醒，又聞空階，夜雨
　　　頻滴。嗟因循、久作天涯客。負佳人、幾許盟言，便忍把、
　　　從前歡會，陡頓翻成憂戚。　　愁極。再三追思，洞庭深
　　　處，幾度飲散歌闌，香暖鴛鴦被，豈暫時疏散，費伊心力。
　　　殢雲猶雨，有萬般千種，相憐相惜。　　恰到如今，天長
　　　漏永，無端自家疏隔。知何時、卻擁秦雲態，願低幃昵枕，
　　　輕輕細說與，江鄉夜夜，數寒更思憶。

詞將懷人心緒置於風雨寒夜之中、夢覺酒醒之時來寫。寒風一線，透窗而入，已足砭人肌骨；更將孤燈吹滅，讓周圍留下一片黑暗。此時只聽到夜雨不斷地滴在空階上的聲音。從感覺、視覺、聽覺多方面來渲染一個淒苦難耐的環境。「夢覺」，連「夢裏不知身是客，一晌貪歡」（李煜〈浪淘沙〉）的可能也沒有了；「酒醒」後短暫麻木的痛苦愁恨，又重新回到心頭。環境和內心都是如此，所以不堪忍受。「嗟因循」以下，說出愁思原因。自言長久在天涯漂泊，不積極

爭取回去踐前舊約，都是自己「因循」之故，言下有一種疚感，所以下面用一個「忍」字，同時也寫出從「歡會」變爲「憂戚」的內心不平衡；既已提出「從前歡會」來，便十分自然地開啓了二疊的追憶內容。二疊以「愁極」二字貫通前後脈絡，因愁而思，再接「再三追思」以領起下文。三疊又用「恰到如今」拉回眼前，以「天長」言相距遙遠，「漏水」寫寒夜難盡，隱伏下文「數寒更」。「無端自家疏隔」，呼應前面的「因循」，總是自悔自責之語。然後用「知何時」（「知」即「不知」）說出自己鴛夢重溫的心願和因相思回憶而通宵失眠的情景。此夜之愁苦情狀，到重逢之時傾訴，盡化一片溫馨。若更精確一些分析的話，其實此詞結構應爲「現在──過去──現在──將來──現在」是更爲複雜的形式。

另闋〈戚氏〉亦爲「現在─過去─現在」的時間推移模式：

> 晚秋天。一霎微雨灑庭軒。檻菊蕭疏，井梧零亂惹殘煙。淒然。望江關。飛雲黯淡夕陽間。當時宋玉悲感，向此臨水與登山。遠道迢遞，行人淒楚，倦聽隴水潺湲。正蟬吟敗葉，蛩響衰草，相應喧喧。　孤館度日如年。風露漸變，悄悄至更闌。長天淨，絳河清淺，皓月嬋娟。思綿綿。夜永對景，那堪屈指，暗想從前。未名未祿，綺陌紅樓，往往經歲遷延。　帝里風光好，當年少日，暮宴朝歡。況有狂朋怪侶，遇當歌、對酒競留連。別來迅景如梭，舊遊似夢，煙水程何限。念利名、憔悴長縈絆。追往事、空慘愁顏。漏箭移、稍覺輕寒。漸鳴咽、畫角數聲殘。對閒窗畔，停燈向曉，抱影無眠。

此詞亦爲三疊的長調，抒發晚秋作客孤館的淒苦和內心對官場追名逐利的感觸。全詞從宏觀的角度來看是以順序爲主。以時間爲線索，從黃昏、深夜直寫到翌日拂曉；篇幅雖長，但層次清晰。然而其結構在順序中有變化，形成順逆錯綜之勢。上片先由現實之景引發現實之情。現實之景是晚秋微雨、檻菊蕭疏、井梧零亂、蟬吟敗葉、蛩響衰草；所引發的現實之情是「宋玉悲感」、「行人淒楚」，再接以中、下

片的集中抒情。

　　中片的「孤館度日如年」過度到「夜永對景，那堪屈指暗想到前」至下片「遇當歌對酒競流連」，插入對京華舊游的回憶。回憶過去在「未名未祿」之前無官一身輕，在「帝里」的「綺陌紅樓」中「往往經歲遷延」。再感慨現在當官之後「憔悴長縈絆」。不同的時間變化表達出一種物是人非、良辰美景依舊，而賞心樂事不再的情形。寫痛飲狂歡的少年生活，反襯出今日的飄零落寞，具體補足了「暗想從前」一句的內容。從結構方面而言，這是一插敘，插敘的寫法能使長調在順序之中而有錯綜之致，而具體構造之法則爲立足現在，由現在追憶過去，再由過去回到現在。

　　另外，耆卿的〈夜半樂〉和〈玉蝴蝶〉等均是「現在—過去—現在」模式的作品。孫望、常國武於主編之《宋代文學史》一書中言：「柳永慢詞長調多用直敘平鋪，但並非一瀉無餘，而是在一氣流走之中，自有吞吐起伏。」〔註65〕非一瀉千里正說明了耆卿雖多平鋪直敘之作，但仍也迂迴之處，在時間行進的模式上，非一成不變的直敘，也能寫出因時間交錯而產生心靈動盪的佳作。少游的〈八六子〉亦是如此：

> 倚危亭，恨如芳草，萋萋剗盡還生。念柳外青驄別後，水邊紅袂分時，愴然暗驚。　　無端天與娉婷。夜月一簾幽夢，春風十里柔情。怎奈向、歡娛漸隨流水，素絃聲斷，翠綃香減；那堪片片飛花弄晚，濛濛殘雨籠晴。正銷凝，黃鸝又啼數聲。

此闋開頭三句爲「今日」之景象，言離別之後，恨如芳草連綿不絕；從「念」以下到「春風」句，則爲回憶別時的景況與柔情，此爲「昔日」的部分；從「怎奈向」以下，又回到「今日」光景，極寫別後的悲戚。如此層層敘來，銷魂獨絕，黃蓼園評云：「寄託耶？懷人耶？

〔註65〕孫望、常國武主編：《宋代文學史》（北京：人民文學出版社，1996年），冊上，頁100。

詞旨纏綿，音調凄婉如此！」〔註66〕上片以春草喻無盡的離愁，以見與情人分離之堪驚；中間插入對往事美好的追憶，是爲過渡；然後再加強敘述今日之情景，增添了情韻之悠渺。少游在對比筆法之中，突出了今悲昔樂的差異。

　　易安的〈永遇樂〉也是以現在和過去兩樣不同情景對比，明顯顯出今昔的差異：

> 落日鎔金，暮雲合璧，人在何處。染柳煙濃。吹梅笛怨，春意知幾許。元宵佳節，融和天氣，次第豈無風雨。來相召、香車寶馬，謝他酒朋詩侶。　　中州盛日，閨門多暇，記得偏重三五。鋪翠冠兒，撚金雪柳，簇帶爭濟楚。如今憔悴，風鬟霧鬢，怕見夜間出去。不如向、簾兒底下，聽人笑語。

此乃易安晚年流寓南宋臨安期間所作，透過眼前節景的描繪和對過去元宵華景的沉痛思念，發抒金兵南下前後，生活境遇有如天壤之差的感歎。上片皆敘寫現時情景，開頭兩句便創出闊大的日落景象，但此壯闊的感覺是與心底巨大的悲痛相呼應的，「人在何處」、「次第豈無風雨」的沉問便顯出舊景不在、風雨飄忽之感觸。不同時空對比出現在下片，「中州盛日」回想往昔汴京元宵繁盛景象，盡是留戀歡愉的少女聲口，但陡然對照今日的衰敗，不僅自身的身體和心理都已頹老，國家局勢也動盪崩頹，迥然迥異的時空情景，於當中顯露鮮明的時間變化。

　　曾大興曾提出「交叉鋪敘」說，認爲可突破人們習以爲常的時序，串連起不同時空的情緒體驗：

> 交叉鋪敘通過聯想、幻覺和回憶等諸多方式，突破自然的人們習以爲常的時間序列和空間序列，將整體的人生歷程切割開來，又將不同時空的生活圖景的情緒體驗組合在一起，多側面多層次地描寫生活，多角度多方位地抒發情感。〔註67〕

〔註66〕〔清〕黃氏：《蓼園詞選》，見唐圭璋編：《詞話叢編》，冊四。
〔註67〕曾大興：〈柳永以賦爲詞論〉，《江漢論壇》，1990年第六期，頁58。

如耆卿的〈曲玉管〉正是可以跨度不同時空的作品，雖然仍以「現在
——過去——現在」的模式進行，然而在緬懷過去，又揣想異地佳人，
有雙線進行的效果：

> 隴首雲飛，江邊日晚，煙波滿目凭闌久。立望關河蕭索，
> 千里清秋。忍凝眸。杳杳神京，盈盈仙子，別來錦字終難
> 偶。斷雁無憑，冉冉飛下汀洲。思悠悠。　　暗想當初，
> 有多少、幽歡佳會，豈知聚散難期，翻成雨恨雲愁。阻追
> 游。每登山臨水，惹起平生心事，一場消黯，永日無言，
> 卻下層樓。

全詞三片，第一片寫詞人凭欄凝眸久望之景：以飛雲、落日、煙波、
關河之疏闊、的意象，組合成一幅千里長空、山河寂寥、雲水蒼茫
的清秋境象，透露出人在天涯，寒秋悲瑟的孤獨與悵惘；而由「日
晚」、「凭欄久」和「忍凝眸」等句，可看出遠望時間經過之漫長，
與詞末之「永日」遙應。第二片從上片「忍凝眸」生發出耆卿神思
飛越千里關河，懸想遙遠汴京情侶對自己的懷念；兩人分處異地，
這是一種「懸想示現」的寫法。第三片回想往日歡情以抒寫別恨，
往日的「幽歡佳會」卻「翻成雨恨雲愁」，顯示出事情有出人意料的
頓折轉變，故「阻追遊」，方成由愛而悲的原因，而末句的「卻下層
樓」則傳達出一種黯然銷魂的苦況。全詞寫景空闊，抒情深摯，在
時序的處理上，有交錯進行的鋪敘，也有異地兩人對話的同時進行，
可謂是時間配置上的一大妙作。

其實時空的交錯和轉換，是一種富有感應力的表現。耆卿的長
調基本上以這種模式構造，施議對認爲此種結構模式，就是「屯田
家法」與「屯田體」：

> 就柳永的具體構造看，其家法和模式可以用以下兩個公式
> 加以展示——「從現在設想將來談到現在」和「由我方設
> 想對方思念我方」。前者表明時間推移，後者表明空間的
> 變換。這既是一種獨特的結構法，又是一種獨特的體式。
> 兩個公式，包羅萬象，柳永的家法與模式，已盡在其中。

〔註68〕
宋翔鳳《樂府餘論》則認爲柳詞常能達到「曲折委婉，而中具渾淪之氣。」〔註69〕筆者以爲正在於耆卿在時間推移和空間變換上，能委婉曲折，自成美感。

　　除了由現在追憶過去，也能由現在揣想未來，另一種「現在──未來──現在」的模式，可以耆卿的〈雨霖鈴〉觀之。通常寫離別詞，多爲懷舊憶往的回顧，此詞反其道而行之，只用前瞻，即寫在離別之時想別去之後；昔日之歡樂與戀戀不捨的情懷，均從訴說別後的冷落孤單中反映出來：

> 寒蟬淒切，對長亭晚，驟雨初歇，都門帳飲無緒，方留戀處，蘭舟催發，執手相看淚眼，竟無語凝噎，念去去，千里煙波，暮靄沉沉楚天闊。　　多情自古傷離別，更那堪，冷落清秋節，今宵酒醒何處，楊柳岸，曉風殘月，此去經年，應是好景良辰虛設，便縱有，千種風情，更與何人說。

只用十二個字布設離別的場景，寫秋天季節、傍晚時刻、送別地點，「驟雨初歇」後的清冷氣氛以及滿耳「寒蟬淒切」的聲音，令人彷彿身臨其境，能感受到即將離別者此時此刻陣陣襲來的揪心的痛苦，而組成背景描寫的每個細項書寫，也都能襯出離人黯然消魂的心緒。接下來，鏡頭暫停，寫此去水路漫長，自汴京到楚地，需經「千里煙波」，南望「暮靄沉沉」的天空，目的地十分遙遠，「暮靄」照應前「長亭晚」，同時渲染了前途茫茫的淒然心情。

　　上片敘離別之事，具體描繪了離別時的場景，下片以抒情之筆寫自己內心之意。自古以來，多情人總逃不開離別傷感的牢籠，更何況適逢悲秋之時，草木在「清秋節」時凋零衰落，環境「冷落」蕭瑟，此情此景教人如何忍受呢？其實全詞寫景敘事的立足點，僅在臨別難

〔註68〕 施議對：〈論「屯田家法」〉，收錄於《第一屆詞學國際研討會論文集》（臺北：中央研究院文哲研究所，1994年11月），頁193。
〔註69〕 〔清〕宋翔鳳：《樂府餘論》，收錄於唐圭璋編：《詞話叢編》，冊三，頁2499。

捨的那一刻：淒切的蟬鳴聲中，耆卿對著長亭，暮色中，驟雨初歇。告別了戀人，心中自是依依不捨，相對無語唯有淚眼相望，這都是眼下發生的場景。但是，接下來耆卿想的不是過去，而是未來，在千里浩渺煙波、黃昏雲靄昏漠的楚天，雖然遼闊，無奈卻身在異鄉，這是一種懸想示現的筆法。耆卿之妙，在於「思接千里」，不但通古人之愁緒，還可遙望未來，用心理活動去擴展境界，層層拓展延伸，而這種非眼前眞實景物與現實交錯的筆法，會產生一種「虛實交錯」的美感。

　　所謂情景二端，一虛一實，景中含情，情寓景中，妙趣橫生。宋朝范晞文於《對床夜話》中載：「不以虛爲虛，而以實爲虛，化景物爲情思。」點出虛實與情景的對應關係。詩人對它的感受常因時因地，以及心態的差別而各不相同。爲表現千變萬化的人情物態，詩人即情即物，藉景抒懷的形式，自然也必須富於萬化，但總不離使景物彷彿有情，而且富於人請，善解人意，與主觀感情相契的審美範疇。千變萬化的審美過程當中，「虛實相生」便是典型而常用的藝術手法〔註70〕。

三、倒　敘

　　倒敘法其實就是逆推時程的作法。從現在回想至過去，這就展現了時間方向倒轉的特點，時間逆轉回到往昔，是迴轉時間順序的

〔註70〕蘇珊玉認爲：「一般來說，「實」是通過語言凝結於詩中的景象，直接訴諸讀者的感官；「虛」是詩中烏有之物，需要通過讀者想像才能浮現於腦海。由此觀詩中的「情」，相對於「景」是虛的；對應於詩歌語言，則直抒之言爲「實」，言外之意爲虛。爰是，再進一步聯繫李澤厚先生的意境，則可知表層爲「實」，深層爲「虛」；言內是「實」，言外是「虛」；「形」是「實」，「神」爲「虛」；「景」是「實」，「情」爲「虛」。總之，「虛」、「實」之於詩歌審美境界而言，是一體兩面而相輔相成的。就「詩無達詁」的審美作用而言，詩篇可以引發讀者的審美聯想、想像，產生虛而實生的審美感染力。也可透過讀者的聯想、想像，彌補詩中景象、情思的不足。」參見蘇珊玉：《盛唐邊塞詩的審美特質》，頁525。

倒敘寫法，顯出對過往的追憶和感嘆。按照自然常理，時間是流水程序，由遠而近，由古而今，四時更序，所謂「春風桃李花開日，秋雨梧桐葉落時」。但是，詩人經過情感化審美改造，可以改變自然時間箭頭，以近推遠，以今推古。

　　張德瀛《詞徵》卷一謂柳詞「隱約曲意」〔註71〕，陳廷焯《詞則》〔註72〕也說：「層折之妙，令人尋味不盡」。對於這種「曲折」、「變化」，曾大興提出了「逆向鋪敘」一說：

> 縱向鋪敘容易導致審美效果上的平直、單調與呆版，所以，在多數情況下，柳永更習慣採用一種逆向鋪敘。所謂逆向鋪敘，即打破人們習以爲常的時間觀念，不是按照由昔而今、由先而後的自然時序依次鋪寫，而是隨著心理時間的遠行軌跡，由現實的情緒體驗生發出對於往昔生活的憶念，客觀事物的呈現與主觀心靈的披露呈時間上的逆向性。〔註73〕

「現在──過去」之類的作品有一樣特質，便是詞人是由眼前的情景觸發，繼而懷想過去，詞人多惆悵過去未完的結局和不得聚首的遺憾，不禁在多年後的現今，時時留戀回想。以耆卿的〈定風波〉一詞觀之，就是「現在──過去」的呈現手法：

> 自春來、慘綠愁紅，芳心是事可可。日上花梢，鶯穿柳帶，猶壓香衾臥。暖酥消，膩雲嚲。終日厭厭倦梳裹。無那。恨薄情一去，音書無箇。
>
> 早知恁麼。悔當初、不把雕鞍鎖。向雞窗、只與蠻箋象管，拘束教吟課。鎭相隨，莫拋躲。針線閒拈伴伊坐。和我。免使年少，光陰虛過。

此詞乃閨中女子回憶自責的心聲。詞之上片寫出春回大地，但女子卻無心觀賞，連紅花綠葉在她眼中都顯得愁慘不堪，而「猶壓香衾臥」中的「壓」字用得猶妙，以擁或臥等動詞都不及「壓」字寫其嬌慵之

〔註71〕〔清〕張德瀛：《詞徵》，收錄於唐圭璋編：《詞話叢編》冊五，頁4086。

〔註72〕〔清〕陳廷焯：《詞則》（上海：上海古籍出版社，1984年）。

〔註73〕曾大興：〈柳永以賦爲詞論〉，《江漢論壇》，1990年第六期，頁58。

態來得生動如見。起身後，女子「暖酥消，膩雲嚲，終日厭厭倦梳裏」，相思使人消瘦也無心裝扮，正是「豈無膏沐，誰適爲容？」（《詩經·衛風·伯兮》）」；心上人不在，又能打扮給誰看呢？於是她開始追憶往事，戀人去後無音訊，以「無那」嗟嘆他的「薄情」，甚至想早知道就用鎖馬藏鞍之類的辦法，教情郎想走也走不了，雖然這種痴念傻想，形同兒戲，看來可笑，卻也顯出情深意眞。而「拘束教吟課」一語，道出自己眞正的心思，那種「悔教夫婿覓封侯」的無奈，誰不希望自己情郎能謀取功名呢？但是如果功成名就，需要犧牲兩人共處的甜蜜時光，那麼女子不要情郎立身成名，只希望天天相伴左右，不虛度青春年華。「針線閒拈伴伊坐」，說出了「只羨鴛鴦不羨仙」，即便粗茶淡飯也甘之如飴的小婦人心意，形容得細膩眞實。當然，從對建禮教對女子的要求看，這種對待情郎或夫婿的態度會受到非議，因爲這與東漢樂羊子妻斷布停機的婦道典範之行恰巧相反〔註74〕；不過，以美學的角度來看，這正是一種樸質平實卻帶有普遍性的美麗嚮往。另闕採倒敘法之詞，如少游〈滿庭芳〉：

> 曉色雲開，春隨人意，驟雨才過還晴。古臺芳樹，飛燕蹴紅英。舞困榆錢自落，鞦韆外、綠水橋平。東風裡，朱門映柳，低按小秦箏。　　多情，行樂處，珠鈿翠蓋，玉轡紅纓。漸酒空金榼，花困蓬瀛。豆蔻梢頭舊恨，十年夢、屈指堪驚。憑闌久，疏煙淡日，寂寞下蕪城。

此詞亦採先昔後今的寫法，以現在與過去的對比，突顯出個人失意與得意的感傷。開頭三句點出當時雨過天晴的佳況，「古臺」以下四句則從細微處寫春景之美，從「東風」到下片的「玉轡紅纓」寫男女同遊、妙舞謳歌之樂，以上爲寫「昔」的部分。第二段則由領字「漸」帶出「酒空金榼，花困蓬瀛」的往事成空，承上啓下，在時間上有過渡接榫的作用，以下則皆爲描寫今日所思所感，並以疏淡的景語作

〔註74〕《宋豔》引張舜民《畫墁錄》語，言柳永做不了官，就與他寫了「針線閒拈半伊坐」之類詞作有關。參見〔清〕徐士鸞：《宋豔》（臺北：新興出版社，1978年）。

結，含有不盡的哀傷之意。大體來說，本詞寫「昔」的部分，色彩鮮明、節奏輕盈，且情緒歡樂，恰與寫「今」部分的疏淡色彩、遲緩節奏，以及哀傷情緒相反，是一闋今昔對比極為強烈的作品。

　　除了上述三種順敘，插敘與倒敘的手法，所呈現出的不同美感，另一種時間看似混亂的用法，吳功正以為是「誤用時間」〔註75〕。有些詩歌的時間存在著明顯的誤差，無法用確切的時間來驗證。這是一種「心象」時間，而非物象時間，是經過審美意識化的時間。如少游的〈千秋歲〉一詞：

　　　　水邊沙外，城郭春寒退。花影亂，鶯聲碎。飄零疏酒盞，
　　　　離別寬衣帶。人不見，碧雲暮合空相對。　　憶昔西池會，
　　　　鵷鷺同飛蓋。攜手處，今誰在？日邊清夢斷，鏡裏朱顏改。
　　　　春去也，飛紅萬點愁如海。

詞首之「春寒退」，表示應該是春天乍到不久，在春寒漸退，回暖大地的時節，接著「花影亂，鶯聲碎」，看來是仲春時分的景象，風物俱佳，最末兩句卻以「春去也，飛紅萬點愁如海」結尾，春忽忽而來，忽忽而去，詞人只能在亂紅飛舞的暮春裡，感嘆它的流逝。看似混亂的時節順序，其實正是詞人心中的曲折反映。

　　此詞一開頭寫城郊春日風光，少游對著如斯佳景，卻湧現今昔相異之感，舉目望之，春色漸濃，花影零亂，鶯聲細碎，正是熱鬧場景。此情此景是眼前實景（時少游於處州），卻也是他回憶中的汴京美景，水邊沙外，鶯聲花影，當年能和一班友好詩酒流連，縱情玩賞，如今卻只能徒嘆「飄零疏酒盞，離別寬衣帶」！飄零異地的少游無法再和友同歡，只有「碧雲暮合空相對」，人兒卻不見了。接著的西池會指的是汴京西郊的金明池，當年豪興遊賞的朋友，「攜手處，今誰在」？清夢已斷，看看鏡中的容顏也逐漸衰老，春天怎麼又消逝得如此快呢？最後的「飛紅萬點愁如海」，更是以落花繽紛引出人兒心中愁緒

────────────

〔註75〕吳功正：〈審美型態論〉，收錄於林師文欽編：《文學美學研究資料選集》（高雄：春暉出版社，2003 年），頁 83。

來作結。雖說整闋詞是按著順敘筆法而作，然而在時間過渡上顯得十分緊湊，這其實是詞人心中的反映，既欣悅於輕寒退後春暖的到來，卻又因觸目而緬懷，今昔之別湧上心頭，在感嘆物是人非的同時，不禁感嘆好時光走得忽忽，因此末句的「春去也」，筆者認爲是少游心中之春（好時光）已逝，而非春天眞的消逝。

貳　空間美學

空間和時間可謂宇宙形成之雙璧，以下將探討北宋三家詞中之空間美學，一探作品在空間結構上的安置現象。作品既是書寫作者內心之情志，作品所呈現出的自然也是一種審美空間，這種審美空間的特質可以穿梭古今，打破物理空間的限制，誠如《文心雕龍·神思》所云：「形在江海之上，心存魏闕之下。」作者可以自由交錯運用物理空間，擷取其欲表達之景象，除了可以宣洩情志，在藝術效果上也能造成渲染的張力。對三家詞在空間上的鋪敘經營，以下將分爲「遠與近」、「內與外」、「窗牖取景」和「憑欄遠眺」等四部分論述。

一、遠與近

在各種不同的空間設計中，遠近距離的營造最爲常見。翟德爾（Herbert Zettl）在《映像藝術》一書中曾提到：「（在電視與電影上）當銀幕寬度（X 軸）與高度（Y 軸）有一定的空間限制時，深度（Z 軸）卻等於是無限的一樣。」〔註 76〕文學作品中，遠近距離的轉換是最普遍的。

以下將根據架構空間的不同軌跡，略分爲三：即「由近而遠」、「由遠而近」以及「遠與近交互呈現」。

（一）由遠而近

一般說來，「由遠而近」的空間安排比起「由近而遠」來，是反常的；但這反常自有其特殊的意義。因爲「由近而遠」會有延伸的效

〔註 76〕〔德〕翟德爾（Herbert Zettl）著，廖祥雄譯：《映像藝術》（臺北：志文出版社，1994 年），頁 228。

果，但「由遠而近」則相反地會有將景物拉近的作用，因而可以突出一個焦點來，凝聚讀者的注意力〔註 77〕。康丁斯基（Kandinsky）在《點線面》中談到直線時，認為直線是運動產生的結果，其呈現出的形式有兩個特點：「張力」和「方向」，而視線或行跡「由遠而近」地運動而形成直線時，因為方向的特異，而使張力增強，是相當有力的一種表現方式〔註 78〕。

此外，也能夠從「重疊」的角度來談。王秀雄在《美術心理學》一書中說道：「由重疊而產生的關係，並不是平等的。前方的一形，完全干擾了後方圖形的存在，中斷它的輪廓，可是它卻毫不受到損傷。因此畫面上有兩型重疊時，則這兩型的價值完全不相等，重疊者竟成支配階級，而被重疊者就淪於服從與附屬階級了。」〔註 79〕若然，則「近」的空間能吸引人們最大的注意力，自是理所當然。此外，遠、近搭配的空間配置，還有羅列景物和形成映襯的作用，因此，在空間配置上說來，聚焦的作用不可謂之不大。

以易安的〈南歌子〉一詞觀之：

> 天上星河轉，人間簾幕垂。涼生枕簟淚痕滋。起解羅衣，聊問夜何其？　　翠貼蓮蓬小，金銷藕葉稀。舊時天氣舊時衣，只有情懷、不似舊家時！

第一幕由天上星河始，銀河轉動說明了時間的流逝，下一幕場景已至人間，人間的無眠思婦，簾幕低垂，雖為言明其舉措，卻頗有「天人永隔」，人兒無寐之意。畫面再往近拉，拉到屋子裡的枕簟上，淚濕枕簟生涼意，可見其悲甚，至此，為何簾幕低垂而無寐之因已呼之欲出，然而卻以「聊問夜何其」的淡筆帶過，明知故問之舉更顯詞人心緒之亂。此詞的空間鋪排隨著詞人情思，由天上至人間，在至屋內枕簟上，層層推近。

〔註 77〕仇小屏：《古典詩詞時空設計美學》，頁 228。

〔註 78〕〔俄〕康丁斯基（Wassily Kandinsky）著，吳瑪俐譯：《點線面》（臺北：藝術家出版社，1996 年），頁 47。

〔註 79〕王秀雄：《美術心理學》（臺北：三信出版社，1975 年），頁 374～375。

　　而耆卿詞作中表現橫向的空間順序，通常是按照作者的行蹤來敘述，其〈夜半樂〉正是一齣場景層層推移的影畫戲：

> 凍雲黯淡天氣，扁舟一葉，乘興離江渚。渡萬壑千巖，越溪深處。怒濤漸息，樵風乍起，更聞商旅相呼。片帆高舉，泛畫鷁，翩翩過南浦。　　望中酒旆閃閃，一簇煙村，數行霜樹。殘日下，漁人鳴榔歸去。敗荷零落，衰楊掩映，岸邊兩兩三三，浣紗遊女。避行客、含羞笑相語。　　到此因念，繡閣輕拋，浪萍難駐。歎後約丁寧竟何據。慘離懷，空恨歲晚歸期阻。凝淚眼，杳杳神京路。斷鴻聲遠長天暮。

清人許昂霄《詞綜偶評》評〈夜半樂〉：「第一疊言道途所經，第二疊言目中所見，第三疊乃言去國離鄉之感。到此因念繡閣輕拋二句。接上一片。」〔註80〕在篇幅短小、抒情要求強烈的詩詞中，對時空關係的處理，顯得特別重要。趙仁珪提出柳永的「直線型結構」其主要涵義便在於柳永發展出序列式的結構模式，這是柳永特殊的構詞原則。孫康宜說：

> 柳永發展出來的最具創意的技巧，或許就是所謂「攝影機拍出的連續鏡頭」。他有許多詞詠的是遊山玩水的經驗，開頭泰半是從順流而下的舟中仰望秋景。所寫不外乎連續的視覺經驗，而不是瞬間的體悟。〔註81〕

開頭三句，寫遊子在寒冬中乘舟南行。從「渡萬壑千巖」到「樵風乍起」句，寫航船正經過浙西山區（「越溪深處」），曲折行於深谷巨壑之間，逐步來到開闊地帶，由於地勢平緩，故曰「怒濤漸息」，山風強烈，時見樵夫往來其中，故曰「樵風乍起」，通過景色的轉換，顯示遊子在旅途中已走過一大段路程。接著，由「更聞商旅相呼」到「翩翩過南浦」句來看，詞人來到熱鬧的小集鎮，許多船隻正準

〔註80〕〔清〕許昂霄：《詞綜偶評》，收錄於唐圭璋編：《詞話叢編》，冊二，頁1552。
〔註81〕孫康宜：〈柳永與慢詞的形成〉，收錄於氏著：《晚唐迄北宋詞體演進與人風格》，頁167。

備啟航，旅客喧鬧，船隻輕巧美麗。而再以「望中酒旆閃閃」到「漁人鳴榔歸去」句觀之，詞人的船靠近一個漁村，看見岸上有隨風飄展的酒旗，酒旗下是染霜的樹林，隱隱顯出一簇村舍，炊煙裊裊上升，此時日已西沈，漁船紛紛搖槳回村。最後，再由「敗荷零落」到「含羞笑相語」來看，詞人坐的船靠在岸邊，隔岸是一片蓮塘，蓮葉凋敗，楊柳衰殘，在一片蕭索之中，三兩成群的少女剛自江邊浣紗歸來，見有生人，含羞帶怯，淺笑低語。

　　整闋詞運鏡手法的推移饒有次序，先是遠景，次為中景，再到近景，景物愈益明顯放大，詞人的情感也更為濃烈。就像被一個引子點燃般，詞人內心深處的情感被撩撥了，「到此因念，繡閣輕拋，浪萍難駐」，身如浮萍，前程未定的詞人，不禁懷念起繡閣中的女子，只是「歲晚歸期阻」的感慨，只能「凝淚眼」，徒嘆奈何，這正是由遠而近的聚焦功能。

　　趙仁珪提到：「當柳詞的內容與空間位置有關時，他也總是按有規可循的流程來安排詞的結構」〔註82〕，這種空間的順序結構，曾大興謂之「橫向鋪敘」：

> 這種方法通過空間位置的轉換和組織，對外觀圖像和抒情主人公的內視心靈作橫向的展示與披露。這種方法講究空間定向，作品的圖景和意向總是按照一定德邏輯線索和視聽者的欣賞習慣做順序轉換和移動，由遠至近或由近及遠，由視而聽或由聽而視，層層推衍，環環緊扣，抒情主人公的心理活動軌跡清晰可辨。〔註83〕

這種凝聚情形是由主體視線的收束、或描寫焦點的集中帶出，主體的視野常由遠而近，慢慢聚攏在一較小的物體焦點上；或是作者描寫廣闊空間景觀後，把描寫範圍縮小，描繪一特出引人注目的景物，這樣呈現出一種畫面的拉回收縮，最後凝聚在一鮮明物象上，便展現出「空

〔註82〕趙仁珪：〈柳永與周邦彥〉，收錄於氏著：《論宋六家詞》（北京：北京師範大學出版社，1999年），頁38。

〔註83〕曾大興：〈柳永以賦為詞論〉，《江漢論壇》，1990年第六期，頁58。

間凝聚」的感覺，就如黃永武在《中國詩學——設計篇》中說：

> 讓畫面由遠及近移動，先寫大景物而後縮小至小景物，畫
> 面移近來，使視野愈來愈細小，詩中的空間也就像凝集起
> 來一般，最後選擇一個空間的凝聚焦點……給予特寫，使
> 這個凝聚的焦點分外凸出。〔註84〕

由遠而近地移動畫面，由大景物漸次縮小至小景物，使視野愈益細小，作為聚焦特寫，再以易安〈臨江仙〉一詞觀之：

> 庭院深深深幾許，雲窗霧閣常扃。柳梢梅萼漸分明。春歸
> 秣陵樹，人客建安城。　　感月吟風多少事，如今老去無
> 成。誰憐憔悴更凋零。試燈無意思，踏雪沒心情。

　　由廣闊空間寫起，寫深深庭院，緊閉的窗閣，再寫梅萼柳梢頭，由「春歸秣陵樹，人客建安城」作由景至人的搭建，縮窄聚焦到主人公身上，這一切外在的景物，不過都只是這幅春景中的背景而已。鏡頭移至憔悴凋零的老去無成之人身上，突顯她渾然沒有興致去作任何事的傷感。另闋〈一翦梅〉一詞也是如此：

> 紅藕香殘玉簟秋。輕解羅裳，獨上蘭舟。雲中誰寄錦書來？
> 雁字回時，月滿西樓。　　花自飄零水自流。一種相思，
> 兩處閒愁。此情無計可消除，纔下眉頭，卻上心頭。

由遠景秋天蓮花凋殘的景象，到雁兒回時，月滿西樓的禽鳥與自然意象，營造出廣茫無垠的大地上，自我形象之孤獨感。於是下片僅僅聚焦於詞人身上，以落花流水自顧自地飄落與流逝，寫出各分異地的悲哀，聚焦到人的身上還不夠，甚至在最末兩句，更突顯了「才下眉頭」，又旋即「卻上心頭」的情有多麼磨人。

（二）由近而遠

　　藉著描寫鏡頭，由近到遠，慢慢地把視野延伸擴展至廣大無垠的空間，便能展現出空間擴展的感覺，黃永武以為：

> 讓畫面移動，由近至遠，由小景物的描寫而擴張至大景物，

〔註84〕黃永武：《中國詩學——設計篇》（臺北：巨流圖書公司，1996年），頁58。

像用一個伸縮的鏡頭攝影一樣，畫面的視野愈來愈廣闊，

詩中空間也就愈來愈擴張。〔註85〕

有時畫面不是從近處延展而出，而是從較小的景觀物體延伸出去，也能形成同樣效果，而延伸出的廣大空間有時也超出視線所及範圍，而擴大到地域疆界之外、甚或是穹蒼宇宙，展現極度的遼闊空間。視線延伸出的空間擴展，表現出空間的壯闊無際，和寬廣偉觀，呈現出撼動人心的擴張效果。

　　由近而遠的空間敘述，有其脈絡可循，在「由近而遠」的空間設計中，空間向遠處綿延，頗符合繪畫中的「透視畫法」，也就是畫面中的物體前後交錯掩映，形象按距離呈現，以襯出遠近〔註86〕。所以距離由近而遠地拉開，附著於空間的景物也漸次地呈現在讀者眼前，形成一種「漸層」〔註87〕的效果，空間的深度自然加深；另外，在中國傳統園林藝術中，有一種「曲」（即為「藏」）的做法，也是基於同樣原理〔註88〕。誠如童慶炳在〈從「物理境」轉入「心理場」──「隨物宛轉，與心徘徊」的心理學解〉一文中說道：「空間距離也具有美化事物的作用。」〔註89〕因此就算是純粹距離的展延，也是美感強度的增加，而且它還可能帶來映襯的效果，針對此說，陳清俊以為：「詩人間或以遠近的對比呈現出空間的縱深。」〔註90〕以易安〈浣溪沙〉

〔註85〕黃永武：《中國詩學──設計篇》，頁56。

〔註86〕以上說法參見宗白華：〈中西畫法所表現的空間意識〉，收錄於氏著：《美學與意境》，頁4～129，及岩上：〈論詩的繪畫性〉，收錄於氏著：《詩的存在：現代詩評論集》，頁98。

〔註87〕劉思量認為：「空間的深度亦可以經由漸層的作用而達成。……愈遠的事物愈模糊，而與近物之清晰形成對比而產生漸層。」參見劉思量：《藝術心理學》，頁182～183。

〔註88〕劉天華說：「曲的另一層涵義是使風景曲而藏之……曲直對比是增大景深的有效方法。」參見劉天華：〈古典園林藝術形式美初探〉，蔣孔陽主編：《美學與藝術評論》（上海：復旦大學，1986年）第三集，頁161。

〔註89〕童慶炳：〈從「物理境」轉入「心理場」──「隨物宛轉，與心徘徊」的心理學解〉，收錄於氏著：《中國古代心理詩學與美學》，頁160。

〔註90〕陳清俊：《盛唐詩時空意識研究》（臺北：花木蘭文化出版公司，2007

一詞觀之：

> 小院閒窗春色深，重簾未捲影沈沈，倚樓無語理瑤琴。
>
> 遠岫出山催薄暮，細風吹雨弄輕陰，梨花欲謝恐難禁。

詞之上片先寫近景，「小院閒窗」和「重簾未捲」淡筆勾勒出詞人身邊環境，下片遠眺之景，展現出「遠岫出雲」、「細風吹雨」和「梨花欲謝」的暮春景象，詞人亦從中寄託春光將逝的感慨惋惜。王學初以為：「少婦深情，卻被周君淺淺勘破。」〔註91〕將自己的情感寄於景物說明，雖將鏡頭越推越遠至遠方景物，卻顯得有餘韻不盡的美感。

「由近及遠」的連續空間中，常常會出現「虛靈的無限空間」〔註92〕，此時空間向無垠的遠方無窮地延伸，成為一種眼力所難盡的空間，而且空間的延展已延伸到畫面以外，給予人更多的想像〔註93〕；面對這種情況，人們心中常會升起一股崇高感。陳望道於《美學概論》中說：

> 凡是有崇高情趣的，其對象必有某種程度的強大。……起初我們得與那強大對立，與那強大同感。隨後伴了靜觀的進行，終至把它我的對立融入它我合一渾融的狀態裡。等到感有崇高的情趣之間，我們就已經蟬蛻了弱小卑微的現在的我，在我自身感有一種崇高偉大的情趣。於是小我就因著崇高成了我以上的大我，而嚐到了崇高美極致的情味。〔註94〕

而且這種崇高感「也有沉鬱淒涼的，也有是健全幸福的」，因此空間的延展正配合著作品的情境，使得其中醞釀的情感得到最大的加強作用。以易安〈孤雁兒〉一詞觀之：

年），頁360。

〔註91〕王學初：《李清照集校注》，頁27。

〔註92〕陳清俊：《盛唐詩時空意識研究》，頁364。

〔註93〕簡政珍：《電影閱讀美學》（臺北：書林出版社，1993年），頁116～117。

〔註94〕陳望道：《美學概論》（上海：民智書局，1927年），頁116～117。

藤牀紙帳朝眠起，説不盡無佳思。沈香斷續玉爐寒，伴我
情懷如水。笛聲三弄，梅心驚破，多少春情意。　　小風
疏雨蕭蕭地，又催下千行淚。吹簫人去玉樓空，腸斷與誰
同倚。一枝折得，人間天上，沒個人堪寄。

易安此詞由屋內的近景「藤牀紙帳」開始寫起，屋內的靜物尚有經已
寒冷的玉爐，寫出屋中人的慵懶無緒，窗外小雨蕭疏飄落，又牽動心
緒潸然落淚，爲何會無精打采，會傷心落淚，直至最後的「吹簫人去
玉樓空，腸斷與誰同倚」方才點明緣由，而「天上人間」以空間拉遠
的效果，營造對方已離自己愈益遙遠，兩人已是天人永隔，再不得見
的無奈。空間鏡頭的拉遠，不但得使距離感增加遼闊的向度，更可將
其中悲感瀰散於空間中。

（三）遠與近交互呈現

　　無論是「由近而遠」還是「由遠而近」的空間設計，兩者皆爲
有秩序地遞進或拉遠鏡頭的焦點；但是，空間的配置也可以是充滿
變化的。張法《中西美學與文化精神》一書在談到「中西審美的具
體方式」時，曾說：「在觀照方式上，中國採取仰觀俯察、遠近往還
的散點遊目。」〔註95〕說明了何以文學作品中的遠近空間，常常具
有變化多端的風貌。

　　當空間一遠一近地交迭映現時，還能依次收納不同景物，使篇
章內容更加豐富；而且，在近遠交互間雜時，基於「空氣遠近法」
〔註96〕的原理，近處的景物精密而清晰，遠處的景物疏闊而模糊，
兩相映照的結果，會使空間的層次感更加豐富。而吳世昌的「西窗
剪燭型」理論中所指空間的變換，「指的就是由我方設想對方的一

〔註95〕張法：《中西美學與文化精神》（北京：北京大學出版社，1994 年），
　　　　頁 321。
〔註96〕王秀雄以爲：「遠物，看起來不但形態微小，並且空氣中含有微塵及
　　　　水蒸氣等，愈到遠方，其明度及彩度就漸層性的發生變化了。中國
　　　　及日本的山水畫裡，把遠景畫淡，近景清楚且濃，就是符合空氣遠
　　　　近法的表現方法。」參見王秀雄：《美術心理學》（臺北：三信出版
　　　　社，1975 年），頁 364。

種表現方式」〔註97〕，以李商隱的〈夜雨寄北〉一詩觀之，以空間上的變化度來看，是「巴山─西窗─巴山」，即空間錯落交雜的寫法。

這種時空的交錯和轉換，是非常富有表現力和感應力的。柳永的長調基本上以這種模式構造，施議對認爲此種結構模式，就是「屯田家法」與「屯田體」：

> 就柳永的具體構造看，其家法和模式可以用以下兩個公式加以展示──「從現在設想將來談到現在」和「由我方設想對方思念我方」。前者表明時間推移，後者表明空間的變換。這既是一種獨特的結構法，又是一種獨特的體式。兩個公式，包羅萬象，柳永的家法與模式，已盡在其中。〔註98〕

柳詞空間的變換，施議對以「由我方設想對方思念我方」，即「我方──對方──我方」的公式表之。此類結構多展現在耆卿的羈情詞中，其多敘述萍蹤飄客而又苦思所愛的纏綿情意，將遊子飄零和相思戀情結合來寫，耆卿和少游同樣擅長。在此類作品中，情思可游走於我方和對方，典型作品如〈雨霖鈴〉、〈夢還京〉等均爲如此，下引〈夢還京〉一詞說明：

> 夜來忽忽飲散，敧枕背燈睡。酒力全輕，醉魂易醒，風揭簾櫳，夢斷披衣重起。悄無寐。　追悔當初，繡閣話別太容易。日許時、猶阻歸計。甚況味。旅館虛度殘歲。想嬌媚。那裡獨守鴛幃靜，永漏迢迢，也應暗同此意。

此詞上片寫無可名狀的心緒，這讓詞人輾轉難眠，而下片追悔當初「繡閣話別太容易」，是自己獨自懷想過去而自傷自責，連結篇末的「也應暗同此意」，是指對方也應和我一樣心意，也在掛念著彼此，寫出兩人心意相通的深情。另闋〈傾杯〉也有類似的效果：

〔註97〕施議對：〈詞體結構論簡說〉，收錄於氏著：《施議對詞學論文集：宋詞正體》（澳門：澳門大學出版社，1996年），頁81。

〔註98〕施議對：〈論「屯田家法」〉，收錄於《第一屆詞學國際研討會論文集》（臺北：中央研究院文哲研究所，1994年11月），頁193。

水鄉天氣，灑蒹葭、露結寒生早。客館更堪秋杪。空階下、木葉飄零，颯颯聲乾，狂風亂掃。當無緒、人靜酒初醒，天外征鴻，知送誰家歸信，穿雲悲叫。　　蛩響幽窗，鼠窺寒硯，一點銀釭閒照。夢枕頻驚，愁衾半擁，萬里歸心悄悄。往事追思多少。贏得空使方寸撓。斷不成眠，此夜厭厭，就中難曉。

詞人離京日遠，魚雁難通，為將昔日的美麗芳容長記心中，於是又寫出「想繡閣深沈」二句。「深沈」二字，極寫詞人所戀的女子居處之幽邃，也許是深院大宅，也許是封建禮教的屏障，使這位女子與世隔絕。因此他此刻不知道在外漂泊的詞人，已經形容憔悴，苦不堪言。正是「由我方設想對方思念我方」的結構模式。通過詞人的想像女子此刻的思想狀況，比起女子自訴衷腸，更為感人。

　　詞人從自己的羈旅之情，設想對方的離愁別緒，這種曲折的筆勢，既表現了雙方感情的抑鬱痛苦，也起到了前後映照作用，把離別之情表現得更為深切感人。這一推己及人的寫法，杜甫〈月夜〉經已出現過：「今月鄜中月，閨中自只獨看。遙憐小兒女，未解憶長安。香霧雲鬟濕，清輝玉臂寒。何時倚虛幌，雙照淚痕乾。」詩人不說自己看月憶人，卻說妻子看月憶己，這樣比直說自己如何看月懷人，更覺一往情深 [註99] 。

　　而少游的〈好事近〉一詞，也是空間一遠一近交互出現的例子：
風定落花深，簾外擁紅堆雪。長記海棠開後，正傷春時節。
　　酒闌歌罷玉尊空，青釭暗明滅。魂夢不堪幽怨，更一
聲啼鴂。

詞之上片由「風定落花深，簾外擁紅堆雪」始，即是由遠處推鏡，描寫了遠處的景物，再漸次寫到近處來，由「長記海棠開後，正傷春時節」之語點出時間，再由「酒闌歌罷玉尊空，青釭暗明滅」，將場景由遠處拉到近處，寫到盡情歌酒的歡宴，直至夜闌，一切歸於平靜時，

<hr>

〔註99〕黃雅莉：《宋詞雅化的發展與嬗變——以柳、周、姜、吳為探究中心》（臺北：文津出版社，2002 年），頁 355～357。

詞人仍作著愁苦的夢，而「更一聲啼鴂」，遠處傳來的一聲鴂啼聲，又將場景拉遠，似聲音般漸漸隱去。

二、內與外

另外一種常見的空間構建法，則出現在內與外的轉換安排上，此處的內、外指的是建築物的內與外；此所謂之「內外空間」係由建築物區隔出來裡和外的空間型態，由於中國傳統建築兼具宇宙時空的意識，和虛實空間交錯互融的特色，於是身處其中的作者主體，其情感內蘊便與巧妙的建築空間產生微妙呼應。中國古代的建築藝術，的確能夠展現這種「內外」空間的普遍性及重要性。大抵可分爲三種方式：即「由外到內」、「由內到外」，以及「內與外交錯呈現」等寫法。

（一）由外到內

「由外到內」是一種慢慢將焦點集中的方式。

以少游之詞來說，多安置一位主人翁，先寫室外之景，然後再慢慢把鏡頭推到室內，進而特寫出這位主角，如〈木蘭花〉一詞所述：

> 秋容老盡芙蓉院，草上霜花勻似剪。西樓促坐酒杯深，風壓繡帘香不卷。　　玉纖慵整銀箏雁，紅袖時籠金鴨暖。歲華一任委西風，獨有春紅留醉臉。

詞中先寫秋天院落之景，然後將視角由室外慢慢地推回室內（西樓）；有一位對酒獨坐的女子，纖纖玉指正在慢條斯理的整理銀箏，紅袖正籠著暖爐取暖。最後，更將焦點完全集中，「歲華一任委西風，獨有春紅留醉臉」，將鏡頭移到女子紅暈微酡的醉顏上。像這樣，由室外到室內，由景到人，逐漸突顯主角的重要性，很能表現女子的閒情。

「內空間」的書寫多伴隨主體情感的描寫，很少有作品是單純描述屋內空間情景的，而此空間環境便是主體沉緬相思懷想之處，在幽寂氣氛中主體能感受外在景象變化，並且此空間有烘托其幽寂孤悶心緒的特質。另外描寫成雙成對的圖景和空間擺飾有重要作用，詞人多著眼描繪華麗的鴛鴦或雙蝶圖樣，突顯主體孤單寂寞景

況，並且凌亂的擺飾和衣裝，透露出主體愁悶寂寞的心緒。

再以易安〈浣溪沙〉一詞為例：

> 髻子傷春嬾更梳，晚風庭院落梅初，淡雲來往月疏疏。
> 　　玉鴨薰鑪閒瑞腦，朱櫻斗帳掩流蘇，通犀還解辟寒無。

全詞瀰漫著傷春氣息。上片寫室外庭院，梅花在料峭晚風中飄落凋零，淡雲「來往」形容漂浮的雲氣，「疏疏」形容雲縫中忽隱忽現的月光，一種寂寥零落的氣氛，在環境渲染中流露而出。下片寫室內華麗的擺設，卻同樣瀰漫傷春慵懶意緒，焦點慢慢由薰鑪、朱櫻斗帳接近臥榻，最後歸到掛在帳子上可驅寒意的犀角，問可否消除心境的淒冷，結語甚奇。易安對此詞的處理手法，即是上片敘室外之景，下片寫室內之物，運鏡畫面由室外移入到了室內。

建築物內部空間的轉化處理，為使空間有變化層次，常使用屏風、紗牖、簾幕等，將一個寬敞的大空間分化為若干有大有小的活動範圍，在空間上互相流動、滲透。而詞中之「朱櫻斗帳掩流蘇」，除顯房內裝飾之雅麗，也能有小空間為大天地的空間流動感。

（二）由內到外

另一種是「由內到外」的寫法，也就是由室內空間或者人物特寫，推展到室外場景的寫法，由於焦點的放大，視野的無限延展，易於形成一種淒迷渺茫的情致，以少游之〈桃源憶故人〉為例：

> 玉樓深鎖薄情種，清夜悠悠誰共？羞見枕衾鴛鳳，悶即和
> 衣擁。　　無端畫角嚴城動，驚破一番新夢。窗外月華霜
> 重，聽徹梅花弄。

開頭即鮮明地突顯了一個樓中孤寂的女子，在寒夜裡苦苦相思，場景由「玉樓」開始展開，先寫女主角索居獨處，羞於見到枕衾上的雙雙鴛鳳，於是愁悶而眠；這裡採取一種聚焦式的筆法。下面又寫夜城無端響起聲聲畫角，驚醒一番好夢，於是空間再由室內向外延伸，看見窗外月色澄明，寒霜濃重，益增懷人之感，而原本的愁悶之情，也就在這皎潔月色中，無垠無涯的向遠方推展開來，情思有著無限綿渺。

此類作品在易安詞中甚多：

小院閒窗春色深，重簾未捲影沈沈，倚樓無語理瑤琴。

遠岫出山催薄暮，細風吹雨弄輕陰，梨花欲謝恐難禁。

（〈浣溪沙〉）

香冷金猊，被翻紅浪，起來慵自梳頭。任寶奩塵滿，日上簾
鉤。生怕離懷別苦，多少事、欲說還休。新來瘦，非干病酒，
不是悲秋。　　休休！這回去也，千萬遍陽關，也則難留。
念武陵人遠，煙鎖秦樓。惟有樓前流水，應念我、終日凝眸。
凝眸處，從今又添，一段新愁。（〈鳳凰臺上憶吹簫〉）

暖雨晴風初破凍，柳眼梅腮，已覺春心動。酒意詩情誰與
共？淚融殘粉花鈿重。　　乍試夾衫金縷縫，山枕斜欹，
枕損釵頭鳳。獨抱濃愁無好夢，夜闌猶剪燈花弄。（〈蝶戀花〉）

身爲女性的易安，在閨閣之內的時間本就較男子爲多，其作品也大多
敘寫幽居閨閣中的女性情懷，不過，有所差別之處，在於易安較尋常
女子獨立又富見識，能有出門或處戶外的時間，因此，作品中時見室
內外的空間書寫。

（三）外與內交互呈現

第三種外與內交互呈現的場景，最多表現在「外——內——外」
的寫法上，即由室外之景寫至室內，然後再推到室外之景。

先舉少游的〈如夢令〉以觀之：

池上春歸何處？滿目落花飛絮。孤館悄無人，夢斷月堤歸
路。無緒，無緒，簾外五更風雨。

此詞入目即見一幅室外遠景：水池、落花、飛絮。於是讓人深深感嘆
「春歸何處」，加深主角之愁思。接著鏡頭來到了悄無人的「孤館」，
將室外空茫之感拉回室內。可是也由於「悄無人跡」，歸路依舊難以
成行，反而加強主角夢醒後空洞茫然的「無緒」。最後再把視角推展
到簾外，室外之景正是「五更風雨」，時間爲清晨，但可想像一晚的
風雨交加，又爲孤館中人憑添了幾許寂寥。他如〈南歌子〉（玉露迢
迢盡）等闋，也多用「外——內——外」的空間安排，先寫天上星點

銀河，再把視角拉回室內的玉人妝淚，最後又歸結於「天外一鉤殘月帶三星」，將情感的廣度推至無窮的天邊。

另兩闋〈如夢令〉少游也是採取「外──內──外」的空間安排：

> 門外鴉啼楊柳，春色著人如酒。睡起熨沈香，玉腕不勝金斗。消瘦，消瘦，還是褪花時候。（秦觀〈如夢令其一〉）

> 遙夜沈沈如水，風緊驛亭深閉。夢破鼠窺燈，霜送曉寒侵被。無寐，無寐，門外馬嘶人起。（秦觀〈如夢令其二〉）

可見少游喜用「外」字來表示空間內與外的區隔，或藉此將空間蕩開延展，造成明顯的轉換效果。此種方式易安詞中也有不少，如〈浣溪沙〉一詞即是「外內外」的空間架構：

> 淡蕩春光寒食天，玉爐沈水裊殘煙，夢回山枕隱花鈿。
>
> 　海燕未來人鬥草，江梅已過柳生綿，黃昏疏雨濕秋千。

先以「淡蕩春光寒食天」的室外景起始，下句即過渡到室內來，「玉爐沈水裊殘煙，夢回山枕隱花鈿」二句，不僅是房內，更清楚可見是女子之閨房，易安場景的布設頗具心思，再來的詞句，無論是女孩兒的遊戲或景物的變換，又將場景移挪到了室外。在「海燕未來人鬥草」的少女嬉戲聲中，「江梅已過柳生棉」。這闋詞的空間由外而內、再折出戶外，因此將淡蕩春光、幽細香閨統統收納在作品中，景觀雖多有轉換，但是十分調和，可見易安場景轉換妥適之功。

再者，易安的〈醉花陰〉也是內外交錯的寫法，以「外──內──外──內」的方式進行：

> 薄霧濃雲愁永晝，瑞腦消金獸。佳節又重陽，玉枕紗廚，半夜涼初透。　東籬把酒黃昏後，有暗香盈袖。莫道不銷魂，簾捲西風，人比黃花瘦。

「薄霧濃雲」乃外景，「佳節又重陽」以降四句為內景，接著「東籬把酒黃昏後」二句又為外景，「莫道不銷魂，簾捲西風，人比黃花瘦」則是內景與人物心中情感的意動。

此詞先寫物再寫人，總共出現了四個視點。寫「物」的部份是

由外而內，都是用客觀的筆法；後面寫「人」的部份，也是由外而內，先針對人在外面的活動來敘寫，同樣也是運用客觀的手法，不過後面寫人在屋內的情況時，其中的最末二句運用了主觀的變造手法，極端地強調出人的消瘦，孫立《詞的審美特性》分析道：「『人比黃花瘦』，則外觀可體會出人物愁緒至極的心靈煎熬。審美意識的逐層深入，醞釀成藝術情感的優勢興奮中心，從而更強烈地觸動人們的審美心理。」〔註100〕無怪乎能成爲傳唱千古的名句。

三、窗牖取景

　　窗、牆、門在空間布設上較爲特殊，因爲它們可以是房屋內部各空間的分隔，也可以是整個屋外與屋內的分野。以房屋內部的空間分隔來說，窗和牆常是主體視線所欲穿透延伸的對象，而它們也能巧妙地造成隔而不阻的效果，余東升《中西建築美學比較研究》一書中載：

> 在這些牆上，往往有很多的窗和各種形狀的門洞，這些門洞和窗於是就成爲一個個固定的景框……突出表現某一特定的景觀，從而巧妙地把景區從一個閉合空間引渡到另一個閉合空間。〔註101〕

因此它們並非完全阻隔空間的構築；又如園林藝術的「借景」和「對景」，也是運用窗和牆的穿透連續性，互相接引場景，營造豐富多層次的空間感。而以住屋內外的分野來說，「窗」是內外空間的重要聯繫，不論是景緻、季節天氣，主體能透過窗戶知曉外界景況，它也是主體思緒和視野延伸的通道。

　　中國傳統園林藝術有鑿窗藉景法，以一窗而借得奇山異石、茂林修竹。李漁《閒情偶記・卷四・居室部・窗欄》曾經這樣說道：「其物小而蘊大，有須彌芥子之義，盡日坐觀，不忍闔牖。」由此，詩人

〔註100〕　孫立：《詞的審美特性》（臺北：文津出版社，1995年），頁158。

〔註101〕　余東升：《中西建築美學比較研究》（武漢：華中理工大學，1992年），頁61。

尋找到一個最佳觀照點，使萬景萬物牢籠於一窗一牖。觀照上的散點，取景上的「聚點法」和整個創作意識上的「萬取一收」、「籠天地於形內」是一致的，杜甫著名的〈七絕〉詩「窗含西嶺千秋雪，門泊東吳萬裡船」即爲典型體現。而取景上的「聚點法」在一定意義上是防止散點透視因把握失控而出現散漫不經，從一窗一牖以見天地鴻檬之大。

　　中國詩裡「窗」的出現頻率極高。這不是修辭學上以窗代室的「借代」，而是哲學層面上的唯道集虛。窗爲虛，天地萬象亦爲虛，以一扇窗櫺而「含西嶺千秋雪」景。亭台樓閣也是如此。唯其高、空，才會收攝萬景。以易安的〈孤雁兒〉來看：

> 藤牀紙帳朝眠起，說不盡無佳思。沈香斷續玉爐寒，伴我情懷如水。笛聲三弄，梅心驚破，多少春情意。　　小風疏雨蕭蕭地，又催下千行淚。吹簫人去玉樓空，腸斷與誰同倚。一枝折得，人間天上，沒個人堪寄。

時斷時續的煙霧及寒滅的玉爐陪伴著寂寞的易安，正感凄清之際，窗外傳來一陣悠揚的樂曲，使易安的情緒爲之一振，還能聯想到園中的梅花，這笛曲似催綻萬樹梅花，帶來春信。這窗外的聲音，串連起室外室內兩個空間。而「梅心驚破」，也是易安心緒在那一刻受到極大的震盪，心湖中激起對明誠的思念。接著下來的「疏雨蕭蕭地，又催下，千行淚」窗外細雨蕭蕭，門內的易安靜坐落淚，以雨催淚，亦是以雨襯淚，將外境與心境融爲一體。

　　再看耆卿〈戚氏〉中的第二疊與第三疊：

> 孤館度日如年。風露漸變，悄悄至更闌。長天淨，絳河清淺，皓月嬋娟。思綿綿。夜永對景，那堪屈指，暗想從前。未名未祿，綺陌紅樓，往往經歲遷延。　　帝里風光好，當年少日，暮宴朝歡。況有狂朋怪侶，遇當歌、對酒競留連。別來迅景如梭，舊遊似夢，煙水程何限。念利名、憔悴長縈絆。追往事、空慘愁顏。漏箭移、稍覺輕寒。漸鳴咽、畫角數聲殘。對閒窗畔，停燈向曉，抱影無眠。

其二疊敘長夜幽思。首句交待清情事。前面寫到「庭軒」，但又提到「行人」，也許有人以爲所指是兩事，此出「孤館」合榫，方知是說羈旅之人在客舍中孤居，愁極無聊，「度日如年」；前面寫到「夕陽」，此寫「風露漸變，悄悄至更闌」，說明時間推移，已自晚入夜，漸至夜深更闌。然後描繪秋夜之景：碧天澄淨，銀漢清淺，明月泛彩，勾起心頭情思無限。自然地轉入抒情，說往事不堪細細回想，用「那堪」二字，將景與情兩者扣緊，再言「從前」開啓三疊寫年少歡娛數句。「未名未祿，綺陌紅樓、往往經歲遷延」，說當年不以謀求功名爲意，只顧長期沈湎於都市的風月繁華生活之中，敘來頗有「稱心歲月荒唐過」的感慨。

三疊寫因心潮翻騰，以致徹夜無眠。先承前疊末尾意，追憶舊遊。不過往事不堪回首，如今身處孤館，只能獨對長夜，「停燈向曉」，聽著號角殘聲，與自己煢煢之影相伴。

四、憑欄遠眺

從詞人憑欄遠眺，視線放諸五湖四海，登高必望遠，而視線向來不會集中在某一點或某一處上。

清代畫家鄒一桂曾經對於西洋畫的透視法表示了驚詫和不解，他說：「西洋人善勾股法，故其繪畫於陰陽遠近，不差錙黍，所畫人物、屋樹，皆有日影。其所用顏色與筆，與中華絕異。布影由闊而挾，以三角量之。畫宮室於牆壁，令人幾欲走進。學者能參用一二，亦其醒法。但筆法全無，雖工亦匠，故不入畫品。」這種不理解根源於中國文藝美學的傳統經驗和思維定勢，因爲中國人的空間意識不習慣於定點透視，世代累積的審美經驗淤合成一個積澱層，含有本民族的經驗習慣。宋代畫家郭熙在《林泉高致·山川訓》中把傳統的空間審美觀照經驗概括爲「三遠法」：

> 山有三遠：自山下而仰山巔，謂之高遠。自山前而窺山後，謂之深遠。自近山而望遠山，謂之平遠。高遠之色清明，深遠之色重晦，平遠之色有明有晦。高遠之勢突兀，深遠

之意重疊，平遠之意沖蝕而瞟縹緲緲。其人物之在三遠也：
　　高遠者明了，深遠者細碎，平遠者沖淡。明了者不短，細
　　碎者不長，沖淡者不大。此三遠也。

「高遠」、「深遠」、「平遠」之「三遠」，顯示出審美主體不是在一個「點」上去發現對象，而是顧盼流瞥，全景掃描，這就是中國所特有的散點透視法，因而，呈現在人們眼前的就是一個全方位的經驗載體。這個載體是諸種物像經過心靈化了的意象組合體。散點透視作為民族審美的群體意識自然就支配著詩人們觀照的個體意識，從而以個體感性形式反映出來。

　　一句一景，一句一絕，對每一種景象只是攝取風貌大略，不作細刻深繪，體現出散點透視這種流瞥式的審美觀照特點。以耆卿的〈鳳棲梧其二〉來看：

　　獨倚危樓風細細。望極春愁，黯黯生天際。草色煙光殘照
　　裡。無言誰會憑闌意。　　　擬把疏狂圖一醉。對酒當歌，
　　強樂還無味。衣帶漸寬終不悔。為伊消得人憔悴。

上片寫高樓憑欄，寫景為主，但目的還是為了抒情，不過，卻不細寫其情何來，只籠統提及「春愁」，留待下片再說明。客觀的景物，卻因情而異，句首的「竚倚危樓風細細」，便不同於「高臺多悲風」的境界，後者是為了表現一種強烈而激動情緒的需要；耆卿此詞卻是寫一種懷人心緒，在倚樓而望時不知不覺地淒然而生，是情景交融下的產物。

　　獨倚高樓，眺望遠方，在眺望中忽有「春愁」從遙遠的天邊生出，使淒然之情湧上心頭。「草色煙光殘照裏」，自是望中之景，但綿延到天際的芳草，傳統意象中文常喻無盡的思念，在夕陽殘照中，呈現出一片煙霧迷濛之貌，與愁思迷惘之情相合。結語一句「無言誰會憑欄意」，不說出是何心意，正為開啟下片，用下片來說自己的心意；說是無人領會，其實先己下過「春愁」二字，露了端倪，因為「春愁」的「春」，除了指春天外，更有「懷春」的含義在。

再舉耆卿的〈木蘭花慢其一〉來看：

倚危樓竚立，乍蕭索、晚晴初。漸素景衰殘，風砧韻響，
霜樹紅疏。雲衢。見新鴈過，奈佳人自別阻音書。空遺悲
秋念遠，寸腸萬恨縈紆。　　皇都。暗想歡游，成往事、
勤歎歔。念對酒當歌，低幃竝枕，翻恁輕孤。歸途。縱凝
望處，但斜陽暮靄滿平蕪。贏得無言悄悄，憑闌盡日踟蹰。

可以看出耆卿在登高望遠方面的詞作表現，其固定範式爲前片寫登臨
所見之景，後片追憶舊歡，寫男女怨情，即周曾錦《臥廬詞話》載：
「柳耆卿詞，大率前遍鋪敘景物，或寫羈旅行役，後遍則追憶舊歡，
傷離惜別。」此與〈高唐賦〉與〈神女賦〉前寫登山所見，後寫夢會
神女的結構相似。這也可看出耆卿對宋玉兩賦的學習與繼承已不僅在
形式結構方面，更重要的是在內容情感方面，耆卿從自己的經歷中體
會宋玉當年的生命悲哀，在其他作品如〈雪梅香〉〈玉蝴蝶〉……等
作中均可以見。

耆卿在後期作品中，屢有登高遠望之作，或思念帝京，或京中的
情人，或家鄉的妻子；前片寫登臨所見之景，後片追憶舊歡，寫男女
怨情之結構多固定如此。耆卿詞作上片，總是把登高遠望與蕭瑟秋景
相結合，創造出一種「悲秋念遠」的獨特意象，如名作〈戚氏〉的首
疊，即爲極目望遠的例子：

晚秋天。一霎微雨灑庭軒。檻菊蕭疏，井梧零亂惹殘煙。
淒然。望江關。飛雲黯淡夕陽間。當時宋玉悲感，向此臨
水與登山。遠道迢遞，行人淒楚，倦聽隴水潺湲。正蟬吟
敗葉，蛩響衰草，相應喧喧。

首疊敘悲秋情緒。開頭以「晚秋」季節，「微雨」飄灑，布下淒清氛
圍，再以「檻菊」、「井梧」之零落稀疏，描畫頹敗景象。「淒然」二
字一點心情，連前貫後，這是寫「庭軒」四周的近景。然後以「望」
字起領，描寫遠景。「江關」暗示山水阻隔，而「飛雲」與「夕陽」
之景，發人遐想，又見時已傍晚，爲二疊寫入夜作準備。接著藉古人
所賦，抒自己感時悲秋之情懷。「臨水登山」，固是宋玉辭賦中語，又

結合眼前所見，與前「江關」相應。由「水」與「山」，引出「遠道」；由「遠道」說到「行人」；再利用古樂府「隴頭流水，鳴聲嗚咽」之傳統意象，加「倦聽」二字，來描摹環境和行人心情。一路敘來，左右逢源。末了以「蟬吟敗葉，蛩響衰草，相應喧喧」，合成一支大自然的悲秋交響曲，用「正」字領起，緊扣上文，將衰颯悲涼的氣氛和寂寞淒楚的心緒渲染得淋漓盡致。

相較於閨閣繡帷，遙望遠處的確能在空間上營造雄渾遼闊之感。以少游〈滿庭芳〉為例：

> 曉色雲開，春隨人意，驟雨才過還晴。古臺芳榭，飛燕蹴紅英。舞困榆錢自落，秋千外、綠水橋平。東風裏，朱門映柳，低按小秦箏。　　多情。行樂處，珠鈿翠蓋，玉轡紅纓。漸酒空金榼，花困蓬瀛。豆蔲梢頭舊恨，十年夢、屈指堪驚。憑闌久，疏煙淡日，寂寞下蕪城。

描寫的自然景象是與作者閒適悠緩的情感相呼應的，如「曉色雲開，春隨人意」兩個意象傳達舒朗之感，似有人的感情，如人所願雨過天空放晴。「舞困榆錢自落，秋千外、綠水橋平」不僅描繪眼見景，片片飛舞的榆筴如人舞困，悠慢地飛落翩下，視線拉遠，遠處綠水也與橋平，由這些和諧一致的意象傳達悠和春漫的氛圍，既是實景也融入了詞人自身的情感。

下片則用多種物景意象象徵往昔愉悅的生活，「珠鈿翠蓋，玉轡紅纓」句，以珠翠華美的車飾喻女子，玉飾垂穗的韁繩指馬以代男子，傳達出男女同遊之樂。「漸酒空金榼，花困蓬瀛」句，蓬瀛本為仙境，此可解為行樂之處，此兩句藉金杯酒空的宴會尾聲，蘊含人跡遠去、情事無蹤的喻義。接著「豆蔲梢頭舊恨，十年夢、屈指堪驚」則以杜牧詩句之典，寫出與青春女子的舊情餘恨和時光忽逝的感慨。最末三句回到現時，時間已從雨後放晴至淡煙疏落的黃昏，憑欄已久，卻仍法抒解心中之愁，只得滿懷心事「寂寞下蕪城」，彷彿把疏煙與無形的寂寞形象化，也傳現出情緒如具象般瀰漫聚攏的狀態。

　　而易安的〈鳳凰臺上憶吹簫〉一詞愁情滿溢，有人因「日日花前常病酒」，有人是「萬里悲秋常作客」，而易安自己卻是因為傷離惜別而衣帶漸寬，而藉由登樓本想望得意中人歸，卻只能添得一段新愁：

> 香冷金猊，被翻紅浪，起來慵自梳頭。任寶奩塵滿，日上簾鉤。生怕離懷別苦，多少事、欲說還休。新來瘦，非干病酒，不是悲秋。　　休休！這回去也，千萬遍陽關，也則難留。念武陵人遠，煙鎖秦樓。惟有樓前流水，應念我、終日凝眸。凝眸處，從今又添，一段新愁。

從「悲秋」到「休休」可以說是大幅度的跳躍，從別前跳到別後，略去話別的纏綿和餞行的傷感，筆法極為精煉。「休休！這回去也，千萬遍陽關，也則難留。」多麼深情的語言！陽關，即陽關曲，離歌唱了千千遍，終是難留，惜別之情，躍然紙上。「念武陵人遠，煙鎖秦樓」，把雙方別後相思的感情作了極其精確的概括。易安融化典故〔註102〕，寫出她對夫婿明誠無盡的思念。

　　下片「惟有樓前流水」句中的「樓前」，是銜接前句的「秦樓」而來，而「凝眸處」緊接上句的「凝眸」，在連接上不僅頗具巧思，更扣緊人之心弦。歷來倚樓懷人者不乏佳作，卻難如易安寫得如此情深意濃。心中的「武陵人」越去越遠，人影消失在迷濛的霧靄之中，被留在「秦樓」的她只能倚樓凝望，那份殷殷期盼，無可與語；那種癡癡眼神，無人理解。唯有樓前流水，映出終日倚樓的身影，瞭解她終日凝望的心意，情思蕩漾，餘韻不盡。張祖望《古今詞論引》讚曰：「『惟有樓前流水，應念我、終日凝眸。』癡語也。如巧匠運斤，毫無痕跡。」李攀龍《草堂詩餘雋》亦云：「寫其一腔臨別心神，新瘦新愁，真如秦女樓頭，聲聲有和鳴之奏。」

　　宗白華以為：「由這『三遠法』所構的空間不復是幾何學的科學

〔註102〕　武陵人，用劉晨、阮肇典故，指已遍尋不著心愛之人。秦樓，一稱鳳樓、鳳台，相傳春秋時有個蕭史，善吹簫，作鳳鳴，秦穆公以女弄玉妻之，築鳳台以居，一夕吹簫引鳳，夫婦乘鳳而去，此典故暗合調名，照應題意。

性的透視空間，而是詩意的創造性的藝術空間。趨向著音樂境界，滲透了時間節奏。它的構成不依據算學，而依據動力學。」中國時空審美觀念就不是西方的定點透視，而是散點透視。宋代名畫家郭熙總結的「三遠法」，正是反映了中國文藝家流動不居，而非固定不變的觀照特點，便於從多種視角去觀照對象，塑造整體而多變的美。

第三節　「離愁別恨，無限何時了」——閨閣書寫中的悲愁美感

　　「悲」是人類的情感基本形式之一，卻又難以表徵、難以言說。它燃燒著的火焰，顯得慘淡而又絢麗。慘淡，是就其情感內容而言；絢麗，則是對其情感色彩的描述。它對於人們所產生的心態壓抑進而導洩後的快感，形成了獨特的美感心裡形式。這種清醒意識之所以深、之所以美，乃是因為人生意識上升到宇宙生命觀層次，發露了悲的感傷主義內涵。

　　中國的詩歌傳統，自屈原以降，其怨曠幽悲之音不絕，所謂「無怨不成詩」之論，似乎已成為詩歌創作的基調，也成為一種普遍性的情調。其實，這是由人的生存本質所決定的，生存對人來說是異己的狀態，「人生不滿百，常懷千歲憂」，生存的意義就在於不斷戰勝困擾及承受痛苦，而悲愁之詞語更能體現人類生存的特點和感情的需要。中國古典詩詞典型地反映了中國文化中的悲愁意識，表現出現實悲劇性的文化氛圍，而帶著感傷的情調。

壹　閨閣書寫中「悲」情的源由

　　錢鍾書於《七綴集》中云：「長期存在著一個狀況：詩人企圖不出代價或希望減價就能寫出好詩。小伙子作詩『嘆老』，大闊佬作詩『嗟窮』，好端端過日子的人作詩傷春悲秋。」〔註103〕指出了生活中總有許多事情會讓人傷感或不滿，這會使人一吐悲怨愁苦之音，而錢

〔註103〕錢鍾書：《七綴集》（臺北：書林出版社，1990年）。

氏對「怨」一字的翻譯爲：「our sweetest songs」更直指出悲怨之動人處，在於能宣洩心聲，其作用如甜蜜之歌。

綜觀北宋三家詞中的閨閣書寫，筆者以爲最大的悲愁之情，來自孤獨。

因沒有佳人暖語可相寬慰，而「人悄悄，夜沉沉。閉香閨、永棄鴛衾」（柳永〈離別難〉），所以孤獨；因沒有夫婿溫言可恣歡愛，而「尋尋覓覓，冷冷清清，悽悽慘慘戚戚。乍暖還寒時候，最難將息」（李清照〈聲聲慢〉），所以孤獨；因沒有桑梓家鄉可資依靠，而「當無緒、人靜酒初醒，天外征鴻，知送誰家歸信，穿雲悲叫」（柳永〈傾杯〉），所以孤獨；因沒有國家社稷可供崇愛，而「傷心枕上三更雨，點滴霖霪，愁損北人，不慣起來聽」（李清照〈添字采桑子〉），所以孤獨；因沒有伯樂知音可騁才情，而「驛寄梅花，魚傳尺素，砌成此恨無重數。郴江幸自繞郴山，爲誰流下瀟湘去」（秦觀〈踏莎行〉），所以孤獨。是故，孤獨是詞人最大的敵人。

一、孤

以形容詞來解，乃單獨之意。王維〈使至塞上〉一詩云：「大漠孤煙直，長河落日圓。」而以動詞釋之，乃背棄、辜負之意，意同「辜」。李陵〈答蘇武書〉載：「陵雖孤恩，漢亦負德。」《三國演義・第三十回》：「一則不孤他仰望之心，二來也不負我遠來之意。」

> 爲盟誓。今生斷不孤鴛被。（柳永〈玉女搖仙佩——佳人〉）
>
> 夜雨滴空階，孤館夢回，情緒蕭索。（柳永〈尾犯〉）
>
> 最無端處，總把良宵，祇恁孤眠卻。（柳永〈尾犯〉）
>
> 如何媚容艷態，抵死孤歡偶。（柳永〈傾杯樂〉）
>
> 閒窗燭暗，孤幃夜永，欹枕難成寐。（柳永〈慢卷紬〉）
>
> 背銀釭、孤館乍眠，擁重衾、醉魄猶噤。（柳永〈宣清〉）
>
> 把芳容整頓，恁地輕孤，爭忍心安。（柳永〈錦堂春〉）
>
> 遙認斷橋幽徑，隱隱漁村，向晚孤煙起。（柳永〈訴衷情近〉）

孤棹煙波，小樓風月，兩處一般心。(柳永〈少年遊其十〉)

孤館度日如年。(柳永〈戚氏〉)

奈寒漏永，孤幃悄，淚燭空燒。(柳永〈臨江仙〉)

念對酒當歌，低幃竝枕，翻恁輕孤。(柳永〈木蘭花慢其一〉)

痛憐極寵，似覺些子輕孤，早恁背人沾灑。……忍孤艷冶。
(柳永〈洞仙歌〉)

恁數重鴛被，怎向孤眠不暖。(柳永〈安公子其二〉)

何期到此，酒態花情頓孤負。(柳永〈祭天神〉)

好夕良天，長孤負。(柳永〈迷神引〉)

那堪萬里，卻尋歸路，指陽關孤唱。(秦觀〈鼓笛慢〉)

可堪孤館閉春寒，杜鵑聲裡斜陽暮。(秦觀〈踏莎行〉)

孤館悄無人，夢斷月堤歸路。(秦觀〈如夢令其五〉)

鄉夢斷，旅魂孤，崢嶸歲又除。(秦觀〈阮郎歸其四〉)

遙憐南埭上孤篷。夕陽流水，紅滿淚痕中。(秦觀〈臨江仙其二〉)

獨棹孤蓬小艇，悠悠過、煙渚沙汀。(秦觀〈滿庭芳其二〉)

人去香猶在，孤衾長閑餘繡。(秦觀〈青門引〉)

最是人間佳景致，小樓可惜人孤倚。(秦觀〈蝶戀花其四〉)

客裏遇重陽，孤館一杯，聊賞佳節。(秦觀〈碧芙蓉〉)

休道寒香較晚，芳叢裡、便覺孤高。(秦觀〈滿庭芳——賞梅〉)

晝長深院，夢回孤枕，風吹鈴索。(秦觀〈水龍吟其一〉)

夢後餘情，愁邊剩思，引杯孤酌。(秦觀〈水龍吟其二〉)

孤燈暗，獨步華堂，蟋蟀蜓蜋弄時節。(秦觀〈蘭陵王〉)

　　三家詞的閨閣書寫中，「孤」字多採形容詞的孤單之意解，舉凡「孤枕」、「孤燈」、「孤幃」、「孤館」等物，皆是「以我觀物，故物皆著我之色彩」的「有我之境」。比較特別的是，在耆卿之詞中，另可以「辜負」之意解，如「為盟誓。今生斷不孤鴛被」、「何期到此，酒

態花情頓孤負」（柳永〈祭天神〉）、「好夕良天，長孤負」（柳永〈迷神引〉）等句。

　　而另一個值得關注之處，是在易安詞之閨閣書寫中，並無「孤」字的敘寫，反而在男性詞家中，多所可見，男性在無侶相伴下，是否更顯孤單？在強悍外衣褪去之後，是否更需要軟語慰藉？這是頗值得玩味之處。

二、獨

　　以形容詞來看，獨，乃「孤單的」、「單一的」之意。司馬遷的〈報任少卿書〉載：「今僕不幸早失父母，無兄弟之親，獨身孤立。」而以副詞觀之，杜甫〈月夜〉詩云：「今夜鄜州月，閨中只獨看。」有一人獨看之意。

　　　那裡獨守鴛幃靜，永漏迢迢，也應暗同此意。（柳永〈夢還京〉）

　　　厭厭無寐。漸曉雕闌獨倚。（柳永〈佳人醉〉）

　　　獨自箇、千山萬水，指天涯去。（柳永〈引駕行〉）

　　　風絮紛紛，煙蕪苒苒，永日畫闌，沉吟獨倚。（柳永〈望遠行〉）

　　　似笑我、獨自向長途，離魂亂。（柳永〈滿江紅其四〉）

　　　自從回步百花橋。便獨處清宵。（柳永〈西施其三〉）

　　　凝情望斷淚眼，盡日獨立斜陽。（柳永〈臨江仙引其一〉）

　　　及至厭厭獨自箇，卻眼穿腸斷。（柳永〈安公子其二〉）

　　　獨棹孤蓬小艇，悠悠過、煙渚沙汀。（秦觀〈滿庭芳其二〉）

　　　獨臥玉肌涼，殘更與恨長。（秦觀〈菩薩蠻〉）

　　　天涯舊恨，獨自淒涼人不問。（秦觀〈減字木蘭花〉）

　　　歲華一任委西風，獨有春紅留醉臉。（秦觀〈木蘭花〉）

　　　柳外畫樓獨上，憑闌手撚花枝。（秦觀〈畫堂春〉）

　　　揉藍衫子杏黃裙，獨倚玉闌無語點檀唇。（秦觀〈南歌子其三〉）

　　　此意與誰論？獨倚闌干看雁群。（秦觀〈南鄉子〉）

　　　孤燈暗，獨步華堂。（秦觀〈蘭陵王〉）

　　紅藕香殘玉簟秋。輕解羅裳，獨上蘭舟。（李清照〈一剪梅〉）

　　獨抱濃愁無好夢，夜闌猶剪燈花弄。（李清照〈蝶戀花〉）

　　守著窗兒，獨自怎生得黑。（李清照〈聲聲慢〉）

　　禁幄低張，彤欄巧護，就中獨佔殘春。（李清照〈慶清朝慢〉）

　　綜觀三家詞中的「獨」字，幾乎全是「一個人」的意思，一人單獨坐著、醒著、上著高樓、抱著濃愁，愈顯孤單。唯一特別的，只有「歲華一任委西風，獨有春紅留醉臉」（秦觀〈木蘭花〉）中的「獨」，有「僅僅」或「只有」的意思。

三、孤獨詞人獨噬孤獨

　　以耆卿來說，羈旅漂泊的無奈、無知音與伯樂賞愛重視之苦，都寫進了〈戚氏〉一詞中：

> 晚秋天。一霎微雨灑庭軒。檻菊蕭疏，井梧零亂惹殘煙。淒然。望江關。飛雲黯淡夕陽間。當時宋玉悲感，向此臨水與登山。遠道迢遞，行人淒楚，倦聽隴水潺湲。正蟬吟敗葉，蛩響衰草，相應喧喧。　孤館度日如年。風露漸變，悄悄至更闌。長天淨，絳河清淺，皓月嬋娟。思綿綿。夜永對景，那堪屈指，暗想從前。未名未祿，綺陌紅樓，往往經歲遷延。　帝里風光好，當年少日，暮宴朝歡。況有狂朋怪侶，遇當歌、對酒競留連。別來迅景如梭，舊遊似夢，煙水程何限。念利名、憔悴長縈絆。追往事、空慘愁顏。漏箭移、稍覺輕寒。漸嗚咽、畫角數聲殘。對閒窗畔，停燈向曉，抱影無眠。

在孤寂的客舍中，見深秋草木搖落景象而引起愁思，追憶往昔，慨嘆身世，感傷懷抱，以致徹夜無眠的情景，當是耆卿晚年之作。

　　耆卿羈旅行役之悲，往往結合了戀情阻隔之悲來寫。葉嘉瑩以為：「柳永有二種悲哀，即為仕宦而羈旅行役的悲哀和所愛之人離別的悲哀，二者結合在一起了。」〔註104〕楊海明亦謂：「柳永無論是

〔註104〕葉嘉瑩：《唐宋名詞賞析③柳永、周邦彥》（臺北：大安出版社，1988年），頁28。

以春溫還是以秋肅作為它描寫的背景，就都離不開男女戀情這個母題。」〔註 105〕

耆卿之詞中多提及宋玉。《文選》李善注引《漢書》注，說《高唐賦》「蓋假設其事，風見淫惑也」。明陳第《屈宋古音義‧題神女賦》說：「或問作者之意，曰：諷也。」此所言之諷在詞之表，前者為淫浮說，後為諷諫說，但是兩者都忽略了〈高唐賦〉在大量景物描寫中隱含的「賢士失志」之悲，沒有注意到〈高唐賦〉與〈神女賦〉在內容上一以貫之的感傷情緒，而這兩賦所表現的，主不在諷諫或淫浮，而是一種感傷、憂鬱的心靈遠游。

也許千餘年後的耆卿是第一個徹底了解宋玉之悲的人，在耆卿詞中提到最多的古人就是宋玉，與其同時的晏殊、張先等從未在詞中提及宋玉，歐陽脩也僅提到一次，由此可見耆卿對宋玉的傾心與認同，這種認同出現在耆卿大量詞作中。他在後期羈旅行役、飄零天涯的生活中，屢屢登高遠望，思念帝京及京中的情人，或思念家鄉的妻子，創作了大量登臨詞，誠如周曾錦《臥廬詞話》載：「柳耆卿詞，大率前遍鋪敘景物，或寫羈旅行役，後遍則追憶舊歡，傷離惜別。」前片多寫登臨所見之景，後片追憶舊歡，寫男女怨情；與〈高唐賦〉與〈神女賦〉前寫登山所見，後寫夢會神女的結構相似。可以說「含悲念遠」既是宋玉〈高唐賦〉與〈神女賦〉內容情感的主體，彰顯出耆卿對宋玉之悲的深沉領悟，也真切地表現他深沈的生命悲哀。

少游一生宦途多舛，詞作中多寓人生感慨。紹聖元年（1094）哲宗親政，新黨重新上臺，舊黨受到打擊。東坡被貶至惠州，再貶至瓊州，少游也受到牽連，出任杭州通判，〈江城子〉和〈望海潮〉等即為當時佳作，寫出了憶舊游、抒離思之感。紹聖二年又因御史劉拯告他增損〈神宗實錄〉，道貶處州，任監酒稅的微職。紹聖三年

〔註105〕 楊海明：《唐宋詞主題探索》（高雄：麗文文化公司，1995 年），頁151。

又因寫佛疏被罪貶至郴州，在郴州住了一年，紹聖四年時的〈踏莎行〉更令東坡大大讚賞後兩句，甚而在扇上自書：「少游已矣，雖萬人何贖」之句。〔註106〕然王國維在《人間詞話》第二十九則中云：「少游詞境最爲淒婉。至『可堪孤館閉春寒，杜鵑聲裏斜陽暮』，則變而爲淒厲矣。東坡賞其後二語，猶爲皮相。」此語實與呂本中於《呂氏童蒙詩訓》中所言：「少游過嶺後詩，嚴重高古，與舊作不同。」相似。

遭貶郴州後，少游的心境迥異以往，一方面他渴望報效家國社稷，另一方面卻又受到現實多舛的壓抑，作爲經世報國的儒家志士與作爲渴望自然和心靈解脫的詩人，矛盾的少游希望能在出處進退上得一平衡。當他爲官之時，無可奈何地捲入政黨鬥爭，禍害牽連，而遭多次遷謫，終不能遂隱居山林之願。少年時期的壯志豪興，此時已被挫傷殆盡，纖細之心更加敏銳，遂將身世之慨寄寓詞中。

仕途不順遂使東坡在生命情思上漸趨圓熟，而連貶至郴州、橫州，則成爲少游詞風「變而淒厲」的關鍵。東坡儒道釋三教融合的思想，使其雖身處窮境，仍淡泊自適，怡然自得。其詞作中言：「問汝平生功業，黃州、儋州、惠州。」說出了他三十年的仕宦生涯，倒不如他十年貶謫生活中，創作出無數膾炙人口的佳作，來得流傳深廣，名聲遠播，這樣看似自嘲而又寫實的話，直是文人窮而後工的寫照。但人之性格有異，表現出來的處世態度和創作風格亦不相同，對少游而言，一再貶謫成了悲哀絕望的打擊，淒婉纖緻的詞心一變而爲淒厲悲苦，如〈踏莎行〉裡「霧失樓臺，月迷津渡」的絕望哀愁愈益明顯。少游的詞敏銳柔婉，寫景寫情皆是如此，當他遭遇挫折，自可寫出極爲沉重淒厲的句子，無論書寫愛情抑或貶謫皆然。從早期的壯懷逸興到晚年的悲涼悽愴，柔婉纖細仍是他的一貫詞風；所不同者，乃由「淒婉」到「淒厲」，哀怨程度更加重罷了。

〔註106〕　〔宋〕魏慶之：《魏慶之詞話》，收錄於唐圭璋編：《詞話叢編》，冊一，頁206。

這樣複雜的政治遭遇和生涯閱歷，反映於詞中，自然也與少游的創作路線密不可分。

由少游郴州時期的作品中可看出，一方面他受著道家狂放恣肆的浸濡，另一方面他也擔負著儒家淑世的理想；道家思想和儒家思想同時滲透他意識的深處，道家的思想契合著一種超凡脫俗的詩人天性，而儒家思想則更多地喚起內心的社會責任感。作爲經世報國的儒家志士與作爲渴望自然和心靈解脫的詩人，他矛盾地將二者統合在一起。

少游以儒道互爲表裡，可以看出他對生命渴求企望的模式；然而在他入仕之後，卻無可奈何地捲入政黨鬥爭，禍害牽連，而遭多次遷謫，終不能遂隱居山林之願。少年時期的壯志豪興，此時已被挫傷殆盡，纖細的心腸於是更加敏感，發而爲詞，便不免將身世之慨寄寓其中。

如果說一貶黃州，再貶儋州，使東坡對生命的思悟、人生的反芻都漸趨圓熟，那麼連貶至郴州、橫州，卻成爲少游詞風「變而淒厲」的關鍵。一再遭貶對少游而言不啻是種悲哀絕望的打擊，淒婉纖緻的詞心一變而爲淒厲悲苦，像〈踏莎行〉裡「霧失樓臺，月迷津渡」那種絕望落空的哀愁，也就愈來愈明顯。一般而言，少游詞世敏銳柔婉的，不管寫景寫情皆是如此，可是當他受到挫折，一樣可以寫出極爲沉重淒厲的句子，不論是寫愛情抑或貶謫也都是如此。由早期的壯懷逸興到晚年的悲涼吐實，他有著柔婉纖細的一貫詞風；所不同者，乃由「淒婉」到「淒厲」，哀怨程度更加重耳。這樣複雜的政治遭遇和生涯閱歷，反映於詞中，自然也與少游的創作路線密不可分。

易安自夫婿趙明誠病卒，避金兵之難，流落江南，所作的詞皆愁苦之音：

> 風柔日薄春猶早，夾衫乍著心情好。睡起覺微寒，梅花鬢上殘。　　故鄉何處是？忘了除非醉。沈水臥時燒，香消酒未消。(李清照〈菩薩蠻〉)

此詞上片言喜，下片寫悲，在過片之際有極大轉折。上片寫及嚴冬
過去，人們褪去厚衣，換上輕便衣衫，心情也不禁愉悅起來。春天
剛到，雖然仍有春寒料峭之感，但已不像冬天如此寒冷，剛睡醒起
身的易安，也感受到春回大地的美好，簪上一朵梅花，即便它已殘
落，仍無損心情的閒適悠然。不過，這種欣悅在「故鄉何處是」的
感嘆下，倏然而逝，下片沈浸在濃濃的國愁家恨中，國家淪亡、夫
婿逝世，這都是易安生命中不可承受之痛，如何才能稍稍抒解這種
愁苦呢？「忘了除非醉」！而且是得酩酊大醉才行，即使「香消」，
「酒」都「未消」，因為只有在夢中才能忘卻悲痛。上片的喜和下片
的悲，連貫性實佳，春風送暖，本應歡欣，但是季節風候之變特別
容易引人愁思，念及山河破碎，家不成家，美好春景反成釀恨之物，
故有上片之喜更能襯下片之愁。舒紅霞以為：

> 從女性的生理、心理方面來看，深受封建禮教傳統文化影
> 響的中國女性，沒有情愛和知己是她們孤獨的主要原因。
> 宋代女作家以大量的筆墨描寫了她們缺少愛情和知音的精
> 神世界的孤獨。〔註107〕

失去愛情的女人生活似沒有重心一般，不是懶梳洗和臥床焚香，便
是終日厭厭或對花無語，似乎飲酒消愁、憑闌遠眺，偶爾聊以書墨
絲竹相伴，即構成了一日的生活內容。對易安來說，失去明誠的愛，
就像同時失去了情人與知音一樣，孤獨之意，難以形容，連舴艋舟
也無法載動她的愁緒，沈祖棻於《宋詞賞析》中指出，李煜將愁變
成水，秦觀將愁變成隨水而流的東西，李清照又進一步把愁搬上了
船，點出易安之愁不但具象可感，更能將愁意推深一層。

貳　閨閣書寫中悲愁之情的表現

張春榮在〈古詩的悲怨之情〉一文中曾說：

> 作為一個人，絕無法徹底跳出人文化成的世界，孤寂地離

〔註107〕 舒紅霞：《女性審美文化——宋代女性文學研究》（北京：人民出版
社，2004 年），頁 225。

群索居。於是當站在山河大地，面對一己存在的有限時空，
人的心靈常不免翻湧出追求無限的意願，興起自我形單生
命企求圓滿密合的心願。在人際間，我們尋找情感之流的
互通順遂，進而形成更大的江河，溜過人類整體生命的原
野；在人生的歷程上，我們追求人間創業的成就，讓跳躍
的生命能完完全全的淋漓發揮。然而，一當理念落實在現
實層面，恆有人爲或非人爲的阻礙橫梗於前，衝盪地寫出
人世坎凜的側面景觀。於是，在情感上，激起生離死別、
去國懷鄉的相思；在人生上，產生遭時不遇的鬱憤，相摩
相盪，而激情生焉。再加上個體生命在宇宙大力運轉中的
虛無性，遂構成人天無法排遣的深層感慨，亦即古詩中的
悲怨。〔註108〕

詞人因孤獨而產生了或悲或愁的傷情表現，茲將幾種情緒臚列如下。

一、愁

在所有愁怨悲傷的負面情緒中，「愁」字可說是三家詞在閨閣書
寫中最常使用到的語彙，詞人以「愁」字寫心達意，似乎每種負面情
緒帶來的不悅，都要以「愁」書寫，以「愁」抒悶。

愁，以名詞解釋，其爲一種憂傷的心緒，杜甫〈聞官軍收河南河
北〉一詩云：「卻看妻子愁何在，漫卷詩書喜欲狂。」若作動詞解釋，
則爲憂慮和悲傷，崔顥〈黃鶴樓〉詩載：「日暮鄉關何處是，煙波江
上使人愁。」再者，它也可以當形容詞來使用，意爲「憂傷的」或「慘
淡的」，如「愁緒」、「愁眉苦臉」、「愁雲慘霧」等語。在宋三家詞的
閨閣書寫中，「愁」出現的頻率十分頻繁，可以說是情緒書寫上最常
使用到的字。

一片閒愁，想丹青難貌。(柳永〈尾犯〉)

池上憑闌愁無侶。奈此箇、單棲情緒。(柳永〈甘草子其一〉)

過天邊，亂雲愁凝。(柳永〈晝夜樂其二〉)

好夢狂隨飛絮，閒愁穠勝香醪。(柳永〈西江月〉)

〔註108〕 張春榮《詩學析論》，(臺北：東大出版社，1987 年)，頁 13。

豈知聚散難期，翻成雨恨雲愁。(柳永〈曲玉管〉)

再三追往事，離魂亂，愁腸鎖。(柳永〈鶴沖天〉)

好天良夜，無端惹起，千愁萬緒。(柳永〈女冠子〉)

歸來中夜酒醺醺，惹起舊愁無限。(柳永〈御街行其二〉)

早是乍清減，別後忍教愁寂。(柳永〈法曲獻仙音〉)

望極春愁，黯黯生天際。(柳永〈鳳棲梧其二（一名蝶戀花）〉)

慘愁顏、斷魂無語。(柳永〈鵲橋仙〉)

愁極。再三追思，洞庭深處，幾度飲散歌闌。(柳永〈浪淘沙〉)

冒征塵、匹馬驅驅，愁見水遙山遠。(柳永〈陽臺路〉)

永漏頻傳，前歡已去，離愁一枕。(柳永〈宣清〉)

墜髻慵梳，愁蛾嬾畫，心緒是事闌珊。(柳永〈錦堂春〉)

自春來、慘綠愁紅，芳心是事可可。(柳永〈定風波〉)

黯然情緒，未飲先如醉。愁無際。(柳永〈訴衷情近〉)

我前生、負你愁煩債。(柳永〈迎春樂〉)

愁腸亂、又還分袂。(柳永〈婆人嬌〉)

修眉斂黛，遙山橫翠，相對結春愁。(柳永〈少年遊其九〉)

思心欲碎，愁淚難收，又是黃昏。(柳永〈訴衷情〉)

追往事、空慘愁顏。(柳永〈戚氏〉)

愁覷。泛畫鷁翩翩，靈鼉隱隱下前浦。(柳永〈引駕行〉)

凝睇。消遣離愁無計。(柳永〈望遠行〉)

欲掩香幃論繾綣。先斂雙蛾愁夜短。(柳永〈菊花新〉)

漏聲隱隱，飄來轉愁聽。(柳永〈過澗歇近〉)

莫閒愁。共綠蟻、紅粉相尤。(柳永〈如魚水其二〉)

愁生。傷鳳城仙子，別來千里重行行。(柳永〈引駕行〉)

爭知我，倚闌干處，正恁凝愁。(柳永〈八聲甘州〉)

綠鎖窗前。幾日春愁廢管弦。(柳永〈減字木蘭花〉)

要識愁腸，但看丁香樹，漸結盡春梢。（柳永〈西施其三〉）

愁悴。枕簟微涼，睡久輾轉慵起。（柳永〈郭郎兒近〉）

香閨別來無信息，雲愁雨恨難忘。（柳永〈臨江仙引其一〉）

暗惹起、雲愁雨恨情何限。（柳永〈安公子其二〉）

夢枕頻驚，愁衾半擁，萬里歸心悄悄。（柳永〈傾杯〉）

空贏得、悄悄無言，愁緒終難整。（柳永〈傾杯〉）

離愁萬緒，聞岸草、切切蛩吟如織。（柳永〈傾杯〉）

聽空階和漏，碎聲鬬滴愁眉聚。（柳永〈祭天神〉）

離愁別恨，無限何時了。（柳永〈梁州令〉）

微雨後，有桃愁杏怨，紅淚淋浪。（秦觀〈沁園春〉）

擬待倩人說與，生怕人愁。（秦觀〈風流子〉）

江南遠，人何處？鷓鴣啼破春愁。（秦觀〈夢揚州〉）

佳期誰料久參差？愁緒暗縈絲。（秦觀〈一叢花〉）

念淒絕秦弦，感深荊賦，相望幾許凝愁。（秦觀〈長相思〉）

謾道愁須殢酒，酒未醒、愁已先回。（秦觀〈滿庭芳其三〉）

困倚危樓，過盡飛鴻字字愁。（秦觀〈減字木蘭花〉）

春去也，飛紅萬點愁如海。（秦觀〈千秋歲〉）

夜來酒醒清無夢，愁倚闌干。（秦觀〈醜奴兒〉）

無邊絲雨細如愁，寶簾閑掛小銀鈎。（秦觀〈浣溪沙其一〉）

坐中客翻愁，酒醒歌闌。（秦觀〈滿庭芳其三〉）

美人愁悶，不管羅衣褪。（秦觀〈點絳唇其二〉）

愁鬢香雲墜，嬌眸水玉裁。（秦觀〈南歌子其二〉）

乍雨乍晴花易老，閑愁閑悶日偏長。（秦觀〈浣溪沙〉）

簾半捲，燕雙歸，諱愁無奈眉。（秦觀〈阮郎歸〉）

役損風流心眼，眉上新愁無限。（秦觀〈昭君怨——春日寓意〉）

愁黛顰成月淺，啼粧印得花殘。（秦觀〈西江月〉）

暮雲碧，佳人不見愁如織。愁如織，兩行征雁，數聲羌笛。
（秦觀〈憶秦娥〉）

新愁知幾許？欲似柳千縷。（秦觀〈菩薩蠻〉）

也不似、孫壽愁眉。（李清照〈多麗（詠白菊）〉）

似愁凝、漢臯解佩，似淚洒、紈扇題詩。（李清照〈多麗（詠白菊）〉）

凝眸處，從今又添，一段新愁。（李清照〈鳳凰臺上憶吹簫〉）

一種相思，兩處閒愁。（李清照〈一翦梅〉）

獨抱濃愁無好夢，夜闌猶剪燈花弄。（李清照〈蝶戀花〉）

薄霧濃雲愁永晝，瑞腦消金獸。（李清照〈醉花陰〉）

更誰家橫笛，吹動濃愁。（李清照〈滿庭芳（殘梅）〉）

道人憔悴春窗底，悶損闌干愁不倚。（李清照〈玉樓春〉）

愁損北人、不慣起來聽。（李清照〈添字醜奴兒〉）

被冷香消新夢覺，不許愁人不起。（李清照〈念奴嬌〉）

只恐雙溪舴艋舟，載不動、許多愁。（李清照〈武陵春〉）

這次第，怎一個、愁字了得！（李清照〈聲聲慢〉）

寂寞深閨、柔腸一寸愁千縷。（李清照〈點絳脣閨思〉）

夢斷、漏悄，愁濃、酒惱。（李清照〈怨王孫〉）

酒從別後疏，淚向愁中盡。（李清照〈生查子（閨情）〉）

　　由於書寫範例甚多，因此可見敏感纖細的詞人多有著善感的心，一經觸碰，愁怨自衍。如閒愁，無端而來的愁緒。《紅樓夢・第五回》載：「寄言眾兒女，何必覓閒愁。」以「閒愁」序寫心緒最是寫意，無論是易安的「一種相思，兩處閒愁」（〈一翦梅〉）或是耆卿的「一片閒愁，想丹青難貌」（〈尾犯〉），都是以清麗之筆寫淡淡愁緒之作。

　　新愁，指新添的愁情，易安〈鳳凰臺上憶吹簫〉言：「凝眸處，從今更數，幾段新愁」和少游的「新愁知幾許」（〈菩薩蠻〉）、「眉上

新愁無限」(〈昭君怨──春日寓意〉)皆爲新湧之愁情;相對於耆卿的「惹起舊愁無限」(〈御街行其二〉),新舊輝映,更是映照成趣。以易安〈鳳凰臺上憶吹簫〉一詞觀之:

> 香冷金猊,被翻紅浪,起來慵自梳頭。任寶奩塵滿,日上簾鉤。生怕離懷別苦,多少事、欲說還休。新來瘦,非干病酒,不是悲秋。　　休休!這回去也,千萬遍陽關,也則難留。念武陵人遠,煙鎖秦樓。惟有樓前流水,應念我、終日凝眸。凝眸處,從今又添,一段新愁。

明明是因爲傷離惜別才使自己容顏瘦損,卻又偏偏不直截說出「新來瘦,非干病酒,不是悲秋。」易安先從人生的廣義概括致瘦的原因:有的人是「日日花前常病酒,不辭鏡裡朱顏瘦」(馮廷巳《鵲踏枝》),有的人是「萬里悲秋常作客,百年多病獨登台」(杜甫《登高》),而自己卻是因趙明誠出遊的消息,使她產生「新愁」,此爲一段;明誠走後,「清風朗月,陡化爲楚雨巫雲;阿閣洞房,立變爲離亭別墅」(沈際飛《草堂詩餘》正集卷三),此又是另一段「新愁」,這些愁使她日日凝望遠眺,既悲且瘦。

另外,濃愁是形容憂愁思慮極多,易安的「獨抱濃愁無好夢」(〈蝶戀花〉)和「更誰家橫笛,吹動濃愁(〈滿庭芳(殘梅)〉),都是一腔厚重的愁情,相較之下,少游的「無邊絲雨細如愁」(〈浣溪沙〉)和耆卿的「池上憑闌愁無侶」(〈甘草子其一〉)別是一脈澹雅。

二、悲

　　悲,以動詞來看,是哀傷之意。李白〈將進酒〉云:「君不見高堂明鏡悲白髮,朝如青絲暮成雪。」杜甫〈登高〉亦載:「萬里悲秋常作客,百年多病獨登臺。」悲的另一種解釋是思念或顧念。《詩經·豳風·東山》載:「我東日歸,我心西悲。」《漢書·卷一·高帝紀下》:「謂沛父兄曰:『游子悲故鄉。吾雖都關中,萬歲之後,吾魂魄猶思沛。』」

　　以名詞來看,悲爲哀痛之意。如「忍悲」或「樂極生悲」等句。

白居易〈上陽白髮人〉:「憶昔吞悲別親族,扶入車中不教哭。」

　　再以形容詞性解,悲具「哀傷的」之意,《詩經·豳風·七月》:
「女心傷悲,殆及公子同歸。」悲意也可以為淒厲的,如「悲曲」或
「悲聲」,杜甫〈自京赴奉先縣詠懷五百字〉一詩:「暖客貂鼠裘,悲
管逐清瑟。」悲管即為淒厲之管樂。

　　　　當時宋玉悲感,向此臨水與登山。(柳永〈戚氏〉)

　　　　空遺悲秋念遠,寸腸萬恨縈紆。(柳永〈木蘭花慢其一〉)

　　　　天外征鴻,知送誰家歸信,穿雲悲叫。(柳永〈傾杯〉)

　　　　幸于飛、鴛鴦未老,不應同是悲秋。(秦觀〈長相思〉)

　　　　悲秋自覺羅衣薄。曉鏡空懸,懶把青絲掠。(秦觀〈一斛珠
　　　　──秋閨〉)

　　　　諳盡悲歡多少味,酒杯付與疏狂。(秦觀〈何滿子〉)

　　　　新來瘦,非干病酒,不是悲秋。(李清照〈鳳凰台上憶吹簫〉)

以〈傾杯〉一詞來說,耆卿藉天外征鴻穿雲而叫的悲音,寫出自己心
中的悲意:

　　　　水鄉天氣,灑蒹葭、露結寒生早。客館更堪秋杪。空階下、
　　　　木葉飄零,颯颯聲乾,狂風亂掃。當無緒、人靜酒初醒,
　　　　天外征鴻,知送誰家歸信,穿雲悲叫。　　蛩響幽窗,鼠
　　　　窺寒硯,一點銀釭閒照。夢枕頻驚,愁衾半擁,萬里歸心
　　　　悄悄。往事追思多少。贏得空使方寸撓。斷不成眠,此夜
　　　　厭厭,就中難曉。

詞的上闋注重於景色的描繪,而這些帶有時令色彩的秋景,給人一種
淒清寂寞的感覺。接著,引起詞人悲從中來者,有數種聲響,首先是
木葉飄零聲以及颯颯風聲,接著再加上傳入耳際的陣陣悲鴻斷叫聲,
自然使人感到愁緒縈懷。下片的蛩聲似乎也加入戰場,一齊來擾人心
緒,在這樣一個令人心煩意亂的氛圍下,孤枕如何成眠?悲鬱之感布
滿全詞。

三、怨

以動詞看來，有責備、怪罪、痛恨之意。如「怨天尤人」、「任勞任怨」等。《論語‧里仁》：「事父母幾諫，見志不從，又敬不違，勞而不怨。」

若作名詞解，乃仇恨之意。如「結怨」、「宿怨」、「以德報怨」、「恩怨分明」。《左傳‧成公三年》：「無怨無德，不知所報。」

若作形容詞解，則爲不滿的、哀愁的。如：「怨言」、「怨婦」、「怨聲載道」等句。白居易〈楊柳枝二十二韻〉：「樂童翻怨調，才子與妍詞。」

> 猶自怨鄰雞，道秋宵不永。（柳永〈晝夜樂其二〉）
>
> 微雨後，有桃愁杏怨，紅淚淋浪。（秦觀〈沁園春〉）
>
> 淚沿紅粉濕羅巾，怨入青塵愁錦瑟。（秦觀〈玉樓春其三〉）
>
> 將軍一去音容遠，空鎖樓中深怨。（秦觀〈調笑令——盼盼〉）
>
> 魂夢不堪幽怨，更一聲啼鴂。（李清照〈好事近〉）
>
> 染柳煙濃，吹梅笛怨，春意知幾許。（李清照〈永遇樂〉）

顏崑陽於《喜怒哀樂》一書的引言中，對此有進一步的闡釋：「怨是一種被壓抑而不完全外現的怒情，壓抑的力量，可能出於自我理性意識的控制，也可能出自外來力量的鎮壓。……當這對象給予憤怒者不可抗拒的力量時，那種不得外現的憤怒情緒，通常也會轉爲怨恨。如被惡吏欺壓的百姓，在不敢怒而抗拒的情況下，可能就將怒氣埋藏心中，成爲怨恨之情。」〔註109〕三家詞之怨，既能怨雞鳴，也能怨梅笛聲，甚至景物擬人化，將景物著我之色彩，桃杏亦能有愁怨，寄景物書一己之憤懣，而有些則直寫自己之深怨。

四、柔腸百轉千迴

柔腸，指的是委婉的衷情。耆卿〈清平樂〉：「翠減紅稀鶯似懶，特地柔腸欲斷。」湯顯祖〈牡丹亭‧第十二齣〉：「幾曲屏山展，殘眉

〔註109〕 顏崑陽：《喜怒哀樂‧引言》（臺北：新自然主義股份有限公司，2000年），頁35。

黛深淺。爲甚衾兒裡不住的柔腸轉。」

　　愁腸百結或愁腸鎖，指憂愁纏結在腹中。比喻憂愁無從排解。敦煌變文中之〈王昭君變文〉：「日月無明照覆盆，愁腸百結虛成著。」《清平山堂話本·風月相思》：「愁腸百結如絲亂，珠淚千行似雨傾。」

　　　　再三追往事，離魂亂，愁腸鎖。（柳永〈鶴沖天〉）

　　　　此際寸腸萬緒。（柳永〈鵲橋仙〉）

　　　　愁腸亂、又還分袂。（柳永〈媚人嬌〉）

　　　　要識愁腸，但看丁香樹，漸結盡春梢。（柳永〈西施其三〉）

　　　　空遺悲秋念遠，寸腸萬恨縈紆。（柳永〈木蘭花慢其一〉）

　　　　風流寸心易感，但依依竚立，回盡柔腸。（秦觀〈沁園春〉）

　　　　無奈供愁秋色，時時遞入柔腸。（秦觀〈何滿子〉）

　　　　寂寞深閨、柔腸一寸愁千縷。（李清照〈點絳脣──閨思〉）

三家詞中多以愁腸或柔腸，表達憂愁委婉的情思，「寸腸萬恨縈紆」、「寸腸萬緒」等句，寫出愁腸既縈紆難解，顯出情思纏綿，心中悲苦，縈縈牽繞；而「回盡柔腸」、「愁腸亂」、「柔腸一寸愁千縷」等句，則以柔腸百轉，形容情思纏綿，鬱結無法排解。以易安〈點絳脣〉一詞觀之，其寫寂寞之愁，寫傷春之愁，寫傷別之愁，到寫盼歸之愁，全面性地層層深入愁情沉澱積累的思婦心中：

　　　　寂寞深閨、柔腸一寸愁千縷。惜春春去，幾點催花雨。　　倚
　　　　遍闌干，祗是無情緒。人何處，連天芳草，望斷歸來路。

詞中的「寂寞深閨、柔腸一寸愁千縷」，以「一寸」柔腸與「千縷」愁思兩相映襯，不成比例的並列使人產生了一種強烈的壓抑感。沉重愁情壓在深閨中寂寞的思婦心頭，使她柔腸千折，無怪乎《雲韶集》盛讚此作「情詞並勝，神韻悠然」。

　　五、斷　腸

　　斷腸，比喻悲傷到了極點。李白的〈清平調三首之二〉中載：「一枝穠豔露凝香，雲雨巫山枉斷腸。」寫極端痛苦哀傷之情狀。

王孫空恁腸斷。（柳永〈荔枝香〉）

隔簾聽，贏得斷腸多少。（柳永〈隔簾聽〉）

不堪更倚危闌，腸斷已消魂。（柳永〈訴衷情〉）

那堪聽、遠村羌管，引離人斷腸。（柳永〈彩雲歸〉）

斷腸最是金閨客，空憐愛、奈伊何。（柳永〈西施其二〉）

及至厭厭獨自箇，卻眼穿腸斷。（柳永〈安公子其二〉）

柔腸斷、還是黃昏，那更滿庭風雨。（柳永〈祭天神〉）

誰念斷腸南陌，回首西樓。（秦觀〈風流子〉）

欲見回腸，斷盡金鑪小篆香。（秦觀〈減字木蘭花〉）

清淚斑斑，揮斷柔腸寸。（秦觀〈點絳唇其二〉）

斷腸攜手，何事太怱怱。（秦觀〈臨江仙其二〉）

柔腸斷盡少人知，閒看花簾雙蝶狎。（秦觀〈玉樓春其二〉）

吹簫人去玉樓空，腸斷與誰同倚。（李清照〈孤雁兒〉）

三家詞中的斷腸，多以「柔腸寸斷」來形容極度悲傷，較特別的是少游的〈減字木蘭花〉中以「小篆香」來形容回腸，而篆香斷盡，正如愁腸寸斷般，極寫其憂愁苦悶。落筆先說「天涯」見所思相隔遙遠。「舊恨」是說恨由來已久。獨處孤淒而無人慰問，亦古詩「入門各自媚，誰肯相爲言」意，其中腸旋轉，欲說還休，與斷盡篆香置，其意可思：一、篆香準十二時辰，凡一百刻，可燃一晝夜（見《香譜》）。則香盡暗示徹夜愁思；二、香作篆文，狀如迴腸，焦首煎心，如腸寸斷，故曰「斷盡」；三、燃香成灰，又是李義山「一寸相思一寸灰」詩意。張文成《遊仙窟》中亦有：「淚臉千行，愁腸寸斷，端坐橫琴，涕血流襟。」句，皆爲此法。

六、憔　悴

憔悴，可以是枯槁瘦病的樣子。屈原於〈漁父〉云：「顏色憔悴，形容枯槁。」也可以作憂患、煩惱解。劉向的〈九歎·怨思〉：「身憔悴而考旦兮，日黃昏而長悲。」另有一義爲受困苦，《孟子·公孫丑

上》：「民之憔悴於虐政，未有甚於此時者也。」

　　算孟光、爭得知我，繼日添憔悴。(柳永〈定風波〉)

　　到得如今，萬般追悔，空只添憔悴。(柳永〈慢卷紬〉)

　　衣帶漸寬終不悔。為伊消得人憔悴。(柳永〈鳳棲梧其二〉)

　　覺新來憔悴，金縷衣寬。(柳永〈錦堂春〉)

　　近來憔悴人驚怪。為別後、相思煞。(柳永〈迎春樂〉)

　　念利名、憔悴長縈絆。(柳永〈戚氏〉)

　　見纖腰，圖信人憔悴。(柳永〈望遠行〉)

　　覺新來、憔悴舊日風標。(柳永〈臨江仙〉)

　　恐伊不信芳容改，將憔悴、寫霜綃。(柳永〈西施其三〉)

　　想繡閣深沈，爭知憔悴損、天涯行客。(柳永〈傾杯〉)

　　杏園憔悴杜鵑啼，無奈春歸。(秦觀〈畫堂春〉)

　　滿地黃花堆積，憔悴損，如今有誰堪摘。(李清照〈聲聲慢〉)

　　朗月清風，濃煙暗雨，天教憔悴度芳姿。(李清照〈多麗〉)

　　誰憐憔悴更凋零。試燈無意思，踏雪沒心情。(李清照〈臨江仙〉)

　　道人憔悴春窗底，悶損闌干愁不倚。(李清照〈玉樓春〉)

　　如今憔悴，風鬟霜鬢，怕見夜間出去。(李清照〈永遇樂〉)

三家詞中的「憔悴」意，多探第一義，以寫詞人為愁而身形枯槁黯淡
之意。

　　在易安〈聲聲慢〉中，「滿地黃花堆積，憔悴損，如今有誰堪
摘！」裏的黃花意象和「人比黃花瘦」大不相同，一個是「瘦」字，
而「憔悴損」卻是一種「殘」態，是一種消殘的生命狀態。「憔悴
損」的殘菊意象，體現出破碎心靈迸發出來的深愁巨痛。人既是花，
花亦是人，易安便是那「憔悴損」的黃花，「憔悴損」的黃花意象，
則可視為易安晚年飽受摧殘的生命狀態，及其悽楚悲慘的情感物
化。

七、淒　涼

淒涼，可以有悲苦之意，如李白〈笛別曹南群官之江南〉一詩云：「懷歸路綿邈，覽古情淒涼。」亦可形容環境孤寂、冷清，如皎然〈與盧孟明別後宿南湖對月〉詩云：「曠望煙霞盡，淒涼天地秋。」

> 盡日佇立無言，贏得淒涼懷抱。（柳永〈滿朝歡〉）
>
> 一生贏得是淒涼。追前事，暗心傷。（柳永〈少年遊其八〉）
>
> 朝歡暮宴，被多情、賦與淒涼。（柳永〈彩雲歸〉）
>
> 憑高念遠，素景楚天，無處不淒涼。（柳永〈臨江仙引其一〉）
>
> 天涯舊恨，獨自淒涼人不問。（秦觀〈減字木蘭花〉）
>
> 衰草寒烟無意思，向人只會淒涼。（秦觀〈何滿子〉）
>
> 秋已盡，日猶長，仲宣懷遠更淒涼。（李清照〈鷓鴣天〉）

「淒涼懷抱」、「贏得是淒涼」、「被多情、賦與淒涼」、「獨自淒涼」、「向人只會淒涼」、「仲宣懷遠更淒涼」皆為悲苦之意，僅有「憑高念遠，素景楚天，無處不淒涼」（柳永〈臨江仙引其一〉）為環境孤寂冷清之意。無論為何意，「淒涼」兩字在詞中的使用上，都有將詞句之氛圍渲染得更冷清寂寞的味道。

八、傷　心

傷心者，心懷悲痛也。劉長卿〈重送裴郎中貶吉州〉詩云：「猿啼客散暮江頭，人自傷心水自流。」

> 一生贏得是淒涼。追前事、暗心傷。（柳永〈少年遊其八〉）
>
> 傷心脈脈誰訴。但黯然凝竚。（柳永〈鵲橋仙〉）
>
> 況是傷心緒，念箇人、久成暌阻。（秦觀〈夜遊宮〉）
>
> 傷心枕上三更雨，點滴霖霪，點滴霖霪，愁損北人、不慣起來聽。（李清照〈添字醜奴兒〉）
>
> 雁過也，正傷心，卻是舊時相識。（李清照〈聲聲慢〉）

傷心情緒折損情人情思，在心懷悲痛下，見雁成愁，聽雨亦愁，一派

脈脈愁思竟無人可傾訴，實在令人傷懷。另外，下錄三家詞中「傷」
字之例，亦多爲傷感遣懷之情：

> 中心事，多傷感。（柳永〈滿江紅其四〉）

> 愁生。傷鳳城仙子，別來千里重行行。（柳永〈引駕行〉）

> 堪傷。朝歡暮宴，被多情、賦與淒涼。（柳永〈彩雲歸〉）

> 展轉翻成無寐，因此傷行役。（柳永〈六幺令〉）

> 傷懷，增悵望，新懽易失，往事難猜。（秦觀〈滿庭芳其三〉）

> 傷春人瘦，倚闌半餉延佇。（秦觀〈念奴嬌〉）

> 長記海棠開後，正傷春時節。（李清照〈好事近〉）

下引易安〈浣溪沙〉一詞以見其傷春感懷之情：

> 髻子傷春慵更梳，晚風庭院落梅初，淡雲來往月疏疏。
> 　玉鴨熏爐閒瑞腦，朱櫻斗帳掩流蘇，通犀還解辟寒無。

譚獻《複堂詞話》評云：「易安居士獨此篇有唐調，選家爐冶，遂標
此奇。」對此作評價相當高。自宋以來評詞，常常標舉「唐風」、「唐
調」。所謂「唐風」、「唐調」，當指格高韻勝，富有詩的意境。此詞風
格清麗，其筆墨多描寫景物，而深情遠致，流於言外。將傷春之情隱
藏在景物描寫之中。中國傳統的審美習慣，寫景之詞宜於顯，抒情之
詞所憑藉的景物也宜於顯，而所寓之情則宜於隱。歐陽修《六一詩話》
引梅聖俞言詩家造語之工者云：「必能狀難寫之景如在目前，含不盡
之意見於言外，然後爲至矣。」就是在闡述寫景宜顯、寫情宜隱的道
理。寫景不宜隱，隱則晦而不明：寫情不宜顯，顯則淺而無味。此詞
自第二句起至結句止，基本上遵循了這一創作原則。「晚風庭院落梅
初」是從近處落筆，點時間，寫環境，寓感情。「落梅初」，即梅花開
始飄落。深沉庭院，晚風料峭，梅殘花落，境極淒涼，一種傷春情緒，
已在環境的渲染中流露出來。「淡雲」一句，則將詞筆引向遠方，寫
詞人仰視天空，只見月亮從雲縫中時出時沒，灑下稀疏的月亮。「來
往」二字，狀雲氣之飄浮，極爲眞切。「疏疏」二字爲疊字，富於音
韻之美，用以表現雲縫中忽隱忽顯的月亮，也恰到好處。因此清人陳

廷焯《雲韶集》中稱讚此句爲「清麗之句」。

九、黯　然

黯然，心神沮喪的樣子。江淹〈別賦〉云：「黯然銷魂者，惟別而已矣。」劉禹錫亦有〈西塞山懷古〉之句：「西晉樓船下益州，金陵王氣黯然收。」

> 但黯然凝竚。暮煙寒雨。望秦樓何處。(柳永〈鵲橋仙〉)

> 黯然情緒，未飲先如醉。(柳永〈訴衷情近〉)

> 正黯然、對景銷魂，牆外一聲誰角。(秦觀〈水龍吟其二〉)

詞人多以「黯然」二字，一抒愁緒，其沮喪失意的形貌，令人觀之，心也爲之惆悵。

十、慘

慘，其意有二，可爲悲哀、凄涼，如悽慘或悲慘，另一則爲暗淡或昏暗之意，通「黲」。由三家詞閨閣書寫之例看來，皆爲悲哀凄涼意也。

> 慘懷，嗟少年易分難聚。……慘愁顏、斷魂無語。(柳永〈鵲橋仙〉)

> 自春來、慘綠愁紅，芳心是事可可。(柳永〈定風波〉)

> 追往事、空慘愁顏。(柳永〈戚氏〉)

> 慘離懷，空恨歲晚歸期阻。(柳永〈夜半樂〉)

> 每高歌、強遣離懷，奈慘咽、翻成心耿耿。(柳永〈傾杯〉)

> 尋尋覓覓，冷冷清清，悽悽慘慘戚戚。(李清照〈聲聲慢〉)

正因心悲鬱凄苦，故以「慘」字言明處境，不僅處境慘，心境慘，容顏也隨之慘淡無歡。

參　悲愁情感的導洩功能

文學以悲爲美具備有「普泛性」的特質。因爲悲是人類共通的情感，無怪乎宋朝謝枋得有「讀〈出師表〉不哭者不忠，讀〈陳情表〉不哭者不孝，讀〈祭十二郎文〉不哭者不慈。」(《文章軌範》)之感。

美感經驗是構成性現象，當接受主體的情感不具備「悲」的經驗時，或者是某些「悲」的經驗並不能激活主體的既有情感結構，其共感現象便不可能產生。

　　悲愁之情的導洩功能就審美發生學而言，是完成了；但作為情緒流程來說，尚未終結以悲愁為美的心理探究。杜甫有云：「排悶強裁詩」、「遣興莫過詩」，但又說「愁極本憑詩遣興，詩成吟詠轉淒涼。」原意欲作詩遣愁，詩成卻愁上加愁，中國以悲愁為美的美學思想，在民族心理的深層結構上，吳功正以為它富於深度地揭示審美創作中主體和客體的雙向作用及「非人磨墨墨磨人」（蘇軾〈次韻答舒教授觀余所藏墨〉）的心靈折磨現象〔註110〕。以耆卿詞來說，其中所呈現的悲情基本模式多是觸景起興而生情，每至一處，面對當地景色，不論是熱鬧穠麗或淒涼哀傷，皆能觸景起興，回憶過去美好的畫面，沈緬於往事之中，然後回到眼前，再結於自傷流落。悠遊於耆卿詞中，莫不為其登高臨風，懷想宋玉而感懷，彷如親臨高臺，放眼遠望，除了風聲，真箇有「後不見來者」望知音之情切，然或不得，只得「獨愴然而涕下」而「託遺響於悲風」了。

　　在《詩學》第六章裡，亞里士多德（Aristotle）為悲劇下了一個定義：

> 悲劇為對於一個動作之模擬，其動作為嚴肅，去一定之長度與自身之完整；在語言上，繫以快適之詞，並分別插入各種之裝飾；為表演而非敘述之形式；時而引發起哀憐與恐懼之情緒，從而使這種情緒得到發散。〔註111〕

這是西方美學史上第一個完整的詩學定義。依亞里士多德的悲劇定義，悲劇應能引起憐憫和恐懼之情：憐憫是由一個人遭受不應遭受的厄運所引起的，恐懼則是一個遭受厄運的人與我有類似遭遇所引

〔註110〕　吳功正：〈審美型態論〉，收錄於林師文欽編：《文學美學研究資料選集》（高雄：春暉出版社，2003年），頁100。

〔註111〕　〔德〕亞里士多德（Aristotle）著，姚一葦箋注：《詩學箋註》〈臺北：中華書局，1993年〉，頁67。

起的情緒。亞氏明確地提出悲劇正具有引起悲憫及恐懼這兩種情
感，它反映了人在不可抗拒的命運面前的軟弱無力，也表現出悲劇
主人翁不甘屈服於命運，並努力擺脫不幸的堅強意志，和力抗到底
的奮鬥精神。

關於悲劇藝術效果的社會作用，亞里士多德提出了「淨化說」
（Katharsis）。〔註 112〕悲劇的特殊作用和效果是引起憐憫與恐懼之
情，從而使這兩種情感得到淨化。在亞里士多德看來，悲劇的特殊
效果和它的特殊模仿對象、性質和悲劇人物的特點，是互相適應和
一致的。悲劇是模仿一個嚴肅的行動，悲劇人物是高尚的人。高尚
的人遭受不應遭受的厄運，陷於苦難和毀滅，故引起觀眾的同情憐
憫。但悲劇人物又與一般人相似，人們也有遭受厄運的時候，這會
引起觀眾的心理投射作用，故能引起觀眾的害怕恐懼，此即一普遍
性及共感效果。

耆卿有羈旅行役之悲、少游有懷才難伸之嘆、易安亦有念君君
遠之感，他們的身世經歷均有其舛逆之處，在賞讀作品的同時，不
禁會投以自身之情感於其中，爲其情而悲而愁，在心有所感的情況
之下，甚或撩撥心絃，浸濕眼眶，就是一種心理投射下的反應。而
在接受到這種由作品中透露出的訊息時，讀者亦由直覺感受中作出
反應……會有哭泣、厭惡、吼叫等等的行爲，來釋放自己的情緒，
此即「發散（淨化）作用」。經由詞作，讀者有著憐憫或哀傷的感受，
而人在不同程度內皆存有過多的憐憫與恐懼，劉昌元認爲：「可把這
兩種過剩的情感（憐憫與恐懼）滌清或淨化，因此而產生快感。」
〔註113〕童慶炳在《中國古代心理詩學與美學》中也對此現象作了說

〔註112〕亞氏在《詩學》中對「淨化」原無詳細之具體解釋，引致後世學者
　　　　不同分析與紛歧看法。其爭執點在於，作爲宗教術語其有「淨罪」
　　　　之意，認爲悲劇的淨化作用是將憐憫哀懼中的不良成份滌除乾淨，
　　　　以恢復心理健康；作爲醫學術語則取其「宣洩」之意就是使憐憫和
　　　　哀懼的情緒因發洩而得到滿足，而得到情緒的和緩，心理的平靜。
　　　　兩者皆有其道理，但亦均有未臻完全之處。
〔註113〕劉昌元：《西方美學導論》（臺北：聯經出版社，1986 年），頁 316。

明將憐憫惋惜的感情視爲是一種痛感，而喚起人心中的同情與愛，痛感便轉成了快感〔註114〕。

　　悲劇意識是由相反相成的兩極所組成的：一方面悲劇意識把人類、文化的困境暴露出來，另一方面悲劇意識又把人類、文化的困境從形式上和情感上彌合起來〔註115〕，實質上講的是悲劇意識的表現與解決。亞里士多德以爲悲劇引起人們的憐憫哀懼只是種手段，而使這兩種情感得到淨化才是目的，而這正是要通過悲劇的欣賞和薰陶，使憐憫哀懼的兩種情感達到適中，既不使它太強，也不使它太弱，從而使觀眾保持心理健康，受到情感陶冶。西方哲人柏拉圖（Plato）曾經指出悲劇饜足了人們的感傷癖和哀憐癖，使這些情慾不受理智的控制，因而有害人心。亞氏的淨化論恰恰與柏拉圖之說相反，因其肯定悲劇對憐憫哀懼的情感具有淨化作用，能使這兩種情感受到理智的節奏，於人心和道德有極大裨益。

小　結

　　王國維言：「一切景語，皆情語也。」說明了以自己的心去感受景物變化時，所見一切景物，皆帶有自我意識之情感，這也是「隨物宛轉」而「與心徘徊」的表現。

　　時空序列性結構，即按情事發展的時空順序來組織詞作的結構，所以它有時是按時間的推移來敘述，有時是按作者的行蹤來敘述。順序的描寫，可以使詞作脈絡清楚完整，這種布局家法，無疑有助於增

〔註114〕　童慶炳語：「我們會覺得對象的柔弱、嬌嫩、無依無靠，又處在困難、不幸與苦難中，這樣處於優越地位的我們就會產生一種惋惜感。這種惋惜感基本上是一種痛感。其次，伴隨惋惜感而產生的則是同情與愛。因爲我們在惋惜的感情反應上，又覺得對方有幾分秀美。……這就很自然地喚起我們的同情和愛。我們對一個柔弱而又處於苦難中的對象由惋惜而轉化爲同情與愛的過程，也正是由痛感到快感的過程。」參見童慶炳：《中國古代心理詩學與美學》（臺北：萬卷樓圖書公司，1994年），頁200。

〔註115〕　張法：《中國文化與悲劇意識》（北京：中國人民大學出版社，1997年）。

強詞的表現力，給讀者留下清晰深刻的印象；而交叉使用的方式則會使得詞作更富有變化性，更靈動可感。

　　中國以悲爲美的觀念在三家詞中盡得展現，舉目望去皆愁苦之音，以詞人的經歷與背景去探究其中生成之因的同時，讀者也可沈浸在這審悲快感之中。

第六章　結　論

　　本文以柳永、秦觀和李清照為觀察對象，旨在研究這三位詞家作品中的閨閣書寫。欲研究詞人作品的內涵，必先考察詞人一生經歷，舉凡政治仕途上的浮沉不定或生平遭遇的起伏聚合，這都會造成詞人內在心靈的變化。而筆者以為個人主體性的發展與時代背景、詞體本身的特質上均有所關連，個人主體性必通過互相依存的其他條件，方能得以展現。王兆鵬〈唐宋詞的審美層次及其嬗變〉一文說：

> 作為存抒情的詞，其內容結構基本上是人、境（景）、情三
> 個層次的有機融合。一首詞，總要表現某種特定身分的人
> （抒情主人公）及其人生感受，詞中的人物又往往要依存
> 於一定的時空環境，並借助於外在的物象和時空環境來表
> 現其內心感受。因此，我們可以把詞分為人、境、情三層
> 面進行分析。〔註1〕

誠如王氏所言，在探討三家詞作中閨閣書寫此一主題時，所牽涉之人、境、情事是互相依存，不容分割的，實需考量到詞人本身的創作背景（人）、藝術視野的開拓嬗變（境）以及抒情主體內心世界的拓展與深化（情）。

〔註1〕　王兆鵬：〈從審美層次看來唐宋詞的流變〉，收錄於氏著：《唐宋詞史論》（北京：人民文學出版社，2000年），頁55。

在探討北宋三家詞中之閨閣書寫之前，需先對於詞體方面觀念有所確立：

一、詞爲薄技，亦有可觀

俞彥說：「詩詞末技也。」賀裳亦云：「詞誠薄技。」《詞品》中也有「塡詞於文爲末」的記載，在在均顯示出對詞體的卑視。紀昀曰：「詞曲二體在文章技藝之間，厥品頗卑，作者弗貴。」又曰：「文之體格有尊卑，律詩降於古詩，詞又降於律詩。」詞體地位的卑微，肇因古人向來存有「文以載道」的觀念，對於大道無所裨益者，均不贊同，而只能被擺在小道、末技之地位。《詩經》雖是詩歌之祖，但被賦予了美刺之託寓，因此著名的〈關雎〉一詩，詩意上看來是男子對窈窕女子的追求與想望，序文卻解成了「美后妃之德」歌頌之作。另外，大多數的文人都患有「貴古賤今」之弊，擬古或復古之風常在不同朝代蔚爲風潮，而詞被稱爲「詩餘」，自被視爲詩之末流。

然而陸游《花間集》跋文中載：「斯時天下岌岌，士大夫乃流宕如此？」又說：「唐季五代詩愈卑，而倚聲者輒簡古可愛，能此不能彼，未易以理推也。」時局變亂，正是民心思變，縱情享樂與山水，激起藝術創作力之際。然唐季五代詩卑詞勝，非「能此不能彼」，乃文體之進化。詩體已舊，詞體一出，自然一新天下人之耳目，當然簡古可愛。陳臥子云：「宋人不知詩而強作詩，故終宋之世無詩。然有歡愉愁苦之致，動於中而不能抑者，類發於詩餘，故所造獨工。」
〔註2〕

王國維在《人間詞話》中載：「蓋文體通行既久，染指遂多；自成習套。豪傑之士，亦難於其中自出新意，故遁而作他體，以自解脫。一切文體，所以始盛終衰者，皆由於此。」詞的興起是許多因素下的結合，吳熊和指出：「許多事實表明，詞在唐宋兩代並非僅僅爲文學

〔註2〕轉引自〔清〕王國維著、徐調孚校注：《校注人間詞話·五十三》（臺北：頂淵文化，2001年），頁16。

現象而存在。詞的產生不但需要燕樂風行這種具有時代特徵的音樂環境，它同時還涉及當時的社會風氣，人們的社交方式，以歌舞侑酒的歌伎制度，以及文人同樂工歌伎交往中的特殊心態等一系列問題。詞的社交功能與娛樂功能，在相當長的時間內是同它的抒情功能相伴而行的。不妨說，詞是在綜合上述因素在內的歷史背景下產生的一種文學—文化現象。」〔註3〕詞體之盛行除了文體本身自然的發展，其實也和當時的右文政策及整個社會上瀰漫著享樂意識有關，在這些因素交織下所產生的詞體，有著陰性化的特質，不僅是原先產生的環境背景，原本就是「綺筵公子，繡幌佳人，遞葉之花箋，文抽麗錦；舉纖纖之玉指，拍按香檀。不無清絕之詞，用助嬌嬈之態」之作（歐陽炯《花間集·序》），自然帶有陰性化的特質。

二、詞本豔科

先前之論者多以為詞屬豔科，在「詩莊詞媚」觀念下，詞不過滴粉搓酥，偎紅依翠，聊供花前月下，酒邊茶餘之淺斟低唱而已，故多以婉約為正宗，而以氣勢豪放者為別格。例如《四庫提要》云：「詞自晚唐五季以來，以清切婉麗為宗，至柳永而一變，如詩家之有白居易；至蘇軾而又一變，如詩家之有韓愈；遂開南宋辛棄疾等一派。尋源溯流，不能不謂之別格。」實則婉約者，纏綿悱惻之謂也；豪放者，縱橫奔逸之謂也；一為陰柔，一為陽剛，均天地之正氣也。陳亦峰以為：「張綖云：『少游多婉約，子瞻多豪放，當以婉約為主。』此亦似是而非，不關痛癢語也。誠能本諸忠厚，而出以沉鬱，豪放亦可，婉約亦可；否則，豪放嫌其粗魯，婉約又病其纖弱矣。」陳氏此說，實無偏頗。

婉約是詞的正統風格，亦可謂詞的本來面目。就內容而言，閨閣書寫並無完全跳出花間派的框架，多寫男女戀情、離愁別恨、惜春悲秋等傳統題材，感情纏綿悱惻；就藝術而論，可從三個方面論之：一

〔註3〕　吳熊和：《唐宋詞通論》（江蘇：浙江古籍出版社，1989 年），頁 466。

是「語工而入律」，音節和諧；二是含蓄委婉，曲折蘊藉；三是講究文采。婉約詞適合淺斟低唱，具有柔婉之美，被稱爲「香而軟」（孫光憲《北夢瑣言》）。耆卿的「楊柳岸、曉風殘月」（〈雨霖鈴〉）、易安的「尋尋覓覓」（〈聲聲慢〉）等等。在歌詠愛情的同時，也寫出婦女不幸和失意文人的坎坷苦悶，在這些閨閣之作中，比興寄託於其中積蘊發散，於婉約外表下可探得詞人深廣的寄託。

在辭賦系統中，男人之所以寫女人，一是爲「玩賞」女人；二是爲寄託政治意喻；三是爲自我表述。第一，例如《花間集》原爲男性作家爲歌妓而寫，其中充滿是女人爲「物」的男性觀看。所以女人成爲男詞人「玩賞」的情慾對象。至於第二、三種都是男性文人進入「性別越界」（gender crossing）的聯想，越過性別置換與移情的作用，藉投入女性角色的心境與立場，表達情感；只是第二種男性詩人係以「寄託」爲本，以男女喻君臣，以假託女性怨情來書寫己之不遇，言此而意在彼，是一種通過虛構的女性聲音所建立起的托喻美學，所以男性情詩多被解讀爲政治諷喻。第三種則是男性詞人藉女性口吻來表述自我情思。也就是「極命風謠里巷男女哀樂，以道賢人君子幽約怨悱不能自言之情。」男詞人之所以假女性之口，表達大量的情愁愛緒，是以遁入女子心緒的方式，間接表達自我感情之幽微難言。不言我想女子，而曰女子想我，是因若以男性主體現身，則不知如何開口談情，所以必須戴上異性面具來「僞裝」。

詩雖有「香草美人」的託寓傳統，但也有如「無題」詩之類的文體，男性必須假借著女性口吻，表達一種其他文類難以言說的幽約怨悱之情。這是一種擺脫了「言志」用心後較爲輕鬆的情感狀態。所以，「詞」也擔負著宣洩文人「不能自言之情」的功能，詞也就因其擬聲言情的傳統而成爲一種被男性所界定的陰性文類。

在釐清這兩個觀念後，確立了詞體的陰性特質與源起，再由性別角度，一探三家詞中之閨閣書寫是否受到性別差異而有不同的呈現。筆者以爲在性別差異上來說，北宋彌漫著一股重文崇儒的氣氛，

在整個社會以柔媚爲美的審美觀念下，表現出來的作品自然是細膩而柔弱的，這是大環境的氛圍所致，實無關乎性別，；再者，性別差異在閨閣書寫上的差異，僅在女性詞家描寫女性心理之幽微深處，較男性詞家來得細膩且生動；而男性詞家在女性角色的雕琢上，較女性有更多細部的描寫，諸如眉、眼、唇、腰等處，這是女性詞家未達之處，可以說女性詞家在乎者乃其精神丰姿，而男性詞家著眼之處，則在於女性外部形體上的細細描摹，對男性來說，「我悅子容豔」（李白）的「鄙夫重色」（《霍小玉傳》）心態，自然有之。

　　在第三章中，筆者統整分析了閨閣書寫的範式，首先，先從意象來談閨閣書寫中的季節時序、場景布設與人物舉措，王兆鵬〈從審美層次看唐宋詞的演變〉言及：「唐末五代詞，多以女性爲抒情主人公。當時女性生活環境的封閉性，決定了她們的生活圈一般局限於居室之內。因而此期詞作中抒情主人公的活動、依存的環境、場景就理所當然地安排在畫樓繡閣、庭中池畔，以與抒情主人公的角色身份相適應、相協調。」〔註4〕代表晚唐五代文人詞的總集《花間集》幾乎全以玉樓、珠閣、畫堂等點明其空間環境，或用繡屏、玉爐、山枕等暗示其室內擺設。以宋代的閨閣書寫來說，雖然不脫閨房簾帷，女性審美主體總是立足於戶內，還要隔著一道簾幕，她們的審美視角僅僅投注到簾外極其有限的空間，關注著極其有限的景物；但是已可看見有較前朝爲多的廳堂院落書寫，可見女子抒情寫意的範圍有漸趨擴大的趨勢。

　　第四章則就抒發內容分項論述，柳永、秦觀和李清照三家詞在題材內涵上，含括了相思離別、情愛歡愉、羈旅愁懷和黍離之悲等多樣內容。此三位詞家的生平經歷與個性差異造成了書寫有別，耆卿特別著眼於羈旅行役、無人瞭解之悲，少游的情愛相思與他的身世之感是共冶一爐的產物，而易安的愁苦悲情除了書寫懷念夫婿或

〔註4〕　王兆鵬：〈唐宋詞的審美層次及其嬗變〉，《文學遺產》，1994年第一
　　　　期，頁48。

悼亡之作外，也表現出了國破家亡後今昔之嘆。

　　筆者之所以挑選這三位北宋詞家，作爲北宋詞人於閨閣書寫表現上的代表，乃在於三人都有一顆敏感善懷的詞心，王國維以爲：

> 客觀之詩人，不可不多閱世。閱世愈深，則材料愈豐富，
> 愈變化，水滸傳、紅樓夢之作者是也。主觀之詩人，不必
> 多閱世，閱世愈淺，則性情愈眞，李後主是也。〔註5〕

照王氏的說法，耆卿和少游皆爲歷世既深者，兩人仕途蹭蹬受挫，一再遭受打擊，但卻仍保有其眞，在作品中總能直書胸臆，將自己的悲怨憤懣，盡瀉而出，卻又是「眞」的表現；易安雖未任官，也從未有仕宦之圖，但是在歷經改朝換代及夫婿過世的重大打擊後，易安的經歷亦不可謂之不豐富。是故，筆者以爲三人皆閱歷既深，其心亦眞，實具「詞心」表現之特質。再者，於要眇宜修的標準下，論及三家詞屬於詞體專有的含蓄且餘韻之妙處，而在藝術技巧方面，三詞人用語清新，耆卿詞「俗子易悅」，甚至造成「凡有井水處皆能歌柳詞」的盛況，少游用語「至麗而自然」，易安詞則「曲盡人意，輕巧尖新，姿態百出」，皆是以自己的深情傾注於淺顯語彙中，一抒愁苦之音，而且，善於化用典故，推陳出新，更具巧思。三家詞內容既眞，情意且實，表現出來的藝術技巧更是高超。

　　在第五章評析北宋三家詞閨閣書寫中美感發散之章，由情景交融、時空配置和以悲愁爲美的立論上，論述其中所發散出的審美特質。

　　劉勰云：「詩人感物，聯類不窮。流連萬象之際，沉吟視聽之區。寫氣圖貌，既隨物以宛轉，屬采附聲，亦與心而徘徊。」〔註6〕王國維更直指：

> 境非謂獨景物也。喜怒哀樂，亦人心中之一境界。故能寫
> 眞景物、眞感情者，謂之有境界。否則謂之無境界。〔註7〕

〔註5〕〔清〕王國維著、徐調孚校注：《校注人間詞話》（臺北：頂淵文化，2001年），頁9。

〔註6〕〔南朝〕劉勰撰，周振甫注：《文心雕龍注釋・物色》，頁845。

〔註7〕〔清〕王國維著，徐調孚校注：《校注人間詞話》（臺北：頂淵文化，2001年），頁3。

王氏所謂之「有境界」正在於要寫「眞感情」，即是詩人「物理境」中應有的虔誠體悟的態度，「宛轉」者，曲折隨順也，詩人之「心」需完全服從「物」的支配，要以物原來的形貌如實去體察和了解。也正是劉勰所言「隨物以宛轉」，並「與心而徘徊」。「隨物宛轉」是以物爲主，以心服從於物，「與心徘徊」卻是以心爲主，用心去駕馭物，其實，就是以意作爲作家思想活動之主體，而用主體去鍛鍊，去改造作爲客體的自然對象，作家的創作活動就在於把這兩方面的矛盾統一起來，以物我對峙爲起點，以物我交融爲結束，此即「情景交融」，以三家在詞作上的表現觀之，的確有情景交融之妙，如易安擅用白描及反襯手法，描摹環境，渲染人情，將景與情自然巧妙地組織在一起，情因景而抒發得更加具體形象，景因情而充滿了感情色彩，情景相生，韻味無窮。易安的白描與柳永的「細密妥溜」、美成的富豔典重不同，而是「衝口出常言，境界動心魄」，如〈醉花陰〉寫離思凝重，以「簾卷西風，人比黃花瘦」寫自己因愁消瘦；〈永遇樂〉則以「不如向簾兒底下，聽人笑語」寫孤寂失落。易安以直白之語，寫深濃之情，有場景，有人物，有映襯。階前花下心繫良人的女子，幽閉簾底，孤苦零丁，將無窮悲傷一己吞咽之態，如現眼前，栩栩如生。

　　在時空的配置上，三詞家也能運斤成風，掌控得宜。李元洛在《詩美學》談到「時空的倒轉和超越」時說：「在詩人的彩筆下，可以使時空從現在倒轉到過去，展現歷史的圖景，也可以使時空超越現在，直接表現未來的時空世界。」〔註 8〕「時間順序變化」與作者流轉跳躍的思緒有關：過去時間的出現多由「回憶」作爲引領，而未來時間的出現則和「預設」未來情景有關。至於在空間的處理上，除了內外或遠近直線型的書寫模式外，也常使用到空間「轉換」的技巧。或將視野由室外推到室內，然後聚焦於某一特定主角身上，能讓讀者心無旁騖，專心體會主角所散發的情感；或由近而遠，將

〔註 8〕李元洛：《詩美學》（臺北：東大圖書公司，1990 年），頁 413。

眼界慢慢拓展，甚至是無窮盡的際涯；另外還有「窗牖取景」和「憑欄遠眺」兩種表現方式。詞人們鋪敘情思，巧設時空，以不同視角搭建了心象空間，使得心境與情境同樣精彩。

　　另外，在以悲爲美的情感發散下，三家詞作中的閨閣書寫，都蒙上了一層愁苦的面紗。中國傳統以來以悲爲美的心態，在詞中發酵瀰散，綜觀三家之詞，愁苦悲怨之音不絕，而這不僅可一抒憤懣哀傷，也可使情感從中獲得淨化昇華的效果。

　　本篇論文期許在北宋詞人柳永、秦觀與李清照的詞中，以其閨閣書寫爲論述對象，一窺其生成緣由、風格表現、內容意蘊、藝術技巧，再兼論其於性別議題上的意義，以及蘊育而出的美感觀照，全面性地解析論述這三家詞人閨閣書寫之內容。而筆者因受時間及才力之限，全文有疏漏不足之處，尚祈先進不吝斧正。

參考書目

一、三詞家著作及相關評析

（一）柳　永

1. 〔宋〕柳永著，鄭文焯校評：《樂章集》（臺北：廣文書局，1973 年）。
2. 〔宋〕柳永著，賴橋本校註：《柳永詞校注》（臺北：黎明出版社，1995 年）。
3. 〔宋〕柳永著，薛瑞生校註：《樂章集校註》（北京：中華書局，2007 年）。
4. 朱傳譽主編：《柳永傳記資料》（臺北：天一出版社，1985 年）。
5. 姚學賢，龍建國：《柳永詞詳注及集評》（鄭州：中州古籍出版社，1991 年）。
6. 梁麗芳：《柳永及其詞之研究》（香港：三聯書店，1985 年）。
7. 曾大興：《柳永和他的詞》（廣州：中山大學出版社，1990 年）。
8. 葉慕蘭：《柳永詞研究》（臺北：文史哲出版社，1983 年）。

（二）秦　觀

1. 〔宋〕秦觀著，徐培均校註：《淮海居士長短句》（上海：上海古籍出版社，1985 年）。
2. 〔宋〕秦觀著：《秦觀詞》（北京：中國書店，1996 年）。
3. 〔宋〕秦觀著，忍寒居士校注：《淮海居士長短句校注》（臺北：世界書局，1967 年）。

4. 王保珍：《秦少游研究》（臺北：學海出版社，1981 年）。

5. 王保珍：《淮海詞研究》（臺北：學海出版社，1992 年）。

6. 包根弟：《淮海居士長短句箋釋》（臺北：嘉新文化基金會，1972 年）。

7. 楊海明：《淮海詞箋注》（成都：四川人民出版社，1984 年）。

（三）李清照

1. 〔宋〕李清照著，王學初校注：《李清照集校註》（臺北：里仁書局，1982 年）。

2. 〔宋〕李清照著，徐培均箋注：《李清照集箋注》（上海：上海古籍出版社，2002 年）。

3. 〔宋〕李清照著，何廣棪校箋：《李易安集繫年校箋》（臺北：里仁書局，1980 年）。

4. 于中航：《李清照年譜》（臺北：臺灣商務印書館，1995 年）。

5. 陳祖美：《李清照評傳》（南京：南京大學出版社，1998 年）。

6. 黃墨谷：《重輯李清照集》（山東：齊魯書社，1981 年）。

7. 褚斌傑、孫崇恩、榮憲賓編：《李清照資料彙編》（北京：中華書局，2004 年）。

8. 劉維崇：《李清照評傳》（臺北：黎明文化出版公司，1987 年）。

9. 繆香珍：《李清照與朱淑眞評傳》（臺北：臺灣商務印書館，1989 年）。

二、古籍部分（依照朝代先後升冪排列）

（一）古籍著作注疏

1. 〔周〕左丘明：《國語》（臺北：里仁書局，1981 年）。

2. 〔漢〕王充：《論衡》（北京：中華書局，1985 年）。

3. 〔漢〕王逸：《楚辭章句》（臺北：藝文印書館，1974 年）。

4. 〔漢〕班固：《漢書》（臺北：鼎文書局，1984 年）。

5. 〔漢〕班固撰，〔唐〕顏師古注：《漢書》，收錄於：《四部備要　史部》（臺北：臺灣中華書局，1966 年）。

6. 〔漢〕班固著，〔清〕陳立疏證：《白虎通疏證》（臺北：中國子學名著集成編印基金會，1978 年）。

7. 〔漢〕高誘注：《淮南子注》（上海：上海書店，1992 年）。

8. 〔漢〕高誘注:《戰國策》(臺北:臺灣中華出版社,1966年)。

9. 〔漢〕許慎撰,〔清〕段玉裁注:《說文解字注》(臺北:天工書局,1996年)。

10. 〔漢〕曹植著,趙幼文校注:《曹植集校注》(臺北:明文出版社,1985年)。

11. 〔漢〕焦延壽:《易林》(臺北:中華書局,1984年)。

12. 〔漢〕鄭元注,〔唐〕孔穎達等正義,田博元分段標點:《禮記注疏》,收錄於《十三經注疏》(臺北:國立編譯館主編,新文豐出版公司發行,2001年)。

13. 〔漢〕鄭玄注:《儀禮》,收錄於《四部叢刊正編》(臺北:臺灣商務印書館,1979年)。

14. 〔漢〕鄭玄:《禮記鄭注》(臺北:學海出版社,1981年)。

15. 〔漢〕劉向編集,〔漢〕王逸章句:《楚辭》(北京:中華書局,1985年)。

16. 〔漢〕劉向:《列女傳》(臺北:廣文書局,1979年)。

17. 〔漢〕劉安撰,〔漢〕高誘注:《淮南子》收錄於:《四部備要 子部》(臺北:臺灣中華書局,1966年)。

18. 〔漢〕劉熙:《釋名》(臺北:育民出版社,1970年)。

19. 〔魏〕張揖:《廣雅》(北京:中華書局,1985年)。

20. 〔晉〕王弼《周易略例》,收錄於嚴靈峰:《易經集成》(臺北:志文出版社,1976年)第149集。

21. 〔晉〕郭璞注,陳趙鵠重校:《爾雅》(北京:中華書局,1985年)。

22. 〔晉〕郭璞注:《爾雅郭注》(臺北:新興出版社,1989年)。

23. 〔晉〕陳壽:《三國志》(臺北:鼎文出版社,1983年)。

24. 〔南朝宋〕范曄:《後漢書》,收錄於:《四部備要 史部》(臺北:臺灣中華書局,1966年)。

25. 〔晉〕陶潛著,逯欽立校注:《陶淵明集》(臺北:里仁書局,1982年)。

26. 〔南朝宋〕范曄:《後漢書》(臺北:世界書局,1973年)。

27. 〔南朝〕劉勰撰,周振甫注:《文心雕龍注釋》(臺北:里仁書局,1998年)。

28. 〔南朝〕劉勰著,〔清〕范文瀾注:《文心雕龍》(臺北:學海出版社,1991年)。

29. 〔南朝梁〕鍾嶸:《詩品譯注》(北京:中華書局,1988年)。

30. 〔南朝梁〕鍾嶸著，曹旭集注：《詩品集注》（上海：上海古籍出版社，1994 年）。

31. 〔南朝梁〕蕭統編：《文選》（臺北：藝文印書館，1955 年）。

32. 〔南朝陳〕徐陵：《玉臺新詠》（北京：中華書局，1985 年）。

33. 〔唐〕司空圖：《司空表聖文集》/四部叢刊正編，（臺北：臺灣商務印書館，1979 年）。

34. 〔唐〕宋若昭：《女論語》，《古今圖書集成》（臺北：鼎文書局，1976 年）。

35. 〔唐〕段成式：《酉陽雜俎》（北京：中華書局，1985 年）。

36. 〔唐〕李賀著，葉蔥奇疏注：《李賀詩集》（北京：人民文學出版社，1998 年）。

37. 〔唐〕李商隱著，劉學楷、余恕誠等著：《李商隱詩歌集解》（北京：中華書局，1992 年）。

38. 〔唐〕歐陽詢：《藝文類聚》（臺北：新興出版社，1973 年）。

39. 〔後蜀〕趙崇祚編：《花間集》（臺北：藝文印書館，1975 年）。

40. 〔宋〕王灼：《碧雞漫志》，收入於《全宋筆記　第四編　二》。

41. 〔宋〕王辟之：《澠水燕談錄》，收入於《全宋筆記　第二編　四》（鄭州：大象出版社，2008 年）。

42. 〔宋〕王象之：《輿地紀勝》，收錄於《續修四庫全書》（上海：上海古籍出版社，1995 年）〈史部‧地理類〉。

43. 〔宋〕朱彧：《萍洲可談》（北京：中華書局，1985 年）。

44. 〔宋〕朱熹：《詩集傳》（上海：上海古籍出版社，1980 年）。

45. 〔宋〕朱熹：《楚辭集註》（揚州：江蘇廣陵古籍刻印社，1990 年）。

46. 〔宋〕吳曾：《能改齋漫錄》，收錄於唐圭璋編：《詞話叢編》（臺北：新文豐出版社，1988 年），冊一。

47. 〔宋〕李心傳：《建炎以來繫年要錄》，《百部叢書集成》（臺北：藝文出版社，1965—1970 年）〈史學叢書〉第 1328 冊。

48. 〔宋〕李昉等：《太平御覽》（臺北：新興出版社，1959 年）。

49. 〔宋〕李昉等：《太平廣記》（上海：上海古籍出版社，1995 年）。

50. 〔宋〕沈義父：《樂府指迷》，收錄於唐圭璋編：《詞話叢編》，冊一。

51. 〔宋〕孟元老撰，鄧之誠注：《東京夢華錄注》（臺北：漢京文化事業公司，1984 年）。

52. 〔宋〕孟元老：《東京夢華錄》（臺北：大立出版社，1980 年）。

53. 〔宋〕周密:《武林舊事》(臺北:大立出版社,1980 年)。

54. 〔宋〕周煇:《清波雜志》(北京:中華書局,1985 年)。

55. 〔宋〕洪芻:《香譜》(北京:中華書局,1985 年)

56. 〔宋〕洪興祖:《楚辭補註》(北京:中華書局,1985 年)。

57. 〔宋〕耐得翁:《都城紀勝》,輯入《東京夢華錄》外四種,(上海:古典文學出版社,1956 年)。

58. 〔宋〕胡仔:《苕溪漁隱詞話》(臺北:世界書局,1976 年)。

59. 〔宋〕胡仔:《苕溪漁隱叢話》(北京:中華書局,1985 年)。

60. 〔宋〕洪興祖補註:《楚辭補註》(臺北:藝文印書館,1981 年)。

61. 〔宋〕晁公武:《郡齋讀書志》(臺北:台灣商務出版社,1978 年)。

62. 〔宋〕徐度:《卻掃編》,收錄於《全宋筆記　第三編　十》。

63. 〔宋〕晏幾道著,李明娜箋注:《小山詞校箋注》(臺北:文津出版社,1981 年)。

64. 〔宋〕陳振孫:《直齋書錄解題》(北京:中華書局,1985 年)。

65. 〔宋〕陳師道《後山詩話》,收錄於何文煥:《歷代詩話》(臺北:藝文印書館,1991 年)。

66. 〔宋〕陳敬:《陳氏香譜》,收錄於王雲五主編:《四庫全書珍本四集》。

67. 〔宋〕陳景沂:《全芳備祖》,收錄於《文淵閣四庫全書·子部十一·類書類》。

68. 〔宋〕張舜民:《畫墁錄》,收錄於《全宋筆記　第二編　一》。

69. 〔宋〕張邦基:《墨莊漫錄》,收錄於《全宋筆記　第三編　九》。

70. 〔宋〕張耒:《張耒集》(臺北:中華書局,1990 年)。

71. 〔宋〕張端義:《貴耳集》(北京:中華書局,1985 年)。

72. 〔宋〕曾敏行:《獨醒雜志》,收錄於《全宋筆記　第四編　五》。

73. 〔宋〕黃大輿《梅苑》,收錄於《文淵閣四庫全書·集部·詞曲類·詞選之屬》。

74. 〔宋〕黃昇:《唐宋諸賢絕妙詞選》,收錄於《四部叢刊初編集部》。

75. 〔宋〕黃昇:《中興以來絕妙詞選》《四部叢刊·正編》(臺北:臺灣商務印書館,1979 年)。

76. 〔宋〕葉夢得:《避暑錄話》,收錄於《全宋筆記　第二編　十》(鄭州:大象出版社,2008 年)。

77. 〔宋〕趙令畤:《侯鯖錄》,收錄於《全宋筆記　第二編　六》(鄭州:大象出版社,2008 年)。

78. 〔宋〕歐陽脩著，邱少華編：《歐陽修詞新釋輯評》（北京：中國書店，2001 年）。

79. 〔宋〕嚴羽著、郭紹虞校釋：《滄浪詩話校釋》（臺北：里仁書局，1987 年）。

80. 〔宋〕羅大經：《鶴林玉露》（北京：中華書局，1985 年）。

81. 〔宋〕羅燁：《醉翁談錄》（上海：古典文學出版社，1957 年）。

82. 〔宋〕魏慶之：《魏慶之詞話》，收錄於唐圭璋編：《詞話叢編》冊一。

83. 〔宋〕魏慶之：《詩人玉屑》（臺北：臺灣商務印書館，1968 年）。

84. 〔宋〕魏泰：《東軒筆錄》（北京：中華書局，1983 年）。

85. 〔宋〕羅大經：《鶴林玉露》（臺北：開明書局，1968 年）。

86. 〔宋〕蘇軾：《蘇東坡全集》（臺北：新興出版社，1955 年）。

87. 〔宋〕蘇軾著，龍榆生校箋：《東坡樂府箋》（臺北：華正書局，1980 年）。

88. 〔宋〕蘇軾著，鄒同慶、王宗堂校注：《蘇軾詞編年校注》（北京：中華書局，2002 年）。

89. 〔宋〕樂史：《太平寰宇記》（臺北：文海出版社，1963 年）。

90. 〔宋〕闕名：《分門集注杜工部詩》（臺灣：大通出版社，1974 年）。

91. 〔元〕伊世珍：《瑯嬛記》（臺北：莊嚴文化事業有限公司，1955 年）。

92. 〔元〕脫脫等著：《宋史》（北京：中華書局，1997 年）。

93. 〔元〕陶宗儀：《輟耕錄》（臺北：鼎文出版社，1963）。

94. 〔明〕王夫之：《楚辭通釋》（臺北：廣文書局，1966 年）。

95. 〔明〕呂坤：《呂新吾先生閨範圖說》卷 3〈婦人之道〉，收錄於《四庫全書存目存書》（臺南：莊嚴文化事業有限公司，1995 年）。

96. 〔明〕周嘉冑：《香乘》，收錄於王雲五主編：《四庫全書珍本九集》。

97. 〔明〕洪楩：《清平山堂話本》（上海：古典文學出版社，1957 年）。

98. 〔明〕胡應麟《詩藪》，收錄於《續修四庫全書》（：出版社，年）冊一六九六。

99. 〔明〕胡震亨：《唐音癸籤》（臺北：木鐸出版社，1982 年）。

100. 〔明〕高濂：《遵生八牋》，收錄於王雲五主編：《四庫全書珍本九集》。

101. 〔明〕陳邦瞻：《宋史記事本末》（北京：中華書局，1977 年）。

102. 〔明〕薛應旂：《宋元通鑑》（臺北：臺灣商務印書館，1973 年）。

103. 〔清〕丁仲祜輯：《續歷代詩話》（臺北：藝文印書館，1983 年）。

104. 〔清〕王聘珍:《大戴禮記解詁》(臺北:漢京出版社,1987 年)。

105. 〔清〕王國維著、徐調孚校注:《校注人間詞話》(臺北:頂淵文化,2001 年)。

106. 〔清〕王又華:《古今詞論》,收錄於〔清〕查培繼輯:《詞學全書》(臺北:廣文書局,1971 年)。

107. 〔清〕王夫之撰,戴鴻森點校:《薑齋詩話》,(臺北:木鐸出版社,1982 年)。

108. 〔清〕王世貞:《藝苑卮言》,收錄於唐圭璋編:《詞話叢編》。

109. 〔清〕王先謙集解:《後漢書集解》(臺北:藝文印書館,1972 年)。

110. 〔清〕王琦著:《李太白全集》(臺北:華正書局,1979 年)。

111. 〔清〕王僧保:〈論詞絕句〉,見錄於〔清〕況周頤:《阮盦筆記五種》之《選巷叢譚》(臺北:新文豐出版公司,1989 年,《叢書集成續編》冊 24),卷 2。

112. 〔清〕先著、程洪:《詞潔輯評》,收錄於唐圭璋編:《詞話叢編》。

113. 〔清〕何文煥訂:《歷代詩話》(臺北:藝文印書館,1991 年)。

114. 〔清〕李調元:《雨村詞話》,見唐圭璋編:《詞話叢編》,冊二。

115. 〔清〕何文煥、丁福保編:《歷代詩話統編》(北京:北京圖書館出版社,2003 年)。

116. 〔清〕阮元校勘:《十三經注疏‧詩經》(臺北:藝文印書館,1955 年)。

117. 〔清〕汪灝等撰:《廣群芳譜》(臺北:新文豐出版社,1980 年)。

118. 〔清〕沈善寶:《名媛詩話》,清光緒鴻雪樓刊本,收入《續修四庫全書》第 1706 冊,(上海:上海古籍出版社,2002 年)。

119. 〔清〕沈善寶《名媛詩話》,《景印文淵閣四庫全書》,(臺北:商務印書館,1986 年)。

120. 〔清〕沈雄:《古今詞話》,收錄於唐圭璋編:《詞話叢編》冊一。

121. 〔清〕沈德潛著,蘇文擢詮評:《說詩晬語詮評》(臺北:文史哲出版社,1985)

122. 〔清〕何文煥輯:《歷代詩話》(北京:中華書局,1982 年)。

123. 〔清〕況周頤:《蕙風詞話》,收錄於唐圭璋編:《詞論叢編》冊五。

124. 〔清〕周濟:《宋四家詞選》(北京:中華書局,1985 年)。

125. 〔清〕周濟《介存齋論詞雜著》,收錄於唐圭璋編:《詞話叢編》,冊二。

126. 〔清〕俞正燮:《癸巳類稿》(臺北:世界書局,1965 年)。

127. 〔清〕段玉裁:《說文解字注》(臺北:漢京出版社,1980 年)。

128. 〔清〕胡薇元:《歲寒居詞話》,收錄於唐圭璋編:《詞話叢編》冊五。

129. 〔清〕徐釚:《詞苑叢談》(臺北:廣文書局,1968 年)。

130. 〔清〕曹寅、高鶚原著,馮其庸等校注:《紅樓夢校注》(臺北:里仁書局,1995 年)。

131. 〔清〕章學誠:《文史通義》(臺北:臺灣中華書局,1979 年)。

132. 〔清〕張廷玉等:《明史》(臺北:鼎文書局,1991 年)。

133. 〔清〕張宗橚編,楊寶霖補正:《詞林紀事‧詞林紀事補正》(上海:上海古籍出版社,1988 年)。

134. 〔清〕陳文述:《西泠閨詠》,清光緒十三年西泠翠螺閣重刊本,收入《叢書集成續編》第 232 冊,(臺北:新文豐出版公司,1985 年)。

135. 〔清〕陳立撰,吳則虞點校:《白虎通疏證》(北京:中華書局,1991 年)。

136. 〔清〕陳廷焯:《白雨齋詞話》,收錄於唐圭璋編:《詞話叢編》冊四。

137. 〔清〕陳廷焯:《雲韶集》,收錄於唐圭璋編:《詞話叢編》冊四。

138. 〔清〕陳沆:《詩比興箋》(臺北:藝文印書館,1970 年)。

139. 〔清〕曾益等箋注:《溫飛卿詩集箋注》(上海:上海古籍出版社,1980 年)。

140. 〔清〕焦循:《雕菰樓詞話》,收錄於唐圭璋編:《詞話叢編》冊二。

141. 〔清〕彭孫遹:《金粟詞話》,收錄於唐圭璋編:《詞話叢編》冊一。

142. 〔清〕馮煦:《蒿庵論詞》,收錄於唐圭璋編:《詞論叢編》冊四。

143. 〔清〕馮浩注:《玉谿生詩詳註》(臺北:華正書局,1979 年)。

144. 〔清〕楊倫箋注:《杜詩鏡銓》(臺北:華正書局,1981 年)。

145. 〔清〕趙翼:《二十二史箚記》(臺北:洪氏出版社,1978 年)。

146. 〔清〕趙翼:《二十二史箚記》(北京:中華書局,1963 年)。

147. 〔清〕劉廷楨:《雙硯齋詞話》,收錄於唐圭璋編:《詞話叢編》。

148. 〔清〕劉熙載:《詞概》,收錄於唐圭璋編:《詞話叢論》冊四。

149. 〔清〕劉熙載:《藝概》(臺北:華正出版社,1988 年)。

150. 〔清〕劉體仁:《七頌堂詞繹》,收錄於《續修四庫全書》。

151. 〔清〕車鼎晉〈女學序〉，收錄於藍鼎元：《女學》卷首。

（二）今人匯編之古籍（依照作者姓氏筆畫順序升冪排列）

（1）詩選與詩話

1. 丁福保編：《清詩話》（臺北：明倫出版社，1971 年）。

2. 郭紹虞編：《清詩話續編》（上海：上海古籍出版社，1999 年）。

3. 逯欽立輯校：《先秦漢魏晉南北朝詩》（臺北：木鐸出版社，1988 年）。

4. 臺靜農編：《百種詩話類編》（臺北：藝文印書館，1974 年）。

5. 蔡鎮楚編：《中國詩話珍本叢書》（北京：北京圖書館出版社，2004 年）。

（2）詞選與詞話

1. 上彊村民編、唐圭璋箋注：《宋詞三百首》（臺北：書林出版社，1997 年）。

2. 中國社會科學文學研究所編：《唐宋詞選》（北京：人民文學出版社，1997 年）。史雙元編：《唐五代詞紀事會評》（合肥：黃山出版社，1995 年）。

3. 孔凡禮輯：《全宋詞補輯》（臺北：源流出版社，1982 年）。

4. 金啓華、張惠民、王恒展、張宇聲、王增學合編：《唐宋詞集序跋匯編》（臺北：臺灣商務印書館，1993 年）。

5. 施蟄存、陳如江輯：《宋元詞話》（上海：上海書店，1999 年）。

6. 馬興榮等主編：《全宋詞廣選新註集評》（瀋陽：遼寧人民出版社，2000 年）。

7. 唐圭璋編：《全宋詞》（臺北：宏業出版社，1985 年）。

8. 唐圭璋編：《詞話叢編》（臺北：新文豐出版社，1988 年）。

9. 張璋、黃畲編：《全唐五代詞》（上海：上海古籍出版社，1986 年）。

10. 張璋等編：《歷代詞話》（鄭州：大象出版社，2002 年）。

11. 張惠民編：《宋代詞學資料匯編》（廣東：汕頭大學，1998 年）。

12. 陳良運主編：《中國歷代詞學論著選》（南昌：百花洲文藝出版社，1998 年）。

13. 閔宗述、劉紀華、耿湘沅選注：《全唐五代詞》（臺北：里仁書局，1993 年）。

14. 潘百齊主編：《全宋詞精華分類鑒賞集成》（南京：河海大學，1995

年）。

15. 鄭騫編：《詞選》（臺北：中國文化大學，1982 年）。

（3）文學批評資料彙編

1. 羅聯添輯：《中國文學批評資料彙編──隋唐五代》（臺北：成文出版社，1978 年）。

2. 黃啓方輯：《中國文學批評資料彙編──北宋》（臺北：成文出版社，1978 年）。

3. 張健輯：《中國文學批評資料彙編──南宋》（臺北：成文出版社，1978 年）。

三、今人專著（依照作者姓氏筆畫順序升冪排列）

1. 王水照：《宋代文學通論》（高雄：復文圖書出版社，2000 年）。

2. 王兆鵬：《宋南渡詞人群體研究》（臺北：文津出版社，1992 年）。

3. 王兆鵬：《詞學史料學》（北京：中華書局，2009 年）。

4. 王宜早、孫芳錄、楊子嬰合編：《文學和語文裡的修辭》（香港：麥克米倫，1987 年）。

5. 王秀雄：《美術心理學》（臺北：三信出版社，1975 年）。

6. 王易：《中國詞曲史》（臺北：洪氏出版社，1981 年）。

7. 王偉勇：《詞學專題研究》（臺北：文史哲出版社，2003 年）。

8. 王國芳、郭本禹：《拉岡》（臺北：生智文化，2003 年）。

9. 方智範等：《中國詞學批評史》（北京：中國社會科學出版社，1994 年）。

10. 仇小屛：《古典詩詞時空設計美學》（臺北：文津出版社，2002 年）。

11. 朱芳圃：《甲骨學》（香港：香港書店，1972 年）。

12. 朱光潛：《朱光潛美學文集》（上海：上海文藝出版社，1983 年）

13. 杜學元：《中國女子教育通史》（貴陽：貴州教育出版社，1996 年）。

14. 李元洛：《詩美學》（臺北：東大出版社，1990 年）。

15. 李若鶯：《花落蓮成──詞學瑣論》（高雄：復文圖書出版社，1992 年）。

16. 李春青：《宋學與宋代文學觀念》（北京：北京師範大學出版社書局，2001 年）。

17. 李癸雲：《台灣現代女性詩作之意象研究》（臺北：里仁書局，2008 年）。

18. 吳旻旻：《香草美人文學傳統》（臺北：里仁書局，2006 年）。

19. 胡文楷：《歷代婦女著作考》（上海：上海古籍出版社，1985 年）。

20. 柳詒徵：《中國文化史》（上海：上海書店，1990 年）。

21. 高鴻縉：《中國字例》（臺北：三民書局，1984 年）

22. 汪裕雄：《意象探源》（安徽：安徽教育，1996 年）。

23. 周法高等編：《金文詁林》（香港：中文大學出版，1975 年）。

24. 吳熊和：《唐宋詞通論》（江蘇：浙江古籍出版社，1989 年）。

25. 林師文欽編：《文學美學研究資料選集》（高雄：春暉出版社，2003 年）。

26. 林玫儀：《詞學考詮》（臺北：聯經出版社，1987 年）。

27. 吳世昌著、吳令華編：《詩詞論叢》（北京：北京出版社，2000 年）。

28. 施蟄存：《詞籍序跋萃編》（北京：中國社會科學出版社，1994 年）。

29. 施議對：《詞與音樂關係研究》（北京：中國社會科學出版社，1989 年）。

30. 唐圭璋：《唐宋詞簡釋》（臺北：木鐸出版社，1982 年）。

31. 夏承燾、吳熊和：《讀詞常識》（北京：中華書局，1962 年）。

32. 康正果：《風騷與豔情》（上海：上海文藝出版社，2001 年）。

33. 袁行霈：《中國詩歌藝術研究》（北京：北京大學出版社，1996 年）。

34. 徐中舒編：《漢語古文字字形表》（臺北：文史哲出版社，1988 年）。

35. 孫立：《詞的審美特性》（臺北：文津出版社，1995 年）。

36. 孫正剛：《詞學新探》（天津：天津人民出版社，1980 年）。

37. 孫康宜著，李奭學譯：《晚唐迄北宋詞體演進與詞人風格》（臺北：聯經出版社，2001 年）。

38. 孫克強編：《唐宋人詞話》（鄭州：河南文藝出版社，1999 年）。

39. 孫望、常國武主編：《宋代文學史》（北京：人民文學出版社，1996 年）。

40. 凌欣欣：《初唐詩歌中季節之研究》（臺北：文津出版社，1997 年）。

41. 陳子展：《詩經直解》（上海：復旦大學出版社，1983 年）。

42. 陳永崝：《詞人說詞》（臺北：文苑出版社，2001 年）。

43. 陳奇猷：《呂氏春秋校釋》（臺北：華正書局，1985 年）。

44. 陳清俊：《盛唐詩時空意識研究》（臺北：花木蘭文化出版公司，2007 年）。

45. 陳植鍔:《詩歌意象論》（北京：中國社會科學出版社，1990 年）。

46. 陳鐘凡:《中國韻文通論》（臺北：臺灣中華書局，1959 年）。

47. 郭泮溪:《中國飲酒習俗》（台北：文津出版社，1980）。

48. 郭興良、周建忠:《中國古代文學（上）》（北京：高等教育出版社，2000 年）。

49. 張小虹:《性別越界》（臺北：聯合文學出版社，1995 年）。

50. 張子英編:《磁州窯瓷枕》（天津：人民美術出版社，2000 年）。

51. 張本楠:《王國維美學思想研究》（臺北：文津出版社，1992 年）。

52. 張仲謀:《宋詞欣賞教程》（南京：南京大學出版社，2007 年）。

53. 張法:《中國文化與悲劇意識》（北京：中國人民大學出版社，1997 年）。

54. 張岩冰:《女權主義文論》（濟南：山東教育出版社，2002 年）。

55. 張春榮《詩學析論》（臺北：東大出版社，1987 年）。

56. 張淑香《抒情傳統的省思與探索》（臺北：大安出版社，1992 年）。

57. 張鈞莉:《對酒當歌》（臺北：幼獅文化事業公司，1994 年）。

58. 張麗珠:《袖珍詞學》（臺北：里仁書局，2006 年）。

59. 曹明海:《文體鑒賞藝術論》（濟南：山東文藝出版社，1992 年）。

60. 黃文吉:《北宋十大詞家研究》（臺北：文史哲出版社，1996 年）。

61. 黃永武:《詩與美》（臺北：洪範書店，1987 年）。

62. 黃永武《中國詩學——思想篇》（臺北：巨流圖書公司，1988 年）。

63. 黃永武:《中國詩學——設計篇》（臺北：巨流圖書公司，1996 年）。

64. 黃勗吾:《詩詞曲叢談》（香港：上海書店，1969 年）。

65. 黃傑:《宋詞與民俗》（北京：商務印書館，2005 年）。

66. 黃雅莉:《宋詞雅化的發展與嬗變——以柳、周、姜、吳為探究中心》（臺北：文津出版社，2002 年）。

67. 黃慶萱:《修辭學》（臺北：三民書局，1983 年）。

68. 童慶炳:《中國古代心理詩學與美學》（臺北：萬卷樓出版社，1994 年）。

69. 舒紅霞:《宋代審美文化——宋代女性文學研究》（北京：北京人民出版社，2004 年）。

70. 彭棟華:〈市民作家柳永及其作品〉，收錄於《中國古代現代文學研究》（複印報刊資料）（1991 年）。

71. 楊海明：《唐宋詞的風格學》（臺北：木鐸出版社，1987 年）。

72. 楊海明：《唐宋詞主體探索》（高雄：麗文文化公司，1995 年）。

73. 楊海明：《唐宋詞史》（高雄：麗文文化公司，1996 年）。

74. 楊村等著：《古代禮制風俗漫談》（臺北：萬卷樓出版社，1998 年）。

75. 葉嘉瑩：《唐宋名家詞賞析》（臺北：大安出版社，1988 年）。

76. 葉嘉瑩：《唐宋名家詞論稿》（臺北：正中書局，1990 年）。

77. 葉嘉瑩：《中國詞學的現代觀》（臺北：大安出版社，1999 年）。

78. 葉嘉瑩：《詞學新銓》（臺北：桂冠出版社，2000 年）。

79. 葉嘉瑩：《唐宋詞十七講》（北京：北京大學出版社，2007 年）。

80. 葉嘉瑩：《照花前後鏡——詞之美感特質的形成與演進》（臺北：清華大學，2007 年）。

81. 葉嘉瑩：《迦陵談詞》（臺北：三民書局，1997 年）。

82. 葉嘉瑩：《迦陵論詞叢稿》（石家莊：河北教育出版社，1997 年）。

83. 葉嘉瑩：《葉嘉瑩說詞》（上海：上海古籍出版社，1999 年）。

84. 裴浦言：〈先民的歌唱——《詩經》〉（臺北：時報出版社，1985 年）。

85. 黎小瑤：《宋詞審美淺說》（廣州：中山大學出版社，1992 年）。

86. 趙明主編：《先秦大文學史》（長春：吉林大學出版社，1993 年）。

87. 趙曉蘭：《宋人雅詞原論》（成都：巴蜀書社，1999）。

88. 趙沛霖：《興的源起》（臺北：谷風出版社，1989 年）。

89. 趙仁珪：《論宋六家詞》（北京：北京師範大學出版社，1999 年）。

90. 劉若愚：《中國詩學》（臺北：幼獅文化事業公司，1977 年）。

91. 劉若愚著，王貴苓譯：《北宋六大詞家研究》（臺北：幼獅文化事業公司，1986 年）。

92. 劉詠聰：《女性與歷史——中國傳統觀念新探》（臺北：臺灣商務印書館，1995 年）。

93. 劉昌元：《西方美學導論》（臺北：聯經出版社，1986 年）。

94. 蔡英俊：《中國古典詩歌中的生命——愛恨生死》（臺北：故鄉出版社，1980 年）。

95. 蔡嵩雲：《樂府指迷箋釋》（北京：人民出版社，1998 年）。

96. 蔡嵩雲：《詞源疏證》（北京：中國書店，1987 年）。

97. 鄭騫：《景午叢編》（臺北：台灣中華書局，1972 年）。

98. 鄭振鐸：《插圖本中國文學史》（北京：人民文學出版社，1982 年）。

99. 鄭振鐸編：《中國文學研究》（香港：中國文學研究所，1963 年）。

100. 錢鍾書：《管錐篇》（臺北：書林出版社，1990 年）。

101. 鮑曉蘭主編：《西方女性主義研究評介》（北京：三聯書店，1995 年）。

102. 繆鉞：《詩詞散論》（臺北：開明書局，1956 年）。

103. 繆鉞、葉嘉瑩：《靈谿詞說》（臺北：國文天地出版社，1989 年）。

104. 鍾慧玲主編：《女性主義與中國文學》（臺北：里仁書局，1997 年）。

105. 樂祿章等撰：《中國古建築美術博覽》（瀋陽：遼寧美術出版社，1992 年）。

106. 薛礪若：《宋詞通論》（香港：中流出版社，1974 年）。

107. 謝无量：《中國婦女文學史》（臺北：中華書局，1979 年）。

108. 謝桃坊：《詞學辨》（上海：上海古籍出版社，2007 年）。

109. 簡政珍：《電影閱讀美學》（臺北：書林出版社，1993 年）。

110. 聶振斌：《王國維美學思想述評》（瀋陽：遼寧大學出版社，1997 年）。

111. 蘇師珊玉：《盛唐邊塞詩的審美特質研究》（臺北：文津出版社，2000 年）。

112. 蘇師珊玉：《人間詞話之審美觀》（臺北：里仁書局，2009 年）。

113. 顧之京、姚守梅、耿小博：《柳永詞新釋輯評》（北京：中國書店，2005 年）。

114. 龔鵬程：《春夏秋冬——中國古典詩歌中的季節》（臺北：故鄉出版社，1980 年）。

四、外國著作（依照字母先後順序升冪排列）

1. 〔德〕亞里士多德（Aristotle）著，姚一葦箋注：《詩學箋註》〈臺北：中華書局，1993 年〉。

2. Bonnie Klomp、Stevens、Larry L. Stewart.："A Guide to Literary Criticism and Research"（Fort Worth, Tex.：Harcourt Brace Jovanovich College Publishers，1992）。

3. 〔瑞士〕卡爾‧榮格（Carl G. Jung）主編，龔卓軍譯：《人及其象徵：榮格思想精華的總結》（臺北：立緒出版社，1999 年）。

4. 〔美〕克莉絲‧維登（Chris Weedon）著、白曉紅譯：《女性主義實踐與後結構主義理論》（Feminist Practice & Poststructuralist Theory）（臺北：桂冠圖書公司，1994 年）。

5. 〔英〕藹理士（Ellis Havelock）著，潘光旦譯注：《性心理學》（北京：三聯書店，1987 年）。

6. 〔德〕黑格爾（Hegel Georg Wilhelm Friedrich）：《美學（第二卷）》（臺北：商務印書館，1981 年）。

7. 〔俄〕別林斯基・愛都華：《古別爾詩集》收錄於《外國理論家作家論形象思維》（北京：中國社會科學院出版社，1979 年）。

8. 〔德〕翟德爾（Herbert Zettl）著，廖祥雄譯：《映像藝術》（臺北：志文出版社，1994 年）。

9. 〔英〕濟慈（John Keats）著，屠岸譯：《濟慈詩選》（臺北：光復書局，1998 年）。

10. Keith Green and Jill Le Bihan.: "Critical Theory and Practice：A Coursebook"（London ; New York：Routledge，1996）。

11. 〔德〕韋勒克（René Wellek）、華倫（Austin Warren）著，王夢鷗、許國衡譯：《文學論：文學研究方法論》（臺北：志文出版社，1992 年）。

12. 〔俄〕普列漢諾夫：《論西歐文學》（北京：人民文學出版社，1957 年）。

13. 康丁斯基（Wassily Kandinsky）著，吳瑪俐譯：《點線面：繪畫元素分析論》（臺北：藝術家出版社，1996 年）。

14. 〔日〕松浦友久：《中國詩歌原理》（臺北：洪葉文化，1990 年）。

15. 〔日〕廚川白村：《苦悶的象徵》（臺北：志文出版社，1995 年）。

五、論　文（依照出版日期先後升冪排列）

（一）學位論文

1. 張星美：《李清照「詞論」研究》（國立高雄師範大學國文學系碩士論文，1990 年）。

2. 許達玲：《淮海詞之聲律與修辭研究》（珠海大學中國文學研究所碩士論文，1991 年）。

3. 張白虹：《柳永樂章集意象析論》（國立高雄師範大學國文學系碩士論文，1996 年）。

4. 楊秀慧：《秦少游詞研究》（國立中山大學中國文學系碩士論文，1998 年）。

5. 張珮娟：《秦觀詞的回流與拓展》（國立臺灣師範大學國文學系碩士論文，2002 年）。

6. 李文鈺:《宋詞中的神話特質與運用》(國立臺灣大學中國文學系博士論文,2003 年)。

7. 李德偉:《淮海詞與清眞詞之比較研究》(國立中興大學中國文學系碩士論文,2003 年)。

8. 姜昭影:《柳永詞研究》(國立臺灣大學中國文學系碩士論文,2003 年)。

9. 陳怡君:《李清照性格思想及生活情趣探究》(國立彰化師範大學國文學系碩士論文,2004 年)。

10. 郭曉菁:《南渡詞人李清照──其詞作與詞學主張研究》(國立清華大學中國文學系碩士論文,2002 年)。

11. 黃政卿:《古典詞的時空特質及其運用研究》(國立高雄師範大學國文學系碩士論文,2004 年)。

12. 謝曉芳:《柳永羈旅行役詞研究》(國立彰化師範大學國文學系碩士論文,2008 年)。

(二)期刊論文

1. 王文:〈篇末言悲,曲終奏雅〉,《延安大學學報:社科版》,1987 年 3 月。

2. 王同書:〈秦觀詞散論〉,《江蘇教育學院學報》第一期,1995 年。

3. 王國瓔:〈《詩經》中「棄婦詩」解讀紛歧試探〉,《臺大中文學報》第 10 期,1998 年。

4. 王輝斌:〈柳永《樂章集》用典說略〉,《山東師範大學學報》,2003 年。

5. 古光亮:〈唐宋詞中的樓欄意象和詞人的藝術感覺〉,《雲南師範大學學報》29 期,1997 年。

6. 朱淡文:〈秦觀淮海詞的思想及藝術成就初探〉,《揚州師院學報》社會科學版第 3 期,1984 年。

7. 任映紅:〈試論李清照詞的語言特色〉,《上饒師專學報》第 1 期,1994 年。

8. 宋曉冬、毛水清:〈唐宋詩詞中女性筆下的「花」意象〉,《廣西社會科學》第 3 期,2006 年。

9. 李紅霞:〈女性自我價值之覺醒──《古詩十九首》和《詩經》思婦形象之比較〉,《廣西大學學報(哲學社會科學版)》2009 年(4)。

10. 沈榮森:〈李清照酒詞淺探〉,《東嶽論叢》第 24 卷第 1 期,2003 年 1 月

11. 唐圭璋：〈柳永事蹟新證〉，《文學研究》第 3 期，1957 年。

12. 南瑛：〈孤秀奇芬自成玉璧——論李清照詞作的藝術特質〉，《甘肅高師學報》第 13 卷第 3 期，2008 年。

13. 姚蓉、王兆鵬：〈論柳永羈旅行役詞的抒情模式〉，《湖南大學學報（社會科學版）》第 22 卷第 1 期，2008 年 01 月。

14. 孫維城：〈論宋玉《高唐》、《神女》賦對柳永登臨詞及宋詞的影響〉，《文學遺產》第五期，1996 年。

15. 陸榮麗：〈解語李清照的「人比黃花」〉，《語文學刊》第 2 期，2006 年。

16. 畢寶魁：〈李清照生年新說補證〉，《遼寧大學學報》4 期（總 128 期），1994 年。

17. 曾大興：〈建國以來柳永研究綜述〉，《語文導報》第 10 期，1987 年。

18. 曾大興：〈柳永以賦爲詞論〉，《江漢論壇》第六期，1990 年。

19. 張子良：《柳永與宋詞》，《中華文化復興月刊》，第 10 卷。

20. 張保宇：〈試論李清照詞的白描手法〉，《唐都學刊》第 22 卷第 2 期，2006 年 3 月。

21. 張淑香：〈男性情色幻想的美典——溫庭筠詞的女性再現〉，《中國文哲研究集刊》第 17 期，2000 年 9 月。

22. 張煒：〈博雅玄遠自成玉璧——關於李清照詞作花姿意象的卓異別趣〉，《唐山學院學報》第 18 卷第 3 期，2005 年 9 月。

23. 張彩霞、宋世勇：〈論李清照詞花意象〉，《惠州學院學報》第 22 卷第 4 期，2002 年 8 月。

24. 郭慧英：〈論李清照詠花詞中的女性意識〉，《船山學刊》第 3 期，2007 年。

25. 陳在東、閻秀平：〈清新俊爽李易安——李清照詞風新探〉，《臨沂師範學報》，1997 年 10 月。

26. 陳登平：〈柳永詞的用典及其詩化傾向〉，《西南科技大學學報（哲學社會科學版）》第 26 卷第 6 期，2009 年 12 月。

27. 鄧紅梅：〈女性詞綜論〉，《文學評論》，2002 年。

28. 梅大經：〈秦觀《阮郎歸四首》詞旨述略〉，《鄂州大學學報》第 14 卷第 4 期，2007 年 7 月。

29. 駱新泉：〈畫眉樓上愁登臨——宋代女性樓意象詞與男性閨音樓意象詞比較〉，《瀋陽大學學報》第 20 卷第 3 期，2008 年 6 月。

30. 葉嘉瑩：〈女性語言與女性書寫——早期詞作中的歌伎之詞（下）〉，《天津大學學報（社會科學版）》06 期，2006 年。

31. 榮斌：〈一代詠梅成正聲——論宋代詠梅詩詞創作熱〉，《東嶽論叢》第 24 卷第 1 期，2003 年。

32. 葉嘉瑩：〈女性語言與女性書寫——早期詞作中的歌伎之詞（上）〉，《天津大學學報（社會科學版）》，2006 年 04 期。

33. 薛精兵、郭芳：〈論李清照詞的抒情藝術〉，《陝西廣播電視大學學報》第 8 卷第 3 期，2006 年 9 月。

34. 蔣哲倫：〈論周邦彥在詞史上的地位〉，《古典文學知識》第一期，1998 年。

35. 龍潔虹：〈論李清照詞的藝術特色〉，《長治學院學報》第 24 卷，2007 年 4 月。

36. 蘇函：〈人格象喻與命運變奏的詠歎〉，《山西師範大學學報》（社會科學版）第 4 期，1992 年。

37. 謝穡：〈試論宋詞「花」意象的女性特質〉，《湖湘論壇》第 5 期（總第 116 期），2007 年。

38. 蕭瑞峰：〈淮海詞的抒情技巧〉，載於上海《光明日報》，1984 年 7 月 31 日。

附　錄

（一）柳永詞中涉閨閣書寫之作

詞牌名	內　　容
玉女搖仙佩 ——佳人	飛瓊伴侶，偶別珠宮，未返神仙行綴。取次梳妝，尋常言語，有得幾多姝麗。擬把名花比。恐旁人笑我，談何容易。細思算，奇葩艷卉，惟是深紅淺白而已。爭如這多情，占得人間，千嬌百媚。　須信畫堂繡閣，皓月清風，忍把光陰輕棄。自古及今，佳人才子，少得當年雙美。且恁相偎倚。未消得、憐我多才多藝。願嬭嬭，蘭心惠性，枕前言下，表余深意。為盟誓。今生斷不孤鴛被。
尾犯	夜雨滴空階，孤館夢回，情緒蕭索。一片閑愁，想丹青難貌。秋漸老、蛩聲正苦，夜將闌、燈花旋落。最無端處，總把良宵，祇恁孤眠卻。　佳人應怪我，別後寡信輕諾。記得當初，翦香雲為約。甚時向、幽閨深處，按新詞、流霞共酌。再同歡笑。肯把金玉珍珠博。
鬪百花其二	煦色韶光明媚，輕靄低籠芳樹。池塘淺蘸煙蕪，簾幕閒垂風絮。春困厭厭，拋擲鬪草工夫，冷落踏青心緒。終日扃朱戶。　遠恨綿綿，淑景遲遲難度。年少傅粉，依前醉眠何處。深院無人，黃昏乍拆鞦韆，空鎖滿庭花雨。
鬪百花其三	滿搦宮腰纖細。年紀方當笄歲。剛被風流沾惹，與合垂楊雙髻。初學嚴妝，如描似削身材，怯雨羞雲情意。舉措多嬌媚。　爭奈心性，未會先憐佳壻。長是夜深，不肯便入鴛被。與解羅裳，盈盈背立銀釭，卻道你先睡。

甘草子其一	秋暮。亂灑衰荷，顆顆真珠雨。雨過月華生，冷徹鴛鴦浦。　池上憑闌愁無侶。奈此箇、單棲情緒。卻傍金籠共鸚鵡。念粉郎言語。
甘草子其二	秋盡。葉翦紅綃，砌菊遺金粉。雁字一行來，還有邊庭信。　飄散露華清風緊。動翠幕、曉寒猶嫩。中酒殘妝整頓。聚兩眉離恨。
晝夜樂其一	洞房記得初相遇。便只合、長相聚。何期小會幽歡，變作離情別緒。況值闌珊春色暮。對滿目、亂花狂絮。直恐好風光，盡隨伊歸去。　一場寂寞憑誰訴。算前言、總輕負。早知恁地難拼，悔不當時留住。其奈風流端正外，更別有、繫人心處。一日不思量，也攢眉千度。
晝夜樂其二	秀香家住桃花徑。算神仙、纔堪並。層波細翦明眸，膩玉圓搓素頸。愛把歌喉當筵逞。遏天邊，亂雲愁凝。言語似嬌鶯，一聲聲堪聽。　洞房飲散簾幃靜。擁香衾、歡心稱。金鑪麝裊青煙，鳳幃燭搖紅影。無限狂心乘酒興。這歡娛、漸入嘉景。猶自怨鄰雞，道秋宵不永。
西江月	鳳額繡簾高卷，獸鐶朱戶頻搖。兩竿紅日上花棚。春睡厭厭難覺。　好夢狂隨飛絮，閑愁濃勝香醪。不成雨暮與雲朝。又是韶光過了。
傾杯樂	皓月初圓，暮雲飄散，分明夜色如晴晝。漸消盡、醺醺殘酒。危閣迴、涼生襟袖。追舊事、一餉憑闌久。如何媚容艷態，抵死孤歡偶。朝思暮想，自家空恁添清瘦。　算到頭、誰與伸剖。向道我別來，為伊牽繫、度歲經年，偷眼覷、也不忍覷花柳。可惜恁、好景良宵，未曾略展雙眉暫開口。問甚時與你，深憐痛惜還依舊。
曲玉管	隴首雲飛，江邊日晚，煙波滿目憑闌久。立望關河蕭索，千里清秋。忍凝眸。杳杳神京，盈盈仙子，別來錦字終難偶。斷雁無憑，冉冉飛下汀洲。思悠悠。　暗想當初，有多少、幽歡佳會，豈知聚散難期，翻成雨恨雲愁。阻追游。每登山臨水，惹起平生心事，一場消黯，永日無言，卻下層樓。
滿朝歡	花隔銅壺，露晞金掌，都門十二清曉。帝里風光爛漫，偏愛春杪。煙輕晝永，引鶯囀上林，魚游靈沼。巷陌乍晴，香塵染惹，垂楊芳草。　因念秦樓彩鳳，楚觀朝雲，往昔曾迷歌笑。別來歲久，偶憶歡盟重到。人面桃花，未知何處，但掩朱扉悄悄。盡日佇立無言，贏得淒涼懷抱。
夢還京	夜來恩恩飲散，敧枕背燈睡。酒力全輕，醉魂易醒，風揭簾櫳，夢斷披衣重起。悄無寐。　追悔當初，繡閣話別太容易。日許時、猶阻歸計。甚況味。旅館虛度殘歲。想嬌媚。那裡獨守鴛幃靜，永漏迢迢，也應暗同此意。

鳳銜杯其一	有美瑤卿能染翰。千里寄、小詩長簡。想初褪苦盞，旋揮翠管紅窗畔。漸玉箸、銀鉤滿。　　錦囊收，犀軸卷。常珍重、小齋吟玩。更寶若珠璣，置之懷袖時時看。似頻見千嬌面。
鶴沖天	閑窗漏永，月冷霜華墮。悄悄下簾幕，殘燈火。再三追往事，離魂亂，愁腸鎖。無語沈吟坐。好天好景，未省展眉則箇。　　從前早是多成破。何況經歲月，相拋嚲。假使重相見，還得似、舊時麼。悔恨無計那。迢迢良夜，自家只恁摧挫。
看花回	屈指勞生百歲期。榮瘁相隨。利牽名惹逡巡過，奈兩輪玉走金飛。紅顏成白髮，極品何爲。　　塵事常多雅會稀。忍不開眉。畫堂歌管深深處，難忘酒琖花枝。醉鄉風景好，攜手同歸。
兩同心其一	嫩臉修蛾，淡勻輕掃。最愛學、宮體梳妝，偏能做、文人談笑。綺筵前、舞燕歌雲，別有輕妙。　　飲散玉鑪煙裊。洞房悄悄。錦幃裡、低語偏濃，銀燭下、細看俱好。那人人，昨夜分明，許伊偕老。
兩同心其二	竚立東風，斷魂南國。花光媚、春醉瓊樓，蟾彩迥、夜游香陌。憶當時、酒戀花迷，役損詞客。　　別有眼長腰搦。痛憐深惜。鴛會阻、夕雨淒飛，錦書斷、暮雲凝碧。想別來，好景良時，也應相憶。
女冠子	斷雲殘雨，灑微涼，生軒戶。動清籟，蕭蕭庭樹。銀河濃淡，華星明滅，輕雲時度。莎階寂靜無覩，幽蛩切切秋吟苦，疏篁一徑，流螢幾點，飛來又去。　　對月臨風，空恁無眠耿耿，暗想舊日牽情處。綺羅叢裡，有人人、那回飲散，略曾諧鴛侶。因循忍便睽阻。相思不得長相聚。好天良夜，無端惹起，千愁萬緒。
玉樓春其五	閬風歧路連銀闕。曾許金桃容易竊。烏龍未睡定驚猜，鸚鵡多言防漏泄。　　恩恩縱得鄰香雪。窗隔殘煙簾映月。別來也擬不思量，爭奈餘香猶未歇。
定風波	竚立長隄，淡蕩晚風起。驟雨歇、極目蕭疏，塞柳萬株，掩映箭波千里。走舟車向此，人人奔名競利，念蕩子、終日驅驅，覺鄉關轉迢遞。　　何意。繡閣輕拋，錦字難逢，等閑度歲。奈泛泛旅迹，厭厭病緒。邇來諳盡、宦遊滋味。此情懷、縱寫香盞，憑誰與寄。算孟光、爭得知我，繼日添憔悴。
尉遲杯	寵佳麗。算九衢紅粉皆難比。天然嫩臉修蛾，不假施朱描翠。盈盈秋水。恣雅態、欲語先嬌媚。每相逢、月夕花朝，自有憐才深意。　　綢繆鳳枕鴛被。深深處、瓊枝玉樹相倚。困極歡餘，芙蓉幃暖，別是惱人情味。風流事、難逢雙美。況已斷、香雲爲盟誓。且相將、共樂平生，未肯輕分連理。

慢卷紬	閒窗燭暗，孤幃夜永，敧枕難成寐。細屈指尋思，舊事前歡，都來未盡，平生深意。到得如今，萬般追悔，空只添憔悴。對好景良辰，皺著眉兒，成甚滋味。　　紅茵翠被，當時事、一一堪垂淚。怎生得依前，似恁偎香倚暖，抱著日高猶睡。算得伊家，也應隨分，煩惱心兒裡。又爭似從前，淡淡相看，免恁牽繫。
佳人醉	暮景蕭蕭雨霽。雲淡天高風細。正月華如水。金波銀漢，瀲灩無際。冷浸書帷夢斷，卻披衣重起。臨軒砌。　　素光遙指。因念翠娥，杳隔音塵何處，相望同千里。盡凝睇。厭厭無寐。漸曉雕闌獨倚。
御街行其二	前時小飲春庭院。悔放笙歌散。歸來中夜酒醺醺，惹起舊愁無限。雖看墜樓換馬，爭奈不是鴛鴦伴。　　朦朧暗想如花面。欲夢還驚斷。和衣擁被不成眠，一枕萬回千轉。惟有畫梁，新來雙燕，徹曙聞長嘆。
法曲獻仙音	追想秦樓心事，當年便約，于飛比翼。每恨臨歧處，正攜手、翻成雲雨離拆。念倚玉偎香，前事頓輕擲。　　慣憐惜。饒心性，鎮厭厭多病，柳腰花態嬌無力。早是乍清減，別後忍教愁寂。記取盟言，少孜煎、賸好將息。遇佳景、臨風對月，事須時恁相憶。
婆羅門令	昨宵裏、恁和衣睡。今宵裏、又恁和衣睡。小飲歸來，初更過、醺醺醉。中夜後、何事還驚起。霜天冷，風細細。觸疏窗、閃閃燈搖曳。　　空牀展轉重追想，雲雨夢、任欹枕難繼。寸心萬緒，咫尺千里。好景良天，彼此空有相憐意。未有相憐計。
鳳棲梧其二 （一名蝶戀花）	佇倚危樓風細細。望極春愁，黯黯生天際。草色煙光殘照裡。無言誰會凭闌意。　　擬把疏狂圖一醉。對酒當歌，強樂還無味。衣帶漸寬終不悔。爲伊消得人憔悴。
鳳棲梧其三	蜀錦地衣絲步障。屈曲回廊，靜夜閒尋訪。玉砌雕闌新月上。朱扉半掩人相望。　　旋暖熏爐溫斗帳。玉樹瓊枝，迤邐相偎傍。酒力漸濃春思蕩。鴛鴦繡被翻紅浪。
法曲第二	青翼傳情，香徑偷期，自覺當初草草。未省同衾枕，便輕許相將，平生歡笑。怎生向、人間好事到頭少。漫悔懊。　　細追思，恨從前容易，致得恩愛成煩惱。心下事千種，盡憑音耗。以此縈牽，等伊來、自家向道。洎相見，喜歡存問，又還忘了。
鵲橋仙	屆征途，攜書劍，迢迢匹馬東去。慘懷嗟少年易分難聚。佳人方恁繾綣，便忍分鴛侶。當媚景，算密意幽歡，盡成輕負。此際寸腸萬緒。慘愁顏、斷魂無語。和淚眼、片時幾番回顧。傷心脈脈誰訴。但黯然凝佇。暮煙寒雨。望秦樓何處。

浪淘沙	夢覺透窗風一線，寒燈吹息。那堪酒醒，又聞空階，夜雨頻滴。嗟因循、久作天涯客。負佳人、幾許盟言，便忍把、從前歡會，陡頓翻成憂戚。　　愁極。再三追思，洞庭深處，幾度飲散歌闌，香暖鴛鴦被，豈暫時疏散，費伊心力。殢雲猶雨，有萬般千種，相憐相惜。　　恰到如今，天長漏永，無端自家疏隔。知何時、卻擁秦雲態，願低幃昵枕，輕輕細說與，江鄉夜夜，數寒更思憶。
荔枝香	甚處尋芳賞翠，歸去晚。緩步羅襪生塵，來繞瓊筵看。金縷霞衣輕褪，似覺春遊倦。遙認，眾裡盈盈好身段。　　擬回首，又佇立簾幃畔。素臉紅眉，時揭蓋頭微見。笑整金翹，一點芳心在嬌眼。王孫空恁腸斷。
陽臺路	楚天晚。墜冷楓敗葉，疏紅零亂。冒征塵、匹馬驅驅，愁見水遙山遠。追念少年時，正恁鳳幃，倚香偎暖。嬉游慣。又豈知、前歡雲雨分散。　　此際空勞回首，望帝里、難收淚眼。暮煙衰草，算暗鎖、路歧無限。今宵又、依前寄宿，甚處葦村山館。寒燈畔。夜厭厭、憑何消遣。
醉蓬萊	漸亭皋葉下，隴首雲飛，素秋新霽。華闕中天，鎖蔥蔥佳氣。嫩菊黃深，拒霜紅淺，近寶階香砌。玉宇無塵，金莖有露，碧天如水。　　正值升平，萬幾多暇，夜色澄鮮，漏聲迢遞。南極星中，有老人呈瑞。此際宸游，鳳輦何處，度管弦清脆。太液波翻，披香簾捲，月明風細。
宣清	殘月朦朧，小宴闌珊，歸來輕寒凜凜。背銀缸、孤館乍眠，擁重衾、醉魄猶噤。永漏頻傳，前歡已去，離愁一枕。暗尋思、舊追游，神京風物如錦。　　念擲果朋儕，絕纓宴會，當時曾痛飲。命舞燕翩翩，歌珠貫串，向玳筵前，盡是神仙流品，至更闌、疏狂轉甚。更相將、鳳幃鴛寢。玉釵亂橫，任散盡高陽，這歡娛、甚時重恁。
錦堂春	墜髻慵梳，愁蛾懶畫，心緒是事闌珊。覺新來憔悴，金縷衣寬。認得這、疏狂意下，向人誚譬如閒。把芳容整頓，恁地輕孤，爭忍心安。　　依前過了舊約，甚當初賺我，偷剪雲鬟。幾時得歸來，春閣深關。待伊要、尤雲殢雨，纏繡衾、不與同歡。儘更深、款款問伊，今後敢更無端。
定風波	自春來、慘綠愁紅，芳心是事可可。日上花梢，鶯穿柳帶，猶壓香衾臥。暖酥消，膩雲嚲。終日厭厭倦梳裹。無那。恨薄情一去，音書無箇。　　早知恁麼。悔當初、不把雕鞍鎖。向雞窗、只與蠻箋象管，拘束教吟課。鎮相隨，莫拋躲。針線閑拈伴伊坐。和我。免使年少，光陰虛過。

訴衷情近	雨晴氣爽，竚立江樓望處。澄明遠水生光，重疊暮山聳翠。遙認斷橋幽徑，隱隱漁村，向晚孤煙起。　　殘陽裡。脈脈朱闌靜倚。黯然情緒，未飲先如醉。愁無際。暮雲過了，秋光老盡，故人千里。竟日空凝睇。
迎春樂	近來憔悴人驚怪。爲別後、相思煞。我前生、負你愁煩債。便苦恁難開解。　　良夜永、牽情無計奈。錦被裡、餘香猶在。怎得依前燈下，恣意憐嬌態。
隔簾聽	咫尺鳳衾鴛幬，欲去無因到。蝦須窣地重門悄。認繡履頻移，洞房杳杳。強語笑。逞如簧、再三輕巧。　　梳妝早。琵琶閒抱。愛品相思調。聲聲似把芳心告。隔簾聽，贏得斷腸多少。恁煩惱。除非共伊知道。
集賢賓	小樓深巷狂游遍，羅綺成叢。就中堪人屬意，最是蟲蟲。有畫難描雅態，無花可比芳容。幾回飲散良宵永，鴛衾暖、鳳枕香濃。算得人間天上，惟有兩心同。　　近來雲雨忽西東。誚惱損情悰。縱然偷期暗會，長是恩恩。爭似和鳴偕老，免教斂翠啼紅。眼前時、暫疏歡宴，盟言在、更莫忡忡。待作真箇宅院，方信有初終。
駐人嬌	當日相逢，便有憐才深意。歌筵罷、偶同鴛被。別來光景，看看經歲。昨夜裡、方把舊歡重繼。　　曉月將沉，征驂已備。愁腸亂、又還分袂。良辰好景，恨浮名牽繫。無分得、與你恣情濃睡。
少年遊其三	層波瀲灩遠山橫。一笑一傾城。酒容紅嫩，歌喉清麗，百媚坐中生。　　牆頭馬上初相見，不準擬、恁多情。昨夜杯闌，洞房深處，特地快逢迎。
少年遊其四	世間尤物意中人。輕細好腰身。香幃睡起，發妝酒釅，紅臉杏花春。　　嬌多愛把齊紈扇，和笑掩朱脣。心性溫柔，品流詳雅，不稱在風塵。
少年遊其七	簾垂深院冷蕭蕭。花外漏聲遙。青燈未滅，紅窗閒臥，魂夢去迢迢。　　薄情漫有歸消息，鴛鴦被、半香消。試問伊家，阿誰心緒，禁得恁無憀。
少年遊其八	一生贏得是淒涼。追前事、暗心傷。好天良夜，深屏香被，爭忍便相忘。　　王孫動是經年去，貪迷戀、有何長。萬種千般，把伊情分。顛倒儘猜量。
少年遊其九	日高花榭嬾梳頭。無語倚妝樓。修眉斂黛，遙山橫翠，相對結春愁。　　王孫走馬長楸陌，貪迷戀、少年遊。似恁疏狂，費人拘管。爭似不風流。

少年遊其十	佳人巧笑值千金。當日偶情深。幾回飲散，燈殘香暖，好事盡鴛衾。　　如今萬水千山阻，魂杳杳、信沉沉。孤棹煙波，小樓風月，兩處一般心。
木蘭花其一	心娘自小能歌舞。舉意動容皆濟楚。解教天上念奴羞，不怕掌中飛燕妒。　　玲瓏繡扇花藏語。宛轉香茵雲襯步。王孫若擬贈千金，只在畫樓東畔住。
駐馬聽	鳳枕鸞帷。二三載，如魚似水相知。良天好景，深憐多愛，無非盡意依隨。奈何伊。恣性靈、忒煞些兒。無事孜煎，萬回千度，怎忍分離。　　而今漸行漸遠，漸覺雖悔難追。漫寄消寄息，終久奚為。也擬重論繾綣，爭奈翻覆思維。縱再會，只恐恩情，難似當時。
訴衷情	一聲畫角日西曛。催促掩朱門。不堪更倚危闌，腸斷已消魂。　　年漸晚，鴈空頻。問無因。思心欲碎，愁淚難收，又是黃昏。
戚氏	晚秋天。一霎微雨灑庭軒。檻菊蕭疏，井梧零亂惹殘煙。淒然。望江關。飛雲黯淡夕陽間。當時宋玉悲感，向此臨水與登山。遠道迢遞，行人淒楚，倦聽隴水潺湲。正蟬吟敗葉，蛩響衰草，相應喧喧。　　孤館度日如年。風露漸變，悄悄至更闌。長天淨，絳河清淺，皓月嬋娟。思綿綿。夜永對景，那堪屈指，暗想從前。未名未祿，綺陌紅樓，往往經歲遷延。　　帝里風光好，當年少日，暮宴朝歡。況有狂朋怪侶，遇當歌、對酒競留連。別來迅景如梭，舊遊似夢，煙水程何限。念利名、憔悴長縈絆。追往事、空慘愁顏。漏箭移、稍覺輕寒。漸嗚咽、畫角數聲殘。對閒窗畔，停燈向曉，抱影無眠。
引駕行	虹收殘雨，蟬嘶敗柳長隄暮。背都門、動消黯，西風片帆輕舉。愁覿。泛畫鷁翩翩，靈鼉隱隱下前浦。忍回首、佳人漸遠，想高城、隔煙樹。　　幾許，秦樓永晝，謝閣連宵奇遇。算贈笑千金，酬歌百琲，盡成輕負。南顧。念吳邦越國，風煙蕭索在何處。獨自箇、千山萬水，指天涯去。
望遠行	繡幃睡起，殘妝淺、無緒勻紅補翠。藻井凝塵，金梯鋪蘚，寂寞鳳樓十二。風絮紛紛，煙蕪苒苒，永日畫闌，沉吟獨倚。望遠行，南陌春殘悄歸騎。　　凝睇。消遣離愁無計。但暗擲、金釵買醉。對好景、空飲香醪，爭奈轉添珠淚。待伊遊冶歸來，故故解放翠羽，輕裙重繫。見纖腰，圖信人憔悴。
彩雲歸	蘅皋向晚儳輕航。卸雲帆、水驛魚鄉。當暮天、霽色如晴晝，江練靜、皎月飛光。那堪聽、遠村羌管，引離人斷腸。此際浪萍風梗，度歲茫茫。　　堪傷。朝歡暮宴，被多情、賦與淒涼。別來最苦，襟袖依約，尚有餘香。算得伊、鴛衾鳳枕，夜永爭不思量。牽情處、惟有臨歧，一句難忘。

洞仙歌	佳景留心慣。況少年彼此，風情非淺。有笙歌巷陌，綺羅庭院。傾城巧笑如花面，恣雅態、明眸回美盼。同心綰。算國豔仙材，翻恨相逢晚。　　繾綣。洞房悄悄，繡被重重，夜永歡餘，共有海約山盟，記得翠雲偷剪。和鳴彩鳳於飛燕。間柳徑花陰攜手徧。情眷戀。向其間、密約輕憐事何限。忍聚散。況已結深深願。願人間天上，暮雲朝雨長相見。
離別難	花謝水流倏忽，嗟年少光陰。有天然、蕙質蘭心。美韶容、何啻值千金。便因甚、翠弱紅衰，纏綿香體，都不勝任。算神仙、五色靈丹無驗，中路委瓶簪。　　人悄悄，夜沉沉。閉香閨、永棄鴛衾。想嬌魂媚魄非遠，縱洪都方士也難尋。最苦是、好景良天，尊前歌笑，空想遺音。望斷處，杳杳巫峰十二，千古暮雲深。
夜半樂	凍雲黯淡天氣，扁舟一葉，乘興離江渚。渡萬壑千巖，越溪深處。怒濤漸息，樵風乍起，更聞商旅相呼。片帆高舉，泛畫鷁、翩翩過南浦。　　望中酒旆閃閃，一簇煙村，數行霜樹。殘日下，漁人鳴榔歸去。敗荷零落，衰楊掩映，岸邊兩兩三三，浣紗遊女。避行客、含羞笑相語。　　到此因念，繡閣輕拋，浪萍難駐。歎後約丁寧竟何據。慘離懷，空恨歲晚歸期阻。凝淚眼，杳杳神京路。斷鴻聲遠長天暮。
菊花新	欲掩香幃論繾綣。先斂雙蛾愁夜短。催促少年郎，先去睡、鴛衾圖暖。　　須臾放了殘針線。脫羅裳、恣情無限。留取幃前燈，時時待、看伊嬌面。
過澗歇近	酒醒。夢纔覺，小閣香炭成煤，洞戶銀蟾移影。人寂靜。夜永清寒，翠瓦霜凝。疏簾風動，漏聲隱隱，飄來轉愁聽。　　怎向心緒，近日厭厭長似病。鳳樓咫尺，佳期杳無定。展轉無眠，粲枕冰冷。香虬煙斷，是誰與把重衾整。
望漢月	明月明月明月。爭奈乍圓還缺。恰如年少洞房人，暫歡會、依前離別。　　小樓凭檻處，正是去年時節。千里清光又依舊，奈夜永、厭厭人絕。
長壽樂	尤紅殢翠。近日來、陡把狂心牽繫。羅綺叢中，笙歌筵上，有箇人人可意。解嚴妝巧笑，取次言談成嬌媚。知幾度、密約秦樓盡醉。仍攜手，眷戀香衾繡被。　　情漸美。算好把、夕雨朝雲相繼。便是仙禁春深，御爐香裊，臨軒親試。對天顏咫尺，定然魁甲登高第。待恁時、等著回來賀喜。好生地，賸與我兒利市。
如魚水其二	帝里疏散，數載酒縈花繫，九陌狂遊。良景對珍筵惱，佳人自有風流。勸瓊甌。絳脣啓、歌發清幽。被舉措、藝足才高，在處別得豔姬留。　　浮名利，擬拚休。是非莫挂心頭。富貴豈由人，時會高志須酬。莫閒愁。共綠蟻、紅粉相尤。向繡幄，醉倚芳姿睡，算除此外何求。

玉蝴蝶其四	誤入平康小巷，畫簷深處，珠箔微褰。羅綺叢中，偶認舊識嬋娟。翠眉開、嬌橫遠岫，綠鬢嚲、濃染春煙。憶情牽。粉牆曾恁，窺宋三年。　　遷延。珊瑚筵上，親持犀管，旋疊香箋。要索新詞，殢人含笑立尊前。按新聲、珠喉漸穩，想舊意、波臉增妍。苦留連。鳳衾鴛枕，忍負良天。
滿江紅其四	匹馬驅驅，搖征轡、溪邊谷畔。望斜日西照，漸沈山半。兩兩棲禽歸去急，對人相立聲相喚。似笑我、獨自向長途，離魂亂。　　中心事，多傷感。人是宿，前村館。想鴛衾今夜，共他誰暖。惟有枕前相思淚，背燈彈了依前滿。怎忘得、香閣共伊時，嫌更短。
引駕行	紅塵紫陌，斜陽暮草長安道，是離人、斷魂處，迢迢匹馬西征。新晴。韶光明媚，輕煙淡薄和氣暖，望花村、路隱映，搖鞭時過長亭。愁生。傷鳳城仙子，別來千里重行行。又記得臨歧，淚眼濕、蓮臉盈盈。　　消凝。花朝月夕，最苦冷落銀屏。想媚容、耿耿無眠，屈指已算回程。相縈。空萬般思憶，爭如歸去覷傾城。向繡幃、深處竝枕，說如此牽情。
八聲甘州	對瀟瀟暮雨灑江天，一番洗清秋。漸霜風淒緊，關河冷落，殘照當樓。是處紅衰翠減，苒苒物華休。唯有長江水，無語東流。　　不忍登高臨遠，望故鄉渺邈，歸思難收。嘆年來蹤跡，何事苦淹留？想佳人，妝樓顒望，誤幾回、天際識歸舟。爭知我，倚闌干處，正恁凝愁。
臨江仙	夢覺小庭院，冷風淅淅，疏雨瀟瀟。綺窗外，秋聲敗葉狂飄。心搖。奈寒漏永，孤幃悄，淚燭空燒。無端處，是繡衾鴛枕，閒過清宵。　　蕭條。牽情繫恨，爭向年少偏饒。覺新來、憔悴舊日風標。魂消。念歡娛事，煙波阻、後約方遙。還經歲，問怎生禁得，如許無聊。
促拍滿路花	香靨融春雪，翠鬢嚲秋煙。楚腰纖細正笄年。鳳幃夜短，偏愛日高眠。起來貪顚要，只恁殘卻黛眉，不整花鈿。　　有時攜手閒坐，偎倚綠窗前。溫柔情態盡人憐。畫堂春過，悄悄落花天。最是嬌癡處，尤殢檀郎，未教拆了鞦韆。
六幺令	淡煙殘照，搖曳溪光碧。溪邊淺桃深杏，迤邐染春色。昨夜扁舟泊處，枕底當灘磧。波聲漁笛。驚回好夢，夢裡欲歸歸不得。　　展轉翻成無寐，因此傷行役。思念多媚多嬌，咫尺千山隔。都爲深情密愛，不忍輕離拆。好天良夕。鴛帷寂寞，算得也應暗相憶。
紅窗聽	如削肌膚紅玉瑩。舉措有、許多端正。二年三歲同鴛寢。表溫柔心性。　　別後無非良夜永。如何向、名牽利役，歸期未定。算伊心裡，卻冤成薄倖。

減字木蘭花	花心柳眼。郎似遊絲常惹絆。慵困誰憐。繡線金針鍼不喜穿。深房密宴。爭向好天多聚散。綠鎖窗前。幾日春愁廢管弦。
西施其二	柳街燈市好花多。盡讓美瓊娥。萬嬌千媚，的的在層波。取次梳妝，自有天然態，愛淺畫雙蛾。　　斷腸最是金閨客，空憐愛、奈伊何。洞房咫尺，無計枉朝珂。有意憐才，每遇行雲處，幸時恁相過。
西施其三	自從回步百花橋。便獨處清宵。鳳衾鴛枕，何事等閒拋。縱有餘香，也似郎恩愛，向日夜潛消。　　恐伊不信芳容改，將憔悴、寫霜綃。更憑錦字，字字說情憀。要識愁腸，但看丁香樹，漸結盡春梢。
郭郎兒近	帝里。閒居小曲深坊，庭院沈沈未戶閉。新霽。畏景天氣。薰風簾幕無人，永晝厭厭如度歲。　　愁悴。枕簟微涼，睡久輾轉慵起。硯席塵生，新詩小闋，等閒都盡廢。這些兒、寂寞情懷，何事新來常恁地。
木蘭花慢其一	倚危樓竚立，乍蕭索、晚晴初。漸素景衰殘，風砧韻響，霜樹紅疏。雲衢。見新鴈過，奈佳人自別阻音書。空遣悲秋念遠，寸腸萬恨縈紆。　　皇都。暗想歡游，成往事、動欷歔。念對酒當歌，低幃竚枕，翻恁輕孤。歸途。縱凝望處，但斜陽暮靄滿平蕪。贏得無言悄悄，憑闌盡日踟躕。
木蘭花慢其二	拆桐花爛漫，乍疏雨、洗清明。正艷杏燒林，緗桃繡野，芳景如屏。傾城。盡尋勝去，驟雕鞍紺幰出郊坰。風暖繁弦脆管，萬家競奏新聲。　　盈盈。鬥草蹋青。人艷冶、遞逢迎。向路傍往往，遺簪墮珥，珠翠縱橫。歡情。對佳麗地，信金罍罄竭玉山傾。拚卻明朝永日，畫堂一枕春醒。
臨江仙引其一	渡口、向晚，乘瘦馬、陟平岡。西郊又送秋光。對暮山橫翠，襯殘葉飄黃。憑高念遠，素景楚天，無處不淒涼。　　香閨別來無信息，雲愁雨恨難忘。指帝城歸路，但煙水茫茫。凝情望斷淚眼，盡日獨立斜陽。
憶帝京	薄衾小枕涼天氣。乍覺別離滋味。展轉數寒更，起了還重睡。畢竟不成眠，一夜長如歲。　　也擬待，卻回征轡。又爭奈，已成行計。萬種思量，多方開解，只恁寂寞厭厭地。繫我一生心，負你千行淚。
塞孤	一聲雞，又報殘更歇。秣馬巾車催發。草草主人燈下別。山路險，新霜滑。瑤珂響、起棲烏，金鐙冷、敲殘月。漸西風緊，襟袖淒冽。　　遙指白玉京，望斷黃金闕。遠道何時行徹。算得佳人凝恨切。應念念，歸時節。相見了、執柔荑，幽會處、偎香雪。免鴛衾、兩恁虛設。

洞仙歌	嘉景，向少年彼此，爭不雨沾雲惹。奈傅粉英俊，夢蘭品雅。金絲幃暖銀屏亞。竝粲枕、輕偎輕倚，綠嬌紅妊。算一笑，百琲明珠非價。　　閒暇。每祇向、洞房深處，痛憐極寵，似覺些子輕孤，早恁背人沾灑。從來嬌縱多猜訝。更對翦香雲，須要深心向寫。愛搵了雙眉，索人重畫。忍孤艷冶。斷不等閒輕捨。鴛衾下。願常恁、好天良夜。
安公子其二	夢覺清宵半。悄然屈指聽銀箭。惟有牀前殘淚燭，啼紅相伴。暗惹起、雲愁雨恨情何限。從臥來、展轉千餘徧。恁數重鴛被，怎向孤眠不暖。　　堪恨還堪歎。當初不合輕分散。及至厭厭獨自箇，卻眼穿腸斷。似恁地、深情密意如何拼。雖後約、的有于飛願。奈片時難過，怎得如今便見。
傾杯	水鄉天氣，灑蒹葭、露結寒生早。客館更堪秋杪。空階下、木葉飄零，颸颸聲乾，狂風亂掃。當無緒、人靜酒初醒，天外征鴻，知送誰家歸信，穿雲悲叫。　　蛩響幽窗，鼠窺寒硯，一點銀釭閒照。夢枕頻驚，愁衾半擁，萬里歸心悄悄。往事追思多少。贏得空使方寸撓。斷不成眠，此夜厭厭，就中難曉。
傾杯	金風淡蕩，漸秋光老、清宵永。小院新晴天氣，輕煙乍斂，皓月當軒練淨。對千里寒光，念幽期阻、當殘景。早是多情多病。那堪細把，舊約前歡重省。　　最苦碧雲信斷，仙鄉路杳，歸鴻難倩。每高歌、強遣離懷，奈慘咽、翻成心耿耿。漏殘露冷。空贏得、悄悄無言，愁緒終難整。又是立盡，梧桐碎影。
傾杯	鶩落霜洲，雁橫煙渚，分明畫出秋色。暮雨乍歇。小檝夜泊，宿葦村無山驛。何人月下臨風處，起一聲羌笛。離愁萬緒，聞岸草、切切蛩吟如織。　　爲憶。芳容別後，水遙山遠，何計憑鱗翼。想繡閣深沈，爭知憔悴損、天涯行客。楚峽雲歸，高陽人散，寂寞狂蹤跡。望京國。空目斷、遠峰凝碧。
祭天神	憶繡衾相向輕輕語。屏山掩、紅蠟長明，金獸盛熏蘭炷。何期到此，酒態花情頓孤負。柔腸斷、還是黃昏，那更滿庭風雨。　　聽空階和漏，碎聲鬪滴愁眉聚。算伊還共誰人，爭知此冤苦。念千里煙波，迢迢前約，舊歡慵省，一向無心緒。
鷓鴣天	吹破殘煙入夜風。一軒明月上簾櫳。因驚路遠人還遠，縱得心同寢未同。　　情脈脈，意忡忡。碧雲歸去認無蹤。只應曾向前生裡，愛把鴛鴦兩處籠。
梁州令	夢覺紗窗曉。殘燈掩然空照。因思人事苦縈牽，離愁別恨，無限何時了。　　憐深定是心腸小。往往成煩惱。一生惆悵情多少。月不長圓，春色易爲老。

迷神引	紅板橋頭秋光暮。淡月映煙方煦。寒溪蘸碧，繞垂楊路。重分飛，攜纖手，淚如雨。波急隋岸遠，片帆舉。候忽年華改，向期阻。　時覺春殘，漸漸飄花絮。好夕良天，長孤負。洞房閒掩，小屏空、無心覷。指歸雲、仙鄉杳、在何處。遙夜香衾暖，算誰與。知他深深約，記得否。

（二）秦觀詞中涉閨閣書寫之作

詞 牌 名	內　　　　　容
望海潮其四	奴如飛絮，郎如流水，相沾便肯相隨。微月戶庭，殘燈簾幕，忽忽共惜佳期。繞話暫分攜。早抱人嬌咽，雙淚紅垂。畫舸難停，翠幃輕別兩依依。　別來怎表相思？有分香帕子，合數松兒。紅粉脆痕，青牋嫩約，丁寧莫遣人知。成病也因誰？更自言秋杪，親去無疑。但恐生時注著，合有分于飛。
沁園春	宿靄迷空，膩雲籠日，晝景漸長。正蘭皋泥潤，誰家燕喜，蜜脾香少，觸處蜂忙。盡日無人簾幕掛，更風遞游絲時過牆。微雨後，有桃愁杏怨，紅淚淋浪。　風流寸心易感，但依依竚立，回盡柔腸。念小奩瑤鑒，重勻絳蠟；玉籠金斗，時熨沈香。柳下相將遊冶處，便回首、青樓成異鄉。相憶事，縱蠻牋萬疊，難寫微茫。
水龍吟	小樓連苑橫空，下窺繡轂雕鞍驟，朱簾半捲，單衣初試，清明時候。破暖輕風，弄晴微雨，欲無還有。賣花聲過盡、斜陽院落，紅成陣，飛鴛甃。　玉佩丁東別後，悵佳期、參差難又。名韁利鎖，天還知道，和天也瘦。花下重門，柳邊深巷，不堪回首。念多情但有，當時皓月，向人依舊。
八六子	倚危亭，恨如芳草，萋萋剗盡還生。念柳外青驄別後，水邊紅袂分時，愴然暗驚。　無端天與娉婷，夜月一簾幽夢，春風十里柔情。怎奈向、歡娛漸隨流水，素弦聲斷，翠綃香減；那堪片片飛花弄晚，濛濛殘雨籠晴。正銷凝，黃鸝又啼數聲。
風流子	東風吹碧草，年華收，行客老滄洲。見梅吐舊英，柳搖新綠，惱人春色，還上枝頭。寸心亂，北隨雲黯黯，東逐水悠悠。斜日半山，暝煙兩岸，數聲橫笛，一葉扁舟。　青門同攜手，前歡記、渾似夢裡揚州。誰念斷腸南陌，回首西樓。算天長地久，有時有盡，奈何綿綿，此恨難休。擬待倩人說與，生怕人愁。

夢揚州	晚雲收。正柳塘、煙雨初休。燕子未歸，惻惻輕寒如秋。小欄外、東風軟，透繡幃、花蜜香稠。江南遠，人何處？鷓鴣啼破春愁。　　長記曾陪燕遊。酬妙舞清歌，麗錦纏頭。殢酒爲花，十載因誰淹留？醉鞭拂面歸來晚，望翠樓、簾捲金鉤。佳會阻，離情正亂，頻夢揚州。
一叢花	年時今夜見師師，雙頰酒紅滋。疏簾半捲微燈外，露華上、烟裊涼颸。簪髻亂拋，偎人不起，彈淚唱新詞。　　佳期誰料久參差？愁緒暗縈絲。想應妙舞清歌罷，又還對秋色嗟咨。惟有畫樓，當時明月，兩處照相思。
鼓笛慢	亂花叢裏曾攜手，窮艷景，迷歡賞。到如今，誰把雕鞍鎖定，阻遊人來往？好夢隨春遠，從前事、不堪思想。念香閨正杳，佳歡未偶，難留戀，空惆悵。　　永夜嬋娟未滿，嘆玉樓、幾時重上？那堪萬里，卻尋歸路，指陽關孤唱。苦恨東流水，桃源路、欲回雙槳。仗何人、細與丁寧問呵，我如今怎向？
促拍滿路花	露顆添花色？月彩投窗隙。春思如中酒，恨無力。洞房咫尺，曾寄青鸞翼。雲散無蹤跡。羅帳薰殘，夢回無處尋覓。　　輕紅膩白。步步薰蘭澤。約腕金環重，宜裝飾。未知安否？一向無消息。不似尋常憶。憶後教人，片時存濟不得。
長相思	鐵甕城高，蒜山渡闊，干雲十二層樓。開尊待月，掩箔披風，依然燈火揚州。綺陌南頭，記歌名宛轉，鄉號溫柔。曲檻俯清流。想花陰、誰繫蘭舟？　　念淒絕秦弦，感深荊賦，相望幾許凝愁。勤勤裁尺素，奈雙魚、難渡瓜洲。曉鑒堪羞，潘鬢點、吳霜漸稠。幸于飛、鴛鴦未老，不應同是悲秋。
滿庭芳其二	紅蓼花繁，黃蘆葉亂，夜深玉露初零。霽天空闊，雲淡夢江清。獨棹孤蓬小艇，悠悠過、煙渚沙汀。金鈎細，絲綸慢捲，牽動一潭星。　　時時，橫短笛，清風皓月，相與忘形。任人笑生涯，泛梗飄萍。飲罷不妨醉臥，塵勞事、有耳誰聽？江風靜，日高未起，枕上酒微醒。
滿庭芳其三	碧水驚秋，黃雲凝暮，敗葉零亂空塯。洞房人靜，斜月照徘徊。又是重陽近也！幾處處、砧杵聲催。西窗下，風搖翠竹，疑是故人來。　　傷懷，增悵望，新懽易失，往事難猜。問籬邊黃菊，知爲誰開？謾道愁須殢酒，酒未醒、愁已先回。憑欄久，金波漸轉，白露點蒼苔。
江城子其三	棗花金釧約柔荑，昔曾攜，事難期。咫尺玉顏，和淚鎖春閨。恰似小園桃與李，雖同處，不同枝。　　玉笙初度顫鸞篦，落花飛，爲誰吹？月冷風高此恨只天知。任是行人無定處，重相見，是何時？

滿園花	一向沈吟久。淚珠盈襟袖。我當初不合苦撋就。慣縱得軟頑，見底心先有。行待癡心守，甚捻著脈子，倒把人來僝僽。　　近日來非常羅皁醜，佛也須眉皺。怎掩得眾人口？待收了字羅，罷了從來斗。從今後，休道共我，夢見也、不能得勾。
菩薩蠻	蟲聲泣露驚秋枕，羅幃淚濕鴛鴦錦。獨臥玉肌涼，殘更與恨長。　　陰風翻翠幔，雨澀燈花暗。畢竟不成眠，鴉啼金井寒。
減字木蘭花	天涯舊恨，獨自淒涼人不問。欲見回腸，斷盡金鑪小篆香。　　黛蛾長斂，任是春風吹不展。困倚危樓，過盡飛鴻字字愁。
木蘭花	秋容老盡芙蓉院。草上霜花勻似翦。西樓促坐酒杯深，風壓繡簾香不捲。　　玉纖慵整銀箏雁，紅袖時籠金鴨暖。歲華一任委西風，獨有春紅留醉臉。
畫堂春	落紅鋪徑水平池，弄晴小雨霏霏。杏園憔悴杜鵑啼，無奈春歸。　　柳外畫樓獨上，憑闌手撚花枝。放花無語對斜暉，此恨誰知？
千秋歲	水邊沙外，城郭春寒退。花影亂，鶯聲碎。飄零疏酒盞，離別寬衣帶。人不見，碧雲暮合空相對。　　憶昔西池會，鵷鷺同飛蓋。攜手處，今誰在？日邊清夢斷，鏡裏朱顏改。春去也，飛紅萬點愁如海。
踏莎行	霧失樓台，月迷津渡，桃源望斷無尋處。可堪孤館閉春寒，杜鵑聲裡斜陽暮。　　驛寄梅花，魚傳尺素，砌成此恨無重數。郴江幸自繞郴山，爲誰流下瀟湘去？
蝶戀花	曉日窺軒雙燕語，似與佳人，共惜春將暮。屈指豔陽都幾許，可無時霎閑風雨。　　流水落花無問處，只有飛雲，冉冉來還去。持酒勸雲雲且住，憑君礙斷春歸路。
醜奴兒	夜來酒醒清無夢，愁倚闌干。露滴輕寒，雨打芙蓉淚不乾。　　佳人別後音塵悄，瘦盡難拚。明月無端，已過紅樓十二間。
醉桃源	碧天如水月如眉，城頭銀漏遲。綠波風動畫船移，嬌羞初見時。　　銀燭暗，翠簾垂。芳心兩自知。楚臺魂斷曉雲飛，幽懽難再期。
河傳其二	恨眉醉眼，甚輕輕覷著，神魂迷亂。常記那回，小曲闌干西畔。鬢雲鬆、羅襪剗。　　丁香笑吐嬌無限，語軟聲低，道我何曾慣。雲雨未諧，早被東風吹散。悶損人，天不管。
浣溪沙其一	漠漠輕寒上小樓，曉陰無賴似窮秋，淡煙流水畫屏幽。　　自在飛花輕似夢，無邊絲雨細如愁，寶簾閑掛小銀鈎。
浣溪沙其二	香靨凝羞一笑開，柳腰如醉肯相挨，日長春困下樓臺。　　照水有情聊整鬢，倚欄無緒更兜鞋，眼邊牽繫懶歸來。

浣溪沙其三	霜縞同心翠黛連，紅綃四角綴金錢，惱人香蒻是龍涎。　　枕上忽收疑是夢，燈前重看不成眠，又還一段惡因緣。
浣溪沙其五	錦帳重重捲暮霞，屏風曲曲鬪紅牙，恨人何事苦離家。　　枕上夢魂飛不去，覺來紅日又西斜，滿庭芳草襯殘花。
如夢令其一	門外鴉啼楊柳，春色著人如酒。睡起熨沈香，玉腕不勝金斗。消瘦，消瘦，還是褪花時候。
如夢令其二	遙夜沈沈如水，風緊驛亭深閉。夢破鼠窺燈，霜送曉寒侵被。無寐，無寐，門外馬嘶人起。
如夢令其三	幽夢忽忽破後，妝粉亂痕霑袖。遙想酒醒來，無奈玉銷花瘦。回首，回首，繞岸夕陽疏柳。
如夢令其五	池上春歸何處？滿目落花飛絮。孤館悄無人，夢斷月堤歸路。無緒，無緒，簾外五更風雨。
阮郎歸其一	褪花新綠漸團枝，撲人風絮飛。鞦韆未拆水準堤，落紅成地衣。　　遊蝶困，乳鶯啼，怨春春怎知？日長早被酒禁持，那堪更別離。
阮郎歸其二	宮腰裊裊翠鬌鬆，夜堂深處逢。無端銀燭殞秋風，靈犀得暗通。　　身有恨，恨無窮，星河沈曉空。隴頭流水各西東，佳期如夢中。
阮郎歸其四	湘天風雨破寒初。深沈庭院虛。麗譙吹罷小單于，迢迢清夜徂。　　鄉夢斷，旅魂孤，崢嶸歲又除。衡陽猶有雁傳書，郴陽和雁無。
滿庭芳其二	曉色雲開，春隨人意，驟雨才過還晴。古臺芳樹，飛燕蹴紅英。舞困榆錢自落，鞦韆外、綠水橋平。東風裏，朱門映柳，低按小秦箏。　　多情，行樂處，珠鈿翠蓋，玉轡紅纓。漸酒空金榼，花困蓬瀛。豆蔻梢頭舊恨，十年夢、屈指堪驚。憑闌久，疏烟淡日，寂寞下蕪城。
滿庭芳其三	雅燕飛觴，清談揮麈，使君高會群賢。密雲雙鳳，初破縷金團。愍外爐烟似動，開餅試、一品香泉。輕淘起，香生玉塵，雪濺紫甌圓。　　嬌鬌，宜美盼，雙擎翠袖，穩步紅蓮。坐中客翻愁，酒醒歌闌。點上紗籠畫燭，花驄弄、月影當軒。頻相顧，餘懽未盡，欲去且留連。
桃源憶故人	玉樓深鎖多情種，清夜悠悠誰共？羞見枕衾鴛鳳，悶則和衣擁。　　無端畫角嚴城動，驚破一番新夢。窗外月華霜重，聽徹梅花弄。
調笑令——盼盼	詩曰：百尺樓高燕子飛，樓上美人顰翠眉。將軍一去音容遠，只有年年舊燕歸。春風昨夜來深院，春色依然人不見。只餘明月照孤眠，唯望舊恩空戀戀。　　戀戀，樓中燕，燕子樓空春日晚。將軍一去音容遠，空鎖樓中深怨。春風重到人不見，十二闌干倚遍。

點絳唇其二	月轉烏啼，畫堂宮徵生離恨。美人愁悶，不管羅衣褪。　　清淚斑斑，揮斷柔腸寸。嗔人問，背燈偷搵，拭盡殘粧粉。
品令其二	掉又懼，天然箇品格，於中壓一。簾兒下、時把鞋兒踢，語低低、笑咭咭。　　每每秦樓相見，見了無門憐惜。人前強、不欲相沾識，把不定、臉兒赤。
南歌子其一	玉漏迢迢盡，銀潢淡淡橫。夢迴宿酒未全醒，已被鄰雞催起怕天明。　　臂上粧猶在，襟間淚尚盈。水邊燈火漸人行，天外一鈎殘月帶三星。
南歌子其二	愁鬢香雲墜，嬌眸水玉裁。月幃風幌爲誰開？天外不知音耗百般猜。　　玉露沾庭砌，金鳳動琩灰。相看有似夢初回，只恐又拋人去幾時來。
南歌子其三	香墨彎彎畫，燕脂淡淡勻。揉藍衫子杏黃裙，獨倚玉闌無語點檀唇。　　人去空流水，花飛半掩門。亂山何處覓行雲？又是一鈎新月照黃昏。
臨江仙其二	髻子偎人嬌不整，眼兒失睡微重。尋思模樣早心忪。斷腸攜手，何事太匆匆。　　不忍殘紅猶在臂，翻疑夢裡相逢。遙憐南埭上孤篷。夕陽流水，紅滿淚痕中。
畫堂春	東風吹柳日初長，雨餘芳草斜陽。杏花零落燕泥香，睡損紅粧。　　寶篆烟銷龍鳳，畫屏雲鎖瀟湘。夜寒微透薄羅裳，無限思量。
夜遊宮	何事東君又去？滿空院、落花飛絮。巧燕呢喃向人語。何曾解，說伊家，些子苦？　　況是傷心緒，念箇人、久成暌阻。一覺相思夢回處。連宵雨，更那堪，聞杜宇！
一斛珠——秋閨	碧雲寥廓，倚闌悵望情離索。悲秋自覺羅衣薄。曉鏡空懸，懶把青絲掠。　　江山滿眼今非昨，紛紛木葉風中落。別巢燕子辭簾幕。有意東君，故把紅絲縛。
青門飲	風起雲間，雁橫天末，嚴城畫角，梅花三奏。塞草西風，凍雲籠月，窗外曉寒輕透。人去香猶在，孤衾長閑餘繡。恨與宵長，一夜熏爐，添盡香獸。　　前事空勞回首。雖夢斷春歸，相思依舊。湘瑟聲沈，庾梅信斷，誰念畫眉人瘦？一句難忘處，怎忍辜、耳邊輕咒。任人攀折，可憐又學，章臺楊柳。
醉鄉春	喚起一聲人悄，衾冷夢寒窗曉。瘴雨過，海棠開，春色又添多少。　　社甕釀成微笑，半缺椰瓢共舀。覺傾倒，急投牀，醉鄉廣大人間小。
玉樓春其一	參差簾影晨光動，露桃雨柳矜新寵。閒愁多仗酒驅除，春思不禁花從臾。　　倚樓聽徹單于弄，卻憶舊歡空有夢。當時誤入飲牛津，何處重尋聞犬洞。

玉樓春其二	午窗睡起香銷鴨，斜倚粧台開鏡匣。雲鬟整罷卻回頭，屏上依稀描楚峽。　　支頤癡想眉愁壓，咬損纖纖銀指甲。柔腸斷盡少人知，閒看花簾雙蝶狎。
玉樓春其三	狂風落盡深紅色，春色惱人眠不得。淚沿紅粉濕羅巾，怨入青塵愁錦瑟。　　豈知一夕秦樓客，烟樹重重芳信隔。倚樓無語欲銷魂，柳外飛來雙羽玉。
南鄉子	月色滿湖村，楓葉蘆花共斷魂。好箇霜天堪把盞，芳樽，一榻凝塵空掩門。　　此意與誰論？獨倚闌干看雁群。籬下黃花開遍了，東君，一向天涯信不聞。
臨江仙其二	十里紅樓依綠水，當年多少風流。高樓重上使人愁。遠山將落日，依舊上簾鉤。一曲琵琶思往事，青衫淚滿江州。訪鄰休問杜家秋。寒烟沙外鳥，殘雪渡傍舟。
蝶戀花其一	紫燕雙飛深院靜，簟枕紗廚，睡起嬌如病。一線碧烟縈藻井，小鬟茶進龍香餅。　　拂拭菱花看寶鏡，玉指纖纖，撚唾撩雲鬢。閒折海榴過翠徑，雪貓戲撲風花影。
蝶戀花其三	新草池塘煙漠漠，一夜輕雷，拆破夭桃萼。驟雨隔簾時一作，餘寒猶泥羅衫薄。　　斜日高樓明錦幕，樓上佳人，癡倚闌干角。心事不知綠底惡，對花珠淚雙雙落。
蝶戀花其四	金鳳花開紅滿砌，簾捲斜陽，雨後涼風細。最是人間佳景致，小樓可惜人孤倚。　　蛺蝶飛來花上戲，對對飛來，對對還飛去。到眼物情都觸意，如何制得相思淚？
蝶戀花其五	語燕飛來驚晝睡，起步花闌，更覺無情緒。綠草離離蝴蝶戲。南園正是相思地。　　池上晚來微雨霽，楊柳芙蓉，已作新涼味。目斷雲山君不至。香醪著意催人醉。
何滿子	天際江流東注，雲中塞雁南翔。衰草寒烟無意思，向人只會凄涼。吟斷鑪香裊裊，望窮海月茫茫。　　鶯夢春風錦幄，蛩聲夜雨蓬窗。諳盡悲歡多少味，酒杯付與疏狂。無奈供愁秋色，時時遞入柔腸。
滿江紅其一	一派秋聲，年年向、初寒時節。早又是、半天驚籟，滿庭鳴葉。幾處搗殘深院日，誰家敲落高樓月。道聲聲、總是玉關情，情何切！　　鬭雲起，偏激烈。隨風去，還幽咽。正歸鴻簾幕，棲鴉城闕。閨閣幽人千里思，江湖旅客經年別。當此時、寂寞倚闌干，成愁結。
碧芙蓉	客裏遇重陽，孤館一杯，聊賞佳節。日暖天晴，喜秋光清絕。霜乍降、寒山凝紫；霧初消、澄潭皎潔。闌杆閒倚，庭院無人，顛倒飄黃葉。　　故園當此際，遙想弟兄羅列。攜酒登高，把茱萸簪徹。歡籠鳥、覊蹤難去；望征鴻、歸心謾切。長吟抱膝，就中深意憑誰說！

滿庭芳——賞梅	庭院餘寒，簾櫳清曉，東風初破丹苞。相逢未識，錯認是夭桃。休道寒香較晚，芳叢裡、便覺孤高。憑闌久，巡簷索笑，冷蕊向青袍。　　揚州，春興動，主人情重，招集吟豪。信冰姿瀟灑，趣在風騷。脈脈此情誰會？和羹事、且付香醪。歸來後，湖頭月淡，佇立看烟濤。
念奴嬌其七	夜涼湖上，酌芳尊，對此一輪皓月。歲月忽忽人老大，又近中秋時節。夜氣沈寥，湖光曠邈。風舞蕭蕭葉。水天一色，坐來肌骨清徹。　　自念塵滿征衫，無人為浣，灑淚今成血。玉兔銀蟾休道遠，不識愁人情切。繡帳香銷，畫屏燭冷，此意憑誰說。天青海碧，枉教望斷瑤闕。
解語花	窗涵月影，瓦冷霜華，深院重門悄。畫樓雪杪，誰家笛、弄徹梅花新調。寒燈凝照，貝錦帳、雙鸞翔繞。當此時、倚几沈吟，好景都成惱。　　曾過雲山烟島。對繡襦甲帳，親逢一笑。人間年少，多情子、惟恨相逢不早。如今見了，卻又惹、許多愁抱。算此情、除是青禽，為我殷勤報。
水龍吟其一	禁烟時候風和，越羅初試春衫薄。畫長深院，夢回孤枕，風吹鈴索。綺陌花香，芳郊塵軟，正堪遊樂。倚闌干、瘦損無人問，重重綠樹圍朱閣。　　對鏡時時淚落，總無心、淡妝濃抹。晨窗夜帳，幾番誤喜，燈花簷鵲。月下瓊卮，花前金盞，與誰斟酌。望王孫、甚日歸來，除是車輪生角。
水龍吟其二	瑣窗睡起門重閉，無奈楊花輕薄。水沈煙冷，琵琶塵掩，懶親絃索。檀板歌鶯，霓裳舞燕，當年娛樂。望天涯、萬疊關山，烟草連天，遠憑高閣。　　閒把菱花自照，笑春山、為誰塗抹。幾時待得，信傳青鳥，橋通烏鵲？夢後餘情，愁邊剩思，引杯孤酌。正黯然、對景銷魂，牆外一聲樵角。
風流子	新陽上簾幌，東風轉，又是一年華。正駝褐寒侵，燕釵春裊。句翻詞客，簪鬭宮娃。堪娛處，林鶯啼暖樹，渚鴨睡晴沙。繡閣輕煙，剪燈時候，青旗殘雪，賣酒人家。　　此時因重省，瑤台畔曾過，翠蓋香車。惆悵塵緣猶在，密約還賒。念鱗鴻不見，誰傳芳信？瀟湘人遠，空採蘋花。無奈疏梅風景，淡草天涯。
沁園春其一	錦里繁華，峨眉佳麗，遠客初來。憶那處園林，舊家桃李，知他別後，幾度花開？月下金罍，花間玉珮，都化相思一寸灰。愁絕處，又香銷寶鴨，燈暈蘭煤。　　東風杜宇聲哀，歎萬里何由便得回？但日日登高，眼穿劍閣，時時懷古，淚灑琴台。尺素書沈，偷香人遠，驛使何時為寄梅？對落日，因凝思此意，立遍蒼苔。

蘭陵王	雨初歇。簾捲一鉤淡月。望河漢，幾點疏星，冉冉纖雲度林樾。此景清更絕。誰念柔情蘊結？孤燈暗，獨步華堂，蟋蟀蜈蜙弄時節。　　沈思恨難說。憶花底相逢，親贈羅纈。春鴻秋雁輕離別。擬尋箇錦鯉，寄將尺素，又恐烟波路隔越。歌殘唾壺缺。淒咽，意空切。但醉損瓊巵，望斷瑤闕。御溝曾解流紅葉。待何日重見，霓裳聽徹。綵樓天遠，夜夜襟袖染啼血。
望海潮其二	秦峰蒼翠，耶溪瀟灑，千岩萬壑爭流。鴛瓦雉城，譙門畫戟，蓬萊燕閣三休。天際識歸舟。泛五湖煙月，西子同遊。茂草台荒，苧蘿村冷起閑愁。何人覽古凝眸。悵朱顏易失，翠被難留。梅市舊書，蘭亭古墨，依稀風韻生秋。狂客鑑湖頭。有百年台沼，終日夷猶。最好金龜換酒，相與醉滄洲。
憶秦娥	頭一片庾樓月。庾樓月。水天涵映秋澄徹。秋澄徹。涼風清露，瑤台銀闕。桂花香滿蟾蜍窟。胡床興發霏談雪。霏談雪。誰家鳳管，夜深吹徹。
念奴嬌	纖腰裊裊，東風裏、逞盡娉婷態度。應是青皇偏著意，盡把韶華付與。月榭花台，珠簾畫檻，幾處堆金縷。不勝風韻，陌頭又過朝雨。聞說灞水橋邊，年年春暮，滿地飄香絮。掩映夕陽千萬樹，不道離情正苦。上苑風和，瑣窗晝靜，調弄嬌鶯語。傷春人瘦，倚闌半餉延佇。
南歌子	愁鬢香雲墜，嬌眸水玉裁。月屏風幌爲誰開。天外不知音耗、百般猜。玉露沾庭砌，金鳳動琯灰。相看有似夢初回。只恐又抛人去、幾時來。
念奴嬌	千門明月，天如水，正是人間佳節。開盡小梅春氣透，花燭家家羅列。來往綺羅，喧闐簫鼓，達旦何曾歇。少年國此，風光眞是殊絕。遙想二十年前，此時此夜，共絢同心結。窗外冰輪依舊在，玉貌已成長別。舊羅衣，不堪觸目，灑淚都成血。細思往事，只添鏡裏華髮。

（三）李清照詞中涉閨閣書寫之作

詞牌名	內　　　　容
南歌子	天上星河轉，人間簾幕垂。涼生枕簟淚痕滋。起解羅衣，聊問夜何其？　　翠貼蓮蓬小，金銷藕葉稀。舊時天氣舊時衣，只有情懷、不似舊家時！
轉調滿庭芳	芳草池塘，綠陰庭院，晚晴寒透窗紗。玉鈎金鏁，管是客來（口沙）。寂寞尊前席上，惟□□、海角天涯。能留否？酴醾落盡，猶賴有□□。　　當年、曾勝賞，生香薰袖，活火分茶。□□龍驕馬，流水輕車。不怕風狂雨驟，恰才稱、煮酒殘花。如今也，不成懷抱，得似舊時那？

如夢令	昨夜雨疏風驟。濃睡不消殘酒。試問捲簾人，卻道海棠依舊。知否、知否？應是綠肥紅瘦。
多麗—— 詠白菊	小樓寒，夜長簾幕低垂。恨蕭蕭、無情風雨，夜來揉損瓊肌。也不似、貴妃醉臉，也不似、孫壽愁眉。韓令偷香，徐娘傅粉，莫將比擬未新奇。細看取，屈平陶令，風韻正相宜。微風起，清芬醞藉，不減酴釄。　　漸秋闌、雪清玉瘦，向人無限依依。似愁凝、漢皋解佩，似淚洒、紈扇題詩。朗月清風，濃煙暗雨，天教憔悴度芳姿。縱愛惜，不知從此，留得幾多時。人情好，何須更憶，澤畔東籬。
菩薩蠻	風柔日薄春猶早，夾衫乍著心情好。睡起覺微寒，梅花鬢上殘。　　故鄉何處是？忘了除非醉。沈水臥時燒，香消酒未消。
菩薩蠻	歸鴻聲斷殘雲碧。背窗雪落爐煙直。燭底鳳釵明，釵頭人勝輕。　　角聲催曉漏。曙色回牛斗。春意看花難，西風留舊寒。
浣溪沙	莫許盃深琥珀濃，未成沈醉意先融，疏鐘已應晚來風。　　瑞腦香消魂夢斷，辟寒金小髻鬟鬆，醒時空對燭花紅。
浣溪沙	小院閒窗春色深，重簾未捲影沈沈，倚樓無語理瑤琴。　　遠岫出山催薄暮，細風吹雨弄輕陰，梨花欲謝恐難禁。
浣溪沙	淡蕩春光寒食天，玉爐沈水裊殘煙，夢回山枕隱花鈿。　　海燕未來人鬥草，江梅已過柳生綿，黃昏疏雨濕秋千。
鳳凰臺上憶 吹簫	香冷金猊，被翻紅浪，起來慵自梳頭。任寶奩塵滿，日上簾鉤。生怕離懷別苦，多少事、欲說還休。新來瘦，非干病酒，不是悲秋。　　休休！這回去也，千萬遍陽關，也則難留。念武陵人遠，煙鎖秦樓。惟有樓前流水，應念我、終日凝眸。凝眸處，從今又添，一段新愁。
一翦梅	紅藕香殘玉簟秋。輕解羅裳，獨上蘭舟。雲中誰寄錦書來？雁字回時，月滿西樓。　　花自飄零水自流。一種相思，兩處閒愁。此情無計可消除，纔下眉頭，卻上心頭。
蝶戀花	暖雨晴風初破凍，柳眼梅腮，已覺春心動。酒意詩情誰與共？淚融殘粉花鈿重。　　乍試夾衫金縷縫，山枕斜欹，枕損釵頭鳳。獨抱濃愁無好夢，夜闌猶剪燈花弄。
鷓鴣天	寒日蕭蕭上鎖窗，梧桐應恨夜來霜。酒闌更喜團茶苦，夢斷偏宜瑞腦香。　　秋已盡，日猶長，仲宣懷遠更淒涼。不如隨分尊前醉，莫負東籬菊蕊黃。
小重山	春到長門春草青，江梅些子破，未開勻。碧雲籠碾玉成塵，留曉夢，驚破一甌春。　　花影壓重門，疏簾鋪淡月，好黃昏。二年三度負東君，歸來也，著意過今春。

臨江仙	庭院深深深幾許，雲窗霧閣常扃。柳梢梅萼漸分明。春歸秣陵樹，人客建安城。　　感月吟風多少事，如今老去無成。誰憐憔悴更凋零。試燈無意思，踏雪沒心情。
醉花陰	薄霧濃雲愁永晝，瑞腦消金獸。佳節又重陽，玉枕紗廚，半夜涼初透。　　東籬把酒黃昏後，有暗香盈袖。莫道不銷魂，簾捲西風，人比黃花瘦。
好事近	風定落花深，簾外擁紅堆雪。長記海棠開後，正傷春時節。酒闌歌罷玉尊空，青缸暗明滅。魂夢不堪幽怨，更一聲啼鴂。
訴衷情	夜來沈醉卸妝遲，梅萼插殘枝。酒醒熏破春睡，夢遠不成歸。人悄悄，月依依，翠簾垂。更按殘蕊，更撚餘香，更得些時。
孤雁兒	藤牀紙帳朝眠起，說不盡無佳思。沈香斷續玉爐寒，伴我情懷如水。笛聲三弄，梅心驚破，多少春情意。　　小風疏雨蕭蕭地，又催下千行淚。吹簫人去玉樓空，腸斷與誰同倚。一枝折得，人間天上，沒個人堪寄。
滿庭芳——殘梅	小閣藏春，閒窗鎖晝，畫堂無限深幽。篆香燒盡，日影下簾鉤。手種江梅更好，又何必、臨水登樓。無人到，寂寥渾似，何遜在揚州。　　從來，知韻勝，難堪雨藉，不耐風揉。更誰家橫笛，吹動濃愁。莫恨香消雪減，須信道、掃跡情留。難言處、良宵淡月，疏影尚風流。
玉樓春	紅酥肯放瓊苞碎，探著南枝開遍未。不知醞藉幾多時，但見包藏無限意。　　道人憔悴春窗底，悶損闌干愁不倚。要來小酌便來休，未必明朝風不起。
清平樂	年年雪裏，常插梅花醉。挼盡梅花無好意，贏得滿衣清淚。今年海角天涯，蕭蕭兩鬢生華。看取晚來風勢，故應難看梅花。
添字醜奴兒	窗前誰種芭蕉樹，陰滿中庭，陰滿中庭，葉葉心心、舒展有餘清。　　傷心枕上三更雨，點滴霖霪，點滴霖霪，愁損北人、不慣起來聽。
憶秦娥	臨高閣，亂山平野煙光薄。煙光薄。棲鴉歸後，暮天聞角。斷香殘酒情懷惡，西風催襯梧桐落。梧桐落。又還秋色，又還寂寞。
念奴嬌	蕭條庭院，又斜風細雨、重門須閉。寵柳嬌花寒食近，種種惱人天氣。險韻詩成，扶頭酒醒，別是閒滋味。征鴻過盡、萬千心事難寄。　　樓上幾日春寒，簾垂四面，玉闌干慵倚。被冷香消新夢覺，不許愁人不起。清露晨流，新桐初引，多少游春意。日高烟斂，更看今日晴未。

永遇樂	落日熔金，暮雲合璧，人在何處。染柳煙濃，吹梅笛怨，春意知幾許。元宵佳節，融和天氣，次第豈無風雨。來相召，香車寶馬，謝他酒朋詩侶。　　中州盛日，閨門多暇，記得偏重三五。鋪翠冠兒、撚金雪柳、簇帶爭濟楚。如今憔悴，風鬟霜鬢，怕見夜間出去。不如向，簾兒底下，聽人笑語。
蝶戀花——上巳召親族	永夜厭厭歡意少。空夢長安，認取長安道。爲報今年春色好。花光月影宜相照。　　隨意杯盤雖草草。酒美梅酸，恰稱人懷抱。醉莫插花花莫笑。可憐春似人將老。
武陵春	風住塵香花已盡，日晚倦梳頭。物是人非事事休，欲語淚先流。　　聞說雙溪春尚好，也擬泛輕舟。只恐雙溪舴艋舟，載不動、許多愁。
聲聲慢	尋尋覓覓，冷冷清清，悽悽慘慘戚戚。乍暖還寒時候，最難將息。三盃兩盞淡酒，怎敵他、晚來風急。雁過也，正傷心，卻是舊時相識。　　滿地黃花堆積，憔悴損，如今有誰堪摘。守著窗兒，獨自怎生得黑。梧桐更兼細雨，到黃昏、點點滴滴。這次第，怎一個、愁字了得！
點絳脣	寂寞深閨、柔腸一寸愁千縷。惜春春去，幾點催花雨。　　倚遍闌干，祇是無情緒。人何處，連天芳草，望斷歸來路。
攤破浣溪沙	病起蕭蕭兩鬢華，臥看殘月上窗紗。豆蔻連梢煎熟水，莫分茶。　　枕上詩書閒處好，門前風景雨來佳。終日向人多醞藉，木犀花。
慶清朝慢	禁幄低張，彤欄巧護，就中獨佔殘春。容華淡竚，綽約俱見天眞。待得群花過後，一番風露曉妝新。妖嬈艷態，妒風笑月，長殢東君。　　東城邊、南陌上，正日烘池館，競走香輪。綺筵散日，誰人可繼芳塵。更好明光宮殿，幾枝先近日邊勻，金尊倒，拚了盡燭，不管黃昏。
怨王孫	帝里春晚，重門深院。草綠階前，暮天雁斷。樓上遠信誰傳？恨綿綿。　　多情自是多沾惹，難拚捨，又是寒食也。秋千巷陌人靜，皎月初斜，浸梨花。
浣溪沙	髻子傷春慵更梳，晚風庭院落梅初，淡雲來往月疏疏。　　玉鴨熏爐閒瑞腦，朱櫻斗帳掩流蘇，通犀還解辟寒無。